FML PEPPER

13

3ª edição

—Galera—

RIO DE JANEIRO

2019

CIP-BRASIL. CATALOGAÇÃO NA PUBLICAÇÃO
SINDICATO NACIONAL DOS EDITORES DE LIVROS, RJ

P479t
3ª ed.

Pepper, FML

Treze / FML Pepper. - 3. ed. - Rio de Janeiro: Galera Record, 2019.

ISBN: 978-85-01-11093-0

1. Ficção juvenil brasileira. I. Título.

17-41732

CDD: 028.5
CDU: 087.5

Direitos exclusivos desta edição reservados pela
EDITORA RECORD LTDA.
Rua Argentina, 171 - Rio de Janeiro, RJ - 20921-380 - Tel.: (21) 2585-2000.

Impresso no Brasil

ISBN 978-85-01-11093-0

Seja um leitor preferencial Record.
Cadastre-se e receba informações sobre
nossos lançamentos e nossas promoções.

Atendimento e venda direta ao leitor
sac@record.com.br

Para Alexandre,
hoje e sempre.

EM VERDADE, EM VERDADE VOS DIGO:
SE O GRÃO DE TRIGO, CAINDO NA TERRA,
NÃO MORRER, FICA ELE SÓ;
MAS, SE MORRER, DÁ MUITO FRUTO.

João, 12:24

REBECA
2 ANOS ATRÁS

— Argh! Sua... — Suzy balança a cabeça, negando, remoendo o assunto que lhe consome a alma, a cor das bochechas passeando do alaranjado para o vermelho vivo. — Você não pode ter controle sobre tudo, Rebeca! Ninguém pode!

— Quer apostar? — digo, implicando um pouco mais antes de abrir um sorrisinho cretino, o arremate perfeito para uma piscadela marota.

Quero ver de que cor seu rosto pode ficar. Sinto um ligeiro aperto no peito. *Sentirei falta disso...*

— Cabeça-dura! A vida ainda vai te mostrar e... — Vejo a resposta atrevida dançar em seus lábios, cambalear no ar e ser levada pelo vento.

Suzy olha para cima de repente, distraída pelas pinceladas de luz que fazem desenhos sinistros no céu, e acelera em direção ao parque de diversões de segunda categoria.

— Quando eu disse "uma noite de despedida" não era para ter levado ao pé da letra, Suzinha. — Faço uma careta de pavor assim que ultrapassamos o decrépito arco de boas-vindas, uma guirlanda de letras desbotadas, bordas corroídas pela ferrugem, pendendo perigosamente sobre nossas cabeças.

Se a entrada já está assim...

— Ouvi ótimos comentários sobre este parque.

— Onde? No obituário da cidade? Dá uma olhadinha no ótimo — faço aspas com os dedos — estado da roda-gigante e do carrossel. Olha! Só sobraram os esqueletos dos pobres cavalinhos. E a montanha-russa então? É, no mínimo, da época dos faraós!

Suzy revira os olhos, ignora minhas piadinhas e aperta o passo pelas fileiras de barracas de algodão doce, tiro ao alvo e pescaria. Tento parecer imune, mas o ambiente decadente me gera um estranho mal-estar. Os rangidos do velho maquinário parecem uivos aflitos de correntes sendo arrastadas, e estão por toda parte. Sombras ganham vida, engolem as luzes às minhas costas, crescem no canto do olho e, sorrateiras, desaparecem em meio às pinturas descascadas e ao crepitar dos brinquedos. Um ruído estridente, de dor, emerge do galpão do trem fantasma e arranha meus tímpanos e nervos. Um arrepio percorre meu corpo inteiro.

— Deve ser aqui por perto — matuta ela, afastando os cabelos do rosto.

Folhas secas rodopiam num balé mal coordenado ao nosso redor e são levadas para longe pelas incessantes rajadas de vento.

— Não tem nada aqui por perto além deste palhaço aí nos encarando com um sorriso psicopata. — Mostro o banner pendurado no poste à nossa frente. — Ele é a cara daquele boneco assassino. Qual era mesmo o nome...? Ah, sim... Chucky!

— Quer parar com isso? — reclama Suzy. — Vou perguntar a alguém.

— Na boa, amiga… Tá todo mundo indo embora. Até os vendedores ambulantes já se mandaram. Vai cair um temporal! — Confesso meu desejo colocando a culpa no céu carregado de nuvens pesadas. — Por que não voltamos outro dia? Mais cedo, de preferência.

— Não! — retruca ela, mais enfática do que nunca. — É a última noite do parque na cidade. Preciso encont... Ah! Achei! — Suzy vibra ao se virar para o kamikaze.

— Ah, não. Se não cairmos espatifadas lá de cima, na certa morreremos de tétano — resmungo com os olhos arregalados ao avistar o brinquedo onde meia dúzia de corajosos (ou loucos de pedra!) berra e camufla o ruído pavoroso da casa de máquinas.

— Não é nada disso, sua tonta! É ali. — Há algo travesso em seu olhar quando levanta o queixo e indica uma tenda amarela atrás do kamikaze.

— *Madame Nadeje?* — Se estou com a testa franzida, não é porque tenho que forçar a vista para ler o letreiro em péssimo estado. — Uma cartomante? Você me trouxe aqui por causa... *disso?*

— Beth afirmou que a vidente é um assombro, que acertou absolutamente tudo e nos mínimos detalhes. A mulher falou sobre coisas íntimas e que...

O choque inicial passa, e, quando me dou conta, estou curvada, chorando de tanto gargalhar.

— Posso saber o motivo dessa crise de riso, Rebeca? — Suzy cruza os braços e contrai os lábios. — Só por que você consegue todas as informações que deseja batucando seus dedinhos velozes em um teclado não quer dizer que não existam pessoas com poderes mediúnicos!

— Poderes?!? — Dou mais gargalhadas. — Você acha que alguém com tal capacidade "mediúnica" trabalharia aqui, nesta espelunca de milésima categoria? — Levo um das mãos ao alto e rodopio o dedo com desprezo. — Ela não passa de uma trambiqueira, sua tolinha!

— Você diz isso porque é... — Ela semicerra os olhos e solta, hesitante: — *Assim...*

— "Assim" como? — Arqueio uma sobrancelha. — Pode ser mais clara?

— Cética. Você não acredita em nada! Nem em destino nem em sorte! — Ela percebe minha mudança de postura e, depois de um instante de silêncio, acaba soltando: — Você acha que os números explicam tudo, que pode controlar o que quiser? Quer saber a verdade? Ninguém pode!

— Eu *acredito* no resultado das ações, no que vejo, no que consigo tocar! No dia em que me encontrar com Deus ou com a "Dona Sorte", mudo de ideia, está bem?

Um trovão altíssimo, feito uma gargalhada demoníaca, reverbera pelo parque tenebroso. Algo estranho, ácido, arde em minhas veias. Chacoalho a cabeça e dou um passo para trás.

— Fé não se vê! Se sente! Quantas vezes preciso repetir isso? — insiste Suzy, sem se abalar, mais do que nunca determinada a ter a palavra final nessa discussão sem pé nem cabeça.

Mordo a língua para não dar uma resposta atravessada.

Suzy e essa mania idiota de acreditar cegamente em tudo! Quero fazê-la enxergar que crença inabalável nas pessoas é inocência demais e só traz problema. Minha vida é a prova contundente de que as pessoas usam o poder que têm para conseguir o que querem, passando por cima de famílias, vidas, amores. Meus sonhos foram roubados quando eu ainda era criança. Sou o produto desse tipo de comportamento, Suzy, não. Ela não foi obrigada a crescer em meio a ervas daninhas, é bondosa, diria até que tem um quê de ingenuidade. *Talvez seja por isso que eu me importe tanto com ela...*

— Desculpa, Su. É que... — murmuro, sem encará-la. — É tão obvio! Não passa de um truque. A vigarista só quer a sua grana.

Não quero discutir com ela. Não esta noite. Sinto um aperto ainda maior no coração. Seguiremos caminhos diferentes e, por mais que ela jure que não perderemos contato, sei que não é verdade. Nunca é.

— Um dia você vai acreditar em Deus e nas pessoas, Beca. Só espero que não seja tarde demais — conclui, me puxando pela mão quando uma nova rajada de vento e poeira nos atinge. — Venha! Antes que comece a chover.

Sigo seus passos sem contestar. Passamos pelo kamikaze e vamos em direção à barraca da tal Madame Nadeje, uma tenda árabe amarelo-ouro que lembra um cenário do filme do Aladim. Tem enfeites dourados pendurados em todos os cantos e, assim como o parque de diversões, está caindo aos pedaços.

— Quero me consultar — diz Suzy para o segurança.

O homem robusto, de nariz adunco e vestindo terno escuro puído, vigia a entrada de braços cruzados.

— É maior de idade?

— Sim. Acabei de fazer 18.

— Documentos. Duzentos reais. Com revista — dispara o sujeito.

— O quê?!? — Meus olhos quase saltam das órbitas. Agarro o ombro da Suzy com força. — Tá louca? É muita grana!

— Rebeca, para com isso. Você tem que respeitar a minha decisão — rosna ela, irredutível.

Para meu espanto, vejo que Suzy está ficando magoada, e a solto.

Droga! Não posso deixar que esses trambiqueiros levem o dinheiro da minha amiga!

Meu radar para falcatrua apita. Sou capaz de sentir o cheiro de tramoia a vários quilômetros de distância.

Por que tenho tanta certeza disso?

Porque sou uma ladra.

Desde pequena conheço as artimanhas do crime. A bandidagem foi meu berço e minha escola; o roubo, minha arte. Nasci para isso. Se é um dom ou uma desgraça, ainda não sei. O certo é que os números são o ar que respiro, e a informática corre como sangue em minhas veias. Posso invadir contas bancárias num piscar de olhos, decifrar qualquer senha.

— Revistar por quê? — pergunto, sarcástica, para o sujeito carrancudo. — Se fôssemos terroristas armadas, a "grande" Madame Nadeje já não teria previsto? — Sinto um beliscão na cintura. — Aiiiii, merd...!

O segurança franze a testa e, com os olhos contraídos, me analisa de cima a baixo. Eu o encaro. Logo em seguida, ele faz a inspeção da bolsa de Suzy com o auxílio de uma lanterninha.

— Espera aí! — rosno ao vê-lo encaminhar Suzy para dentro e me barrar. O estranho mal-estar cresce. Eu me sinto ridícula, fazendo papel de idiota, mas não posso deixar Suzy sozinha com esses vigaristas. — Eu pago. Vou entrar com ela!

— Uma consulta de cada vez — diz ele.

— Não vou me consultar. Só vou acompanhá-la!

O homem balança a cabeça, negando, e estufa o peito.

— Vai ficar tudo bem, Beca — intervém Suzy, visivelmente assustada com a minha acalorada reação.

Para falar a verdade, eu mesma fiquei assustada.

Mas há algo errado acontecendo. Posso sentir.

— Entra uma de cada vez — repete o sujeito com um olhar feroz. *Se ele pensa que me assusta fazendo cara feia...* Não recuo. — Se quiser se consultar, garota, terá que esperar a sua vez.

— Vamos embora. Não estou gostando. — Acho que estou implorando agora.

— Chega! Você está tensa por algum outro motivo.

— Não é isso! — grito, agitada. — Isso aqui...

— Shhh. Não importa o que é *isso aqui.* — Ela frisa, olho no olho. — Quero pagar para ver. Fica fria. Eu volto já.

Minha amiga contrai os lábios e se desprende de mim, acompanhando o segurança em direção ao interior da barraca.

— Não! — De repente me vejo correndo, passo por eles feito um raio e entro na tenda à força.

— O quê...?!? Rebeca! — Suzy leva as mãos à cabeça, exasperada.

O interior é uma pancada no cérebro, um ninho de informações, poluído demais, com uma absurda quantidade de objetos em exibição. Inúmeros adereços dourados trepidam, pendurados no teto por linhas invisíveis, e brilham refletindo a luz — é quase hipnotizante. Pisco com força, tentando desesperadamente adaptar a mente e a visão. De repente me vejo em espelhos de diversos formatos e tamanhos. Viro o rosto em todas as direções, vasculhando o lugar em meio às várias estátuas de madeira e metal, vasos de cerâmica com plantas, outros de vidro com flores amarelas e vermelhas, falsificações grosseiras de tapetes persas e almofadas coloridas espalhadas pelo chão. Castiçais com velas acesas e incensos abafam o ambiente. Não são apenas meus pulmões que se sentem sufocados, minha racionalidade também. Foco e razão escorrem como água por entre os dedos. Um arrepio frio sobe por minha coluna até minha nuca. Decifrei o mal-estar.

É um alerta.

De perigo.

— Olá — saúda a voz feminina que me traz de volta à realidade.

No centro da tenda há uma mesa redonda coberta com uma toalha vermelha repleta de desenhos de anjos dourados. Sentada atrás dela, uma senhora de idade avançada e vívidos olhos negros tem as mãos sobre uma cintilante bola de cristal.

— Uau! — digo, irônica, olhando os espelhos. — Onde estão os pontos das câmeras? Eu sei que dentro desta bola de cristal tem o monitor de um computador, espertinha.

— Já pedi pra você parar com isso, Rebeca! — As bochechas de Suzy ficam roxas. — Respeita minha privacidade!

— Privacidade, minha cara, é algo que só existe dentro da sua cabeça — debocho.

O segurança passa por ela e marcha em minha direção. Não me deixo intimidar.

— A senhora não tem vergonha de roubar o dinheiro de uma garota ingênua? — Estou descontrolada, só pode ser. Preciso achar um culpado. *Meus hormônios! Ou seria o prazo final do Jean Pierre chegando?* — Está bem! Eu explico. — Levanto os braços em sinal de rendição e encaro Suzy. Quero que ela olhe dentro dos meus olhos. — Aquilo na mão do segurança não é uma lanterna, amiga. É uma câmera que já passou seus dados para a trambiqueira. Ela terá acesso a tudo: nomes dos seus familiares, onde mora, o que faz, o que posta no Facebook, Twitter, Instagram etc. Em poucos segundos, toda a sua vida aparecerá "como mágica" na tela da bola de cristal!

— Isso é loucura! — Suzy fica desnorteada por um momento. Olha, hesitante, de mim para a vidente, que, por sua vez, apenas sorri. — Só porque você é uma... — Ela engasga, mas não diz o que sabe. — Nem todo mundo é desonesto, raios!

— Conheço esse golpe de merda!

— Para!

— Esta mulher vai te enrolar até arrancar todas as informações que precisa. Aí vai inventar um monte de coisas, e você vai morder a isca que nem um peixe, sua imbecil!

— Imbecil... — Suzy se retrai, e uma lágrima surge em seus olhos gentis.

Droga! O que foi que eu fiz?

— Me larga!

Tento me debater, mas o segurança me imobiliza.

— Essa garota está arrumando confusão desde que chegou, Madame Nadeje — explica ele, irritado.

A mulher não responde e, inclinando a cabeça, me estuda com um olhar de águia. Os cabelos grisalhos em contraste com sua pele morena.

— Que droga! Eu só quero te proteger! — guincho enquanto sou levada à força para fora da tenda. — Desculpa, amiga. Eu não quis...

— A gente se fala na saída — conclui ela de forma seca e sem olhar para mim.

Vigiada pelo leão de chácara, fico esperando Suzy do lado de fora da barraca. Ando incontáveis vezes de um lado para outro. Tempo suficiente para decorar as falas da *Conga - A mulher gorila*, o show idiota que está acontecendo aqui do lado. O tempo vai piorando, e nada de Suzy sair. Dez minutos. Meia hora. A ventania ganha força. Relâmpagos metralham o céu, e começa a chuviscar. Puxo o capuz do casaco e me encolho, espremida sob a pequenina cobertura de lona que contorna a tenda da cartomante. As luzes de várias atrações são apagadas e até mesmo o alto-falante da *Conga* já foi desligado. As poucas pessoas presentes vão desaparecendo do meu campo de visão, e o parque de diversões fica deserto e silencioso. *Que ótimo!*

— Quanto tempo ainda vai demorar? — pergunto para o segurança, que mal pisca.

— Depende do cliente. A consulta com a Madame Nadeje não tem tempo definido.

— Depende do acesso aos dados do cliente, isso sim. A conexão com a internet nessa espelunca deve estar complicada por causa do tempo horroroso, né?

O homem estreita os olhos, mas não diz nada. Fecho a cara e fico contando os intermináveis minutos. É tarde da noite quando Suzy finalmente reaparece. A bronca na ponta da língua se dissolve ao dar de cara com seus olhos inchados. Seus cílios tremulam cheios de lágrimas. Sinto meu peito estilhaçar.

— Suzy, por favor, não fica assim. Você não pode acreditar em nada do que a cartomante disse. — Seguro suas mãos ao vê-la soluçar. — Vem. Vamos sair daqui antes que o céu desabe. Onde deixou o carro?

— No estacionamento próximo ao mercado de peixes. — Sua voz sai fraca, quase um sussurro. — E você?

— Perto do caneco gelado do Mário. Nem sei se podia parar lá. — Dou de ombros e faço uma cara travessa. — Por sinal, a gente devia ter ido comer uns bolinhos de bacalhau e tomar cerveja em vez de ter se metido nessa furada aqui, isso sim.

— Não tem medo de levar uma multa ou ficar sem o carro?

— Fica fria. Invado o sistema do Detran e limpo minha ficha se for preciso. — Abro um sorrisinho inocente ao compreender sua preocupação. — Além do mais, os furtos caem em dias chuvosos. É questão de probabilidade.

— Que ótimo. Lá vem você com essa história de novo — diz ela, bufando.

— Cara, quanto estresse por bobagem! Tinha um engarrafamento monstruoso por causa de uma blitz da Lei Seca, e, como eu já estava mega atrasada para o nosso encontro, estacionei no primeiro lugar que encontrei, ok? Não tenho culpa se, em vez de irmos para um barzinho descolado qualquer na região oceânica, você resolveu me trazer para um parque horroroso nessa área *maneiríssima* de Niterói.

— Ela disse que Gabriel só está me usando. — Suzy mal escuta o que digo e, com a testa toda enrugada, confessa o que a deixou perturbada. — Madame Nadeje disse que ele fez uma aposta com os amigos. Vai terminar o namoro assim que transarmos.

— Não precisava ter gasto sua grana para descobrir isso — retruco, sarcástica. — Todo mundo sabe que o cara é um babaca. Eu te avisei há muito tempo. — Suzy recua de cabeça baixa, e eu me sinto mal por ainda estar dando sermão. — Desculpa, não quis... — *Droga! Não estou dando uma bola dentro!*

Assim que colocamos os pés do lado de fora da cerca de arame, as luzes do parque de diversões se apagam. Vários postes estão com as lâmpadas queimadas, e o posto de gasolina adiante, o único ponto seguro na área, também está fechado e todo apagado, deixando o entorno na penumbra. Num silêncio desconfortável, caminhamos depressa pelas calçadas desertas e atravessamos a grande avenida e depois as ruas secundárias. Fugindo dos pingos insistentes e das poças que começam a se formar no caminho, chegamos ao muro pichado da estação de tratamento de esgoto ao lado do terreno onde Suzy estacionou o carro. Sua torre de cimento se destaca por estar envolta por um interminável emaranhado de cabos e fios.

— Quando é que seu pai vai trocar isso daí? — Tento amenizar o clima estranho e aponto para a cabalística placa KQN-1313 assim que chegamos ao estacionamento.

— Todos lá em casa adoram o número treze — resmunga ela. — E para quem não acredita em sorte, até que você é bem supersticiosa.

— Não tem nada a ver com sorte ou azar — respondo, revirando os olhos. — Simplesmente não gosto deste número.

E, sem mais nem menos, Suzy cai no choro. Aturdida, lhe dou um abraço forte. Seus soluços comprimem meu coração, e uma ardência terrível se aloja em meus olhos. A ventania fica feroz, e nossos rostos são açoitados por rajadas de poeira. Está cada vez mais difícil manter os olhos abertos, o que vem bem a calhar: esconde a solitária lágrima que resolve, sem autorização, rolar por minha bochecha.

— Não fica assim, Su. Vai ficar tudo bem. O Gabriel não merece isso.

Ela meneia a cabeça e se afasta de mim. Eu a observo arfar forte e entrar no carro.

— O prazo do Jean Pierre encerra mesmo depois de amanhã? — pergunta, sem mais nem menos. — Por favor, não aceite a chantagem. Nunca terá fim.

Levo uma rasteira.

Ela nunca questionou a vida que levo. Talvez esta seja sua segunda melhor qualidade: *não me julga nem me condena*. Suzy, a garota de pele cor de jambo, olhos puxados e rosto exótico, uma mistura bem-feita de um mineiro com uma tailandesa é, sem sombra de dúvida, a melhor amiga que eu poderia ter na vida.

— Por que está perguntando isso? — Engasgo ao compreender o motivo de seu pavor: *o roubo que eu e minha mãe faremos amanhã!*

A cartomante deve ter ficado com raiva de mim e, percebendo a ingenuidade de Suzy, "profetizou" fatos ruins em meu futuro. Na certa inventou qualquer coisa terrível sobre mim, e Suzy, por sua vez, relacionou com o golpe programado para amanhã. A pobre coitada foi usada como mensageira para me colocar uma pulga atrás da orelha.

— Por que não volta atrás? Por favor, tira essa ideia da cabeça.

— Ah, fala sério! Você não pode acreditar no que a vigarista *Madame-sei-lá-do-quê* disse, né?

— Mas o Jean Pierre...

— Será a última vez com ele, ok? Vamos quitar nossa dívida de uma vez por todas.

— Mas... E a Dona Isra? — Ela insiste. — Sua mãe não tem mais idade para isso.

— Mamãe está muito bem e saudável.

— Mas você não se arrepende do que faz? É muito perigoso! Você ainda tem uma vida inteira pela frente, e Dona Isra, ela...

— Céus! Vai ficar tudo bem! — A conversa está começando a passar dos limites, fico agoniada. — Entrarei em contato assim que chegar a Barcelona.

— Mas...

— Chega de tanto "mas", caramba! Quantas vezes preciso dizer que um raio não cai duas vezes no mesmo lugar?

Suzy solta um gemido e abaixa a cabeça.

— Viajo para BH daqui a duas semanas, quando a faculdade começa. Nas férias voltarei para Nikiti — murmura ela, algum tempo depois, mas encoberta por uma emoção estranha, pesada. — Você não pensa no futuro, Beca?

— O que acha que estou fazendo? — debocho.

— Você entendeu o que eu quis dizer. Ter uma profissão, poxa! Quem sabe até estudar na mesma faculdade que eu. Seria tão bom...

— Agora endoidou de vez. — Faço uma careta. — Faculdade? Eu? No meio do mato ainda por cima? Passo mal só de me imaginar morando num lugar longe do mar, presa num atoleiro de lama, capim e bosta de vaca, dentro de um centro universitário perdido no mapa de Minas Gerais. *Eca!*

— Eu vou para Belo Horizonte e não para uma área agrícola, sua tonta! — Ela rosna, tensa, mas desiste do assunto assim que os chuviscos se transformam em pingos grossos, metralhando o teto do estacionamento e fazendo uma barulheira infernal. — Entra aí. Não tem uma alma viva na região. Vou te dar uma carona até seu carro.

— Além de ser contramão, é você quem tem que ir logo antes que tudo inunde. Meu Mitsubishi é alto, aguenta o tranco. Sem contar que não tenho medo de andar em lugares desertos.

— Você dá muito mole para o azar, isso, sim — resmunga.

— Azar é outra palavra que não existe no meu vocabulário. — Reviro os olhos. — Acredito em estatísticas, e já disse, o índice de criminalidade cai drasticamente em dias chuvosos. Os bandidos são espertos. Preferem ficar de boa, sequinhos dentro de casa. — O que é verdade. *Em parte.* Os assaltos a mão armada na cidade realmente caem durante tempestades, mas, com Suzy nervosa assim, eu jamais acrescentaria que o número de arrastões aos veículos presos em alagamentos triplica. — A probabilidade é praticamente nula.

— Praticamente nula não é igual a nula. E sempre existe uma primeira vez.

— Ah, fala sério! Junk food e cigarro matam mais que pivetes, e você bem que curte as duas coisas! — desdenho.

Suzy me encara, furiosa, abre a boca, cogita revidar, mas desiste.

— A gente se fala amanhã então — diz, ligando o motor.

— Não posso falar amanhã, você sabe disso. — Fecho a cara.

Mas que droga! O que foi que deu nela hoje? Por que está tão insistente?

— A gente se fala amanhã — repete, decidida, e acelera para fora do estacionamento.

— Suzy! — berro, mas é em vão.

O Peugeot vai embora, rugindo.

Assim que seu carro desaparece do meu campo de visão, os pingos grossos aumentam e uma tempestade fortíssima desaba na minha cabeça. Trovoadas apavorantes gritam nos meus ouvidos, como se tentando me alertar. Aperto o passo, sem saber se prefiro correr na penumbra sinistra ou ser guiada pela fantasmagórica claridade produzida pela artilharia de raios que tecem uma intrincada teia de eletricidade no céu e que ameaça cair sobre minha cabeça a qualquer instante.

Caminho o mais depressa que consigo, desviando das áreas já alagadas que surgem pelo caminho desnivelado. É tanta água que parece que está chovendo há dias, mesmo que tenha começado segundos atrás. *Seria uma tromba d'água?*

Começo a me sentir desconfortável com o ambiente deserto e, arriscando passar vergonha, saio correndo. Não quero pegar uma gripe nem ficar presa aqui em caso de enchente. Pelo menos é o que digo a mim mesma. Mas a sensação estranha, angustiante e carregada de que estou sendo observada é o que o dita o ritmo das minhas pernas.

— Aiii! Merda!

No meio da corrida, sinto uma fisgada aguda no pé direito, perco o equilíbrio e quase vou de cara no chão. Minha sandália linda, da última coleção da Arezzo, prendeu em um buraco, se soltou do meu pé e afundou numa poça d'água de tonalidade duvidosa com embalagens de Paçoquita e guimbas de cigarro boiando na superfície. Xingo ao enfiar a mão lá dentro para pescar a sandália.

Revoltada e mancando, chego aos tropeços na marquise do mais antigo mercado de peixes da região e me apoio na curiosa parede de azulejos com desenhos de caranguejos, lulas e camarões em um verde e um azul-claro que simbolizam o fundo do mar. Respiro fundo e, com o som da chuva retumbando nos ouvidos, checo os danos: duas tiras arrebentadas e um corte no pé ardendo demais. *Que ótimo!*

A maldita tempestade consegue ficar ainda pior. Mesmo diante da péssima visibilidade, avalio o percurso que terei que fazer descalça pelas áreas ainda não submersas. Dou risada da minha desgraça. *Talvez eu devesse ir nadando!*

Sinto na pele a urgência de uma terra sendo abandonada às pressas: calçadas desertas, portões fechados, janelas batendo, ruas se transformando em rios, carros acelerando ao máximo e furando sinais de trânsito sem a menor cerimônia, pouquíssimos ônibus passando. *Fuja.* Esse é o verbo que reverbera no ar, imperativo, a cada respiração ou trovoada ensurdecedora. As raríssimas pessoas que encontro pelo caminho o assimilam com perfeição, não ousam desafiar a força titânica da natureza, parecem desesperadas para voltar para casa antes que fiquem presas em outro alagamento memorável da "Cidade Sorriso", que, diga-se de passagem, pode ser encantadora em muitos aspectos, mas cujo trânsito caótico só nos faz debulhar em lágrimas. Absolutamente todas as lojas estão fechadas, e, sem um coração pulsando no centro comercial, a vida se foi.

Corro muito, focada como um touro em seu ataque mortal, em direção ao local onde estacionei meu carro. Abandonei as sandálias, a prudência e os trajetos alternativos. Tanto faz se avanço por entre poças de água pequenas ou gigantescas. Já estou toda encharcada mesmo.

Aos trancos e barrancos alcanço o hortifruti da esquina, entro pela rua correndo feito uma alma penada e, já sem fôlego, me apoio nos joelhos por um instante. Necessito de ar. Arquejo com força e várias vezes, mas não é o suficiente. *Droga! Preciso me exercitar mais!* Meus pulmões reclamam, ofegantes, mas de uma forma estranha. Não acho que seja por falta de oxigênio. Por alguma razão, tenho a sensação de que é uma espécie de aviso.

Observo as redondezas: nada.

Não há absolutamente ninguém em qualquer que seja a direção que eu me vire. Apenas eu, o meu possante no final do quarteirão, os uivos sombrios do vento e o aguaceiro interminável bombardeando meu cérebro. Algo reluz de repente e chama minha atenção. Olho rapidamente para cima. Arfando, observo as cortinas nas janelas dos velhos sobrados com faixadas descascadas e azulejos de várias décadas atrás. Estão imóveis. Mas o meu coração não. Balanço a cabeça, confusa com minha própria reação. Respiro fundo e volto a correr pela calçada alagada. Passo em disparada pelos portões de ferro das construções antigas e, molhada da cabeça aos pés, chego ao meu solitário carro estacionado entre o melhor botequim de bolinhos de bacalhau da cidade e uma loja de macumba. Com a boca seca, pego as chaves no bolso, entro como um relâmpago no Mitsubishi e bato a porta. Esfrego a camisa no rosto, mas não adianta nada; ela também está encharcada. Ligo o motor e enfio o pé no acelerador.

Tudo normal. Tudo tranquilo.

O ar retorna aos meus pulmões, e balanço a cabeça, me sentindo idiota por ter cogitado que algo fora dos padrões pudesse acontecer. Sorrio intimamente, ainda mais convicta das minhas certezas. Nada aconteceu, como era de se esperar.

O azar não existe.

Nem a sorte.

A vida é uma balança, e a estatística, os pesos. São eles que vão pender nossas vidas para um lado ou para o outro. Simples assim...

Uma trovoada altíssima reverbera em meus ouvidos, e, em seguida, um clarão ofuscante revela, por uma fração de segundo, um vulto avermelhado.

— O quê?!? Mas que merda é essa? — Por reflexo, estreito os olhos.

De repente fico alheia ao temporal, quando o espectro vermelho cresce de forma abrupta e passa feito um raio pela minha janela. *Cacete! Da onde surgiu isso?* Meu coração vem à boca, meu corpo congela, e os pelos da nuca eriçam quando vejo pelo espelho retrovisor o que era o vulto. Ou melhor, *quem* era o vulto.

Madame Nadeje?!?

O que essa cartomante maldita está fazendo parada aqui no meio dessa tempestade horrível?

Piso no freio.

KARL
2 ANOS ATRÁS

— Invicto e grande promessa do UFC, nocauteando todos os adversários no primeiro *round* e fortíssimo candidato brasileiro para disputar o cinturão em Las Vegas — anuncia o locutor aos brados e ergue minha mão ainda suja de sangue. — Saúdem nosso grande vencedor: Karl Anderson, a *Fera* de Minas!

Meu corpo dolorido é levantado e jogado diversas vezes para cima assim que a voz do alto-falante confirma outra vitória e a tão sonhada classificação para a disputa do título. O ginásio do Ibirapuera estremece furiosamente sob a vibração da plateia. Escuto urros de alegria e gritinhos de euforia. Meu nome é ovacionado. Sinto arrepios de puro êxtase.

— Fera! Fera! Fera!

As vozes em uníssono são um mantra para meu espírito em júbilo e massageiam meu ego, que infla e hipertrofia os músculos já inchados, triplicando-os de tamanho. Não consigo conter o sorriso que divide meu rosto em dois. A adrenalina em meu sistema foi transformada em uma espécie de calda entorpecente, sinto o sangue esquentar em minhas veias e me aquecer dos pés à cabeça. Eu poderia apertar o botão "pause" da minha vida: congelar este momento único e inesquecível.

Em uma olhada rápida, vejo Annie acenar feito uma maluca, o sorriso escancarado, visivelmente sem saber se vem ao meu encontro ou se acode mamãe em sua crise de choro, emocionada.

Sorrio para ela. Instantaneamente, meus olhos disparam em outra caçada. E, desta vez, não encontram o detalhe que falta para que tudo fique perfeito: Bia. *Onde ela está?*, me pergunto assim que meus pés tocam o chão e as pessoas voam sobre mim.

— Rumo ao título! — Meu técnico está vibrando. Ergue meu braço para que todos aplaudam.

— Você é invencível, meu camarada! — elogia Leo.

Sem parar de sorrir, pego a toalha que Leo me entrega, limpo o sangue das mãos, enxugo o suor do rosto e volto a procurar por ela. Está cada vez mais difícil. O edema cresce e está prejudicando a visão do olho direito. Vejo a multidão avançar como uma manada. Estranhos sorriem, dão conselhos (que esqueço na mesma hora) e me cumprimentam, amigos me abraçam e falam sacanagens no meu ouvido. Gargalho com vontade. Garotas me agarram, me dão beijos roubados na boca e no pescoço, se esfregam em mim, passando as mãos audaciosas em partes "teoricamente" proibidas do meu corpo exaurido. Regozijo. Sinto toda a força da minha presença, um puta tesão na vida.

Sou o dono do mundo.

— Onde ela está? — pergunto em meio à confusão de pessoas.

— Vai rolar uma festa do cacete na casa do Miguel. Bebida e mulher a noite toda. A gente pega umas garotas para você relaxar. — Sua tentativa de desviar minha atenção só confirma o que já sei: ele é um péssimo ator. Sempre foi.

— Onde está a Bia? — insisto, sentindo algo errado no ar.

Leo engole em seco. Eu franzo a testa.

— Ela não veio — confessa, sem coragem de me encarar.

— Como assim?

— Ela não apareceu. — Ele coça a testa ao ver minha fisionomia se modificar. Perco o equilíbrio. *Ela não veio assistir? Mesmo sabendo que era a luta final?* — Não esquenta, Karl. Vamos fazer o que sempre fazemos. Vamos curtir a noitada, e amanhã vocês se entendem, brother.

Mas essa não é uma noite igual às outras. A luta era a decisiva, e Beatriz sabia disso. Sabia o quanto sua presença era importante para mim.

— Passa a chave da moto — ordeno.

— Aonde você vai? Não pode pilotar neste estado!

— Passa a porra da chave! — Sinto um pânico inexplicável. Algo ruim deve ter acontecido com ela. Bia jamais faria isso intencionalmente. Preciso saber o que aconteceu. E tem que ser agora.

Leo balança a cabeça e, sem acreditar no que está acontecendo, deposita a chave em minhas mãos trêmulas.

— É a sua noite, meu! — Ele solta um suspiro de desaprovação. — Você sonhou com isso a vida inteira. Precisamos comemorar.

— Vai na frente. Te encontro depois.

Com dificuldade, me afasto da multidão ensandecida e marcho para o vestiário. Visto a primeira camisa que aparece na minha frente, desapareço por uma das saídas do ginásio e voo em direção ao prédio da minha garota. Meus reflexos estão lentos, o que é normal após uma luta. As feridas começam a incomodar, e, sob os golpes do vento, meus músculos desaquecem, destruindo a única barreira que me separa das fisgadas lancinantes que surgem em diversas partes do corpo. Saí tão apressado do Ibirapuera que esqueci de tomar meus potentes analgésicos. Meu olho direito dói pra cacete, e exalo um fedor azedo de sangue e de suor. *Que se dane! Eu preciso ver a Bia!*

Já passa das duas da manhã quando chego à Vila Mariana. Viro em uma esquina sob o olhar atento de dois sujeitos mal-encarados, alcanço a rua dela, agora completamente silenciosa, e estaciono a moto de qualquer maneira na calçada.

Uma janela no edifício em frente acende com o ronco exibicionista do motor da minha moto. Pela primeira vez na vida ele me incomoda também. As mil cilindradas anunciam a minha chegada, e sinto um desconforto momentâneo. Neste instante queria ser sutil, silencioso como um felino. Mas não sou. Mancando, desato a subir os degraus da portaria do prédio da minha garota.

Algo chama a minha atenção: a moto verde, tão possante quanto a minha, estacionada na calçada oposta. Eu já a vi outras vezes ali, quando resolvia aparecer sem avisar. *Deixa de ser idiota, Karl!* Minha mente rechaça a ideia absurda, mas um calafrio sutil percorre minha pele. Olho para cima e, por entre a fachada de granito bege, facilmente localizo o quarto dela em meio aos demais quadrados escuros de vidro e varandas repletas de vasos de plantas.

A luz está acesa!

Meu estômago revira de ansiedade. Definitivamente existe algo errado no ar. O porteiro franze a testa ao me ver chegar nesse estado deplorável. Conhecido de longa data, ele abre o portão e se aproxima, quer puxar assunto, mas passo por ele como um raio. Esqueço as fisgadas que me castigam e, deixando o elevador para trás, subo os degraus da escada de dois em dois. O quinto andar parece não chegar nunca. Quando finalmente o alcanço, não preciso bater duas vezes. A porta se abre automaticamente.

— Oi, Karl — cumprimenta Amanda, e eu apenas balanço a cabeça. Não sei se foram as pancadas que recebi, mas estou apático. — Como foi a luta? — pergunta a companheira de apartamento dela, ajeitando o cabelo atrás da orelha de um jeito artificial.

Cristo! Estou tão tenso que apaguei tudo da mente, esqueci que acabei de vencer a luta mais importante da minha vida. Neste momento eu deveria estar sendo endeusado pela mídia, curtindo com meus amigos e, principalmente, comemorando com Beatriz. Agora parece um sonho surreal, distante.

— Venci — digo, sem força. — O que houve com Bia? Onde ela está?

Amanda abaixa a cabeça e, sem olhar para mim, abre mais a porta.

E eu entro.

Sinto o ar escapar quando fico cara a cara com um sujeito de braços cruzados, que está encostado na janela do quarto. Ele tem as feições bem-delineadas, o cabelo escuro está perfeitamente arrumado com gel, um relógio reluz em seu pulso, sua roupa é de grife bacana, cara. Todo orgulho que sinto de mim e da minha conquista se desintegra instantaneamente. Olho para baixo e tenho vergonha do meu estado: mãos ainda sujas de sangue, camisa de malha branca amarrotada, tentando disfarçar o fedor que exala do meu corpo suado, olho direito deformado, corpo cheio de hematomas, calção de luta e tênis imundos.

Respiro fundo de novo e volto a olhar para ele. Eu o reconheço. Já cruzei com o almofadinha pelos corredores da universidade e na escada que acabei de subir. Lembro de elogiar a moto verde e supermaneira para Bia, e na hora ela comentou alguma coisa sobre um namorado secreto de Amanda. Inclino a cabeça e vejo minha namorada sentada na beirada da própria cama, os olhos inchados de quem acabou de chorar. Ela não diz nada e mal tem coragem de me encarar. Meu corpo inteiro está tremendo. *O que está acontecendo aqui?* Então me aproximo, lentamente.

— Bia... — sussurro após reencontrar minha voz e acaricio levemente seu rosto com as costas da mão. Ela abaixa a cabeça e arfa. — O que houve? Por que não apareceu na luta?

Nenhuma resposta.

O silêncio parece duas mãos me estrangulando. Estou sem ar. Torno a olhar para Amanda, que também desvia o rosto, e, em seguida, encaro o sujeito. O mundo roda até encontrar seu eixo. *Idiota!*, algo berra dentro de mim. Um suor gelado escorre pelo meu pescoço conforme vou compreendendo tudo. Fui traído pelo olho inchado, que me impediu de enxergar o que meu instinto animal acaba de detectar. Minhas mãos tremem mais do que no instante que antecede a uma luta.

De testa franzida, o engomadinho não ousa piscar. Não perde contato visual nem por meio segundo. *Puta que o pariu!* Reconheço esse tipo de olhar a milhas de distância. Olhar de confronto. Olhar de macho delimitando seu território.

Meu território.

Beatriz é minha.

— É você quem está saindo com a Amanda? — pergunto com a voz surpreendentemente baixa e educada, mas minha cabeça lateja diante do embate iminente.

— Não — responde ele de imediato, sem disfarçar o tom desafiador.

Não pode ser verdade. Não está acontecendo. Olho para o relógio: duas e vinte da manhã.

— Por que está aqui então? — pergunto, e Amanda leva as mãos à cabeça.

O babaca desencosta da janela e estufa o peito. Ele é mais alto do que eu e me encara de cima, mas em termos de músculos tenho o dobro do tamanho dele. *Vou arrebentar esse seu rostinho de príncipe em segundos.* Meus punhos se fecham involuntariamente.

— Karl, não! — Beatriz dá um pulo da cama e entra na minha frente.

Seus olhos vermelhos triplicam de tamanho de tão arregalados. Medo e culpa deformam seu rosto lindo e delicado. Sinto meu coração murchar dentro do peito.

— Igor, vem — chama Amanda. O almofadinha não se mexe e continua me peitando. — Eles precisam ficar a sós.

Balanço a cabeça e sorrio. Um sorriso que não chega aos olhos. Volto a me aproximar de Beatriz.

— Eu ganhei, Bebê — digo, em tom baixo, chamando-a pelo seu apelido carinhoso. — Precisamos comemorar.

— Karl, eu... — Ela trava quando deslizo meus dedos pelo seu braço.

O alerta de perigo iminente dispara em meu cérebro, e sinto uma nova descarga de adrenalina. É real. Meu toque não é bem-vindo. Respiro fundo. Tento pensar em um motivo razoável: estou sujo e suado.

Deve ser isso. Só pode ser isso. *Tem* que ser isso.

Estou congelado por dentro, mas não deixo transparecer. Aumento o sorriso e a abraço com vontade. Sou o alfa daqui. Preciso urinar com classe na cara desse babaca.

— Karl, não... — Beatriz solta um gemido, e seu corpo novamente enrijece ao meu toque.

Meu Deus! Onde está minha namorada? Eu a deixei aqui ontem e hoje encontro esse iceberg em seu lugar? Eu me faço de desentendido. Preciso do seu toque e de seus carinhos. Preciso dela mais do que nunca.

— Shhh! Tenho tanta coisa para contar, gata — interrompo sua fala e lhe dou um beijo de leve.

Ela estremece, mas finjo não notar. Pelo canto do olho percebo o tal Igor fechando os punhos, nervoso. Minha expressão denuncia que estou tenso, não consigo mais disfarçar. Me recuso a acreditar na merda que está prestes a acontecer...

Mas os sinais são óbvios demais.

Minha pressão sobe. Beatriz não pode estar fazendo isso comigo. Ela é a *minha* garota. Ela me ama e sabe que eu a amo. Estreito o olho esquerdo com força (o direito já era!) para ter certeza de que não se trata de um pesadelo. Sinto um gosto amargo na boca e sei que não é sangue. É decepção, perda, desespero.

Como, em questão de segundos, sua vida muda da felicidade extrema para o mais absoluto pavor?

Quero fugir, desaparecer. Daria tudo para não ter que encarar os fatos. Para encher a cara e só voltar no dia seguinte. Levei muita pancada na cabeça. Talvez sejam apenas alucinações...

— Karl, a gente precisa conversar. — Sua voz treme, mas sei que, nem de longe está tão trepidante quanto o meu coração.

Eu não estava preparado para esse tipo de confronto. Sinto a derrota me envolver sem hesitação. Entro em pânico.

— Conversar...? — Balanço a cabeça. — O que está acontecendo aqui? Que merda vocês estão me escondendo? — Estou berrando agora.

— Olha como fala com ela, seu animal — retruca o almofadinha em defesa da minha garota, e por um instante fico paralisado.

As batidas do meu coração disparam pelos meus punhos até que sinto o pulsar na ponta dos dedos. Vou quebrar todos os dentes dele, desfigurar sua cara barbeada, esmagar cada porra de osso do seu corpo. Solto Beatriz, dou dois passos em sua direção e arqueio as costas, feito um animal se preparando para dar o bote. A fera que existe dentro de mim precisa sair. Só ela é capaz de excomungar meus demônios.

— Karl, não! — Beatriz novamente pula na minha frente. — Seja homem e converse em vez de brigar! — grita ela, e seus olhos cinzas ardem, perfurando os meus.

Eu travo.

— Não sou... *homem*? — Minha voz falha.

As palavras queimam em minha garganta e detonam meu orgulho próprio. *Meus músculos não são provas suficientes da minha masculinidade?*

— Não é isso — balbucia. — A gente precisa conversar. — Ela repete, e seu rosto fica sombrio demais.

Não lembro de tê-lo visto assim em quase um ano de namoro.

— Amanhã, Bebê. Havíamos combinado que iríamos comemorar. Nós fizemos planos, lembra?

— Isso foi há muito tempo — retruca ela, entre dentes. — As coisas mudaram. Só você não enxergou.

Hã? Que papo é esse?

— Nada mudou, porra! Eu ainda sou o mesmo, e você é a MINHA garota!

O almofadinha abre um sorriso irônico, e todos os pelos do meu corpo ficam arrepiados. Vou matá-lo.

— Não sou mais. — Beatriz balança a cabeça, a convicção irredutível em seu semblante.

Perco o ar. Estou tremendo. Não. Estou chacoalhando de impotência e de raiva.

Como não? Que merda ela quer dizer com isso?

— Igor, eu preciso ficar a sós com o Karl.

— Você não fica sozinha com esse animal nem mais um segundo. — Ele determina na cara dura e sem se mexer. — Não vou sair.

Dou uma gargalhada sinistra. Devo admitir: o filhinho de papai tem culhões. *Vamos ver quanto tempo sua coragem vai durar assim que eu arrancar suas bolas pela garganta.*

— Vem, Igor. — Amanda entra em cena. Eu tinha me esquecido completamente dela. — Não dificulta as coisas.

— Ele não é confiável — dispara Igor, sem tirar os olhos de mim.

— Vai para o inferno com essa conversa fiada, seu babaca! Alguém fala logo o que está rolando aqui, porra! — Explodo, e o sujeito parte para cima de mim.

Perfeito! Vou enchê-lo de porrada. Quem sabe isso não arranca a maldita dor que rasga meu peito por dentro? Contraio os dedos, fecho os punhos e levanto o braço direito.

Mas o soco estanca no ar.

— Não! — Beatriz se mete no meio, mas em defesa dele.

É para ele que ela corre.

O sujeito a puxa pela cintura para junto de si.

Isso me deixa sem reação. Perco a fala. Perco tudo.

— Já está na hora dele saber, amor — diz ele, direto e decidido.

Amor? Como pude ser tão cego? Em que momento eu perdi a Bia? A porra dessa cena é um fim. Um ponto final para nós, para mim.

— Saber o quê? Que você está transando com a minha garota? É isso? — Surto e agarro o braço de Beatriz.

Ela geme e afunda o rosto no peito dele.

— Tira essa mão imunda de cima dela! — brame Igor, ferozmente, afastando-a de mim, e revida com classe: — E o que *nós* fazemos juntos não lhe interessa!

Há uma força colossal em suas palavras. Meus dedos se abrem, e me sinto sufocado. O contra-ataque é certeiro. Fraquejo. Meu olho esquerdo (o que me restava!) queima como nunca, encharca sem a minha permissão e obscurece tudo.

Não vou chorar. Não posso desmaiar.

Acabo de ser nocauteado.

3

REBECA

$\mathcal{M}$adame Nadeje permanece imóvel em um ponto de ônibus na grande avenida que se encontra tão alagada, escura e deserta quanto tudo ao redor. Meu impulso inicial é dar meia-volta e passar por ela com o carro em câmera lenta. *E com a janela aberta, claro!* Quero que a trambiqueira veja meu olhar vitorioso e meu sorriso triunfante. *Bem feito por enganar inocentes!*

Torno a olhar pelo espelho retrovisor, mas, por uma razão inexplicável, a figura da senhora de idade avançada sob a capa de chuva vermelha sendo violentamente castigada pela chuva me gera mal-estar.

Sinto pena.

O trajeto inundado começa a ficar complicado para os carros, e os raríssimos ônibus que surgem na avenida estão lotados, com passageiros quase caindo para fora. Na certa ela vai passar a noite inteira ali e acabará adoecendo. No final das contas, a coitada é apenas mais uma simples funcionária do parque de diversões. Lutando contra a razão que me alerta do perigo iminente, sinto meus dedos apertarem o volante e meu pé direito hesitar sobre o pedal do acelerador. Levo as mãos ao rosto e, após respirar fundo, dou marcha a ré. A mulher está olhando para o nada, imóvel como uma estátua, e assim permanece conforme eu me aproximo. Sinto um calafrio.

— Quer uma carona? — berro, tentando me proteger das rajadas de vento e chuva que entram pela fresta da janela aberta.

Ela vira o rosto para mim, o olhar ainda distante, e assente.

Destravo a porta e rapidamente jogo minha bolsa entre as pernas. Na escola da bandidagem também sou pós-graduada... *De nada*, penso enquanto a observo se sentar com toda a calma do mundo e permanecer calada. Nem ao menos retira a capa vermelha emborrachada que neste momento está encharcando o meu estofamento. *Que ótimo!*

— Onde você mora? — indago, entre dentes.

Começo a desconfiar de que a carona foi uma péssima ideia.

— Em Pendotiba, próximo ao Parque da Colina.

— Perto do cemitério?

— Por quê? Tem medo de assombração? — pergunta ela, com ironia, mas seu olhar permanece perdido, fixo em algum lugar longínquo além da tenebrosa tempestade.

Reviro os olhos. Pouco me importa se o distante cemitério é mal-assombrado ou não. O que me preocupa é o ponteiro do tanque de gasolina. Não conseguiria ir e voltar sem reabastecer o carro. *Que furada!*

— Minha rua fica depois da rotatória do cemitério, é perto de um atalho para o cass... hã... — De repente a cartomante se vira para mim e abre um sorrisinho enigmático. — Você conhece o caminho.

Eu a encaro e sinto minha testa franzir. De fato, conheço o tal caminho. Passei pela região pouco habitada diversas vezes no semestre passado, a caminho para o cassino clandestino do Jean Pierre. *Mas como ela sabia...?*

Depois do comentário suspeito, evito fazer contato visual e não tiro os olhos do limpador de para-brisa. Seu ritmo constante me hipnotiza, me desligando por alguns momentos da estranha situação em que me meti. O temporal perde a força, e, para meu alívio, o nível de água nas ruas começa a diminuir, deixando-as sujas, vazias e fantasmagóricas. Desconfortável, avanço o mais rápido possível pelo túnel de São Francisco, pela subida da cachoeira e depois pego a estrada nova de Itaipú, reduzindo a velocidade apenas nos radares de velocidade. Alcanço a rotatória em frente ao cemitério Parque da Colina e, seguindo as instruções dela, passo pela rua do cassino clandestino e vou adentrando áreas desconhecidas e cada vez mais desabitadas da região. Pelo canto do olho percebo que, de vez em quando, Madame Nadeje se vira para mim, me estuda por algum tempo e se vira para a frente. Toda vez que ela faz isso, involuntariamente meus dedos apertam o volante com força e meu corpo enrijece. Estou acostumada a lidar com gente desse tipo. Na verdade, tenho vontade de tirar a limpo a conversa que ela teve com Suzy, de dizer uns bons desaforos por ter deixado minha amiga naquele estado deplorável, mas, por alguma razão inexplicável, não consigo. Sinto uma força contrária aos meus instintos habituais. Uma energia sufocante paira no ar, à espreita. Perto desta mulher eu me sinto desconfortável, amedrontada talvez.

E não estou gostando disso...

— Pode parar próximo ao bordo japonês. — Ela aponta para uma lindíssima árvore retorcida na beira da estrada.

Constituída por folhas de um vermelho vivo impressionante, ela se destaca das outras na região. Faço conforme a cartomante diz e, aliviada, estaciono em frente a uma cerca baixa de arame entrelaçado. Ao fundo visualizo uma casa humilde com paredes brancas e telhas marrons. Há várias amendoeiras e mangueiras ao redor, e um tapete de folhas caídas cria um curioso caminho em meio ao terreno lamacento que a cerca.

— Quem vê cara não vê coração. Grande verdade.

— Hã?

— Os que sorriem e me cumprimentam costumam virar o rosto no momento de necessidade. Você, mesmo não gostando e até desconfiando de mim, mudou sua rota para me ajudar. E sob este terrível temporal! — Seu sorriso de dentes amarelos cresce, e ela estende a mão. — Obrigada.

Olho para seus dedos deformados pela artrose e hesito até retribuir o cumprimento. *Seria algum golpe que eu desconheço? Estaria ela armando para cima de mim com o discurso cheio de floreios?* Avalio os riscos em uma fração de segundo. Vasculho as redondezas, e não há qualquer movimento suspeito na rua escura e alagada. Minha bolsa está protegida entre as pernas, o farol alto permanece aceso, e o motor do carro continua ligado. Qualquer movimento anormal, eu piso no acelerador e saio como um raio daqui e... *Ah, para de neura, Rebeca!*

Estendo a mão.

Quando nossos dedos se tocam, sinto um choque elétrico percorrer todas as células do meu corpo e uma energia pulsante passar da pele dela para a minha. Por reflexo, tento puxar a mão de volta, mas, subitamente fraca, não consigo. Tenho a sensação de estar sendo tragada por algum campo magnético, um ímã potente. *Ai! Que truque é esse? Ela está me drogando? Alguma substância alucinógena seria capaz de atravessar a pele?*

— *Et accepto ostende!*

— O que você disse? — brado, nervosa. — O que...?

— Cuidado com o conhecido de nome francês. — O sussurro sombrio me interrompe, ricocheteando em meu crânio.

Eu me deparo com olhos negros e insondáveis encarando os meus. Sinto outro calafrio.

— Me larga! — rosno.

— Ele não vai descansar enquanto não conseguir o que deseja. *Jean Pierre? Como ela o conhecia? Calma, Rebeca! É apenas um blefe.*

— Não sou de blefar. — Ela me lança um sorriso frio de advertência.

Perco a cor.

— Me solta! — Torno a ordenar, fazendo uma enorme força para me libertar.

Nem um músculo se mexe. *Não é possível! Ela não pode ser tão forte assim!*

— É bom se aquietar porque estou apenas começando — adverte, com indiferença. — A primeira faculdade não será de grande proveito em sua vida, mas...

— Faculdade?!? — Interrompo com uma gargalhada feroz. Ela não esboça reação. — Se ferrou, cartomante fajuta! Nunca me matricularei em faculdade alguma! Sinto náuseas só de pensar no assunto!

— Mas — continua ela, sem me dar a mínima —, se der atenção aos seus *verdadeiros instintos*, a segunda faculdade será o divisor de águas em sua existência. Lá você encontrará o amor da sua vida.

— Segunda faculdade? Amor da minha vida? Eu não sei se a senhora é surda, mas com certeza é hilária, *Madame-erra-feio*! Agora entendo por que aquele parque está às moscas! Quer um conselho? Mande sua bola de cristal para o conserto hoje mesmo!

Ela não se abala com as minhas ofensas. Pelo contrário, parece até se divertir.

— Desenvolva sua crença. Um pedido com fé pode fazer toda a diferença. Afinal, para Deus tudo é possível.

— Não acredito em Deus — rebato, deixando claro meu descaso. — E nunca acreditarei!

— Será? — Ela estreita os olhos. — Pois eu lhe digo que não deve acreditar cegamente nas estatísticas, garota. O improvável é mais provável do que você imagina.

Estatísticas?

Repuxo os lábios em uma expressão irônica, mas um alerta real começa a piscar em minha mente. *Como ela sabia sobre a minha crença nos números?*

— O que você quer dizer com isso?

— Na prova de segunda chamada, na *segunda faculdade...* — Madama Nadeje destaca as últimas palavras com sarcasmo. — Aceite o chamado da amiga de olhos puxados para estudarem juntas, e não volte para casa sozinha. — Inspira e, em seguida, abre um sorriso perturbador. — A não ser que queira testar as suas estatísticas ou ver até onde vai a sua *sorte*.

A cartomante também não diz a palavra "sorte" de maneira natural. Ela a soletra lenta e ameaçadoramente, como se soubesse sobre a minha descrença no assunto. *Era alguma piada com a minha cara?*

O alerta em minha cabeça ganha intensidade e lateja forte. Novamente tento me soltar, mas sinto seus dedos afundando em minha pele.

— Vai mudar de ideia em relação ao número treze. — Ela solta um longo suspiro. — Ele vai trazer o amor da sua vida.

— Você é louca? — retruco, sem conseguir camuflar a insegurança no meu tom de voz. *Como ela sabia sobre a minha ojeriza pelo número treze?*

— Vejo olhos brilhantes, força e coração no décimo terceiro rapaz. Isso é bom. Pode ser que mude sua forma de encarar a vida, pena que ele... — Ela parece estar aérea quando diz estas palavras, quase em transe. — Seu grande amor será um herói, o dragão no cavalo vermelho.

— Pode parar com as charadas! Que tipo de joguinho é esse? O que você quer?

Ela me estuda por um momento.

— Você me ajudou, Rebeca, a despeito do que pensa sobre mim. Dou valor às pessoas que têm coragem de agir pelo bem do outro, ainda que vá contra seu próprio benefício. Sei que foi apenas um caso específico. Não posso dizer que suas ações sejam *elogiáveis* até o momento, mas terá a chance de mudar, de tomar um novo caminho.

— Chega! Não quero ouvir mais nada!

— Não devia, mas como sou uma romântica incurável e vejo que você não tem culpa, que é apenas o *produto* de uma criação muito... *diferente*... — escolhe as palavras sem me dar atenção —, vou lhe dar uma pista: seu décimo terceiro namorado será o homem da sua vida, seu verdadeiro amor e o *único* que poderá salvá-la dessa existência medíocre que sua mãe impôs a você, menina. Pobre mulher. Não a culpo, mas... Ela vem desperdiçando as próprias chances. — A cartomante dá de ombros ao perceber meu estado enfurecido. *Quem ela pensa que é para falar das atitudes da minha mãe?* — A definição de amor passa longe daquilo em que sua mãe fez você acreditar, gostaria que se lembrasse disso. E, como ia dizendo, nos braços do namorado número treze sua vida voltará aos eixos, será calma e feliz. Sem ele experimentará perdas e fracassos, vivenciará o inferno na Terra. Portanto, haja o que houver, não o deixe escapar. Lute por ele.

— Como é que é?!? E-R-R-O-U feio!!! — brado, em um acesso de riso, fúria e nervosismo. — Por que não para de ficar dando bola fora, velhaca? Eu já perdi a conta de com quantos garotos fiquei, mas com certeza já passou de treze há muito tempo! — Quero agredi-la com palavras em uma inútil tentativa de disfarçar minha confusão mental. Não reconheço a Rebeca que está diante dela.

— Ficar é uma coisa. Namorar é outra. — Ela finge não escutar minhas agressões verbais e rebate com um sorrisinho cheio de malícia. — Como você está muito na defensiva, vou ajudar. Só registro como namorado os rapazes com que você fizer sexo e que a apresentarem como namorada. A palavra precisa ser dita. Por ele.

— Acabou?

Ela não se mexe e continua me encarando. Em algumas vezes tenho a sensação de que Madame Nadeje está me testando, em outras consigo captar um sentimento estranho fluindo em seus enigmáticos olhos negros. Ela parece ter pena de mim, e isso é ainda pior, quase me mata de raiva.

— Desista dos seus planos para amanhã. Convença sua mãe a não fazer o que tem em mente. Será um caminho sem volta.

Meu coração dispara.

— Que merda é essa agora? O que você sabe? O que conseguiu arrancar da boca da Suzy, sua cobra? — Cega de raiva, explodo e me jogo para trás, finalmente conseguindo me livrar de suas mãos asquerosas.

— Suzy é uma boa amiga... — pondera ela, pouco ligando para o meu acesso de fúria. — Sei que você se preocupa com ela, deu provas disso lá na tenda, mas deve tentar cuidar mais dela, assim como ela cuida de você.

— Para quem você trabalha? Se pensa que vai me assustar ou me chantagear, está perdendo seu tempo. Quem foi que te mandou dizer isso?

— Foi você quem me ofereceu a carona, lembra? — Morde o lábio fino para segurar um sorrisinho que lhe escapa. — Podia ter fingido que não me viu, afinal, tem livre-arbítrio.

— Sai do meu carro! — esbravejo, e todo meu corpo começa a tremer. — Agora!

Com sangue pulsando nos ouvidos, destravo a porta e olho para a frente. Pelo canto do olho sei que a cartomante fica me observando por alguns segundos. Então balança a cabeça e, após soltar um suspiro desanimado, sai. Tremendo sem parar, eu piso no acelerador assim que a porta do carona bate, mas o carro não responde e... morre! Aliás, não é apenas o motor. O farol também apaga e me arremessa em um negrume total.

Ah, não! Uma pane elétrica!

Sem o ronco do motor ao fundo, o som da chuva atingindo a lataria do veículo se transforma em pancadas em meus tímpanos e parece quase tão sufocante quanto amedrontador. Nervosa, torno a girar a chave na ignição, e, após fracassadas tentativas, finalmente meu Mitsubishi volta a funcionar.

De repente, uma batida na janela quase me mata do coração.

— Droga! — Olho bruscamente para o lado e lá está a cartomante. *De novo!* — O que você quer agora? — indago, feroz, abaixando minimamente o vidro.

— Esqueci de dizer algo importante, Rebeca. — O rosto de Madame Nadeje está sombrio, sua expressão modificada por algum tipo de sentimento.

— Pois diga logo e desapareça da minha vida. — Meu pé bombeia o acelerador.

— Um raio pode cair duas vezes no mesmo lugar, menina — conclui, mirando meus olhos com intensidade. Todo o sangue é tragado das minhas veias. — Aliás, pode cair quantas vezes forem necessárias.

Um raio pode cair duas vezes no mesmo lugar...

E, com essas palavras, a figura dentro da capa vermelha emborrachada vai embora, se afastando vagarosamente pela chuva e me deixando ali, perdida dentro das minhas verdades.

4

REBECA

— Beca, o café está na mesa — grita mamãe lá da sala.

Estou com os olhos abertos desde a véspera, insone e estranha.

Sempre fui cética. Mamãe me criou sem religião, livre de qualquer tipo de crença, leis ou dogmas. Deposito minha fé no dinheiro e nas portas que só ele é capaz de abrir. Divindades são formas de poder criadas pelos homens para nos castrar. Creio naquilo que posso ver e tocar. Portanto, a sorte e o azar para mim não existem. São estados de espírito criados pela nossa mente, energia pulsante que nos rodeia e atrai o que é inconscientemente ordenado pelo nosso pensamento. O amor, no sentido amplo da palavra, não existe. Trata-se de um sentimento mesquinho e egoísta, criado para aprisionar os amantes. Se o amor fosse bom, não prenderia, mas sim libertaria. Quem ama deveria dar sem pedir nada em troca. E todo mundo quer algo em troca. *Todo mundo...*

Não acredito nas pessoas, mas, para abalar com as minhas convicções, existem os... atos de bondade!

E a maldita cartomante percebeu!

Os atos altruístas enfraquecem as minhas crenças e, por mais que eu resista, insistem em me surpreender. Preciso ser mais determinada em relação a eles. Mamãe diz que logo serei capaz de contornar este defeito, que é apenas questão de tempo e de maturidade. Não posso contestá-la porque ela nunca errou. Desde a morte do meu pai seus julgamentos e apostas são certeiros. Tenho inúmeras provas, em diversos momentos, que confirmam tudo o que ela diz. Sei que tem uma visão diferente do mundo e da vida. Não me importo que esteja fazendo de mim uma garota atípica, e não fico nem um pouco preocupada com a opinião dos outros. Gosto de ser do meu jeito. Não fantasio relações, eu as crio quando desejo e as elimino assim que se tornam desnecessárias ou cansativas.

Em breve serei senhora do meu tempo, dona das minhas horas, o meu próprio relógio. Não ficarei presa a convenções. Serei livre para ir e vir de onde quiser e quando desejar. Chega de abaixar a cabeça para os ponteiros desta vida repetitiva que somos forçados a ter. Nada mais de obrigações, horários a serem cumpridos que não sejam aqueles que eu bem entender. Fiz o básico nos estudos porque, mesmo com a vida que levamos, mamãe acha essencial para a minha proteção. Sei que muitos a consideram uma pessoa estranha e amarga. Mas para mim ela é forte, destemida. Mamãe não acredita nas pessoas e em suas ações despretensiosas.

Eu também não acreditava.

Até conhecer Suzy, minha única amiga, dona de um coração gigantesco.

O que me remete de volta ao assunto dos atos desinteressados...

Mamãe diz que é questão de tempo, que logo Suzy também será contaminada pela vida e que acabarei me decepcionando com suas ações. Sinto um aperto terrível no peito toda vez que ela diz isso porque não quero aceitar. Meu coração afirma que Suzy é bondosa e que assim continuará.

E então surge em cena a tal Madame Nadeje.

Suas premonições ainda ricocheteiam em minha mente. *Como ela sabia sobre nosso plano para hoje?*

Assim que cheguei em casa, liguei para Suzy e tirei a conversa a limpo. Ela jurou por tudo que é mais sagrado que não deu um pio sobre mim. Tinha contado, entretanto, que a cartomante lhe perguntou se ela acreditava em alguma divindade, Suzy confessou ser cristã fervorosa e, diante disso, foi orientada a fazer orações para mim e para a minha mãe, em especial. A senhora pediu ainda que ela não comentasse nada sobre a sessão, afirmando que o destino se encarregaria do restante e que os danos poderiam ser ainda maiores caso ela desse com a língua nos dentes, o que acabou acontecendo de qualquer maneira. Primeiro porque Suzy ligou os pontos e supôs que a mulher estava se referindo ao golpe e, com isso, não aguentou de tristeza e desabou, segundo porque eu ameacei acabar definitivamente com a nossa amizade caso ela não me revelasse toda a conversa.

O estranho é que Madame Nadeje imediatamente deixou esse papo de confidencialidade de lado e resolveu abrir o verbo comigo também, me alertando sobre os riscos da nossa iminente falcatrua.

O que me leva de volta ao início de tudo.

Como aquela cartomante sabia sobre o grande golpe de logo mais? O que ela ganharia em nos avisar? Por que se importaria em ajudar alguém que a chamou de trambiqueira? Ou seria tudo uma farsa? Estaria agindo a mando de alguém? Teria ela mais talento em acertar nas suas suposições do que eu imaginava? Estaria blefando para se vingar de mim? Seria tudo parte de uma pegadinha de mau gosto? Mas e se não fosse? E se aquela estranha senhora realmente tem poderes sobrenaturais e, em um ato de bondade, resolveu me ajudar?

— Rebeca, seu café vai esfriarrr! — Sou bruscamente trazida de volta à realidade.

A voz rascante de mamãe diz tudo: está no que costumo chamar de TPG ou tensão pré-golpe.

— Estou indo! — Dou um pulo da cama que reclama com um rangido.

Não olho para trás porque não vou sentir falta deste quarto. No imóvel que compraremos em Barcelona minha suíte de frente para o mar será do tamanho deste apartamento inteiro. Sorrio com a ideia.

— Fiz ovos mexidos, mas pelo tempo que ficaram aí acho que já viraram outra coisa — reclama ela com seu sotaque turco assim que coloco os pés no corredor.

Ele sempre piora às vésperas de algum golpe, e, como o de hoje será o maior de todos, sei que serei atropelada por uma enxurrada de "erres".

— Quanta tensão, Dona Isra — digo ao me sentar ao seu lado. Ela está revirando a própria comida, mas seu prato permanece cheio. Está sem fome. Tento demonstrar tranquilidade, rapto um pãozinho no cesto à minha frente e começo a mordiscá-lo. Ela arfa. — Não precisa ficar assim, mãe. Está tudo mais do que acertado. Fiz as simulações umas mil vezes.

— Eu sei, filha — diz ela, com um suspiro. — Estou mais ansiosa do que o normal, mas você sabe que espero por esse dia desde a morte do seu pai.

— Não quero que você fale sobre ele. Não é dia para se emocionar. Quando você fica se lembrando dele, não pensa nem age direito.

— O furto de hoje será a nossa redenção. — O verde de seus olhos escurece. — Vamos finalmente quitar nossa dívida e começar uma vida nova. Bem longe daquele *aşağılık kimse!*

Ah, sim! Aşağılık kimse *significa "salafrário" em turco. O* aşağılık kimse *em questão é o maldito do Jean Pierre.*

"Cuidado com o conhecido de nome francês."

A frase da cartomante salga minha boca. *Pronto! Acabo de perder a fome também.*

— O que está deixando você aflita então? — Tento não demonstrar ansiedade nem preocupação.

— Jean Pierre é um agiota dos grandes, e pessoas da sua estirpe não gostam de perderrr clientes cativos. Principalmente se esse cliente tiver uma filha que é um gênio da computa... — Mamãe coça o nariz, e sua voz falha, mas não é devido ao sotaque.

Ela está segurando o choro.

Estou em uma batalha feroz comigo mesma, sem saber se comento ou não sobre o que a cartomante disse.

— Mas nada vai acontecer. Soube que o Jean Pierre também está desesperado por essa grana. — Ela rapidamente se recompõe. — Acho que estou ficando velha e cheia de neuras. É isso.

— E se não aplicarmos o golpe hoje? — pergunto de forma casual, revirando os ovos mais que mexidos no prato.

Ela arregala os olhos.

— O-o que está havendo, Rebeca?

— Minha cabeça está latejando e estou indisposta — minto. — Acho que o kamikaze acabou comigo. Pensei em adiarmos o golpe.

— O que está dizendo? Que maluquice é essa? — Sua voz fica esganiçada.

— Posso me infiltrar novamente, modificar alguns códigos e quebrar as travas do sistema. É só saber quando será a nova viagem do...

— Nunca! — Ela me interrompe, dando um pulo da cadeira. — O que deu em você? Enlouqueceu? — Seu rosto está rubro, e as mãos tremem.

— Não me sinto bem, mãe! Qual o problema em adiar o golpe por um tempo? — rebato no mesmo tom agressivo e vejo que estamos discutindo pela primeira vez na vida.

— Qual o problema? — ruge mamãe, assustada e descontrolada. — Está tudo arranjado! O Sr. Tomaselli estará a trinta e cinco mil pés de altitude e incomunicável. Sem contarrr que o nosso prazo acaba amanhã e quero me ver livre daquele *haydut* de uma vez por todas! Você sabe há quanto tempo esperrro por esse momento?

— Algumas semanas não são nada se for para evitar que algo realmente ruim aconteça conosco!

— Como é que é?!? — Ela franze ainda mais a testa. — Sobre o que você está falando?

— Algo me diz para a gente não fazer isso hoje, mãe. — Evito seu olhar inquisidor.

— Desde quando você passou a darrr ouvido a pressentimentos idiotas, Rebeca?

— Eu... — Viro para ela e sinto meus olhos arderem. — Uma cartomante no parque de diversões disse que algo ruim aconteceria hoje, disse que nós duas correríamos risco, que seria um caminho sem volta e que...

Mamãe recupera a cor e, após alguns segundos, desata a gargalhar.

— Então... é isso! — Ela chega a se contorcer de tanto rir.

— Mas... — hesito. — Ela disse coisas íntimas. Coisas que ninguém saberia.

— Tipo...

— Ela sabia sobre o golpe, sobre a minha crença nas estatísticas e, soletrou, palavra por palavra, a minha frase predileta, sobre o raio não cair duas vezes no mesmo lugar.

— É um truque velho, sua tolinha! — Mamãe está praticamente rindo da minha cara. — Presenciei alguns em Istambul, quando era garota.

— Hã? Mas como? — Afundo no assento. — Não entendo.

— Hipnose, filha! A mulher deve ter utilizado alguma "palavra gatilho" que instantaneamente a arremessou para um estado de transe. A partir deste momento ela apenas repetia as informações que colhia de você mesma.

Hipnose? Claro! Como não havia pensado nisso? Madame Nadeje tinha realmente pronunciado uma palavra estranha quando segurou minha mão!

— Era essa a causa da sua indisposição? — pergunta ela com uma das sobrancelhas arqueadas, o sorriso irônico ainda nos lábios.

— Dona Isra, você é incrível!

— Eu sei. — Ela pisca, orgulhosa. — E você também será um dia.

É o que desejo, mas na minha idade, minha mãe já era bem superior na arte do crime.

— Mas nunca fui uma hacker do seu gabarito, meu amor — acrescenta, de repente, e me abraça. *Por acaso ela leu meu pensamento?* — Ainda temos tempo. Vai dormir um pouco. Vou dar uma passada rápida no dentista.

— Como tem estômago para ir ao dentista hoje? — Balanço a cabeça.

Ela sorri e vai embora.

"A águia pousou", diz a manjada mensagem de texto que envio para minha mãe de um shopping na Ilha do Governador, um ponto estratégico, localizado a apenas quinze minutos do Galeão, o aeroporto internacional do Rio de Janeiro. Estou em uma das mesinhas de um quiosque de sanduíches naturais, com nossas malas a tiracolo e meu notebook a postos. Mamãe, que se diz a atriz da dupla, fica na linha de frente enquanto dou cobertura. Sei que é a sua forma de me proteger porque, se algo der errado, ela tem como limpar a minha barra e assumir a culpa.

O local foi escolhido a dedo. Aqui farei todos os acessos virtuais do golpe. Não poderemos nos comunicar enquanto ela estiver dentro do banco. Apesar de complexo e exigir mais das minhas habilidades, assim reduziremos as margens de riscos. Por pouco não nos encrencamos no último furto, quando o microfone escondido nela quase foi descoberto.

Transferir dinheiro de uma ou de várias contas bancárias para uma conta no exterior não é mais uma opção viável. Com a frequente troca de informações entre os bancos e a maior cooperação entre os países do mundo todo, os procedimentos de segurança se aprimoraram muito, tornando a operação muito arriscada, senão impossível. Fomos obrigadas a mudar o alvo e o *modus operandi*. Sempre trabalhamos em dupla, mas, infelizmente, desta vez tivemos que passar detalhes do plano para o crápula do Jean Pierre, porque precisaríamos da sua ajuda.

O esquema seria o seguinte: roubaríamos a fortuna de um infrator da lei. Um criminoso que jamais poderia reclamar do furto, uma vez que também fez sua própria riqueza por meios ilícitos.

Ladrão que rouba ladrão...

O plano para o maior golpe de nossas vidas consiste em limpar o cofre abarrotado de diamantes contrabandeados do Sr. Tomaselli, o dono da joalheria onde mamãe trabalha há quase um ano. O italiano naturalizado brasileiro é o cabeça de uma rede internacional de tráfico de pedras preciosas. Com livre trânsito a diversas minas ilegais na África do Sul, ele explora indivíduos que trabalham em condições sub-humanas e suborna agentes alfandegários e políticos corruptos para que suas mercadorias valiosas passem tranquilamente pelas fronteiras do Brasil. Declara-se milionário perante o Fisco, mas trata-se de um bilionário na vida real.

Com o acesso clandestino ao notebook do Sr. Tomaselli enquanto ele precisou fazer uma visita repentina e prolongada ao banheiro após consumir a refeição "batizada" que mamãe, muito gentilmente, levou para ele, consegui invadir seu computador pessoal e, após inúmeras tentativas, obtive a senha do seu cofre bancário. Mas duas coisas ainda poderiam entravar o esquema: o poderoso sistema de segurança dos computadores e a possibilidade do setor responsável entrar em contato com o próprio Sr. Tomaselli. A solução do primeiro obstáculo foi passar os últimos meses estudando os padrões de segurança do banco e descobrir que, todos os dias, entre duas e três horas da tarde, o firewall do servidor é desabilitado para rotinas de atualização que duram três minutos, tornando-o vulnerável ao ataque de um "agente agressor", tipo eu.

O que me obriga a ser rápida. Muito rápida.

A segunda questão teria que ser resolvida basicamente ali em cima da hora. Aproveitaríamos uma das viagens repentinas do Sr. Tomaselli para o Marrocos, na qual o Sr. Simas, seu braço direito, estivesse junto. Isto porque seu assessor com olhos de águia raramente deixa o país e cuida dos negócios com mais afinco e paixão que o próprio dono. Durante a operação, portanto, eles estariam sobrevoando o Oceano Atlântico, impossibilitados de receber ligações do banco.

Um bip. Olho o relógio: duas e dezoito. O firewall do *mainframe* acaba de ser desabilitado para atualização. Repasso a informação para ela.

"Partindo", responde mamãe, e na mesma hora entendo que ela acaba de entrar no banco e que nossa comunicação encerra ali. Só tornaremos a nos falar quando ela pegar o táxi em direção ao aeroporto. A partir de agora deverei monitorar todas as rotinas do banco. Já consegui identificar e estabelecer um padrão para aquelas que se referem às movimentações realizadas nos cofres. Mamãe está disfarçada. Usa uma maquiagem bem clara que disfarça seu tom de pele moreno, uma peruca grisalha com um coque esconde seus volumosos cabelos castanho-escuros, óculos de grau e uma roupa que a deixa consideravelmente mais gorda. O motivo decisivo para que o Sr. Tomaselli fosse o alvo escolhido: seu primeiro nome. O salafrário se chama *Andrea*, um nome que, apesar de ser masculino na Itália, é feminino no Brasil. Assim, quando o funcionário do banco acionar sua identificação, tudo estará perfeitamente igual, com apenas uma alteração: a foto. Serei responsável por fazer a conexão dos dados demorar uns segundos além do normal, o suficiente para que eu mude a fotografia dele pela imagem da Dona Isra envelhecida que estará diante do funcionário. Isso sem contar o fato de que os cofres onde ele guarda sua fortuna são completamente digitais, permitindo, desta forma, minha oportuna intervenção.

Mas os bandidos também têm seus truques: os rastreadores.

Com a prática obtida trabalhando na joalheria, mamãe também fará uma rápida vistoria nas pedrinhas valiosas e checará se não existe algum diamante "fantasma" ali no meio, ou seja, um diamante falso que na verdade é um rastreador.

Com um sanduíche de atum e um suco de laranja intocados, meus impacientes dedos teclam a mesa em um cacoete persistente. Um sinal na tela do notebook avisa que está na hora de agir. Após alguns segundos, faço o rosto de minha mãe aparecer no cadastro do nosso alvo, Andrea Tomaselli. Respiro aliviada. A primeira fase transcorreu conforme planejado. Agora ela usará a senha que passei, mas precisará da minha intervenção, caso haja outra trava de segurança eletrônica. Novo alerta na tela. Sim. Há outra barreira que, rapidamente, também consigo derrubar. Pronto. Basta esperar mamãe fazer a vistoria nos diamantes. Assim que sair de lá, ela vai dividi-los por três sacolas de feltro. Dois terços do total vão para o Jean Pierre. O nosso terço será dividido entre nós duas. Para não levantarmos suspeitas, cada uma pegará um voo para a Europa de companhias diferentes. O meu tem o aeroporto Charles de Gaulle como destino final, sem escalas, e sairá meia hora antes do dela. O de mamãe vai para Londres, com escala em Lisboa. Da Inglaterra ela pegará outro voo para Paris, onde eu a estarei aguardando para seguirmos de trem para a Espanha.

Três. Cinco. Dez minutos e nem sinal dela! Estou ficando preocupada. O prazo máximo que havíamos combinado acabou, e ela já devia ter entrado em contato. Há algo errado. Se ela demorar mais cinco minutos, vou ao seu encontro.

Quinze minutos!

Com o coração na boca, fecho o notebook, pego as malas e saio às pressas dali. Assim que entro no táxi, meu celular vibra.

— Você quase me matou de susto, droga! — Guincho. — Tudo bem?

— Tudo, filha.

— O que aconteceu?

— Pedras falsas. Várias delas. Precisei ter muito cuidado porque eram verdadeiras obras de arte — sussurra ela. — Vou entregar a parte do crápula do Jean Pierre. Encontro você no local combinado dentro de uma hora.

Chego ao Galeão e me encaminho diretamente para o sanitário feminino no térreo. Sentindo a descarga de adrenalina finalmente abandonar meu corpo, lavo o rosto e fico fazendo hora. Cinquenta minutos depois mamãe aparece na porta com um sorriso escancarado nos lábios.

— Sua parte. — Ela me entrega o pequenino e precioso embrulho após ficarmos a sós. — Lembre-se, filha, o plano continua. Eu não te conheço, e você nunca me viu. Se algo errado acontecerrr comigo, não olhe para trás porrrque será isso que farei se o mesmo acontecerrr com você, fui clara?

Faço que sim, mas não sem preocupação. Os "erres" confirmam sua tensão fora do normal para um plano que está correndo muito bem. *Estaria ela me escondendo alguma coisa?*

— Vai na frente. — Dá um beijo demorado em minha testa. Perco a voz com a atitude atipicamente calorosa. Entrego-lhe suas bagagens. — Não querrro que ninguém nos veja juntas.

Saio dali com uma sensação estranha no peito, passo pela fiscalização, entro na área de embarque para os voos internacionais e caminho em direção ao portão C62 do terminal 2. O grande painel diz que meu voo está atrasado, mas o de mamãe sairá no horário previsto. Estou sentada em uma das cadeiras de couro com braços metálicos e finjo ler uma revista quando, pouco tempo depois, a vejo passar por mim, caminhando calmamente para o portão C56. Por mais que tente camuflar, seu semblante está tenso. Ela diz não acreditar em superstições, mas sei que tem receio em me deixar para trás, que preferiria que seu voo fosse bem depois do meu. Infelizmente, não foi possível. Tínhamos que deixar o país enquanto o Sr. Tomaselli ainda estivesse sem comunicação e sobrevoando o Oceano Atlântico.

Apesar de estarmos preparados há muito tempo, apenas aguardando o momento perfeito para agir, todo o esquema teria que ser executado às pressas. Jean Pierre e seus homens ficariam encarregados de cuidar para que o jatinho particular do italiano tivesse sérios "problemas técnicos" de última hora que obrigasse o bilionário a utilizar serviços de uma companhia aérea tradicional. Além do mais, cheio de manias como é, o Sr. Tomaselli não viaja à noite, o que dá a nós a chance de agir. Do Rio à Casablanca são nove horas de voo, e a invasão do cofre aconteceria entre duas e três da tarde. Considerando algum imprevisto, atraso, engarrafamento, sobraram menos de duas horas para sairmos do país. Como a viagem do Sr. Tomaselli foi comunicada em cima da hora, esses foram os únicos voos internacionais dentro do horário viável e com assentos disponíveis.

Mamãe ajeita a camisa branca por cima da calça preta, e, pelo canto do olho, vejo que ela não olha para mim nem uma vez sequer. Nosso esquema de sempre. Minimizar ao máximo os indícios de que somos uma dupla caso a polícia tenha acesso às filmagens do aeroporto.

Respiro aliviada mais uma vez. Meu voo é anunciado no alto-falante, e a companhia aérea solicita aos passageiros que se dirijam ao portão especificado. Eu me levanto e vou para a fila de embarque na classe econômica. De repente ouço um barulho alto, berros assustados, latidos e passos pesados ecoam pelo ambiente. Meu coração dispara. As filas preferenciais já encerraram, e a minha começa a andar. Escuto uma discussão adiante, vozes de mulheres berrando. *Droga! Tem alguma coisa errada. Preciso me mandar o mais rápido possível daqui!* Quero empurrar a mulher lesma na minha frente e correr para dentro do avião, mas não posso chamar a atenção. Ouço vozes masculinas aos brados e vejo cachorros farejando tudo. *É a polícia!* Um pastor-alemão sai do grupo e avança em minha direção. Respiro milhares de vezes, desesperada, procuro me manter calma e fingir indiferença, mas parece mais que estou tendo um enfarto. Nunca fui tomada por tamanha descarga de adrenalina. Tenho certeza de que terei uma síncope e que vou apagar aqui mesmo. A coisa ficou séria. Se for pega, vou me meter em uma baita encrenca.

O animal se aproxima, fareja minha perna e rosna. Poderia jurar que os diamantes pulsam dentro do meu peito e não no bolso falso da calça comprida. Perco a cor. Vou surtar. O policial ao lado me observa, desconfiado. Nossos olhares se prendem.

Outro berro.

Mais dois policiais surgem correndo e chamam pelo colega que me encara. Ele pisca e, após hesitar por um instante, puxa a correia do pastor-alemão e sai em disparada. A atendente da companhia aérea estende a mão, solicitando o ticket de embarque e o passaporte. Só então me dou conta de que ainda sou capaz de respirar. Minhas pernas tremem como uma britadeira e acho que não conseguirei dar mais um passo sequer. *Graças aos céus! É só entregar o bilhete e me mandar daqui.*

Outro berro apavorante.

O sotaque turco inconfundível.

Despenco em queda livre, apavorada e sem ter onde me agarrar.

Ah, não! O berro é da minha mãe!

5

KARL

— *M*e deixe a sós com ele. — Beatriz enxuga os olhos e se afasta do engomadinho. Vejo a cena feito um bêbado assistindo a um filme: sem entender nada nem conectar as imagens. Minha mente está lenta. Estou apático. — Vai ficar tudo bem. — Ela tenta acalmá-lo, mas ele balança a cabeça sem parar, irredutível.

— Vem, Igor — Amanda o puxa pelo braço.

— Bia... — Ele insiste, o rosto tenso, voltando-se de mim para ela.

— Eu preciso conversar com Karl — murmura ela, e olha para mim.

Estou naufragando. Desesperado, procuro algo a que possa me agarrar, qualquer mínima esperança, mas não encontro nada em seus olhos, nada além de um maremoto de desprezo e pesar. Algo murcha, se afoga dentro de mim até desaparecer por completo. Eu me sinto um lixo. Não sou apenas descartável, mas também repugnante.

Bia insiste:

— Por favor, amor.

Amor? Ela alguma vez me chamou assim? Vasculho na minha memória em frangalhos. Também não encontro a palavra que é mais atordoante que um soco no queixo. Meu mundo gira.

O idiota finalmente concorda e, a contragosto, desaparece pela porta.

— Será melhor para os dois, Karl. — Com esse murmúrio, Amanda se despede de nós.

E a porta bate.

Beatriz está nervosa. Reconheço o cacoete: olha para baixo e, com os pés, desata a fazer círculos imaginários no chão. Dou um passo em sua direção e levo um dedo ao seu delicado queixo. Preciso levantar seu rosto. Quero que ela olhe dentro dos meus olhos sem ninguém por perto, isenta de qualquer tipo de influência. Quero a porra da minha vida de volta. Preciso da minha namorada de volta.

Bia percebe meu movimento e recua. Sinto outra fisgada no peito, mas não me entrego. Nunca fui de desistir, e agora não seria diferente. Dou outro passo e consigo tocar em sua pele macia, mas ela afasta minha mão. Há uma discreta expressão de nojo em sua face. O mundo sai de foco.

— Não, Karl. — Ela arfa e se vira de costas para mim. — Por favor, não dificulta as coisas. Não quero terminar brigada com você.

— T-terminar...? — O murmúrio sai sem minha autorização.

Minhas mãos calejadas congelam no ar. Olho para elas: o sangue do triunfo arde por debaixo das unhas e parece uma doença agora. Tudo fica cristalino: sou a contaminação, o germe, o vírus em sua vida. Devo ser aniquilado para que ela volte a sorrir.

— Não sei por que a surpresa.

— Por que está fazendo isso comigo?

Seu riso frio corta o ar.

— Foi você quem fez isso conosco! — retruca, sem paciência.

Estremeço.

— Que conversa sem sentido é essa?

— O mundo não gira ao redor do seu umbigo, Karl! Espero que um dia aprenda a lição e abra os olhos de uma vez por todas. Seu egocentrismo o deixou cego.

— Sobre o que você está falando?

— Que a nossa relação acabou há muito tempo e você nem percebeu. Vive tão obcecado por suas lutas, está tão aprisionado em seu próprio mundo que tudo fica em segundo plano. Absolutamente tudo.

— Não é verdade. — De repente as memórias queimam em meus olhos.

Não consigo encará-las, não quero aceitá-las.

— É, sim. Infelizmente você ainda não consegue enxergar. — Ela torna a me olhar, e, por um segundo, consigo captar um lampejo de carinho trespassar seus olhos.

Minha pulsação dispara e desata a martelar em meus ouvidos.

— Beatriz...

Ela abre um sorriso triste e o caminho para uma lágrima.

— Apesar da sua couraça amedrontadora, sei que existe um bom coração escondido aí debaixo. Só não estou mais disposta a me esforçar para encontrá-lo. Cansei.

— Por favor, não faz isso.

— Acredite. Sei o que estou fazendo.

— Eu te amo — sussurro. — Sei que posso te fazer feliz.

— Esperou acabar para se dar conta disso? — rebate, de imediato. Há certa satisfação na pergunta com cara de resposta. Eu me encolho. — Por que não disse isso antes?

Meu Cristo! Mas era tão evidente que eu a amava!

— Eu estava esperando... o *momento* certo — balbucio.

— Todos os momentos são certos quando se ama alguém. A gente não precisa fazer queda de braço para ver quem fala primeiro — retruca com fúria e sarcasmo. — O sentimento fala mais alto e, de repente, a gente já confessou.

— Você também nunca me disse, porra! — disparo, atordoado.

Posso sentir que a conversa está indo por um caminho sem volta.

— Eu era louca por você! — brada ela com raiva. Engulo em seco. — Seu gênio forte sempre me atraiu, mas, ao mesmo tempo, acabou me afastando. Tinha medo de que você caísse fora se eu confessasse meu amor. Então as lutas surgiram e fiquei em segundo plano. Sofri muito, tentei te mostrar, joguei muitas indiretas, mas você não foi capaz de perceber. Os dias e meses começaram a passar, e acabei me dando conta de que podia ser feliz sem você.

— Me traindo com um almofadinha babaca?

— Não se trai o que não nos pertence. — A acidez em sua voz chega a queimar.

— Não nos pertence?!? E o nosso namoro era o que então? — Há um gosto amargo, de pânico, alojado embaixo da minha língua.

— Não sei o que era, mas estava longe de ser um namoro, droga!

Não acredito no que acabo de escutar. Voo para cima dela e, por reflexo, finco os dedos em sua pele.

— Você está me machucando!

Volto a mim. Abro as mãos.

— D-desculpa. Estou nervoso. Não faz isso.

— Sinto muito. — Ela caminha em direção à porta. — Acabou.

— Por favor! — Torno a implorar, mas ela não me responde desta vez.

Com passos cambaleantes, tento me aproximar. Preciso fechar os punhos para disfarçar o tremor em minhas mãos.

— Vai embora! E se você tiver alguma consideração por mim — diz, encarando meus punhos cerrados — não vai tocar um dedo no Igor.

Solto uma gargalhada feroz.

— Por quê? Seu namoradinho lindo não é capaz de se defender sozinho? — indago com os dentes trincados e sinto faíscas explodirem dos meus olhos.

Estou perdendo a razão.

Beatriz pisca e, ainda que eu capte medo em sua reação, ela nem se mexe.

— Porque eu pedi o mesmo a ele e sei que, por *amor* a mim, Igor não vai reagir — devolve ela com uma fúria glacial.

Seus olhos, por sua vez, refletem desprezo e superioridade.

O golpe fatal.

E eu recuo.

Dela. De mim. Da realidade que me atinge como um soco violento.

E, pela primeira vez na vida, tenho vergonha de ser como sou, de ser o que sou. Eu me sinto sujo, pequeno. Sou o conjunto de coisas ruins, um amontoado de qualidades desprezíveis se arrastando até a porta que, sem demora, se fecha com um estrondo. Fico parado ali, sob a veste da derrota, por um tempo que não sei precisar. Tenho que controlar o tremor que chacoalha todas as minhas células e enfraquece minhas pernas e raciocínio. Meu corpo volta a reclamar. As fisgadas no abdome não param, a dor de cabeça lateja incessantemente, a visão do olho esquerdo começa a falhar também, traindo-me com uma enxurrada de lágrimas.

Desço os degraus, o que no momento é uma façanha quase hercúlea. Meu corpo grita em protesto, tão dolorido e arruinado quanto meu orgulho. Assim que chego à portaria do prédio vejo o babaca de braços cruzados encostado em uma pilastra de granito. Nem sinal de Amanda. Igor me encara com o semblante vitorioso e, sem perder o contato visual, passa por mim com o queixo erguido. Minha vontade é de quebrar seu pescoço, furar seus olhos, arrancar suas vísceras. Mas nada faço. Fico sem ação, parado feito um imbecil. As palavras de Beatriz são potentes e me anestesiam. Olho o relógio: três e cinco da madrugada. Dou risada da minha desgraça. Em menos de uma hora tudo havia mudado. Parece um pesadelo. Afundo o rosto nas mãos.

Um pesadelo... Claro! É um pesadelo de merda! Como não pensei nisso antes?

Decido acordar.

Preciso sair da bolha maldita em que fui arremessado, escapulir desta noite que me seduziu com a promessa de um sonho encantado e se tornou um espetáculo de horrores. Subo na moto. Faço o motor gritar a altíssimos decibéis e sinto um prazer demoníaco aquecer minhas veias e espírito. *Para o cacete todo mundo! Que acordem e me despertem junto!* Torno a pisar no acelerador e saio pilotando feito um louco. Entro em desespero quando percebo que os golpes do vento em meu rosto não são suficientes para me despertar. Faço manobras cada vez mais arriscadas, meu sistema nervoso em falência urge por mais adrenalina. Afundo o pé no acelerador pelo viaduto. A moto troveja em meus ouvidos. Seus gritos parecem gemidos e me excitam como nunca. Ela treme. Eu tremo. A curva se acentua, ouço um ruído grave, pungente, mas a maldita bolha continua me envolvendo e agora sou eu quem não quer mais escapulir dela. O som ganha notas estridentes e cresce com uma velocidade atordoante.

Um clarão.

Uma pancada brusca.

A moto desmaia em minhas mãos e me abandona.

Até você?

Sou distraído da nova traição pela dor avassaladora que estilhaça minha cabeça em fragmentos de ódio e desesperança. Meu corpo é arremessado até aterrissar com estrépito, quicando em montanhas de latarias, dores, cacos de vidro e derrota. Sem resistência, me vejo rolar violentamente até parar, contorcido, no asfalto quente e anestésico.

Não sinto mais nada.

Não sou mais nada.

6

REBECA

$\mathcal{E}$scuto o barulho estridente de cadeiras sendo arrastadas, palavrões berrados e confusão vindos da cafeteria adiante, e, de repente, minha mãe surge correndo pelo corredor do saguão de embarque, os saltos dos sapatos chocando-se com força no lustroso piso de granito e reverberando ruidosamente nas janelas de vidro, nas respirações das pessoas e no meu espírito atordoado. Dois cachorros ferozes a perseguem quando ela passa pela área onde estou, e os policiais em seu encalço gritam ameaças. De repente um rosnado altíssimo, um berro de dor e, em seguida, ela desmorona.

O aeroporto paralisa, tão em choque quanto o meu coração.

Gritos de pânico, desordem e correria. Comandos para que as pessoas se acalmem são reiteradamente repetidos pelos policiais que surgem aos montes no recinto. Os alto-falantes comunicam que está tudo sob controle e que todos devem retornar aos seus lugares, que os embarques prosseguirão normalmente.

Mas o caos reina.

Algumas pessoas berram, apavoradas, outras tentam fugir a qualquer custo. Uns loucos parecem se divertir com a desgraça alheia e filmam tudo, ávidos por compartilhar o escândalo na internet em primeira mão, o que fica cada vez mais difícil em meio à multidão que tenta se aproximar do local onde o suposto criminoso foi interceptado.

A criminosa: minha mãe.

Pálida, a funcionária da companhia aérea torna a estender a mão em busca do meu bilhete. Encaro-o, e a promessa arde em meus dedos. Eu fiz um juramento. *Não olhar para trás. Seguir com o plano. Mamãe faria o mesmo, ela...*

— O cartão de embarque, por favor — pede a atendente com urgência.

Desorientada, volto a vislumbrar o tumulto, o círculo de policiais envolvendo um corpo combalido no chão.

O corpo da minha mãe.

Meus olhos queimam como nunca, e uma dor terrível se alastra pelo meu peito. *O que estaria acontecendo com ela neste exato momento? Teria sido gravemente ferida pelo cachorro?* Quase como um robô, estendo o bilhete para a mulher, que o destaca e me deseja boa viagem enquanto, sem demora, chama pelo próximo passageiro. As lágrimas da covardia pesam em meu rosto e me denunciam. Abaixo a cabeça e caminho feito uma sonâmbula pelas rampas de acesso ao avião, entro na aeronave, localizo meu assento e desabo, uma morta-viva. Percebo que sou uma das últimas a entrar, que a maioria dos passageiros nem imagina a confusão que acaba de ocorrer lá fora, que minha mãe foi presa, que talvez ela esteja...

O comandante pede desculpa pelo atraso, comunica que decolaremos em poucos minutos, avisa que serão iniciados os procedimentos para decolagem e então...

É a minha vez de surtar!

— NÃO! — Meu berro estridente reverbera em todas as janelas da aeronave.

Disparo pelo corredor do avião, empurro uma comissária que aparece no meu caminho e saio feito uma louca pela porta, veloz como uma flecha, de volta ao saguão do aeroporto, para os braços da minha mãe.

Ela voltaria por mim. Claro que voltaria!

Seu discurso sem um pingo de hesitação é uma grande mentira, sua maneira de me tornar forte. Ela não partiria sem mim. Jamais faria isso. E eu também não a deixaria para trás. Estou colocando um ponto final nos meus sonhos, futuro e liberdade, selando a minha condenação, mas não vou abandoná-la. Ela saberia que eu retornei por ela, que retornaria sempre que fosse preciso.

Chego ofegante ao saguão. O tumulto está relativamente controlado graças ao reforço no número de policiais. Eles fazem uma espécie de cinturão de isolamento ao redor do pequeno círculo onde minha mãe se encontra, afastando a massa de curiosos inoportunos. Entre empurrões e cotoveladas, vou me aproximando do epicentro da confusão. Há rastro de sangue no chão. Escuto um policial falando pelo rádio, e, a seguir, paramédicos irrompem no local com uma maca a tiracolo. O cerco se abre para dar passagem. Não consigo enxergar os detalhes, mas capto os movimentos. Por um momento, o coração na boca, capto *todos* os movimentos. Até não conseguir captar mais nada.

E simplesmente acontece.

O círculo de policiais se abre e a maca surge bem à minha frente. O ar é cuspido dos meus pulmões, minhas mãos voam para a boca e abafam o grito de horror que arde em minha garganta. Em uma fração de segundo estou empurrando dois paramédicos e me jogando sobre a pessoa semiacordada. A maca quase vai ao chão.

— M-mãe! — Mal encontro minha própria voz.

Meu pranto se encarregou de aniquilá-la. Em meio ao pânico, consigo ver as feridas. A calça comprida está destruída na coxa esquerda, exibindo a carne dilacerada. Ainda assim, sou inundada por alívio. *Ela vai sobreviver!*

Mamãe levanta a cabeça, assustada, e nossos olhares se encontram. Seus gemidos são interrompidos, e a dor lancinante que a atinge parece desaparecer quando ela coloca os olhos em mim. Sua fisionomia se transforma. E me destrói. Começo a sufocar com a onda de amargura estampada em seu rosto. Ela balança a cabeça, como se não conseguisse acreditar no que está vendo. O verde de seus olhos fica negro, e eu murcho ao entender o que se passa em sua alma. *Ela está decepcionada comigo.*

Então escuto um comando, e algo gelado une meus braços: algemas.

— Acabou o jogo, hacker!

Estou há quase quatro horas na sala de espera do delegado de sobrenome russo. Dois policiais armados vigiam a porta. Por uma janela interna vejo a sombra do tal Sokolov se movimentar de um lado para o outro no recinto ao lado. Escuto berros, ordens e palavrões, mas, antes de tudo, o que mais ouço é o toque alto e ininterrupto de vários telefones ao mesmo tempo. De repente fica silêncio e a porta se abre. Apesar da voz grave e retumbante, o sujeito que surge à minha frente não é nem de longe uma figura imponente. Pelo contrário, o senhor baixinho, careca, com bigodes e costeletas de várias décadas atrás é até caricato.

— Entra, garota — ordena ele, pedindo também a seus homens que não seja interrompido. — Pode se sentar. Quer? — Oferece água em um copo de plástico.

Eu rejeito.

— Por que ainda não me jogaram atrás das grades? O que querem de mim? — Vou direto ao ponto.

— Você agiu exatamente como seu pai teria agido, Rebeca — começa ele com seu sotaque, e o que restava de sangue em minhas veias evapora. Jamais esperaria ouvir aquilo. *Ele conhecia meu pai?* — Não pelo golpe que executou, claro — explica, enquanto alisa os bigodes enormes. — Seu pai era honesto demais para fazer algo errado, por menor que fosse, mas com certeza foi algum gene dele aí dentro — aponta para mim — que a fez abandonar aquele voo e abrir mão da liberdade para ser fiel a alguém que ama. Só não sei ainda se é o gene da idiotice ou o da honra — murmura com emoção e o olhar distante.

— Quem é você, afinal? — indago após reencontrar minha voz.

— Galib Sokolov, um velho amigo da família. Você não se lembra de mim porque era muito pequena quando tudo aconteceu e... — Repuxa os lábios e coça a careca.

— Você é o "Lib"?!? — Meu coração dispara.

Ele assente lentamente. Mamãe falava com carinho e gratidão do fiel amigo de origem russa; contava o quanto ele defendeu meu pai em meio aos corruptos colegas de profissão, os mesmos que lhe viraram as costas quando mais precisou. Segundo ela, Lib foi o único que ficou presente até o último momento, até o último suspiro. Era a única pessoa da antiga vida que mamãe ressentia ter deixado para trás. Ela o descrevia como um policial tão competente e forte que eu jamais imaginaria se tratar desta figura pequenina à minha frente. Galib viu nossos alicerces trincarem no passado e agora presenciava a aniquilação do nosso futuro.

— A Polícia Federal já estava no rastro de um hacker que, há algum tempo, vinha lhe causando muita dor de cabeça. Qual foi a minha surpresa ao descobrir que eram vocês duas por detrás de tudo.

— Polícia Federal?!?

— Exato. Rebeca, o que você e sua mãe fizeram foi seríssimo. Mexeram com quem não deviam. — Sua voz sai ainda mais rouca.

— Tomaselli é um criminoso! Os diamantes são ilícitos! — retruco, exasperada.

— Sim, tudo aponta para isso, mas, de alguma forma, Tomaselli conseguiu provar que as pedras valiosas em seu poder são lícitas. Ele tem contatos. E poder. — Arfa. — A fúria do magnata foi abrandada porque sua mãe foi presa e, principalmente, porque ele conseguiu recuperar todos os diamantes.

— Todos? — Engulo em seco, os olhos arregalados.

Galib observa minha reação e, após um longo suspiro, assente.

— Fora os diamantes que estavam com você, o restante das pedras estava com Isra.

Sou tomada por uma sensação ruim. E sei que não é de surpresa por tamanha audácia e imprudência. É de decepção. Pura decepção. *Mamãe não havia apenas passado a perna no Jean Pierre! Ela tinha me enganado também.*

— Como suspeitei... — Suspira. — Quem mais estava envolvido no golpe?

— Jean Pierre.

Galib assente muito discretamente, e, em seguida, um sorriso frio lhe escapa.

— Já deve imaginar para quem o criminoso direcionará seu ódio a partir de agora, não? — Aperto as têmporas, atordoada com a avalanche interminável de notícias terríveis. Galib torna a alisar o bigode e, com o semblante ainda mais sério do que antes, comunica: — Isra cumprirá sua pena e, em seguida, será deportada para a Turquia.

— Ah, não — murmuro, desesperada. — Por quê?

— Isra não tem cidadania brasileira.

— Claro que tem!

— É falsa.

— Deve haver algum engan... — Mordo a língua, furiosa, inconformada. *Outra mentira...* — Não deixe isso acontecer. Ela vai morrer se tiver que voltar. — Ainda que ardendo no fogo da decepção e da ira, imploro por minha mãe. — Por favor, eu...

— Tem noção da sua pena, Rebeca? — Ele me interrompe, a testa enrugada, e traz à tona o assunto que me faz estremecer por inteira. — Pelos crimes que cometeu, dez anos. No mínimo. — Tento segurar a onda, mas acho que vou vomitar ou desmaiar a qualquer instante. — Você tem ideia do que isso significa? Perder a juventude atrás das grades? Nenhum dinheiro no mundo vale isso, garota. Nenhum! — Esbraveja. — Se seu pai estivesse vivo, teria morrido hoje.

— Se meu pai estivesse vivo, eu não teria me tornado o que sou! — retruco, e percebo que estou chorando.

Tenho raiva por permitir que isso aconteça, principalmente na frente de um estranho.

— Verdade. — Ele arfa e me observa com pesar. — É por isso que tenho uma proposta a lhe fazer. Uma maneira de retribuir o que seu pai fez por mim no passado. Tenho amigos influentes, mas o seu caso é muito, muito grave.

Enxugo o rosto e o encaro com determinação.

Ele continua:

— O que vou te propor não é um procedimento oficial, é importante frisar. — Ele para e arfa mais uma vez. — Houve genialidade na forma como você invadiu o computador do banco. O pessoal "lá de cima" ficou impressionado. Como vivemos em um mundo de interesses, disseram que poderá permanecer em liberdade se estiver disposta a cooperar conosco por um tempo indeterminado, para quitar sua dívida... — Ele enfia as mãos nos bolsos. — Tarefas pontuais apenas, mas, durante esse período, você será vigiada e deverá fazer faculdade, se formar.

Desabo na cadeira.

Não pode ser!

— Foi uma das condições que colocaram. Acho que é para não levantar suspeitas quanto à sua atividade — explica, ao perceber meus olhos arregalados e meu estado de confusão. — Está proibida de cursar informática ou qualquer curso de ciências exatas.

— Então vou apodrecer na maldita faculdade — balbucio, desorientada.

— É hora de buscar novos interesses. — Galib abre um sorrisinho irônico.

— Isso é ridículo! — guincho, sem conseguir camuflar a onda de pânico que me toma.

A polícia me vigiaria vinte e quatro horas por dia caso eu aceitasse a oferta.

Mas pior ainda seria ficar atrás das grades por dez anos...

— Seu passaporte está retido. Se tentar fugir do país, vai direto para a prisão. Está proibida de sair deste ou de qualquer outro estado onde eu determinar sua residência. — Galib me lança um olhar ameaçador. — Por estima ao seu pai, assumi o risco. Você ficará sob minha exclusiva responsabilidade. Se fizer burrada, acabou. Se sair e for pega, acabou. Se me desobedecer, acabou. Estamos entendidos?

— E minha mãe?

— Tenho conhecidos no Ministério da Justiça. Não garanto nada, mas verei o que posso fazer quando chegar a hora. Isso *se* você cooperar. — Ele destaca a última palavra em seu sotaque russo e deixa a mensagem mais do que clara: era sair da linha e decretar não apenas o meu fim, mas o de mamãe também. — Entendidos?

Apática, balanço a cabeça antes de afundá-la nas mãos. O oxigênio se vai, e borrões obscurecem minha visão.

1. Cuidado com o conhecido de nome francês.
2. O golpe de hoje seria um caminho sem volta.
3. Eu ia para uma faculdade.
4. Um raio era capaz de cair uma segunda vez no mesmo lugar, afinal, minha mãe fora arrancada da minha vida de forma tão abrupta quanto meu pai.

Ah, não!

As previsões da maldita cartomante estavam se concretizando!

KARL

— K_arl? — Uma voz masculina, grave e distante, chama por mim. Não a reconheço. — Você consegue me ouvir?

— Ele está se mexendo! — Escuto o gritinho eufórico de Annie.

— Karl, se for capaz de nos ouvir, tenta fazer algum movimento. Abre os olhos.

Minhas pálpebras parecem duas placas de chumbo, minha consciência, uma neblina intransponível. *Onde estou?*

— Karl? — insiste a voz masculina, mas não tenho intenção de respondê-la.

Estou cansado, fraco. Quero dormir.

— Karl, por favor! Você consegue nos escutar, irmão? — Annie está emocionada. Fico incomodado. Minha irmã mais velha sempre foi "dura na queda", nunca deixou transparecer seus sentimentos... *Por que estaria tão emotiva assim?*

— Tentaremos de novo amanhã — diz o homem. — Ele esboça reações favoráveis. Estou otimista.

Escuto um choro fraquinho. Meu coração reclama no peito.

— Vamos, mãe.

Mãe?

— Sua filha tem razão, Dona Deise — acrescenta a voz masculina com propriedade. — A senhora tem ficado noite após noite aqui, e sua condição está piorando. Sua saúde também requer cuidados. Sei que é seu filho, mas tenho medo de que acabe se prejudicando. O Dr. Rubens me contou que a senhora interrompeu o tratamento. Não foi uma boa decisão.

O choro da minha mãe aumenta. *Ah, não! Mãe, não!*

— Você precisa descansar, mãe — insiste Annie. — Amanhã a gente volta.

Sinto um toque gentil em minha testa, e uma corrente de arrepios entremeada a uma sensação de calor percorre minha pele.

— Eu te amo, filho. Nunca se esqueça disso. Mamãe te ama.

— Ele está cansado de saber, mãe.

— Se ele puder me escutar, quero que tenha certeza, que nunca duvide.

— Se ele for capaz de escutar, vai é ficar com raiva, isso, sim — implica Annie. Pelo seu tom de voz, sei que está tentando descontrair o clima. — Você repete essa frase todos os dias, desde que ele foi internado. Parece um mantra. Vou ficar com ciúme!

— Meu menino é tão lindo, tão jovem... — continua mamãe. — Deus é misericordioso e vai tirá-lo deste estado. Só quero estar por perto quando acontecer.

— Você nunca duvidou, não é mesmo, Dona Deise? — indaga a voz masculina.

— Apesar de tudo, ninguém tem mais fé em Deus do que minha mãe, Dr. Nolasco — responde Annie. — Venha, mãe.

Doutor? Porra! Estou em um hospital? Odeio hospitais! Acorda, Karl!

— M-mãe.

Com um esforço sobrenatural, arranco quase com os dentes a voz aprisionada dentro da minha garganta e murmuro seu nome. O som estranho que sai da minha boca está mais para um indecifrável grunhido fraco. Minhas pálpebras ainda se recusam a me obedecer, mas consigo, sem a menor coordenação motora, levar uma das mãos aos olhos. Escuto um grito abafado de Annie, mais choro compulsivo da minha mãe e movimentos bruscos. Sons de bips ficam cada vez mais altos e me perturbam. Meu corpo é sacudido de um lado para o outro, e, quando minhas pálpebras se abrem ligeiramente, vejo uma imagem embaçada, uma versão abatida da minha mãe sentada ao lado da cama. Minha irmã está logo atrás dela, com um sorriso de orelha a orelha estampado no rosto enquanto lágrimas encharcam seus olhos. Não sinto sofrimento nem felicidade. Sou apenas culpa e vergonha embrulhados em um corpo inerte. Logo em seguida elas somem, ofuscadas por um enxame de pessoas vestidas de branco. Pisco e estas últimas também desaparecem.

Melhor assim.

Encontro conforto na escuridão.

Meus olhos doem. Instintivamente levo às mãos ao rosto para me proteger da claridade.

— Ai, porra! — reclamo quando uma corrente elétrica trespassa minha pele.

Estou sendo eletrocutado?

Escuto uma gargalhada.

— Annie acertou em cheio! Ela me alertou para me preparar para um palavrão cabeludo. Até que não foi nada de mais. — Reconheço a voz amistosa. Era do tal do Dr. Nolasco. Forço a visão e distingo, ainda que sem muita definição, a imagem de um senhor grisalho, magro e alto. O crachá em seu jaleco branco confirma as minhas suspeitas. — Finalmente, Karl!

— Onde estou? — Tento me levantar, mas meu corpo não reage. É apenas um amontoado de músculos paralisados. — O que houve comigo? — indago com uma voz que mal reconheço, apavorada, quando percebo que minhas pernas não se mexem.

— Calma, rapaz! — diz, depressa, ao perceber o pânico dominar minhas feições. — Você sofreu um acidente muito sério e ficou em coma, mas não perdeu os movimentos, se é isso que lhe preocupa. Seu corpo não responde porque está sem estímulo há muito tempo. Vai começar a fisioterapia mais intensa hoje mesmo.

— Quanto tempo estou aqui?

— Quatro meses.

Meu queixo despenca.

— Quatro?!? E-eu, não... Eu... — *Meu Deus! A briga com Beatriz não foi ontem?*

— Você está vivo porque é forte feito um touro e também porque... — Ele para e me olha bem dentro dos olhos. — Você acredita em uma força superior?

— Passei a duvidar seis anos atrás, quando meu velho morreu daquele jeito e, logo em seguida, minha mãe foi presenteada com... *a mesma praga.* — Desvio o olhar para a janela, desanimado por tocar no maldito assunto.

O dia lá fora, entretanto, vibra em minhas retinas. Sem nuvens, o azul-celeste do céu é uma pintura irretocável.

— Pois a Sra. Deise não tem um pingo de dúvida. Nunca vi pessoa com tanta fé em Deus quanto a sua mãe, *apesar...* de tudo. — A voz dele hesita por um instante. — Se oração tem poder, acredito que essa seja a razão de você ainda estar respirando.

Levo um tapa na cara.

Não consigo responder porque, simplesmente, não há resposta.

— Karl! Obrigada, Deus!

Sou bombardeado com os gritos de felicidade da minha mãe. Meu coração vibra, satisfeito. A voz dela mexe com algo bom dentro de mim.

— Oi, mãe — balbucio, emocionado. — Sou durão, não sou?

— Ah, filho! — Ela geme de alegria, pula em cima de mim e quase me esmaga de tanto me abraçar e me beijar.

— Tá bom, Dona Deise. Tá bom. — Tonto, tento afastá-la um pouco.

— Você quer matá-lo de vez, mãe? — Annie vem em meu socorro, livrando-me dos desesperados abraços de náufrago da mamãe. Ela entra em seu lugar, dá um beijo suave na minha bochecha e pisca de forma suspeita para mim. — Como você consegue acordar tão gato depois de todo esse tempo?

Passo a mão no rosto e peço um espelho.

— Tudo bem. Nem tanto assim... — Ela repuxa os lábios, brinca-lhona. — Precisa tirar esta barba de profeta e ganhar uns quilinhos.

— Meus olhos cor de mel voltaram a brilhar! — Mamãe está exultante.

— Ah, pode parar, mãe! Assim vou ter que fazer tratamento psicológico. É muito desprezo.

Sorrio. Annie continua a boa-praça de sempre.

Mamãe não dá trégua e me submete a uma sabatina cheia de "pegadinhas" para verificar se estou realmente bem da cabeça e se sou o Karl de antes do acidente. Durante todo o tempo ela se mantém de mãos dadas comigo.

— Ok, mãe. Ele passou no teste — diz Annie com a voz ente-diada. — Está na hora de deixarmos a "Bela Adormecida" des-cansar. Acho que a gente devia fazer o mesmo.

— Vocês podem avisar meus amigos que eu acordei? — Peço, e o sorriso desbota em seus rostos.

Demoro uns instantes a perceber. Meu raciocínio está lento demais.

— A gente vai avisar, filho. — Minha mãe não me encara, e uma sombra escura cobre seu semblante de felicidade.

— Você terá alta amanhã, Karl! — comemora Dr. Nolasco ao en-trar repentinamente no quarto três semanas após eu ter desper-tado. Ao seu lado, entretanto, Annie não parece tão animada. Deveria vibrar diante da notícia tão esperada, mas um arrepio fino, agourento, se alastra por minha pele. Engulo em seco. — Mas vai ter que continuar a fisioterapia, ok?

— Onde está mamãe? — indago, desconfiado.

— Descansando — responde minha irmã, mas ainda não tem coragem de me encarar. Fecho a cara. *O que está acontecendo, afinal?*

— Ela... Como está?

— Nada bem. Mas vai melhorar quando souber que você terá alta — diz o médico, calmamente, mas algo errado ainda paira no ar. *Estou ficando bom nessa merda de prever coisas ruins.* — Chamei sua irmã aqui porque... bem... agora que você está recuperado, precisamos ter uma conversar séria e... longe da Sra. Deise.

Eu sabia.

— O quadro de saúde da sua mãe se agravou com o seu acidente, Karl. Acho que ela não deve saber... — Ele coça a testa. — Mas não cabe a mim essa decisão.

— Saber...? Sobre o que o senhor está falando? — rosno. — O que vocês estão escondendo?

— Você sofreu um traumatismo craniano gravíssimo. Poderia ter morrido ou ficado com sequelas sérias como paralisia, cegueira, retardo.

— E...?

— Sua vida ainda está em risco, rapaz. Sinto muito, muito mesmo. — Dr. Nolasco suspira forte. Annie solta um gemido. Meu sangue congela. — No seu lugar, eu não contaria para sua mãe. Não acho justo rasgar o pequeno fio de esperança, tão importante para a saúde dela nesse momento. Acho que ela não resistiria.

— O que há comigo?

— O trauma gerou um coágulo grande em uma área nobre do cérebro. São mínimas as chances de sobreviver se for à mesa de cirurgia.

— Quanto tempo de vida ainda tenho? — Minha voz sai mais fraca que meus músculos.

Dr. Nolasco dá de ombros e balança a cabeça. Annie aperta os lábios e encara as mãos. Sei que está segurando o choro.

— Um dia, um ano, cinquenta anos. Não há como prever, Karl. Está nas mãos de Deus.

— E sem "as mãos" de Deus? — pergunto, com acidez.

— Um segundo — rebate ele no mesmo tom e com um sorriso irônico. — Basta uma pancada mais forte para que o coágulo se rompa, o que seria fatal.

Um frio terrível racha minha pele, o horror congela minhas veias.

Acabo de receber a tal pancada definitiva.

Perdi Beatriz e agora sou obrigado a abandonar minha outra paixão, o MMA.

— Não posso mais lutar... — murmuro.

— Em hipótese alguma! Nem de brincadeira pense nisso. Qualquer batida na cabeça...

— Já entendi — interrompo porque não sei se conseguirei manter minha expressão durona e insensível. Sinto uma pressão enorme atrás dos olhos. Preciso chorar. Desesperadamente. — Mamãe não saberá de nada.

— Sábia decisão. — Dr. Nolasco assente, aliviado.

Ainda sem conseguir olhar para mim, Annie vem em minha direção e entrelaça os dedos nos meus. Suas mãos estão trêmulas e geladas.

— Qual a porcentagem? — pergunto, apático, assim que o vejo se afastar.

— Como? — Ele, que já estava saindo do quarto, se vira para mim.

— De não sair vivo da mesa de cirurgia?

— Deixe isso para lá, filho. Viva a sua vida da melhor forma que puder.

— Qual a chance de morrer se resolver operar essa droga? — Explodo.

Os olhos do Dr. Nolasco escurecem, e sua expressão fica instantaneamente sombria.

— Cem por cento — diz, de forma direta. — Mais alguma pergunta?

O quarto está escurecendo ou sou eu que vou desmaiar? Afundo a cabeça no travesseiro.

— Estaria disposto a escutar o conselho de um homem mais experiente e não do doutor à sua frente? — indaga ele de repente ao perceber o horror em meus olhos.

Eu o encaro, sem piscar. Não sei como escapar.

— Mude. Estou a par do que aconteceu na noite do acidente, da vida que levava antes de tudo isso acontecer.

— Minha vida era perfeita — rosno.

— Será?

Quero revidar, mas algo dolorido, ruim, se contorce em meu peito e perco a voz.

— Suspeito de que o estágio final do seu coma tenha sido intencional, gerado por sua própria mente. — Despeja ele com acidez. — Se estava tão feliz assim com a vida, por que se recusava a retornar para ela?

— Eu era feliz, eu era... — Surpreendo-me ao não encontrar convicção em minhas próprias palavras.

— Se quer que eu acredite... — O Dr. Nolasco dá de ombros e torna a se afastar. Prestes a sair do quarto ele me encara, sério. — Aceite meu conselho e mude seu estilo de vida, rapaz. Vá mais devagar, passe longe de brigas e estresse. Faça isso e ainda poderá ter uma longa vida pela frente. Conheço casos de pessoas que conseguiram. Mas, acima tudo, você tem uma mãe maravilhosa que ainda vai precisar muito da sua ajuda. Espero que não a deixe na mão porque, mesmo com o maldito câncer, ela não o abandonou um dia sequer.

Outro golpe certeiro.

Sou novamente nocauteado.

REBECA

DIAS ATUAIS

— Não! Não! Não acredito!!! Terei que viver longe do mar e em meio a plantas e bactérias! — praguejo aos berros, pela milésima vez, olhando com ódio a vegetação que ladeia a rodovia.

Irritada, piso fundo no acelerador. A lata velha que sou obrigada a usar grita e mal sai do lugar.

— Olha o drama. — Suzy revira os olhos.

— Galib me matriculou em ciências biológicas. Que inferno!

— Já ouvi, caramba! Não sou surda! — rebate e, em tom brincalhão, acrescenta, mal dando atenção ao meu desespero: — Você vai estudar na minha faculdade e ainda dividir apê comigo! Quando eu poderia imaginar que voltaria de Niterói na companhia da minha melhor amiga do universo inteiro?

— O Jean Pierre deve ter descoberto meu paradeiro, só pode ser! Que outro motivo Galib teria para trancar a minha matrícula e me mandar para outro estado de uma hora para outra?

— Não se estressa, Beca. Não acho que o Jean Pierre tenha tantos homens assim. Além do mais, seria muito difícil que ele descobrisse seu paradeiro com o sobrenome falso que Galib arrumou. Não esquece: o Gaziri se foi e agora você é a Rebeca Bittencourt! — Ela dá uma piscadinha para mim. — O francês teria um trabalhão se resolvesse sair pelo mundo à procura de todas as Rebecas, até porque, segundo o falso relatório policial, você conseguiu embarcar naquele voo para Paris, lembra?

— Eu sei, mas não é só isso...

— Não? — Ela estreita os olhos, desconfiada. — Então é por causa do Tomás?

— Claro que não! — Faço cara de nojo. — Tomás era só curtição.

— Mas o coitado estava levando a sério — comenta ela, após me observar por alguns instantes. — Deve ter ficado magoado.

— Ah, nem vem! A gente só tava dando uns amassos.

— Não foi o que eu escutei...

— Como é que é? — Tiro os olhos da estrada e a encaro.

— Ele disse para muita gente que você era namorada dele — confessa ela, com as sobrancelhas arqueadas. Acabo de levar um baita soco no estômago. — Olha para a frente, Beca!

— Meeerda! — Esmurro o volante.

— Jesus! — Suzy se encolhe no assento. — Afinal, pode me dizer por que está tão nervosa assim então?

— A profecia! — Já nem estou mais conseguindo sentir os meus dedos de tanto que aperto o volante. — Você não vê? Está se realizando novamente!

Suzy abre e fecha a boca duas vezes, mas nada diz. Os olhos esbugalhados deixam claro que ela havia se esquecido do estrondoso detalhe.

— A cartomante disse que eu cursaria uma segunda faculdade!

— Meu Deus! — exclama Suzy, balançando a cabeça. — Já faz tanto tempo e... Eu havia me esquecido completamente disso.

— Eu tinha esperança de que essa profecia falharia. — Sinto suor gelado escorrer pela testa.

— E-eu sei... — Visivelmente atordoada (não tanto quanto eu, óbvio!), Suzy aponta para uma placa na estrada. — Temos que virar na próxima saída à direita.

— Madame Nadeje disse que eu encontraria meu grande amor na segunda faculdade. Para esta faculdade que estamos indo. Mas que droga! — Acho que estou surtando, gritando feito uma louca, mas a tensão é tão grande que mal escuto minha própria entonação.

— Presta atenção — diz Suzy, apreensiva. — É a próxima saída e...

— Agora só faltam dois! — *Sim. Estou gritando.* — Contando com o imbecil do Tomás — digo, com uma fúria mortal —, eu já namorei onze garotos. A cartomante disse que o amor da minha vida seria o namorado número treze!

— Respira e não pira. Você está me deixando nervosa. — A testa de Suzy está cheia de rugas. — Vira à direita.

— Isso não pode estar acontecendo. Não pode! — continuo, aérea ao estado de apreensão de Suzy.

— Faz a curva, Rebeca!

— Eu preciso encontrar aquela cartomante de qualquer jeito, precis...

— Vira, droga! Agora! — Suzy puxa o volante.

— O quê?!? Aiii!

O carro desata a tremer, derrapa de lado pela pista e, sem controle, passa aos solavancos pelo acostamento. Nossos corpos são arremessados para a frente e para trás e depois chacoalhados de um lado para o outro. Quando consigo controlar a lata velha, já estamos atoladas na vegetação rasteira que margeia a rodovia.

— A cartomante por acaso previu que você ia matar sua melhor amiga antes de chegar ao décimo terceiro namorado? — indaga, furiosa.

— Desculpa, e-eu... — peço, respirando de forma acelerada. Ainda estou tremendo. — Merda! Estou tensa pra caramba!

— Jura? Nem deu para notar — acrescenta Suzy, sarcástica, enquanto tenta acalmar os próprios nervos. — Deixa pra lá. Vamos sair logo daqui.

Eu concordo e viro a chave na ignição. O carro faz um ruído estranho, como se estivesse engasgado, e apaga. Torno a insistir, mas nada. Está completamente morto.

— Isso já aconteceu antes — confesso, sem graça.

— E? — Suzy repuxa os lábios.

— Temos que esperar o motor esfriar. Acho que forcei demais — murmuro.

— Por quanto tempo?

— Uns trinta minutos.

Suzy leva as mãos à cabeça, depois à barriga e olha pela janela. Com relutância, o sol espreguiça os braços sobre nós, fornecendo sua bem-vinda claridade e amenizando o frio da madrugada.

— Não comi nada antes de sair de casa, e estava contando que íamos fazer uma parada na lojinha de produtos da fazenda que fica depois da subida. Lá vende um bolo de fubá com erva-doce de revirar os olhos de tão delicioso, e o café é passado no coador de pano.

— Pode ir.

— Não vou deixar você sozinha aqui.

— Fica tranquila. Você sabe que não tenho medo de lugares desertos, que...

— Que as estatísticas não falham e blá-blá-blá.

— E que manejo golpes certeiros de caratê. — Pisco e faço um gesto ameaçador.

— Ai, Senhor! Quando é que você vai parar com essa mania estúpida de achar que pode dar conta de tudo? Além do mais, não estou com tanta fome assim e... — Suzy é interrompida pelo ronco alto do próprio estômago.

Ela não consegue manter a expressão séria, e nossa gargalhada em uníssono ecoa alto.

— Assim que o carro funcionar, eu encontro você lá. Se demorar, chamarei o reboque.

— Jura?

— Juro juradinho! — afirmo com falsa convicção.

No fundo, não quero morrer na grana.

— Ok. — Suzy encara seu destino com desânimo. Será uma boa caminhada até a tal lojinha da fazenda. — O celular do século antepassado está carregado? — pergunta ela com o maior jeitão de mãe.

Ela conhece o estado deplorável do aparelho que, por falta de opção, chamo de celular.

Abro um sorrisinho de total controle da situação.

— Bom. — Ela revira os olhos. — A gente vai se falando.

Suzy abre a porta do carro e sai a passos rápidos. Dez. Trinta. Cinquenta minutos. Nada mudou. Minha carroça continua morta. Suzy já ligou para saber do progresso. Afirmo com convicção que o carro vai pegar na próxima tentativa. Na verdade estou enrolando para chamar o reboque. Pelo espelho retrovisor vejo ao longe um homem se aproximar. *Talvez ele possa me ajudar!*, vibro, mas, quando observo atentamente sua caminhada trôpega pelo acostamento, percebo que o sujeito se trata de um andarilho para lá de bêbado. *Que maravilha!*

Uma vez Tomás fez esta carroça funcionar depois de dar umas batidinhas no motor e tentar ligações com fios. Não posso ficar esperando eternamente. *Está na hora de agir!* Saio do carro, deixo a porta aberta e levanto o capô. Dou milhares de batidinhas e nada. O carro continua mais morto que uma múmia. Fico perdida em meio a tantas peças e cabos, mas não me deixo abater. Não pode ser mais difícil que um programa de computador. Desato a mexer e a apertar todos os tipos de fios e, após diversas tentativas, a lata-velha ganha vida e ruge com estrondo. *Está funcionando!* Abro um sorriso vitorioso e, quando fecho o capô, dou um pulo para trás. O homem bêbado tem um olhar perverso no rosto e está sentado atrás do meu volante. Ele faz o carro berrar ao bombear o acelerador com vontade.

— Ah, não. Fala sério! — Salto para o lado ao vê-lo sair acelerado pela estrada com meu ferro-velho.

Parece piada, mas o sujeito estava... roubando meu carro!

Desorientada com a cena surreal, saio correndo atrás dele e da minha carroça enferrujada. Na verdade, estou desesperada atrás da minha bolsa com os meus documentos e economias além das malas com as minhas míseras roupas, sapatos e livros. Não tenho nem como falar com Suzy e pedir que acione a próxima patrulha porque o celular ficou no painel. Corro. Corro muito. O carro vai devagar. Provavelmente o sujeito está bêbado demais. Sinto toda a adrenalina pulsar nas veias. Continuo correndo. Eu posso alcançá-lo. O ar fica rarefeito, e minha respiração, mais difícil, minhas pernas reduzem o ritmo e uma dor aguda no abdome me faz gemer. *Argh! Meu condicionamento físico está uma droga!* Paro e me curvo, apoiada nos joelhos. Meus cabelos quase tocam o chão e grudam na pele suada. O frio é substituído por um calor sem precedentes. Estou arfando. Levo a mão ao local das fisgadas na barriga e inspiro com dificuldade.

— Ele roubou seu carro! — Ouço uma voz anasalada exclamar ao meu lado.

Não era uma pergunta. A voz estava perplexa, absurdamente surpresa.

— Não. Foi só um empréstimo por tempo indeterminado — retruco com sarcasmo ainda abaixada e sem olhar para o sujeito.

Já me basta tudo que está acontecendo. Paciência zero para ouvir piadinha de um desconhecido no meio da estrada.

Desato a correr novamente.

— Você está tentando alcançá-lo?

Posso jurar que há gozação na pergunta cretina, mas ao me virar ainda correndo, dou de cara com olhos cor de mel, quase dourados, me observando em estado de surpresa máxima. Estão estupefatos, na verdade. E com toda a razão. *Quem seria louco suficiente para roubar essa lata enferrujada?, quem seria mais louco ainda para sair correndo pelo acostamento de uma estrada atrás de um carro roubado? Principalmente sendo uma carroça velha como essa?*

— Acertou, gênio — rebato com humor ferino.

— Ah! Boa sorte. — A voz agora parece abafada pelo capacete.

Acho que o sujeito está segurando uma risadinha, mas não se afasta. Pelo canto do olho observo o vermelho da sua moto ainda me acompanhando.

Mesmo em baixa velocidade, vejo meu carro se afastando no horizonte e começo a entrar em desespero. Não posso perder tudo o que me restou. Não posso. Acelero, meus dedos latejam dentro das sapatilhas e as fisgadas no abdome retornam com força total. Paro novamente para respirar.

— Quer uma carona? — pergunta o motoqueiro com tom brincalhão. Olho para a frente. Minha lata-velha se transformou em um pequeno ponto no horizonte. Sem opção, aceito a oferta. Ele estende a mão e subo no banco do carona. — Pode se segurar em mim — diz, ao perceber a hesitação de quem nunca andou em uma moto antes. Eu obedeço, e minhas mãos se deparam com um abdome musculoso por baixo da jaqueta.

— O motor vai morrer. — Por alguma razão, tenho a necessidade de deixar claro que não sou uma maluca descabelada correndo atrás de uma carcaça enferrujada. — Tudo meu está lá dentro. O carro está com defeito na terceira marcha. Se não pular da segunda diretamente para a quarta, ele morre na hora e demora para pegar novamente. É o tempo de alcançá-lo.

— Que plano... hum... excelente.

Tenho a sensação de que o cara está segurando uma risada.

Controlo uma vontade visceral de xingá-lo com o pior palavrão que me vem à mente, mas mordo a língua e respiro fundo. Preciso da carona para recuperar minhas coisas e não posso perder nem mais um segundo.

— Obrigada — respondo com um sorriso para lá de falso. — Vamos?

Então, o que pensei que seria uma perseguição cinematográfica digna de um filme de ação se transforma em uma comédia pastelão. Não sei se o idiota está tirando onda com minha cara, mas o fato é que ele simplesmente não acelera. A moto continua pela estrada em uma velocidade, no mínimo, ridícula.

— Será que você não poderia ir mais rápido? — *Argh! Mesmo em minhas péssimas condições atléticas, já teria alcançado o ladrão pinguço se estivesse correndo!*

— Não vejo necessidade. Se o que você diz é verdade, vamos alcançá-lo em breve.

— Mas... Ai!

Escondo o rosto em suas costas largas quando um caminhão passa em alta velocidade por nós. Uma fragrância agradável atiça meus sentidos. Ele me segura com uma das mãos e um arrepio fino se espalha por todo o meu corpo. *Estranho...*

— Olha lá! — diz ele, satisfeito.

Levanto a cabeça e vejo minha lata-velha perdendo a velocidade. O carro para, e, em seguida, o bêbado sai cambaleando com a minha bolsa a tiracolo.

— Ele pegou minha bolsa! — grito, e sinto o corpo do motoqueiro se enrijecer.

— Fica aqui.

Ele pede para que eu desça assim que a moto alcança meu carro e, em seguida, acelera em direção ao ladrão bebum.

Fico observando de longe enquanto ele se aproxima do sujeito. Em momento algum remove o capacete. O diálogo entre os dois se prolonga por mais tempo do que eu poderia imaginar e, por incrível que pareça, tenho a sensação de que o motoqueiro, mesmo sendo muito mais jovem e forte, não exige nada do ladrão. *Ele está... barganhando?*

De repente o bêbado sorri e devolve a bolsa ao cara, mas não sem antes pescar minha carteira, abri-la e retirar todo o dinheiro (que já é pouquíssimo!). Sem acreditar no que acabo de presenciar, vejo o ladrão se afastar calmamente enquanto o cretino de capacete retorna até mim.

— Recuperei sua bolsa e documentos, mas...

— Você deixou que ele levasse meu dinheiro! — interrompo, num sussurro feroz, perplexa e irritada.

— Foi uma boa negociação. Achei melhor não discutir já que a quantia era... tão pequena e...

— Como é que é? Sai da frente! — Desvencilho-me dele e caminho depressa em direção ao bêbado.

— O que pretende fazer? — O rapaz corre atrás de mim.

— Pegar o que é meu.

— Não faz isso. Olha, eu te dou a grana.

— Dispenso a esmola — rebato, orgulhosa, e sem olhar para trás.

— Então considere como um empréstimo.

— Não tenho como pagar.

— Há muitas formas de pagamento... — Escuto a risadinha cheia de malícia me atingir pelas costas.

Ah!

Interrompo meus passos.

— Não estou à venda, idiota — respondo, furiosa, olhando para trás.

— Se prefere arriscar. — Ele ajeita o capacete. — O cara tá chapado e pode ficar violento.

— Sei me virar sozinha. — Fuzilo-o com os dentes trincados. Os olhos do motoqueiro diminuem de tamanho. Por trás do capacete sei que o cretino está rindo de mim, e isso me tira do sério.
— Por que não me faz um favor e desaparece?

— Ok. — Ele dá de ombros.

Imbecil!

Respiro fundo e marcho em direção ao bêbado, que fez pouco progresso em sua caminhada cambaleante.

— Devolve meu dinheiro — ordeno assim que alcanço o ladrãozinho de uma figa.

— Não enche o saco — dispara o infeliz. — Já entreguei tudo ao seu namoradinho.

— Devolve o meu dinheiro. Agora! — grito, em tom ameaçador.

— Senão... Vai fazer o quê, mocinha? — O bêbado interrompe os passos e faz um bico nojento com a boca.

— Vou arrebentar sua cara asquerosa — respondo, sem perder contato visual, e fecho os punhos.

Acho que escuto o ronco de uma moto e uma gargalhada atrás de mim. *Argh! O idiota do motoqueiro ainda não foi embora?* Não perco tempo procurando. Estou em um momento decisivo. Ridículo, mas decisivo.

— Ah, vá tom... Aiiiii! — berra ele, assustado, levando as mãos sem coordenação ao rosto e despenca como uma jaca madura.

Fico orgulhosa ao ver que meu soco atingiu seu queixo em cheio. Ele está tão bêbado que desata a rolar no asfalto do acostamento e, sem conseguir se levantar, murmura palavrões e frases sem sentido. Então, finalmente, desmaia.

Ótimo! Seguro na marra as fisgadas nas juntas dos dedos e, abaixada, vasculho os bolsos de sua calça puída.

— Achei! — Vibro ao encontrar minhas míseras economias: duas notas de cinquenta.

E, de repente, meu oxigênio evapora.

Mãos apertam meu pescoço. Começo a sufocar e me debater. O bêbado está em cima de mim. Ele tem o olhar vingativo, quase demoníaco, e suas bochechas estão vermelhas pelo esforço. *O salafrário havia fingido que estava desacordado!*

— Eu lhe dou isso se soltar a garota. Agora! — berra o motoqueiro, com sua voz anasalada.

Estreito os olhos e me deparo com quatro notas de cinquenta tremulando.

O ar retorna aos meus pulmões e viro para o lado, livre. Incrédula com o que acabou de acontecer, levo as mãos ao pescoço dolorido enquanto vejo o bêbado resmungar e se afastar, assoviando alto enquanto desaparece estrada abaixo.

— Você está bem? — pergunta o motoqueiro, me estendendo a mão.

— S-sim. Obrigada — digo, uma parte de mim se achando estúpida por causa da atitude infantil e desesperada, a outra perdida dentro de um misto de surpresa e agradecimento.

É a primeira vez na vida que um rapaz faz algo por mim.

— Nenhum dinheiro no mundo vale o risco, garota.

Engulo em seco. *Que ótimo... Um sermão parecidíssimo com o de Galib.*

A expressão em seu olhar fica completamente diferente, um misto de reprovação com um quê de admiração. Pisco forte e o rapaz balança a cabeça, me estudando com interesse em um silêncio perturbador. Uma curiosidade imensa me queima por dentro. Com aqueles olhos brilhantes e aquele corpo sarado, como seria seu rosto?

Olhos brilhantes. Essas duas palavras latejam em meu cérebro. Instintivamente minha visão se volta para sua possante moto vermelha, e o decalque de um cavalo na carenagem me faz perder o ar ao me recordar da única previsão boa da cartomante: *O dragão montado no cavalo vermelho.*

Caramba! Seria ele?

— Vai nessa direção?

— Hã?

— Quer uma carona? — acrescenta ao perceber meu estado catatônico.

— Vou chamar o reboque. — Faço que não com a cabeça, mas abro um meio sorriso. *Por que sorri para ele?* — Além do mais... minha amiga deve estar achando que eu a abandonei no meio da estrada.

Seus olhos diminuem de novo e compreendo que ele está sorrindo de fato, mas agora de uma forma cúmplice.

— Boa sorte e... — Ele hesita, e eu regozijo.

Isso! É a hora em que os rapazes costumam perguntar meu nome e, com um pouco mais de atrevimento, meu telefone também. Quero que ele peça. Preciso ver o rosto atrás dos olhos cor de mel. Seu pomo de adão sobe e desce várias vezes. Meu rosto esquenta, minhas mãos tremem e sei que não é pela agressão que acabei sofrer. Parecem ansiosas demais para o meu gosto. Balanço a cabeça. A transferência às pressas, o roubo do carro, a agressão do bêbado e o decalque do cavalo na moto vermelha devem ter mexido com minha racionalidade.

Ele estende a mão. Apenas isso.

— Adeus, então — despede-se, pisa no acelerador, e a moto vermelha desaparece no horizonte.

KARL
DIAS ATUAIS

Regra de vida nº 1: Levar a vida de forma tranquila e pacífica, fazer tudo a seu tempo e sem ansiedade.

Regra de vida nº 2: Nunca mais participar de esportes violentos, entrar em brigas ou discussões. Não revidar a implicâncias ou xingamentos. Manter a calma sempre.

Regra de vida nº 3: Não me envolver de verdade com ninguém para evitar decepções e desgastes emocionais. Ou seja, transar apenas uma vez com a mesma garota e em hipótese alguma ligar no dia seguinte.

Regra de vida nº 4: Não xingar à toa. Por incrível que pareça, foi bem mais fácil atender ao pedido da minha mãe do que podia imaginar.

Regra de vida nº 5: Não fazer planos para o futuro. Viver o hoje.

É a primeira vez que sinto meu coração vibrar desde... Beatriz.

Dentro de uma batalha particular, parado por um bom tempo no acostamento após à grande curva, quis voltar, desejei jogar a regra pelos ares e pegar o telefone dela. A imagem da garota correndo atrás daquela carroça velha não sai da minha mente. Fico relembrando o rosto de traços perfeitos, os cabelos lisos e pesados, um véu negro sobre as costas esguias, seus desafiado-res olhos verdes e, principalmente, as bochechas vermelhas pelo esforço da corrida e pela luta contra o bêbado ficarem ainda mais coradas quando a ajudei. Sua determinação exagerada e o temperamento forte, transbordando vida, mexeram com algo lá no fundo, a parte selvagem que julguei erradicada, morta, que havia sido enterrada com o antigo Karl. Balanço a cabeça com o pensamento idiota. Não há mais espaço para isso na vida amputada que levo agora. Não quero o antigo Karl de volta. Não posso...

— Tá atrasado! A galera deve estar pintando na área. — Theo me desperta assim que entro na cafeteria. — Enzo avisou que atrasaria por causa da consulta médica. Não vejo a hora da Manu voltar das férias.

— Onde está Naomi?

— Ainda não chegou, para variar. Como se ela tivesse alguma serventia no momento de pico — alfineta ele. — O Sr. Conrado esteve atrás de você. Não estava com uma cara boa.

— Já fizeram a entrega das bebidas? — Desconverso, vou para trás do balcão e coloco avental e gorro nas cores branco e cáqui.

— Sim. Mas vamos ter que encomendar mais rosquinhas de banana com canela. Não tá dando vazão.

— Ok. Verei com os fornecedores.

— O Sr. Conrado quer falar com você no escritório dele. — Theo retorna ao assunto.

— Vou lá depois do expediente. Mais alguma coisa?

— Um monitor trouxe umas folhas de exercícios. Disse para não deixar de estudá-las — acrescenta ele enquanto abastece a vitrine com a nova fornada de pães de queijo. — O sujeito parecia preocupado.

— É o Eric, monitor de economia. — Consigo escutar o desânimo no meu suspiro. — Ele tem me ajudado com a matéria.

— Você tá bem, cara? — Theo me observa.

— Estou... — Balanço a cabeça. — Essa gripe está me deixando meio lerdo.

— É. Sua voz tá esquisita pra caramba, mas acho que o problema é falta de sono. — Ele comprime os lábios. — Com qual das duas? A loura ou a ruiva?

— Hã?

— Acorda, homem! Estou falando das garotas que não saíram do seu pé a semana inteira, ora! Ontem eu as vi vindo para cá. — Sua voz transborda malícia. — Fala aí! Qual das duas você pegou?

Abro um sorriso incriminador, porém tão distante quanto a noitada em dose dupla. Foi uma noite ótima, mas parece que aconteceu há décadas.

— Ah! Tá de sacanagem! É por isso que está tão aéreo assim! — Ele arregala os olhos. — As duas?!? Passou a noite com as duas, porra?

— Olha o palavreado — digo, conferindo se a única pessoa presente, o cativo cliente de todas as manhãs, um insone professor de administração, escutou a conversa.

Por sorte, o sujeito grisalho permanece alheio, compenetrado na leitura do jornal matinal.

Um ruído inconfundível de risadas e conversas altas chega até nós. A porta de entrada se escancara e, aos poucos, uma multidão de alunos avança pela cafeteria, ótima opção de bebidas, salgados e doces para quem não aprecia os junk foods das lanchonetes ou as comidas insossas da cantina do campus universitário.

— "Bora" trabalhar.

— Coloque mais pães de batata no forno, Enzo! — ordeno, em meio à confusão de alunos na cafeteria. — Onde estão as broas de milho e os bolinhos de aipim com coco que encomendei, Theo?

— Não sei — responde ele, desajeitado sob o olhar atento de um grupo de garotas impacientes.

Theo já entornou duas xícaras de café e parece se esquecer do simples pedido a cada meio segundo. Tudo que precisa fazer é separar dois chocolates quentes, um cappuccino e um croissant de queijo, mas a presença da moreninha de olhos puxados destrói sua memória e eficiência.

— Estão no armário, abaixo da máquina de café espresso — diz Naomi, lá do caixa.

Ela praticamente tem que berrar em meio ao falatório. A chuva forte já passou, mas está frio e o ambiente agradável da cafeteria se tornou o ponto de encontro dos universitários para os intervalos entre as aulas.

— Ok — agradeço e me abaixo.

— Pssiu! Hei, você! Será que dá para passar o chocolate quente ou vou ter que saltar o balcão para pegar? — A voz desafiadora faz todos os pelos da minha nuca se arrepiarem.

Levanto-me em um rompante, pego, todo estabanado, o copo que tem mais creme do que chocolate quente e, por pouco, não o deixo se espatifar no chão. Ainda tonto e sem saber como agir, eu me viro e me deparo com ela: *a garota da estrada!* Parece uma miragem de tão bonita, com os cabelos negros jogados para trás, as bochechas rosadas ressaltadas pela echarpe vermelha.

Mas ela mal olha para mim.

— Valeu — agradece e pega o copo enquanto equilibra dois cadernos embaixo do braço.

Faz um sinal para uma amiga e sai como uma flecha, me deixando em completo estado de atordoamento. *Ela estuda aqui também?*

Saio da cafeteria e, mesmo desanimado, resolvo não matar outra aula. O alerta do Eric parecia sério desta vez.

— Karl! Aqui! — Mal coloco os pés dentro da sala, e Ana, minha fiel companheira de trabalhos em grupo, já está me chamando e acenando.

— Oi — respondo, com um sorriso sincero nos lábios, indo até ela. A sala ainda tem poucos alunos e as carteiras da frente estão vazias. — Estava com medo que eu errasse o caminho? — Dou uma piscadinha.

— Por que eu acharia isso? — brinca ela, debochando do meu sumiço.

Fico comovido. Sem reclamar da minha falta de interesse nas aulas, Ana tem feito todos os trabalhos e coloca meu nome com a maior boa vontade do mundo.

— Nem imagino. E aí? Já deu alguma chance para o garoto da psicologia? O cara tá amarradão.

— Há muito tempo! Por sinal, já casamos, temos três filhos e um deles está no jardim de infância. — Ela sorri e me encara. — Falando sério agora, Karl. Você pode se dar mal por causa das faltas. Vai ter prova na próxima aula. Vou te passar a matéria dessas duas semanas que andou faltando.

— O que seria de mim sem você, lindinha? — digo, mas me arrependo de imediato. Ana abre um sorriso ainda maior, ajeita o rabo de cavalo e abaixa a cabeça. Não sou um canalha. Sei que ela tem uma queda por mim, e não posso lhe dar esperanças. Ana é uma garota incrível, e sortudo será o sujeito que namorar com ela, mas, para mim, não passa de uma boa amizade. E eu não transo com amigas ou garotas que terei que ver novamente.

— Eric está preocupado comigo — mudo de assunto de imediato.

— Ele sempre pergunta por você.

— O cara é gente boa.

— Não sei como ele arruma tempo para tudo! — exclama ela. — Sabia que além de CDF ele é monitor em duas disciplinas? Com toda a grana que vai herdar do pai, ele nem precisaria se esforçar tanto, mas Eric é bom em tudo que faz, sem contar que é... — Sem jeito, Ana para de falar.

— É o quê? — insisto, de implicância, com um sorrisinho debochado.

Já sei o que ela vai dizer.

— Muito gato.

— Não faz meu tipo.

No fundo sei que o cara é boa pinta. Percebo todas as garotas dando uma olhadinha quando se deparam com seus quase um metro e noventa de altura, cabelos loiros e olhos verdes.

— Nem o meu. — Sua expressão transborda malícia, e sou eu quem fica sem graça agora. Por sorte, o professor entra e corta a tensão. Reparo que a sala de aula já está lotada. — Pouco importa também. — Ana dá de ombros e olha para Eric carregando uma pilha de papéis logo atrás do professor Vagner. — Parece que o nosso monitor só tem olhos para a aluna que entrou na semana retrasada.

— Que aluna? — Esquadrinho o lugar e, antes mesmo que Ana responda, me deparo com o véu de cabelos negros.

A garota está de costas para mim, sentada em uma carteira da primeira fila.

— Aquela ali. — Ela indica com a cabeça. — A mulherada tá passando mal de inveja.

— Inveja...? — pergunto, com a mente distante, perdida naquela estrada, duas semanas atrás.

— Se liga, Karl! — Ana torna a me cutucar. — Eric é o melhor partido da universidade! Ele tem esses olhos verdes brilhantes, é gentil, inteligente e rico pra caramba! Dizem inclusive que tem um corpo...

— Epa! — Interrompo seus devaneios. — Dispenso os detalhes!

Ana ri.

— Hoje haverá um teste surpresa, mas vocês têm sorte porque será com consulta. Contará ponto para a prova da semana que vem — avisa de repente o professor em alto e bom som. Respiro aliviado ao compreender que Eric havia me ajudado novamente. Ele não apareceu na cafeteria à toa. Apesar de não poder dizer, sabia que haveria um teste surpresa e quis me alertar a não faltar. Olho para ele que acena discretamente para mim. Agradeço com um sinal positivo do polegar. — O teste será no final da aula. Prestem atenção porque a matéria de hoje também será cobrada.

A turma se acomoda, e o professor começa a aula. Estou aéreo. *Como a simples aparição daquela garota podia me deixar assim? Será que ela me reconheceria? Claro que não! Eu estava de capacete.*

E a minha voz? Piorou! Eu estava meio rouco por causa de uma gripe. Talvez reconhecesse minha moto e...

Para com isso, Karl!, alerta meu cérebro, austero. Esfrego o rosto. Preciso me concentrar na aula. Se já é difícil por causa da matéria maçante, está ficando impossível devido às risadinhas irritantes de dois sujeitos sentados atrás de mim, na última fila. Respiro fundo e mentalizo os fatos de forma racional: eles não estão fazendo nada para me agredir. Devo compreender que são mais novos e estão distraídos com alguma brincadeira, mas me pego franzindo a testa, alheio a tudo ao redor, quando os escuto falando sacanagens que envolvem a garota da echarpe vermelha.

— Eu sei, são uns idiotas — sussurra Ana ao meu lado. — Os dois vêm implicando com a garota nova desde a aula passada.

— Por quê?

— Nem imagino. — Ela dá de ombros. — Mas devem ter lhe dito algo muito nojento porque ela saiu correndo da sala, derrubando tudo pelo caminho. Eric foi atrás dela e não voltou mais. Foi uma cena e tanto!

Sinto um ligeiro mal-estar e não sei se é devido ao fato dos bobalhões terem dito algo indecente para a garota ou de saber que foi Eric quem a socorreu.

A aula termina, e o professor entrega o teste. Apesar de ser com consulta, demoro um bocado para achar as respostas e, quando dou por mim, restam apenas eu, um dos sujeitos atrás de mim e a garota da echarpe vermelha. O professor Vagner avisa que restam cinco minutos enquanto o Eric arruma a pilha dos testes recebidos e começa a corrigir alguns. Já acabei, mas fico enrolando.

Vá embora, Karl. Vá agora!, alerta a sensata voz em minha cabeça. Eu a ignoro. Quero deixar o lugar apenas na hora em que a garota sair. Ela revira as páginas do caderno e bate a lapiseira agitadamente na mesa. *Ela não tem livros para consultar?* O rapaz implicante de cabelos longos e ondulados atrás de mim solta um muxoxo e se levanta. Eric e eu olhamos ao mesmo tempo enquanto ele se encaminha para a frente da sala e, de propósito, esbarra na garota antes de sair. Ela se empertiga na carteira. Fecho os punhos instintivamente e não gosto da minha reação. Preciso liberar minhas energias e só existe uma maneira para isso. Tenho que sair logo daqui. Levanto-me no instante em que o professor anuncia que o tempo acabou. Ainda de costas para mim, a garota se levanta também, e eu congelo. Parado feito uma estátua no fundo da sala, o pedaço de papel em minha mão tem mais reação do que eu. Observo quando ela entrega a prova para Eric, que abre um sorriso gigantesco em resposta. Sua fisionomia é de quem está vendo uma miragem. Isso me irrita. Começo a amassar a folha de papel entre os dedos. O professor libera o monitor com um sorrisinho maroto, dizendo que Eric já fez muito por hoje, que é o melhor ajudante que ele já teve, que Eric está lhe deixando mal-acostumado e que não sabe como será sua vida no próximo ano sem ele para lhe auxiliar e mais uns cem milhões de blá-blá-blás sobre o Eric. Bem na frente da garota, o Sr. Vagner faz questão de destacar todas as qualidades do monitor, que, diga-se de passagem, são perturbadoramente verdadeiras. Já notou o interesse do seu queridinho nela e resolveu dar uma ajuda. Eric aproveita a deixa, e os dois saem da sala de aula juntos. Perco-os de vista.

— Que bom que apareceu, rapaz. — O professor se dirige a mim ao perceber meu estado catatônico no fundo da sala. Desperto. — Está ciente que, se tiver mais uma única falta, terei que reprová-lo?

— Tenho saído tarde do trabalho. Não faltarei mais, Sr. Vagner — concluo a conversa de forma seca e lhe entrego a prova.

— Assim espero.

Não posso ficar nervoso, preciso liberar a estranha energia que me invade. Caminho a passos largos em direção à minha moto estacionada em uma vaga próxima ao Instituto de Ciências Biológicas, no trajeto para o prédio da faculdade de farmácia. O local é concorrido pelos alunos em virtude das frondosas copas de sibipirunas que protegem os veículos do sol e, nos últimos dias, das chuvas que vêm castigando a cidade. Vozes ecoam pela rua de pedras e chegam a mim. Paro ao identificá-las. Deveria tapar os ouvidos, mas, quando dou por mim, estou escondido nas sombras, escutando a conversa com ávido interesse.

— Como foi no teste? — pergunta Eric.

— Acho que fui bem. Já conhecia a matéria. — A voz da garota é mais suave do que eu me recordava.

— Sério? Você parecia apavorada em alguns momentos — diz ele, e sorri.

— Exagero seu! — Ela solta uma risadinha. — É que não tinha os livros para consulta e me deu um branco. Não conseguia me lembrar das fórmulas.

— Podia ter pedido meus livros emprestados. Afinal, para que servem os monitores?

— Obrigada, Eric, mas não precisa. Já estudei economia e devo ser liberada dessa disciplina em breve. Houve uma confusão com os papéis da transferência e... Ah, não! — Ela reclama ao enfiar um dos pés em uma poça de água.

— Fique onde está. — Sem titubear, Eric tira o jaleco, se ajoelha e, com ele, enxuga a barra da calça dela.

O cara está, literalmente, de quatro por ela.

A garota sorri e agradece quando ele termina sua exibição galanteadora. Seu sorriso é mais luminoso que a luz do poste que ilumina os dois, como holofotes em um palco.

— Seu crachá! — É a vez de ela se abaixar para pegar algo no chão. — Você ia perdê-lo por minha causa e... Dragon?!? — A voz dela sai esganiçada, quase um guincho, ao visualizar o sobrenome. O corpo da garota enrijece, e seus olhos ficam arregalados. *Que ótimo! Eric acaba de ficar irresistível agora!* — De... Dragão?

Ele assente com a testa franzida.

— Esse sobrenome é incomum e me persegue como um fantasma — confessa Eric de forma espantosamente humilde. Não consigo ter raiva dele. — É o orgulho do meu pai. Sei que ele me abre portas, mas, às vezes, eu o odeio.

— Eric Dragon... — murmura ela, em choque. Ainda está apática. — E-eu acho que... preciso ir — gagueja e ameaça seguir na direção oposta.

— Ainda tem água nas ruas, e seu carro não é seguro. — Eric segura o braço dela. Ele tem razão. A carroça velha que ela dirige é um perigo mesmo em condições normais. — Por favor, deixa eu te dar uma carona, Rebeca.

Rebeca! Era esse o nome dela!

Ela arregala os olhos e murmura alguma coisa antes de abrir um sorriso lindíssimo e concordar. Percebo que estou tremendo.

Meu Deus! O que está acontecendo comigo?

Acelero o passo e, para não ter que me deparar com os pombinhos apaixonados, contorno o lugar pela penumbra, me infiltrando no meio dos ipês e das quaresmeiras no escuro gramado lateral. Sorrateiramente, alcanço minha moto, coloco o capacete e passo como um foguete pelo Audi do Eric. Pelo retrovisor vejo as duas cabeças se virarem na minha direção. Poderia jurar que os olhos e a boca da garota se abriram em resposta.

10

REBECA

— Dragon! — Suzy vibra, saltitando pelo quarto. — Você o encontrou!

— Eu sei, mas... — murmuro, sem compreender a confusão de emoções embaralhadas no peito. Estou dentro de uma miscelânea de euforia, dúvida, atração e medo. Há duas semanas troco olhares com o monitor gato de economia, cada vez mais a fim dele, mas, imaginar que se trata do "predestinado" muda tudo, principalmente depois que...

— Não acredito que ainda está pensando no cavalheiro da motocicleta vermelha quando o destino lhe dá uma baita pista de mão beijada!

— Mas eu vi. Era a moto dele!

— E daí? Você não pode ficar obcecada por um rapaz que viu uma única vez na vida! Aliás, nem chegou a ver. Vai que o sujeito é um horror de tão feio.

— Com aqueles olhos e aquele corpo? Duvido — digo, mas sem convicção.

No fundo sei que ela tem razão. Não posso empacar nessa ideia idiota.

— O que mais tem são esses caras que colocam adesivo de cavalos na moto. Que ideia! Mas pensa bem, quantos deles têm o sobrenome Dragon? Sem contar que o Eric é...

— Gentil, rico e muuuuuuito gato! — Pulo na cama e agito os pés no ar.

— Você nunca mais vai precisar se meter em confusão, amiga! — Suzy empurra minhas pernas para o lado. — Acabou a era das trambicagens!

A ficha cai e me sinto agoniada de repente.

— Ele quase me chamou para sair, Su.

— Ah, não! Você vai ter que mantê-lo afastado. Eric precisa ser o décimo terceiro.

— Não vai ser fácil. Ele tá dando em cima direto. — Mordo o lábio e confesso: — Eric parece tão perfeito que às vezes acho que é alguma pegadinha daquela bruxa.

— É verdade. — Ela fica perdida em pensamentos por um segundo e, arregalando os olhos, volta a si. — Mas ele tem que ser o número treze e ponto final!

— Isso é insano! — Afundo as mãos no rosto. — Não posso aceitar tudo o que aquela cartomante disse como verdade absoluta.

— Pode e vai! Tudo aconteceu exatamente de acordo com as previsões dela. Preciso te lembrar disso? — rosna e, ao ver que empalideço, acrescenta: — Fica calma. Vamos arranjar uma solução. Tem certeza de que ele seria o número doze?

— Pelas regras dela, sim. Madame Nadeje só considera namoro se houver sexo e se o rapaz me anunciar como sua namorada.

— Hum... — Suzy fica pensativa e sua fisionomia atipicamente maquiavélica me faz hesitar. — E não teve mais ninguém? Pensa bem...

— Pensar é só o que faço ultimamente, que droga! Já queimei todos os neurônios! — Minhas bochechas ardem. — E, a não ser que eu tenha sido abduzida por um extraterreste que tenha abusado de mim e depois contado tudo para os amigos ETs para tirar onda, apagando minha memória no final do processo, não, não teve mais ninguém!

— Bom, então a solução é mantê-lo *parcialmente* em suas garras enquanto encontramos o namorado provisório de número doze o mais rápido possível.

— Você não está querendo dizer que...?

— Exatamente o que você entendeu — diz ela, pragmática, deitando na própria cama e puxando o edredom. — Um namorinho inocente com Eric enquanto fisga outro sujeito às escondidas. Tempo apenas para que o coitado caia na sua rede. Aí é só se livrar do infeliz e partir para o "viveram felizes para sempre" com o príncipe encantado.

— Tá maluca? Eric não é burro! É óbvio que vai descobrir, e aí poderemos colocar tudo a perder.

— Nem vem! Você está é com medo de não segurar o fogo no rabo, isso, sim. — Ela gargalha. — Além do mais, quem é a mestre em aplicar golpes aqui?

Engulo em seco.

— Namorado número doze, amanhã vamos nós! Não será uma tarefa difícil. Basta fazê-la sorrir, Beca. — Suzy vira para o lado. — Enquanto isso você vai ter que cozinhar o Eric. Entendido?

— Entendido. — Tento colocar convicção na voz, mas no fundo estou apavorada.

Eric é lindo e nas poucas vezes em que fiquei a sós com ele, meu corpo deu, para meu desespero, sinais de que queria se livrar das roupas e se jogar em cima dele.

Eu pensei que a conversa já havia acabado, quando, ainda de costas para mim, Suzy desabafa com tom de voz melancólico:

— Tenho vergonha do que acabo de propor. Mas presenciei o que aconteceu com a sua vida após as previsões da cartomante. Se ela disse que o décimo terceiro namorado será o amor da sua vida, não posso permitir que você tape os ouvidos. Poucas pessoas têm a oportunidade de encontrar a alma gêmea. Muito poucas... — Ela suspira. — Você sempre foi muito solitária e, por mais que negue, nunca foi feliz de verdade. Com sua mãe presa, a única família que lhe restou sou eu. E *eu* vou cuidar de você. Ponto final.

"Estou a par do episódio do aeroporto."

A maldita frase se repete sem parar na minha cabeça em fran-galhos, e a questão do décimo segundo namorado é deixada mo-mentaneamente de lado. Sem saber que atitude tomar, passo a noite revirando na cama. Não contei a Suzy sobre a ameaça da-queles dois meninos da optativa de economia. As palavras sus-surradas pelo asqueroso Davi ao pé do meu ouvido confirmam que ele sabe sobre meu terrível passado. *Se Galib se encarregou de alterar meu sobrenome e me deu novos documentos, como aquele cara teve acesso a informações sobre o golpe e a prisão da minha mãe? E se o cretino desse com a língua nos dentes e Jean Pierre ficasse sabendo?*

A última aula do dia acaba mais cedo do que o previsto e apro-veito o tempo livre para estudar para a prova de segunda cha-mada de microbiologia. Pelas janelas de vidro com detalhes ro-sados do Instituto de Ciências Biológicas observo com desânimo o vento açoitar as altas palmeiras do campus e a chuva que cai ininterruptamente. Resolvo não ir direto para casa. A menina do apartamento ao lado se matriculou em um curso de violino e está deixando todo o andar com os nervos em frangalhos. Visto o ca-saco e, sem uma sombrinha, uso minha echarpe para proteger o rosto das rajadas de vento frio e dos respingos d'água. Atravesso a praça de serviços da universidade em direção à cafeteria que fica no pátio externo. Suzy a tem evitado por causa do rapaz sardento que não consegue se conter perto dela, mas o local é aconchegante e a ideia de estudar em suas cadeiras acolchoadas enquanto bebo algo quente me parece ótima.

— Um chocolate quente, por favor. Ah! E com bastante creme. — Peço ao balconista assim que ele surge pela porta vaivém que dá acesso a uma área privativa da cafeteria.

O rapaz de feições interessantes paralisa no lugar seguran-do um tabuleiro cheio de rosquinhas e fica me encarando de um jeito estranho, como se não tivesse entendido. Repito o pedido, e não adianta nada. Ele não se mexe. Pigarreio. Ando tão tensa ultimamente que fico em dúvida se me expressei de forma adequada ou se o pobre coitado tem algum problema auditivo. Seus olhos cor de mel brilham e continuam me encarando. *Que saco! Será que todos os funcionários dali são iguais ao garoto que dá descaradamente em cima de Suzy?*

— Algum problema? — pergunto, incomodada.

— Deseja mais alguma coisa? — indaga ele, mecanicamente.

A garota do caixa o observa com curiosidade.

— Só isso. Capricha no creme, ok?

— Eu levo até a mesa — assente o rapaz, ainda me encarando de um jeito esquisito.

Agradeço e me afasto. Poucos minutos depois o chocolate quente surge na minha mesa, mas não levanto a cabeça. Pelo avental que para bem diante dos meus olhos, sei que se trata do balconista estranho. Agradeço sem olhar para ele, fingindo estar concentrada na leitura. Não estou gostando. Toda vez que me remexo na cadeira me deparo com esse sujeito olhando furtivamente para mim. Se não fosse pela chuva que resolve piorar, já teria me mandado e enfrentado o violino desafinado da vizinha.

Depois de um bom tempo estudando, meu celular toca.

— Finalmente! — A voz de Suzy não está nada amistosa. — Seu telefone ma-ra-vi-lho-so está fora de área. Tô tentando falar com você faz um tempão!

Solto um suspiro desanimado. O aparelho horroroso entre meus dedos é outra carcaça velha e faz parte da vida modesta que sou forçada a ter. Felizmente, não precisei usar a hedionda tornozeleira eletrônica de rastreamento, e, graças à intervenção de Galib, fui premiada com um novíssimo dispositivo bem mais discreto e sofisticado: um brinco eletrônico (com cara de piercing!) com um chip que fornece continuamente minhas coordenadas para a polícia.

— A meteorologia disse que a frente fria vai piorar e que a chuva não vai parar tão cedo. Ainda bem que aqui não é Niterói senão já estaria tudo inundado — brinca ela. — Sai logo daí e vem para a casa da Melinda. Terminamos o trabalho, e já posso estudar com você — diz, sem rodeios.

— Vou direto para casa, amiga. A matéria é bem mais fácil do que eu imaginava.

Uma trovoada altíssima, como um aviso sinistro, faz as janelas da cafeteria tremerem. O pico de energia é tão forte que as luzes do ambiente se apagam por um segundo.

— É porque você é uma mente mal utilizada, isso, sim. — Ela bufa do outro lado da linha. — Tomara que o Eric faça bom proveito disso e a leve para o lado bom da força!

Dou uma gargalhada.

— Ah! Esqueci de dizer que ele apareceu hoje cedo para te dar *outra* carona já que você havia deixado seu possante na faculdade — conta Suzy, animada. — Expliquei que você tinha saído cedo. Por sinal, você madrugou, né? Enfim, precisava ter visto a cara de felicidade dele quando dei seu número.

Escuto várias risadinhas ao fundo.

— As garotas estão escutando essa conversa? — Reviro os olhos.

— E daí? Todo mundo sabe que o gato tá amarradão na sua. — Mais risinhos.

— Olha quem está aqui! — Uma voz asquerosa me arranca da divertida conversa.

Era Davi, o canalha da disciplina optativa e, para variar, vinha acompanhado do inseparável amigo de olhar perverso.

— Preciso desligar — digo, depressa.

— Se cuida.

Os dois garotos enxugam os rostos e, sacudindo as roupas molhadas, se aproximam da mesa em que estou. Posso observá-los com atenção. Cabeça da dupla, Davi tem o corpo musculoso, e os cabelos negros encharcados caem na altura dos ombros. Seu amigo é mais alto, moreno e tem a cabeça raspada. Davi se senta ao meu lado e acaricia o meu braço de leve.

— Olá, Rebeca — sussurra, e eu puxo o braço. Pelo canto do olho vejo que o balconista está parado e assiste à nossa conversa com atenção. De onde ele está, sei que não tem como nos escutar. Respiro aliviada, mas percebo que estou tremendo. Disfarço e sorrio para o cretino, me preparando para ouvir o pior. Conheço a fisionomia de bandidos de longe. — Muito bem — diz ele, com a voz baixa e ameaçadora. — Se cooperar, não terá nada a temer.

Sorrio ainda mais. O balconista atende duas garotas que acabam de chegar, mas, a cada instante dá uma checada em mim e nos dois rapazes que me cercam.

— O que você quer? — pergunto, entre dentes.

— Algo que você vai adorar me dar. — Ele abre um sorriso malicioso.

— Tipo?

— Tipo isso aqui — diz e, fingindo me abraçar, disfarçadamente esfrega os dedos nos meus seios. Não me mexo. O amigo de cabeça raspada solta uma risadinha venenosa e observo uma expressão desconfiada surgir no rosto do balconista. Ele desvia o olhar quando eu o encaro.

— Por que acha que eu te daria *isso*? — sussurro, desafiadoramente.

— Porque tem muito a perder. — Ele se afasta para me dar uma olhada de cima a baixo. — Você é gostosa, hacker.

Hacker?

Meu corpo todo fica tenso quando escuto a palavra e afundo no assento. *Ah, não! Ele sabia!*

— Se eu... hã... te der o que deseja, você some da minha vida? — pergunto apenas para me ver momentaneamente livre. Sei que toda chantagem que se preza não termina na primeira, na segunda, nem na décima vez. E essa está apenas começando...

— Puf! — Estala os dedos. — Como mágica!

— Tudo bem — retruco sem me abalar e torno a olhar para as minhas anotações. — Vamos marcar um dia.

— Acho que você não está entendendo, garota! — Jogo o corpo para trás quando, de repente, o colega dele dá um soco no livro à minha frente. — É para hoje!

— Shhh! — O líder checa ao redor.

Dá de cara com o balconista de testa franzida e o olhar de águia. Ele já percebeu que há algo errado. *Que ótimo! Só me faltava essa!* Mesmo que eu não tenha culpa, meu passado me incriminaria. Não posso me meter em confusão. Não posso me envolver com ninguém fichado na polícia. Não posso entrar em locais onde existam apostas ou jogos de azar etc. A lista de restrições é imensa. Galib foi taxativo e inflexível. Era desobedecer e fim!

— Sem alarde, Lúcio.

— Preciso estudar. Tenho prova amanhã. — Não sei como consigo colocar serenidade na voz. — Que tal no fim de semana?

Davi estala a língua e balança a cabeça.

— Negativo, hacker. Vai ser hoje mesmo se não quiser se dar mal. Estou a par do seu crime cibernético.

O sangue congela em minhas veias. *Merda!*

— Não sei sobre o que está falando. — Finjo indiferença.

— Não se faça de idiota. — Ele levanta uma das sobrancelhas e passa a língua no lábio superior. — Ambos ganharemos caso eu não conte a bombástica notícia ao jornal da universidade. Será um escândalo quando souberem que entre os alunos, filhos das famílias honestas da cidade, há uma hacker que deveria estar cumprindo pena neste exato momento, não acha? Você será expulsa e, com certeza, este será o menor dos seus problemas...

Não respondo. Não tenho voz para responder.

— Ótimo. — Ele segura o sorriso diabólico e olha o relógio. — Para provar que sou um sujeito bacana, deixarei você estudar um pouco. Vou fazer um lanche e, assim que eu sair, quero que me encontre na área dos fundos do prédio das exatas.

— É melhor a gata arisca ir com a gente — diz o outro. — Ela pode tentar se mandar.

— Ela não vai fugir. Tem muito a perder. — A voz de Davi exala certeza e veneno. — Além do mais, não quero que a vejam conosco. Venha, Lúcio. Vamos ver se a rosca de canela daqui é tão boa quanto dizem — determina e, dando uma piscadinha para mim, se levanta e vai em direção ao balcão.

Sinto um mal-estar na mesma hora. Ele já tinha tudo planejado: eu seria violentada. Começo a suar frio e até cogito pedir socorro. Respiro fundo. Não posso sucumbir ao pânico. Eu tinha perdido a primeira rodada, mas teria que suportar a noite nefasta e me preparar para a jogada seguinte.

Minha visão embaça, e não consigo ler mais nada. O horror consome a mim e ao tempo. A cafeteria já está vazia quando Davi se levanta e sai de cabeça erguida com seu andar marrento. Seu comparsa é menos discreto. Ele faz questão de me lançar um olhar de advertência enquanto joga o copo vazio na lixeira ao meu lado. Mensagem dada. Sinto um calafrio. É hora de segui-los até o local combinado. Pergunto-me se abusarão de mim lá mesmo ou se me levarão para outro lugar. Não vou pensar nisso. Preciso ser forte. Junto minhas coisas, visto o casaco e a echarpe e saio em seguida. Por alguma razão desconhecida, resolvo olhar para trás e checar se o balconista me observa, mas o balcão está vazio.

Melhor assim.

REBECA

Aperto o passo e protejo o rosto do vento e da chuva enquanto desvio das poças no caminho. Sei que, se diminuir o ritmo, minhas pernas vão congelar. Não de frio. De pavor. Durante o trajeto tento me convencer de que será apenas um encontro, com sexo casual. E sexo nunca foi problema para mim. Era esperar por uma transa ruim e pronto. Apenas isso. Não quero imaginar que talvez haja violência ou atos sem meu consentimento.

Não, dá! Não vou fazer isso! Vou pegar meu carro e me mandar daqui!, resolvo, determinada, e saio correndo. De repente, travo. Acabo de lembrar que havia estacionado meu carro em uma vaga perto do Instituto de Ciências Exatas para a aula de economia na véspera. O mesmo lugar onde os dois canalhas estariam esperando por mim. *Droga! Eles já sabiam disso! Não posso ir para lá!* Desisto da ideia e decido voltar para a casa a pé. Não tenho dinheiro para táxi. E, mesmo se tivesse, de nada adiantaria. Não há uma alma penada no lugar, nenhum segurança, ônibus ou carro circulando pelo campus da universidade. A chuva ininterrupta e a temperatura em franco declínio se encarregaram de expulsá-los. Tentando não tropeçar na rua de pedras desniveladas e fugindo das áreas alagadas, ajusto o capuz do casaco e volto a correr. Atordoada, acelero o máximo que consigo. Fujo do óbvio e faço caminhos alternativos com a intenção de despistar os cretinos caso resolvam vir atrás de mim, e, sem me dar conta, acabo me embrenhando por ruas ladeadas por muito mato, locais ainda mais desertos e desconhecidos do imenso campus universitário. Perco a noção de onde estou e que direção tomar. A chuva cria uma cortina fantasmagórica, envelopa tudo e deixa a visibilidade péssima. *Droga!*

Entre escorregões, taquicardia e dor abdominal, meu celular toca. Não é Suzy nem Galib, as únicas pessoas que têm o meu número. Há um alerta em minha mente. *Teria Davi conseguido meu número?* A ideia me congela mais que o ambiente ao redor. O celular insiste, e, deixando a covardia de lado, eu atendo.

— Alô — digo, ofegante.

— Rebeca? — A voz hesita do outro lado e perco a linha do raciocínio.

Os uivos do vento não ajudam em nada.

— Quem está falando?

— Sou eu. Eric.

— Eric — balbucio seu nome, aliviada. E feliz. — É você mesmo?

— Por que está ofegante? — Sua voz gentil começa a falhar e interrompo a corrida antes que a ligação caia. — Está tudo bem?

— Sim. Eu... — começo, quando, repentinamente, um farol cresce feito um raio.

— Achei a piranha! — A fala arrastada faz cada vértebra da minha coluna se transformar em um bloco de gelo.

— O que está havendo? — Escuto a voz de Eric, agora distante, chamando por mim do outro lado da linha. — Rebeca? Alô!

De repente a porta do passageiro se abre e o tal Lúcio pula em cima de mim feito um bicho raivoso. Caímos os dois na calçada. Sinto uma fisgada aguda na perna esquerda enquanto assisto a meu celular voar e desaparecer em meio ao gramado mal-aparado.

— Me solta!

Minha respiração fica presa. Borrões enegrecem minha visão.

— Vai se arrepender por ter bancado a espertinha, hacker. — Davi vem ao encontro do comparsa. Ele afunda os dedos na minha pele e, com semblante assassino, ajuda Lúcio a me arrastar. — Seria um de cada vez, para não te maltratar muito, mas agora... — Há veneno escorrendo em meio às palavras. — Talvez amanhã você não consiga aparecer para a prova, se é que me entende...

Os dois caem na gargalhada.

— Me larga! Socorro! — grito, e Davi tapa minha boca com força.

Arregalo os olhos e começo a me debater. Em meio à chuva torrencial, o outro abre a porta do carro, e vejo cordas e um par de algemas lá dentro. Tento chutá-los, mas eles desviam. Com toda a minha força, mordo a mão do Davi, que solta um rosnado de raiva e me dá um soco no rosto. A pancada faz meu nariz estalar, e a dor é tão forte que perco a consciência por algum tempo. Tempo suficiente para acordar nua, jogada no banco de trás.

— Não! — Tento chutar com força quando vejo que o covarde do Davi está amarrando minhas pernas com a corda. Lúcio já tem as algemas a postos e, se achando um domador diante de um animal selvagem, tenta agarrar meus braços ao mesmo tempo. — Me larga! Socorro!

— Soltem a garota! — ecoa uma voz grave, perigosamente calma, e os dois interrompem o ataque.

Lúcio larga as algemas e sai do veículo. Ainda agachado, Davi olha para trás, mas não solta minhas pernas, única parte do meu corpo que se encontra para fora do carro.

— Se manda, babaca! — diz Lúcio.

— Solta a garota — repete a voz.

Eu ouvi aquela voz antes?

— Por quê? — Davi se levanta, finalmente me largando. Sem perder tempo puxo as pernas para dentro do carro e arranco a corda. — O que o padeiro super-herói pretende fazer?

Padeiro?

Olho pelo vidro traseiro e vejo, atônita, o rapaz da cafeteria enfrentar os dois crápulas. Se suspeitava que ele era meio estranho, agora tenho certeza de que é completamente doido. *Ele queria ser espancado?* Visto a blusa e começo a procurar minha calça. Vasculho ao redor e a encontro, para meu desespero, afundada na poça lamacenta próxima ao meio-fio. *Merda! Não quero sair do carro com a parte de baixo do corpo completamente nua!*

— Nada, se você e seu namoradinho forem embora agora — responde ele, com a voz rouca e o peito estufado. — Eu *realmente* não estou a fim de briga.

— O filho da puta não está a fim de briga! — Davi solta uma risada debochada.

— Acho que o padeiro idiota tá querendo participar da brincadeira — acrescenta Lúcio. — Não tem lugar para mais ninguém, otário. A piranha tá com a agenda lotada.

— É o último aviso. Desapareçam daqui. Agora. — O rapaz da cafeteria não sai do lugar e não mexe um músculo sequer. Parece concentrado.

— Senão você vai fazer o quê, babaca? — Davi leva as mãos à cintura.

— Primeiro vou quebrar o braço do seu colega, em seguida vou esfregar sua boca imunda no chão e arrebentar sua cara, depois... — Ele pensa por um instante. — Bom, se eu fosse você não ia querer que chegasse ao depois... — diz, enigmático e ameaçador.

— Como é que é? — Davi arregala os olhos, em parte espantado, em parte achando graça. E então começa a gargalhar. Lúcio faz o mesmo, se contorcendo de tanto rir. — Tenho que confessar, você é totalmente sem noção, uma piada.

— Não sabia que eu tinha essa qualidade. — O rapaz da cafeteria abre um sorriso mínimo, a expressão irônica, mas em momento algum desfaz o contato visual.

— Quer apanhar... — Davi bate a porta do carro com força. — Tudo bem.

Meu Deus! Ele seria linchado e seria culpa minha. Pensa em alguma coisa, Rebeca! Pensa! Já sei! Vou roubar este carro e pedir ajuda! Pulo para o banco do motorista. Mas, ao procurar pelas chaves no porta-luvas, esbarro na buzina. Os três rapazes olham em minha direção. Davi sinaliza para Lúcio. *Meeerda!* Sem opção, abro a porta e saio correndo tapando as partes íntimas nuas com as mãos. *Isso é ridículo! Ridículo!,* pragueja o que me resta de racionalidade enquanto traço uma linha reta em direção à minha calça. Minha perna esquerda lateja forte e não ajuda: estou mancando.

— Segura ela! — berra Davi, e, em seguida, as garras de Lúcio seguram minha blusa por trás.

Enfurecida, eu me viro e enfio as unhas no rosto dele, que se contorce, mas não me solta e, no instante seguinte, avança nervoso para cima de mim. Eu me defendo como posso. Caímos no chão e, segurando meu pescoço com uma das mãos, eu o vejo fechar o punho direito e levantar o braço: vai me socar. Protejo o rosto no exato momento em que a mão dele é paralisada e torcida. Escuto estalos altos e um urro de dor. Desorientada e sem conseguir me apoiar na perna esquerda, me afasto, arrastando meu traseiro pelas pedras desniveladas enquanto tento, inutilmente, cobrir minha virilha com uma das mãos. Pisco algumas vezes até conseguir entender o que acabou de acontecer: o rapaz da cafeteria atacou meu agressor e, pela forma como o idiota geme, parece ter quebrado algum osso do braço. *Exatamente como ele disse que faria...*

Davi está xingando sem parar e, com a fisionomia deformada de ódio, avança para cima do adversário com um canivete na mão. Meu protetor, por sua vez, tem os olhos cerrados, a testa franzida, e a mandíbula travada. Sua expressão é de fúria concentrada, mas consigo captar algo a mais infiltrado nela. Vislumbro uma pitada de prazer no brilho de seus olhos focados. Ele olha de soslaio para mim e abre um sorrisinho cafajeste ao visualizar meu corpo seminu.

Que ótimo!

Subitamente, Davi muda a trajetória e vem em minha direção. Mal consigo berrar. É tudo tão rápido que minha voz se perde. Meus reflexos, entretanto, são ágeis e me fazem abaixar na hora exata. No instante seguinte o rapaz da cafeteria surge à minha frente, fazendo seu corpo de escudo, e, após uma troca de golpes, o canivete voa longe. Ele se joga contra o meu agressor, e os dois, encharcados dos pés à cabeça, desabam do meu lado, espirrando água. O rapaz da cafeteria está em cima de Davi, imobilizando-o. Sua expressão é feroz, quase selvagem. Observo estupefata ele acertar uma sequência de socos no rosto do adversário. Seus golpes são assustadoramente velozes e aplicados com perfeição, não são apenas violentos e aleatórios. Davi apaga.

Quando acho que o horror acabou, de repente sinto uma lufada de vento gelado nas costas e um vulto encobre o rapaz da cafeteria. O covarde do Lúcio o atacava por trás com o braço ileso. O menino se vira, mas não rápido o suficiente para esquivar do soco que atinge seu rosto em cheio e o faz cambalear. Ele arregala os olhos e, visivelmente transtornado com o golpe, leva as mãos à cabeça. Lúcio acha graça da reação, mas não consegue rir por muito tempo. Em uma fração de segundo vejo sangue jorrar para todos os lados. O sujeito que me defende abandona os golpes perfeitos e calculados: suas mãos ficam desgovernadas. Com uma ira que chega a assustar, ele acerta golpes seguidos de golpes no rosto já deformado do Lúcio que, gemendo feito um filhote de cachorro abandonado, desfalece e desaba.

E, finalmente, a briga acaba.

Nossas respirações, pesadas e ofegantes, são os únicos sons além da chuva incessante.

O rapaz cede e, curvado, cai de joelhos, levando as mãos à cabeça de novo. A chuva disfarçou, mas agora identifico com perfeição o rastro de sangue que escorre por seus dedos. Ele está tremendo. Não consigo ver seu rosto. Quero ir até ele e agradecer pelo que fez por mim, mas não consigo sair do lugar. Estou boquiaberta, em choque demais para raciocinar e sob o efeito de uma absurda descarga de adrenalina. Só agora me dou conta de todo o horror que acabei de passar e, já não bastasse as fisgadas na perna esquerda, a perna direita está sem forças e treme como gelatina. Isso sem contar que estou praticamente nua. E, para piorar, minhas roupas estão embaixo do corpo desacordado do canalha do Lúcio.

— Você está bem? — pergunta o rapaz, sem levantar o rosto.

Sinto um arrepio. Sua voz mexe com uma parte de mim que não reconheço.

— Você luta — digo, em transe.

Ele balança a cabeça e solta um riso mais frio que o clima. Então se levanta lentamente, empurra o corpo do adversário abatido para o lado e puxa minha calça comprida. Vai mais adiante e pega meu casaco largado ao lado do pneu do carro do Davi. Tem tanta lama que o tecido vermelho ficou marrom.

— Você pode fazer o favor de jogar a calça? — Peço. *Que ótimo! Agora teria que passar por essa situação constrangedora também!* — Sem olhar para cá!

— Ok, lá vai! Mas já vou avisando... — diz, com a voz modificada. Trinco os dentes. *Agora tenho certeza! Ele está tirando sarro com a minha cara!* — Sou péssimo em arremessos.

Então fico observando, impassível, minhas roupas serem arremessadas e caírem no chão. Não que ele tenha jogado as peças para o lado errado nem nada, o problema sou eu: não consigo me mexer. Tento me levantar, mas meu corpo não responde.

— Tudo bem? — Sem olhar, ele torna a perguntar ao perceber minha demora.

— Sim... — Hesito. — Aiiii! Não consigo. Acho que distendi algum músculo.

— Posso ajudar? — pergunta ele, e, ainda de costas, mostra os dedos de forma que eu consiga visualizar seu juramento.

— Desculpa pelo sorrisinho de antes, ok? Não vou olhar. Palavra de escoteiro.

— Tá — respondo, aliviada.

Quero ver como ele vai se sair.

Parece uma mistura de brincadeira de cabra-cega com quente ou frio e, por alguns instantes, esqueço que estou seminua no meio da rua de um campus universitário, com o bumbum arranhado e as pernas moles de tão nervosa. Eu me surpreendo rindo com vontade ao vê-lo errar várias vezes o local onde as roupas caíram. Não sei se foi de propósito ou se é desajeitado mesmo, mas o fato é que consegue amenizar o clima pesado. Finalmente alcança minhas roupas e, ainda de costas, as traz até mim. Então retira a própria jaqueta e me oferece.

— Tá encharcada, mas... Cubra-se com ela. Posso me virar agora?

— Pode.

— Fica tranquila. Não vou fazer nada *inadequado* — balbucia a palavra sem olhar para o meu rosto em momento algum. Então, para minha surpresa, se abaixa, me pega no colo com cuidado e me carrega até o banco do carona de uma caminhonete estacionada adiante. — Vamos agilizar isso. Vou ligar o aquecedor.

— Já consigo me mexer — digo, sem jeito, e coloco minha mão involuntariamente sobre a dele.

Assim que elas se tocam, ele levanta o rosto. Não há qualquer traço de humor em seu semblante. Ao contrário, seus olhos estão em brasas e encaram os meus.

— Por sorte não quebrou, mas vai ter que colocar gelo no nariz se não quiser que ele acorde do tamanho de uma pera. — Ele pigarreia e muda de assunto.

Educadamente vira o rosto, me dando um pouco de privacidade enquanto visto a calça imunda e encharcada. Gosto disso.

— E o seu supercílio? — pergunto.

— Vai ficar bem — diz ele, mas percebo que sente dor.

— Já pode virar.

Ele se vira. Estou vestida e, ainda assim, posso sentir seu olhar de esguelha, avaliando o meu corpo. Há estática no ar.

— Qual o seu nome?

— Karl. E o seu?

— Rebeca.

12

KARL

Não, Karl! Dá carona para a garota e desaparece! Vai embora antes que se arrependa amargamente, cara! Você sabia que arrumaria confusão quando resolveu sair da cafeteria para ir atrás dela. Você pressentiu que havia algo errado e resolveu bisbilhotar, mesmo tendo jurado nunca mais se envolver com os problemas alheios, seu idiota!, berra sem parar a voz da razão dentro da minha cabeça dolorida. Sei que estou nervoso e que acabei de quebrar uma regra importantíssima. Devia ter mantido a calma acima de tudo. Não podia ter entrado naquela briga e muito menos ter levado um soco no rosto. Meu estômago embrulha só em pensar que o coágulo podia ter estourado naquele instante, que corri risco de vida desnecessariamente. *Não é verdade!*, grita outra voz dentro de mim. Ela afirma que minha atitude foi por uma causa nobre, que aqueles babacas iam violentar a garota.

Eu não podia deixar nada acontecer a ela...

Tento parecer calmo, mas estou pilhado. Rebeca também está tensa, e não quero piorar sua condição. Seu olhar é amedrontado e o tremor nas mãos denunciam o pavor que ela está sentindo. Estou com pena. Quero confortá-la, mas me afasto. Não posso constrangê--la ainda mais. Sei me manter afastado. *Aliás, sei fazer isso muito bem.*

— Obrigada. De verdade — sussurra.

Em seguida sua voz trêmula me confidencia onde mora.

— Quer uma tortinha de maçã ou um bolo de fubá? O cupcake de chocolate com morango é ótimo para aliviar o estresse.

Aponto para a parte de trás da caminhonete abarrotada de guloseimas da cafeteria. Ela abre um discreto sorriso, mas rejeita a oferta. Ligo o motor e aumento a potência do aquecedor. Passo com o carro próximo aos corpos desacordados dos dois marginais. Olho para a garota tão ferida ao meu lado. Instantaneamente minhas costas ardem, minha cabeça lateja e sou tomado por outra onda de fúria. Piso no freio.

— O que você vai fazer? — Rebeca arregala os olhos quando abro a porta e saio feito um foguete.

— Espera aqui um instante.

Vou até o carro deles e procuro pelas algemas e cordas. Em seguida removo completamente a roupa dos dois e, apesar de não querer admitir para mim mesmo, sinto um prazer demoníaco com isso. Quero que os covardes experimentem do próprio veneno. Primeiro arrasto o careca até o carro e depois faço o mesmo com seu amiguinho cheio de músculos que só servem de enfeite. Jogo seus corpos frouxos, um sobre o outro, no banco traseiro do Toyota, prendo um ao outro com as algemas e amarro suas pernas com a corda. Fico imaginando a cara dos infelizes quando acordarem e se depararem com a primeira pessoa que aparecer. Bato a porta e arremesso as chaves longe.

— Por que demorou? O que você fez? — pergunta ela, preocupada, assim que retorno à caminhonete.

Ao ver que estou segurando as roupas deles, Rebeca fica de boca aberta e sem piscar nem uma única vez.

— Sinto muito, mas eu precisava...

— Foi... perfeito! — Há um sorriso de satisfação iluminando seu rosto irretocável.

Percebo que meus lábios parecem um espelho e se levantam ao menor sinal do sorriso estonteante dela. Apesar da baita enxaqueca, estou flutuando.

A chuva diminui, e o percurso até o prédio dela é tranquilo e rápido. Até demais.

— Eles não vão aprontar outra. Pelo menos, não tão cedo — digo, tentando acalmá-la. — Mas acho que você deve procurar a polícia.

Ela sorri, mas seu sorriso não alcança os olhos.

— Sim. — Sua voz vacila, e ela devolve minha jaqueta. — Obrigada. Não sei o que teria acontecido se você não tivesse aparecido... O que é isso? Sangue? — pergunta, assustada, ao ver a mancha vermelha no tecido.

— Foi superficial.

Eu sabia que Davi havia acertado o canivete em minhas costas. Esperava chegar em casa para averiguar os danos.

— Deixa eu ver. — Não foi bem um pedido, quando dou por mim, ela já está me virando de costas. — Cacete! Você está ferido!

— Shhh! Essa palavra não combina com uma boca tão bonita — repreendo, mas no fundo estou satisfeito com sua inesperada preocupação.

— Rá, Sr. Boca Limpa!

— Amanhã cuido disso. Estou exausto — confesso.

E megadolorido, penso, mas não digo. Faz muito tempo que não entro em uma luta, e meu corpo começa a reclamar do esforço exagerado e do extravasamento do ácido lático. As juntas dos dedos estão intocáveis, minhas costas ardem e, o pior de tudo, minha testa lateja horrores.

— Vai infeccionar até lá! Vou fazer um curativo agora mesmo.

Minha cabeça começa a rodar, e a dor piora.

— Você pode me arrumar um analgésico?

— Claro. Vem comigo.

Entro no minúsculo apartamento. É limpo, arrumado, mas desprovido de qualquer luxo.

— É melhor sentar ali. Suzy é cheia de frescuras com a cama dela. — Ela me conduz até o quarto e aponta para a cama coberta com uma colcha colorida. Agradeço mas continuo de pé. Minhas roupas estão encharcadas. Rebeca desaparece e retorna segundos depois com um comprimido e um copo de água. — Tira a camisa. Preciso ver a ferida.

— Obrigado, mas não. — O sangue corre forte em minhas veias.

Conheço meu corpo e minhas reações. Não é possível que eu já tenha me recuperado das dores e das fisgadas assim tão rápido. Estou animadinho demais...

— Karl, você salvou minha vida. É o mínimo que posso fazer.

Não! Não! Não! Se manda, cara! É furada!

— Não se preocupa, eu...

— Não estou perguntando. — Ela estreita os olhos. — Você está com medo?

Solto uma risada alta. Ela imagina que estou achando graça da situação, mas a verdade é que estou apavorado. Não tenho medo dela. Tenho medo de mim. Estou nervoso e não é porque acabei de surrar dois caras e arrumar confusão para a minha vida. Estou tenso por causa de uma garota. Quando torno a piscar, ela já está na minha frente e, segurando um sorrisinho, levanta ligeiramente a barra da minha camisa. Congelo.

— Tudo bem. Se prefere assim... Finalmente meu curso de primeiros socorros servirá para alguma coisa — comenta, satisfeita.

— Cristo! Vou ser sua primeira cobaia! — Tento disfarçar meu estado de perturbação.

— Não. — Ela morde o lábio e arqueia uma das sobrancelhas. — Será a segunda.

— Ufa! — Finjo respirar aliviado, mas estou uma pilha de nervos.

Ela passa as pontas dos dedos bem perto da ferida e sinto um arrepio fino percorrer minha coluna.

Sai logo daqui, Karl!, vocifera minha mente para meu corpo em estado letárgico.

— "A Fera" — balbucia ao começar a tirar minha camisa.

O arrepio estranho ganha força, se espalha dos pés à cabeça e me faz congelar. Eu tinha me esquecido do enorme dragão soltando fogo tatuado nas costas e o meu codinome de lutador em letras garrafais logo abaixo dele.

— É de uma época complicada. — De maneira brusca, puxo a camisa para baixo. Não sei o quanto viu da tatuagem, mas a garota dá um passo para trás, atordoada. Não esperava ter que lidar com esse tipo de situação, e não consigo entender a confusão de emoções que estão socando meu peito no exato momento. *Por que sinto vergonha? Seria medo da reação dela? Receio de mostrar o que fui um dia?* — Uma fase de brigas, confusões, polícia e...

— Polícia? — Rebeca tenta disfarçar, mas seu corpo fica rígido, e a testa, franzida, completamente pálida.

— De outro Karl — explico, sem demora.

— Entendo. — Ela se limita a dizer com um tom de voz diferente e a fisionomia distante, e torna a se concentrar na tarefa. Rebeca limpa o corte na linha da cintura com algodão embebido em água oxigenada, em seguida coloca álcool iodado e o cobre com gaze e esparadrapo. — Foi de raspão — finaliza de forma fria.

De repente me sinto mal. E com raiva também. De mim. Devo tê-la assustado com o lance das brigas e da polícia.

— Quem foi a primeira cobaia? — Tento amenizar o clima estranho no ar.

— O porquinho-da-índia da Suzy. — Ela sorri.

— Sortudo ele em ter uma enfermeira como você — digo, sem conseguir parar de encarar seus lábios rosados e perfeitos. Só agora reparo no hematoma em uma de suas bochechas. Sinto um aperto no peito e instintivamente acaricio o local. — Eles chegaram a... E-eles... — Minha voz se desintegra em lascas de gelo, e as palavras se derretem em minha língua.

— Estou bem — responde ela, depressa, e me olha por um longo instante, depois se afasta, pensativa. Meu corpo treme, e minha cabeça lateja ainda mais. Preciso ir para casa antes que faça uma besteira da qual me arrependerei pelo resto da vida. Se ela chorar e me contar algo que não quero ouvir, sou capaz de retornar e acabar com a raça daqueles dois covardes de uma vez por todas. — Nunca terei como retribuir o que fez por mim, Karl.

— Fica tranquila. Vou arrumar um jeito. — Dou uma piscadinha. Era para ser uma brincadeira, mas não consigo disfarçar que meu desejo é vê-la novamente. — Preciso ir.

Ela assente discretamente.

— Tenho a sensação de que o conheço de algum lugar — diz baixinho ao me acompanhar até a porta.

Por sorte está de costas para mim e não vê meu semblante ficar tomado pela culpa. Não posso contar que já nos encontramos antes, que sou o sujeito da moto que a ajudou com o mendigo ladrão de carros. No mínimo vai achar que se trata de um maníaco que a persegue por todos os cantos. Não seria uma boa hora para essa conversa, principalmente depois do que acabei de dizer sobre o meu passado.

— Tenho um rosto comum em Hollywood. — Ergo as sobrancelhas, e ela estreita os olhos na minha direção. — Tá bom. Sou da sua turma de economia.

— Jura?

— Fico sentado lá no fundo e... faltei nas últimas aulas — confesso, e ela abre um sorriso maroto. — O que foi?

— Espero que sobreviva para que não falte às próximas aulas. — Rebeca morde os lábios. Está segurando o riso. — O porquinho-da-índia da Suzy... — E, com a cara mais lavada do mundo, olha para baixo e confessa: — Bom... ele morreu.

Não vejo o tempo passar no caminho de volta. Estou aéreo, absolutamente atordoado com o que acabou de acontecer. Não acredito na besteira que fiz e, para piorar a situação, não me arrependo de nada. Pelo contrário.

Chego em casa e, apesar da baixa temperatura e das roupas encharcadas, estou fervendo. A reação do meu corpo me assusta. Abro a ducha na pressão máxima e deixo a água abrandar minhas emoções, mas, todas as vezes em que fecho os olhos, visualizo as pernas nuas de Rebeca e outras partes que consegui enxergar de relance em meio à discussão com aqueles imbecis.

Porra, Karl! Você está criando encrenca para o seu lado! Sabe que tem que cair fora enquanto é tempo, que está atraído pela garota e que não pode se deixar envolver em hipótese alguma! Viu o que aconteceu? Você podia ter morrido! O campus da faculdade podia ter sido o último lugar que seus pés tocariam antes do caixão, seu idiota!

Saio do banho com o telefone tocando sem parar. Está muito tarde para uma ligação. Preocupado, enrolo a toalha na cintura e atendo.

— Finalmente, Karl! — reclama Annie com uma nota mais estridente do que o normal. — Meu Deus! Eu estava preocupada! Por que não atende?

— Tive uns probleminhas. — Saio pela tangente.

— Mamãe estava cismada. Tive que colocar calmante no leite dela. Não tinha mais desculpa que a convencesse. Você sabe que ela não dorme se não falar com você!

Droga! Tinha esquecido completamente de ligar para ela.

— Foi mal.

— Foi mal?!? — esbraveja Annie. — Nossa mãe não pode ter nenhum aborrecimento!

— Eu sei.

— Sabe? Pois não parece! Faz mais de três meses que você não vem visitá-la, e ela está ficando ressentida!

— Meses complicados na cafeteria, mas vou aparecer.

— Não esqueceu o aniversário dela, né?

— Claro que não, Annie.

Um silêncio inesperado.

— Ela não está nada bem, mano.

Sinto um nó na garganta. Meus olhos ardem.

— Acho que será o último... — Sua voz falha. A conversa fica difícil. Acabo de perder a minha voz também. — Creio que ela também esteja sentindo isso.

— Como está o tratamento? Ela não...?

— Está sendo feito tudo que é possível, mas a medicina tem suas limitações. Nem sempre acontecem milagres como no seu caso, irmão.

— Eu sei — respondo, e minha cabeça lateja.

De culpa. Sinto vergonha de mim mesmo por ter permitido que aquele confronto acontecesse. *Como cometi uma asneira daquelas? E se eu tivesse morrido? O que seria da minha mãe?*

Annie fica em silêncio por mais alguns segundos. Acho que está se recompondo.

— Mamãe quer fazer uma superfesta — diz, emocionada. — Vai chamar a família toda.

— Ela sempre chama a família toda. — Reviro os olhos.

— Mas dessa vez vai ser toda mesmo. Ela quer ver todos os parentes antes de...

Mais silêncio.

— Eu vou.

— Claro que vem. E é bom que traga sua namorada misteriosa também — acrescenta, feroz. — Nossa mãe só vai morrer em paz depois que conhecer a garota por quem você diz estar apaixonado. Ela faz questão de mostrar aos Martins que você está bem.

— Os Martins vão? — Meu coração pula até a boca. — B-Beatriz também?

— Acho que sim. Mamãe fez questão de tê-los como convidados de honra, para provar que não ficou nenhuma mágoa entre as famílias, que você superou tudo.

Não sei o que falar, o que pensar, o que fazer. Terei que ver o amor da minha vida pela primeira vez desde o terrível acidente. E o calhorda do seu namoradinho perfeito também. Perco o chão.

— Sua namorada tem que vir, ouviu?

Merda! Nunca existiu namorada alguma. Foi apenas uma desculpa para acalmar os ânimos da minha mãe. Desde o maldito acidente ela faz questão de ver minha vida afetiva retornar ao normal. Não tem ideia da existência do coágulo e muito menos imagina as regras que criei para conseguir seguir em frente com uma vida cheia de limitações.

— Karl...? Você está bem? — Annie percebe meu atordoamento.

— Hã? S-sim. — Atropelo as palavras.

— Você sabe que pode contar comigo para qualquer coisa, não sabe? — Há candura em suas palavras.

— Sei. — Suspiro. — E você também.

— Não me mata mais de susto, tá? Deixa seu celular no volume máximo.

— Pode deixar.

— Boa noite, mano.

— Boa noite. Dorme com os anjos.

Não quero encontrar Beatriz. Não posso não levar a minha "suposta" namorada e dar esse desgosto à minha pobre mãe.

Droga! E agora?

13

REBECA

— O lanchinho fica para depois, Suzy. Agora preciso resolver uma parada que Galib me enviou — digo, assim que a encontro depois da aula de microbiologia.

— Negativo! Você pode resolver isso mais tarde.

— Ah, é? — Fecho a cara. — Por acaso você esqueceu que é esse trabalho, e não os meus lindos olhos verdes, o responsável pela minha liberdade?

— Mas antes toma um *espresso* comigo. Por favor!

— Implorando por cafeína...? — Estreito os olhos, desconfiada.

— Vai ser rapidinho. Juro.

Ela sorri quando solto um suspiro, me rendendo, e, sem perder tempo, me puxa em direção à saída do prédio principal.

— Para onde você está me levando? — Paro na hora que percebo para onde ela está indo.

— Para onde mais poderia ser, Beca? Que lugar por aqui tem um *espresso* decente? — Ela revira os olhos e aponta a cafeteria com o nariz.

— Estou... sem fome — balbucio.

Não sei que desculpa usar para disfarçar o meu temor.

— Pinóquia! Pensa que não te conheço? Sei que você está dura. — Ela arqueia as sobrancelhas. — Eu vi a grana que você gastou. Fala sério! A chave nova que você teve que mandar fazer foi uma fortuna! Era mais fácil ter vendido sua carroça.

A triste verdade é que eu havia perdido as chaves do carro durante o ataque do Lúcio, mas só dei por falta no dia seguinte. Tarde demais. Não havia qualquer sinal delas quando retornei ao fatídico local para procurar.

— Não fala assim do meu possante. — Abro um sorriso falso e desanimado. — Ele não tem culpa da dona desastrada que tem.

— Hum... Ainda não sei se acredito nessa história. — Ela analisa minha expressão, mas acaba dando de ombros. Por sorte, parece agitada demais para ficar matutando sobre o suspeito tombo que eu disse ter sofrido em meio ao temporal. — Seus lábios estão tão roxos quanto seu nariz. Uma bebida quente vai fazer bem. Vem!

Faz três dias desde o terrível episódio. Não contei a verdade a Suzy. Na certa ela ficaria preocupadíssima ao saber que o Davi e o Lúcio têm informações sobre meu passado e com o risco que eu estarei correndo se essas informações caírem nos ouvidos do Jean Pierre e seus capangas. Para me proteger, acho que Suzy seria capaz de bater com a língua nos dentes e contar para o Galib. Seria adeus à segunda faculdade e ao namorado de número treze. *Tudo isto aqui está longe de ser o lugar dos meus sonhos, mas como fechar os olhos para as previsões da cartomante quando mais uma delas acaba de acontecer?* Só depois do ocorrido me recordei que a vidente sugeriu que eu aceitasse o convite de uma amiga para estudar para a prova de segunda chamada. Ela havia previsto a tenebrosa situação. E me dei mal por ter ignorado. *Novamente!*

Agora só me resta o último aviso. Por sinal, o único otimista. Que eu encontraria o amor na segunda faculdade. Ela não disse terceira ou quarta faculdade. Foi muito clara. Era esta, a atual. Seria aqui que encontraria o homem que mudaria minha vida para sempre, eu simplesmente não podia me acovardar e ir embora. Apesar de não acreditar nesse lance de "amor verdadeiro" algo dentro de mim está convicto de que Madame Nadeje não vai errar, como nunca errou, e que esse é o único caminho a seguir.

Até porque não tenho mais pelo que lutar, a não ser este sonho, até então impensável, de um amor. Mais do que isso, de ter a chance de ser feliz, de, com uma vida longe de confusões ou golpes, ter um futuro melhor, manter minha mãe livre do fantasma da deportação e, quem sabe um dia, fora das grades.

Durante esses três dias também não vi nenhum sinal dos dois canalhas ou do Karl. Sinto uma gratidão enorme pelo que ele fez, mas estou evitando encontrá-lo a qualquer custo. Passo longe da cafeteria e também faltei à aula de economia. Preciso arrumar uma desculpa para mantê-lo longe. Não quero nada que me faça relembrar aquela noite terrível, não posso manter amizade com alguém com ficha na polícia ou que tenha um passado complicado. Galib foi taxativo. Era sair do trilho e perder a minha liberdade. Karl foi encantador, e não digo isso por causa dos olhos cor de mel ou do corpo sarado. Seu ato de coragem me tocou profundamente, mas devo manter distância. Sua amizade é perigosa para minhas atuais circunstâncias, para essa nova Rebeca que há dois anos convive com um dispositivo de rastreamento no corpo, continuamente monitorada pela polícia.

— Tudo bem. — Suspiro.

Está na hora de encontrar o rapaz, agradecer e sepultar o assunto de uma vez por todas.

Acompanho as passadas de Suzy que remexe demais os cabelos e ajeita a roupa a cada segundo.

— Posso saber por que você está assim? Vai encontrar com quem?

— Ninguém — responde ela com uma cara travessa enquanto aproveita para checar o gloss na janela de um carro estacionado.

— Desembucha.

— Tá bom... — Suzy solta uma risadinha. — Com umas sardas aí...

— Jura? — Arregalo os olhos. — Eu pensei que você não gostasse do garoto.

— Para você é sempre tudo ou nada, mas na dança da conquista não é assim que a coisa funciona. Um dá um passo, depois é a vez do outro e... — Ela estala a língua. — Deixa pra lá! É óbvio que você não ia reparar, ainda mais agora que vive aérea. Não percebeu nada diferente durante as manhãs?

— Aérea? Eu? C-claro que reparo e... Hum... Pensando bem, acho que você fica saltitante demais para comer seu bolinho de fubá com erva-doce, ainda mais para quem acabou de acordar e...

— De onde vêm os bolinhos, Beca? Nunca cogitou? — pergunta, com uma sobrancelha arqueada e as mãos na cintura.

— Jura? Quer dizer que ele...?

— Pelo olho mágico eu o vejo colocar o pacotinho na porta do nosso apartamento todo dia bem cedo. É muito tocante. — Sorri, e seus olhos brilham. — E hoje ele veio acompanhado de um bilhete lindo.

— Para você ou para o seu estômago?

— Rebeca!

— Tá bom! — Levanto as mãos e reprimo a vontade louca de fazer piada da situação. Suzy está realmente caidinha pelo sardento. — Posso saber o nome dele?

— Theo. — Ela sorri. — É que eu estava sem coragem de chegar sozinha.

— Não precisava me obrigar a tomar um cappuccino.

— Você está precisando de um.

— Nada disso. — Repuxo os lábios. — Prefiro um chocolate quente com...

— Bastante creme! — Satisfeita, ela completa a frase e me puxa pelo braço.

Para a minha sorte, a cafeteria está lotada. A tranquilidade do ambiente foi arruinada pela enxurrada de jovens que foge do frio atípico. O lugar está cheio de grupos de alunos de todos os anos ao redor das mesas. O rapaz sardento mal disfarça o sorriso gigantesco, aguardando por minha amiga encostado ao balcão. Suzy aperta minha mão e, antes de se afastar, enfia uma nota de vinte entre meus dedos.

— Capricha no creme — diz, animadíssima. — Te conto tudo depois.

Eu pisco e a vejo caminhar em direção a ele. Os dois se cumprimentam, conversam e, sem parar de sorrir, deixam a cafeteria de mãos dadas. *Uau! Que rapidez!* Fico muito feliz por Suzy. Já era hora de finalmente esquecer o canalha do Gabriel.

Olho para a frente e dou de cara com Karl atrás do caixa. Identifico um discreto sorriso em seu olhar, e sua reação me deixa apreensiva. Fico estranha em sua presença, nervosa até. Não estou a fim de conversar sobre o episódio terrível, e na certa ele vai tocar no assunto. Pior. Toda vez que eu olhar para ele vou me lembrar com detalhes do pavoroso momento que vivenciei. Não quero isso para mim. O dinheiro coça em minha mão. *Chega! Vou embora agora mesmo.* Pego a nota de vinte e a coloco no bolso da calça no mesmo instante que ouço um assobio na outra quina do balcão. Olho por cima do ombro e vejo Karl me chamando.

Ah, não!

Abro um sorriso desbotado e vou até lá arrastando os pés. Disfarçadamente ele me passa um copo com chocolate quente pela lateral do balcão.

— Caprichei no creme — diz, satisfeito.

— Não precisava. — Entrego a nota de vinte.

— É por conta da casa.

— Você não pode fazer isso — respondo, vermelha de vergonha.

De soslaio vejo pessoas me fulminando com olhares acusatórios. Na certa pensam que estou furando fila, tirando vantagem de um conhecido que trabalha aqui.

— Fazer o quê? Aumentar seu colesterol? — Ele se faz de desentendido. Meu sorriso sem graça aumenta. — Está tudo bem? Fiquei preocupado. Eu não a vi desde... — Ele engasga. *Argh! Eu sabia! Ele ia tocar no assunto.* — Queria perguntar se...

— Sinto muito, mas estou com pressa. Tenho prova — interrompo, acelerada.

— Ah. Claro — diz Karl de maneira automática enquanto estreita os olhos para a pessoa atrás de mim. — Boa prova.

— Rebeca! — Meu coração vai à boca ao escutar a voz que me resgata da situação embaraçosa. Sinto sua mão em meu ombro e me arrepio inteira antes de me virar. *Eric!* — Fiquei tão preocupado após aquela ligação. Tentei falar com você umas mil vezes, mas seu celular só dá fora de área! — Está afobado, entre o feliz e o preocupado.

— Celular...?!? Ah! E-ele... hã... — Meus neurônios entram em pane por alguns segundos. *Pensa, Rebeca! Pensa!* — É que... puf!

— Puf? — Ele estreita os olhos e toca de leve no hematoma do meu rosto.

— C-caiu! Ele... quebrou. É isso! Escorreguei em uma poça e ele se espatifou quando fui de cara ao chão — respondo, toda atrapalhada. — Foi bem na hora que estávamos conversando. Desde então estou sem celular e como não tinha o seu número... Desculpa.

— Desculpa aceita. — Ele finalmente sorri. — Você está bem. É isso que importa.

Sua expressão não deixa dúvidas: Eric está radiante em me ver. Engulo em seco ao perceber que Karl está prestando atenção em nós; seus olhos de águia estão escuros, a testa franzida. A garota do caixa pede ajuda, mas, para minha agonia, Karl não arreda o pé do lugar.

— Quero conversar com você. A sós. — Eric segura minha mão com força. Na mesma hora algo se aquece dentro de mim. — Está com pressa?

Putz! Logo aqui?

— Eu... — Olho rapidamente por cima do ombro. Karl está com os punhos fechados e me encara com uma expressão severa. Desvio o olhar e respiro fundo. Não queria que fosse assim, mas... — Tenho todo o tempo do mundo.

— E aí? Como o sardento se saiu? — Rabisco desenhos aleatórios na folha do caderno.

— Muito bem. Pelo que me consta, já te respondi isso umas novecentos e noventa e nove vezes nos últimos cinco minutos. E, para que eu não tenha que repetir pela milésima vez, o nome dele é Theo, está no último ano de farmácia, mas, como vem de família humilde, trabalha na cafeteria para ajudar nas despesas.

— Suzy me fuzila. — Desembucha logo. Por que você está assim?

— Assim como?

— Você assovia quando está feliz. E, se não me falha a memória, isso só acontece quando há alguma armação a caminho — alfineta. — O que tá rolando?

— Eric me chamou para sair! — confesso e me dou conta de que estava mesmo assoviando. — Encontrei com ele na cafeteria e...

— Mas que droga! — Suzy afunda na cama, arrasada. — Tinha que manter o cara só na conversa, na amizade. Não podia ter marcado um encontro!

— Não consegui. Quando vi, já tinha dito sim.

— Exatamente por isso! — Ela bufa. — Você não tem freios quando está interessada em um cara! Ser educado, megarrico e lindo de viver é apenas a ponta do iceberg. Se bem a conheço, o lance da cartomante deve ter deixado o cara ainda mais atraente aos seus olhos, e isso triplica o perigo.

— Não exagera. Vou me segurar.

— Ah, claro...

Checo o espelho pela milésima vez e solto um suspiro desanimado ao me deparar com meu visual sem graça. Estou com um vestido de cetim. Está tão velho que o azul parece um roxo desbotado. Para piorar, as tiras das minhas sandálias prateadas surradas estão começando a descascar.

— Deve ser o príncipe encantado. — Com a cara emburrada, Suzy solta um muxoxo ao escutar o ronco de um carro estacionando em frente ao nosso prédio, uma construção antiga de quatro andares e sem elevador. Ela arrasta os pés até a janela, pragueja alto e leva as mãos à cabeça. — Ah, não!

— O que houve? — indago, preocupada. Ela não diz nada e continua gemendo. Vou conferir. — U-um Porsche vermelho?!? — Gaguejo ao ver Eric sair, mais lindo do que nunca, de um Porsche novinho em folha. — O símbolo do Porsche é um cavalo. O dragão sobre o cavalo vermelho... — balbucio, atordoada. Suzy afunda o rosto no travesseiro. Começo a tremer. *Agora é pra valer.* — É ele! — Estou incapaz de controlar as emoções que fervilham em meu peito.

— Eu sei. — O murmúrio de Suzy sai estrangulado.

— E me trouxe um buquê de rosas vermelhas — balbucio em choque e começo a chacoalhar de medo. Suzy tem razão, afinal. A visão de Eric todo lindo saindo do Porsche vermelho me dá a certeza de que posso fracassar, de que *vou* fracassar. — V-vou dizer que estou passando mal — gaguejo, apavorada. — Eu não vou nesse encontro.

— Você não pode fazer isso! — Para a minha surpresa, e mais rápida que um relâmpago, minha amiga está de pé ao meu lado.

— Estou um lixo perto dele! — Entro em pânico. — Além do mais, você está certa. Vou ferrar com tudo.

— Não vai, não — diz ela, subitamente determinada. — Eu vou atrapalhar a noite dos dois. Vou te ligar a cada vinte minutos.

— Meu celular quebrou, lembra?

— Leva o meu. Eu uso o da Brenda. Pode dizer ao Eric que estou com problemas emocionais. — Dá uma piscadinha. — Vai ficar um pouco apertado, mas ponha os meus saltos altos da Carmen Steffens. Eles ficarão lindos com a bolsa prata e o colar que papai me deu de aniversário.

— Mas você ainda nem usou! Estava guardando para...

— Shhh! Não se estressa. Os acessórios vão fazer a diferença neste vestido sem graça. Agora é só realçar a maquiagem com um batom vermelho.

Sem ter escolha, obedeço e me olho no espelho. Estou apresentável.

— Rapaz nenhum imaginaria que esse brinco é um rastreador. Fica tranquila — diz ela, toda carinhosa, quando me flagra olhando para o dispositivo na orelha. — Não sei se ajudei ou atrapalhei, mas você está linda.

— O que seria de mim sem você?

— Humpf! Lembre-se disso na hora que resolver abrir essas lindas pernocas. — Ela arqueia as sobrancelhas e ambas damos um pulo ao escutar batidas leves na porta. — Se faço isso é porque, apesar de tudo, acredito em você. E porque não quero que você arrisque perder o predestinado. Boa *sorte* — faz aspas com as mãos.

Repuxo os lábios. *Continuo não acreditando em sorte.*

Observo, catatônica de felicidade, o melhor partido da universidade abrir a porta do Porsche para mim.

— Não se anime muito. — Ele pisca de um jeito brincalhão ao ver meu queixo despencar. — O carro é do meu velho, mas ele me empresta em ocasiões especiais.

Assinto com um sorriso gigantesco enquanto observo Eric caminhar com desenvoltura e contornar o Porsche pela frente. Está usando uma blusa de botão azul-marinho, uma calça de linho cáqui, um blazer marrom-escuro e sapatos ultrapolidos da mesma cor. Senta-se ao meu lado e sorri. O perfume que ele usa é incrivelmente forte e seco. Perfeito para a ocasião.

— Finalmente, Srta. Rebeca Bittencourt! Penso em te levar a esse lugar desde a primeira vez que a vi — confessa com o olhar ardente.

Afundo no assento.

Ah, não! Será mais difícil me segurar do que imaginei...

14

KARL

— Com licença! — pede uma voz masculina, sobressaindo em meio às demais no hall de entrada da casa noturna.

— Aiii! — Minha acompanhante gostosa demais me desperta com uma reclamação estridente assim que alguém esbarra nela. Congelo no meio dos beijos que estou dando em seu colo desnudo, bem próximo ao decote avantajado onde planejo chegar em breve. Ela joga o corpo repentinamente para trás, e quase perco o equilíbrio. — Cuidado por onde anda, poxa!

— D-desculpe, eu não quis... Karl? — A voz se dirige a mim, surpresa.

Viro a cabeça e vejo Eric com um sorriso. Perco o chão quando me deparo com a companhia ao seu lado: Rebeca.

Maldição! Não olha para ela, Karl! Não ousa olhar para ela!

— Eric! Que coincidência! — cumprimento, mas praguejo internamente.

— O Strauss é realmente um restaurante especial, para ocasiões especiais — afirma ele, animado demais para o meu gosto. *Argh!*

— Ouvi dizer, mas não confirmarei hoje — rebato com educação enquanto disfarço os dentes trincados e aponto para o andar de cima, o local para onde pretendo ir em breve.

— Da próxima vez você me traz aqui, benzinho? — pergunta a menina que está comigo.

Abro um sorriso mordaz. Não haverá uma próxima vez, belezura. Tenho regras a cumprir e, pela forma como a abordei, a garota já deveria ter isso em mente. Ela é a conquista da noite. Apenas isso. Por sinal, a pobrezinha nem imagina a árdua tarefa a cumprir: arrancar os malditos pensamentos que insistem em me remeter à estonteante morena de vestido azul e traiçoeiros olhos verdes que está à nossa frente. É ela quem eu realmente quero. A garota por quem quase dei a vida e que não fez a menor questão de ser sutilmente educada (ou ao menos discreta) ao me desprezar para aceitar o convite do ricaço boa-pinta. Estou ficando nervoso e sei que não é uma ideia sensata dar corda para essa conversa. Eric é bacana, mas vê-lo segurar as mãos de Rebeca mexe comigo. *Não olha para ela!* O sangue esquenta em minhas veias e sinto raiva de mim mesmo. *Como pude ser tão idiota? No que estava pensando quando resolvi ir atrás dela?* Meu cérebro, sarcástico, rebate com um assovio azedo.

— Estou devendo para você uma explicação sobre as planilhas, mas dou depois, ok? — Eric se apressa em explicar. — Senão nossas lindas acompanhantes vão nos abandonar, e eu seria um idiota se deixasse isso acontecer.

— Com certeza — digo e, contrariando a ordem da razão, encaro Rebeca.

Ela desvia o olhar, se posicionando estrategicamente atrás do um metro e noventa do Eric.

— Ei, você não é o herói da enchente? Aquele que ganhou a condecoração das mãos do governador? — pergunta a menina que está comigo.

A voz da garota que me acompanha fica tão estridente que por pouco os espelhos do hall de entrada não vibram a ponto de trincar. Eric olha para mim e, após estufar o peito, concorda balançando a cabeça discretamente. Por instinto franzo a testa e fecho as mãos. As pessoas se viram em nossa direção. Rebeca está com as sobrancelhas arqueadas, visivelmente surpresa. Logo estará suspirando ainda mais por ele, como fazem todas as garotas que conhecem sua história. *Mais um ponto para o Eric. Que ótimo!*

— Não foi nada que mereça tanto falatório — diz ele, humilde.

Eu poderia dizer que o cara é um babaca se fazendo de modesto, mas não é. Eric foi ultradiscreto durante todo o episódio.

— Você ganhou quantas medalhas? — A garota insiste, e eu aperto seu braço. — Ai! O que foi, benzinho?

Vou arrancar a língua dela no próximo beijo.

— Você está deixando o cara constrangido — murmuro.

— Está tudo bem — defende Eric.

— Viu? — Ela pisca para mim e volta a abrir a matraca. — Meu pai tem amigos na política, e eles dizem que, se você se candidatar a algum cargo político, será apoiado. É vitória na certa!

— Não tenho interesse em carreira política.

— Mas seu pai tem. — A garota não tem trava na língua. — Comentam por aí que ele quer que você se torne um deputado federal no futuro.

— Deputado? — Escuto a voz de Rebeca pela primeira vez.

E, para a minha surpresa, não detecto nem um pingo de orgulho nela. Está estranha, talvez até assustada.

— Sim, querida! — Minha acompanhante não para de falar e, a despeito do semblante incomodado do Eric, se dirige à Rebeca sem a menor cerimônia. — Todos dizem que o velho dele é ultraconservador. Do tipo megaorgulhoso do sobrenome imaculado e poderoso, sabe? Só faltava um herói na família para esse nome alçar voos ainda mais altos. E agora não falta mais! — Ela abre um sorriso de entendida no assunto. — Sua família deve ser importante também, né? Para estar aqui com ele e...

— Chega... hãm... gata! — interrompo.

Putz! Esqueci o nome dela.

— Ah! Que falta de educação a minha! — Eric aproveita o momento, puxa Rebeca pela cintura e a coloca à sua frente. Não dá para me conter com a visão. Faço uma força colossal para manter a boca fechada e disfarçar minha admiração, mas não adianta. Eu me pego observando-a dos pés à cabeça com avidez. O corpo com curvas perfeitas está lindo no vestido azul. — Esta é Rebeca... — Eric me desperta. *É impressão minha ou ele hesitou? Por acaso cogitou dizer "namorada" por um instante e recuou?* — Beca, este é o Karl. Não sei se o conhece porque ele não aparece muito nas aulas — ele faz para mim uma careta brincalhona —, mas Karl também é da turma de economia. — Eric está tão feliz, tão radiante com a companhia dela que mal percebe que eu e Rebeca trocamos olhares hostis. Quero dizer, o meu olhar é hostil, o dela é frio, de glacial indiferença.

— Já nos vimos antes. Hum... Acho que foi na... — Finjo que não lembro.

Instantaneamente o corpo dela enrijece.

— Na saída da sala! — acrescenta Rebeca, um maremoto turbulento acontecendo nos olhos ultra-arregalados.

Bingo!

Jamais falaria sobre o terrível incidente, só quero implicar, me vingar do seu descaso, e, como imaginei, ela está preocupada que eu comente sobre quando "supostamente" nos conhecemos. Pelo visto, o Eric não sabe sobre o dia em que ela quase foi violentada.

— Isso. — Dou uma piscadinha, sarcástica, puxo a garota tagarela e a abraço por trás.

Ela solta uma risadinha travessa.

— Mudei de ideia, benzinho. Este lugar me mataria de tédio! — confessa ela em alto e bom som enquanto olha o interior do restaurante pela porta de vidro.

Eric abre um sorriso desbotado. A garota acaba de ganhar pontos comigo.

— São universos diferentes — explico, as sobrancelhas arqueadas, e tento parecer imparcial, mas concordo plenamente com ela.

— De gente velha! Prefiro o nosso, gostosão. — Ela abre um dos botões da minha camisa preta. — Vamos subir. Estou louquinha para dançar com você. Vamos ver se meu benzinho é tão bom de dança como é de pegada. — A garota dá uma tapinha na minha bunda. — Ops! — E leva as mãos à boca, num falso constrangimento.

Mordo a língua e seguro a vontade de soltar uma sonora gargalhada. Se eu tivesse arranjado a cena, não teria dado tão certo: Eric está paralisado, Rebeca fuzila a menina com o olhar. Estou com o ego nas alturas. Não vou apenas dançar com essa garota. Vou lhe presentear com uma noite inesquecível. Ela merece.

Agora estamos empatados, Rebeca.

15

REBECA

— Adoro isso aqui. Espero que goste também — diz Eric assim que chegamos.

A mansão à minha frente é de fazer o queixo cair. As telhas alvíssimas somadas ao jogo de luzes sobre as paredes de vidro dão graça e suntuosidade ao lugar, como um palácio de cristal. Eric explica que é uma casa noturna com dois ambientes e que pertence a um conhecido da família. Entrega o carro para o manobrista e me conduz por uma passarela de vidro sobre um lago repleto de carpas. Perco o fôlego. *É tudo lindo demais!* À medida que nos aproximamos do grande casarão de vidro, sinto o chão vibrar, música e vozes animadas preenchem o ambiente.

— O restaurante é no térreo, mas o amigo do meu pai resolveu montar uma boate para o filho "ovelha negra". Uma forma de arrumar um trabalho que o cara topasse para vigiá-lo de perto — explica, com uma piscadela. — Fica no nível superior.

— Senhor Eric Dragon! — O *maître* vem ao nosso encontro assim que nos despedimos do Karl e da sua acompanhante sem noção. Estou absurdamente transtornada com as notícias inesperadas. *Herói nacional? Futuro deputado? Nossa! Preciso desesperadamente de uma bebida!* — Que prazer vê-lo por aqui novamente!

— Obrigado, Wilson. Está agitado hoje, não?

— É festa de um *promoter* famoso — explica o homem. — Garanto que a mesa que vou arrumar não será incomodada por qualquer ruído, senhor. Ah! E caso resolvam dançar, os clientes do restaurante têm livre acesso.

— Não sei. — Receoso, Eric se vira para mim. — O que acha? Podemos ir a um lugar mais calmo se preferir.

— Hã? — De volta à Terra. — Ah! Não vejo problema algum — digo, ainda aturdida com que acabei de descobrir.

Calma, Rebeca. Fica fria e trata de melhorar essa cara!

Eric consente, e somos levados a uma área mais reservada do restaurante. As mesas estão cobertas com toalhas de linho na cor branca e arrumadas com copos de cristais, talheres de prata e pratos de porcelana pintados à mão sobre sousplat espelhados com bordas bisotadas. Eric me acomoda e, então, se senta à minha frente. Devo estar sonhando. É tudo lindo demais, perfeito demais para não ser de mentira, para não pertencer ao meu antigo mundo. Só nele tive acesso ao luxo e prazeres da vida. O mundo da honestidade me privara de tudo.

— Tem certeza? — Aponta para o aglomerado de pessoas na escadaria de mármore iluminada com castiçais de cristal que dá acesso à boate do piso superior.

— Se você não tivesse dito, eu nem teria notado — retruco, sem titubear. — O isolamento acústico é perfeito. Mal dá para ouvir o som lá de fora.

— Ok. — Ele sorri e dá de ombros. — Tenho uma sugestão excelente para o prato principal. Posso?

— Deixo por sua conta — respondo, aliviada.

Eu me sinto uma analfabeta diante do menu abarrotado de nomes sofisticados.

— Não entendo de vinhos — confessa, brincalhão, assim que Wilson se afasta. — Aprendi com meu pai a fazer cara de desconfiado. Aí os *maîtres* acham que sabemos sobre o negócio e sempre sugerem os melhores.

É a minha vez de sorrir. Percebo que Eric é educado demais para dizer que os melhores vinhos são, na verdade, os mais caros.

— O que o seu pai faz?

— Ele tem uma grande companhia de logística. — Fica pensativo. — Um negócio que poderia ser ainda maior se ele me desse atenção. Mas é um cabeça-dura incorrigível e só escuta a si mesmo.

— Como assim?

— Não quero estragar nossa noite falando dele.

— Desculpe. Eu não quis...

— Você não perguntou nada de mais. — Ele segura minha mão. — Tenho divergências com o meu velho. Só isso.

O celular de Suzy toca.

— Com licença. — Puxo minha mão embaixo da dele e atendo. — Oi, Suzy! Não se preocupa, não. Vai ficar tudo bem. — Finjo acalmá-la num diálogo tresloucado.

— Não estou preocupada. Por enquanto — responde ela. — Sei que não deu tempo para a senhorita abrir as pernocas. A não ser que tenha batido o próprio recorde.

— E por acaso você sabe qual é? — Minha voz sai mais ácida do que deveria.

— Ei! Não pode perder a compostura na frente do ricaço boa--pinta, SuperBeca! Lembra que está falando com uma maluca suicida. Ah! E não vai encher a cara de bebida para tentar espantar o nervosismo. Conheço seus truques!

— Sabe qual é o remédio? — Finjo não escutar nada do que ela disse. — Ótimo. Depois me avisa como ficou. Está bem. Beijo. Desculpa, Eric. Suzy está passando por um momento difícil. Por favor, continua. Você estava falando sobre suas divergências com seu pai.

— Ele está preso ao passado. Não aceita que posso dobrar, talvez até triplicar nossos lucros.

— Como faria isso? — Apoio os cotovelos na mesa, observando-o com atenção.

— Você precisaria ter profundo conhecimento em informática, sistemas, o negócio é bem chato, e... — Sinto meu coração saltitar dentro do peito. Não preciso de um espelho para saber que meus olhos estão brilhando. Eric percebe. — Você... gosta do assunto?

Sou completamente apaixonada seria mais correto!

— Hum... Sim. Apesar de não entender muito — disfarço.

Eric segura novamente minha mão e aproxima o rosto do meu. Os cabelos loiros arrumados com gel estão mais bonitos do que nunca. Seus traços bem-feitos somados ao olhar que transborda felicidade estão me hipnotizando de alguma forma. Vejo seus lábios lentamente se aproximando dos meus... *Ai, merda! Tenho que resistir. Não posso perdê-lo... Mas é só um beijo!*, argumenta meu corpo em estado de euforia. Sinto minha mente ceder e, com grande esforço, emitir alguns lampejos de lucidez criptografados. Consigo decifrá-los em meio à palpitação enlouquecida no peito: *Rebeca, se você beijá-lo, ferrou!*

Ela tem razão. Entorno o conteúdo da taça de vinho em um único gole.

Droga, Suzy! Por que não me liga agora?

16

REBECA

O jantar é perfeito, e Eric, com o olhar brilhando, emenda um assunto interessante no outro. Sua fala baixa e cadenciada, um tiro certeiro em minha libido, está me deixando maluca. Por detrás da aparência refinada se encontra camuflado um mestre no quesito sedução. O cara é preciso nas palavras, sabe disso e está me colocando à prova! Seus dedos são ainda mais articulados do que suas falas e passeiam por minhas mãos e braços, causando arrepios deliciosos por toda a pele. Seu olhar fica mais intenso a cada minuto. Pior. Ele não para de encarar meus lábios, e suas pupilas dilatam tanto a ponto de esconder o verde-claro de seus olhos. *Assim não vou conseguir resistir...*

De repente o celular dele vibra sobre o menu de sobremesas.

Felizmente! É a chance para esfriar meus hormônios.

— Não vai atender? — pergunto, ao perceber a hesitação em seus olhos.

— A ligação pode esperar — responde ele, vidrado em mim.

Merda! Bebo um pouco mais do vinho espetacular. Acho que é a terceira taça. Minhas mãos tremem e entorno um pouco na toalha da mesa.

— Beca, você não acha que deve ir mais devagar com a bebida?

Sorrio e assinto. Estou nervosíssima e a bebida é a única coisa que pode me acalmar.

— E se for importante? — Volto a perguntar ao ver que o aparelho não para de vibrar. — Acho melhor você atender.

— Tudo bem. — Ele solta minhas mãos e atende a ligação. — *Mr. Winwood?!? One moment, please.* — Eric tapa o bocal. — Droga! Logo agora! — Esfrega o rosto e se dirige a mim com a voz fraca, visivelmente chateado. — Beca, desculpa, mas é uma ligação internacional, um negócio importante da família. Pode ser que demore um pouco. E-eu sinto muito. — Ele é tão educado que posso ver o conflito em seus olhos.

Não quer deixar de atender o chamado importante e também não admite ter que se afastar de mim.

— Ora, Eric! Para com isso! Preciso ir ao toalete e, pelo que parece — aponto para o movimento frenético do lado de fora do restaurante —, acho que também vou demorar.

— Vou te esperar para pedir a sobremesa. — Eric sorri, aliviado com a minha resposta, e educadamente me ajuda a levantar. Após salpicar um delicado beijo em meus lábios, sussurra em meu ouvido: — Vou desligar o celular assim que terminar esta ligação. Nossa noite está apenas começando e nada mais vai atrapalhar.

Engulo em seco.

Apenas começando? Ah, não! Ele disse isso? Ele quer...? Droga! E agora?

Balanço a cabeça mecanicamente e subo como um foguete os degraus de mármore que conduzem ao andar intermediário. A acústica do restaurante é realmente excelente porque a música do lado de fora é alta a ponto de explodir os tímpanos. As paredes e o chão do sanitário feminino tremem em sincronia com as batidas do segundo andar. Eu me espremo pelo lugar abarrotado de garotas e, após conseguir alcançar a pia, lavo o rosto umas cinco vezes sob o escrutínio da mulherada ao redor. Fico respirando e tentando me acalmar para retornar ao restaurante, mas tudo que consigo é relembrar o olhar fulgurante e as últimas palavras do Eric. *Ele quer mais. Aquele Deus grego me quer.* Devia ser a garota mais feliz do mundo, mas estou à beira de um ataque de nervos. *Não posso transar com o Eric essa noite! Não posso transar com ele noite alguma antes de namorar outro rapaz!* Desorientada, me encosto na porta quando duas garotas esbarram em mim ao entrarem aos solavancos. Estão gargalhando, bêbadas.

É isso! Preciso me acalmar! Sinto muito, Suzy!

— O que vai querer, gata? — pergunta o barman da boate.

— Um martíni — peço, sem pestanejar.

O vinho que bebi no restaurante não foi o suficiente para aquietar meu sistema nervoso. O homem sorri e se afasta por alguns instantes.

— Prontinho, gata.

Viro o conteúdo de uma só vez. Penso em descer, mas minhas pernas não saem do lugar. Ainda estou tremendo de medo e de ansiedade.

— Outro.

Novamente entorno tudo em uma única golada e sinto meu corpo esquentar. Digo a mim mesma que preciso retornar ao restaurante, mas minhas pernas, ainda que bambas, são atraídas para a pista de dança. A música acaba e outra, menos agitada e mais sensual, preenche o salão com um ritmo cadenciado e arrebatador. Meu corpo esquenta ainda mais. Ouço gritinhos eufóricos. Casais se formam e a quantidade de pessoas na pista diminui. Fico hipnotizada pela dança de um casal. A garota tem o corpo bonito e acompanha com facilidade o parceiro. O cara tem um ritmo perfeito. A escuridão da pista de dança não confere detalhes do rosto, mas, em meio aos reflexos da luz estroboscópica, consigo distinguir um perfil bem-delineado, cabelos castanhos e pele morena. Sua camisa preta social tem as mangas dobradas e se encontram fortemente estiradas por causa dos braços exuberantes. Suas costas são largas e seu bumbum definido, saliente e convidativo por debaixo da calça jeans justa. A acompanhante já percebeu isso e não perde tempo, passando as mãos por todo o corpo do espetacular espécime masculino. Ele, por sua vez, se limita a segurar a cintura da garota com as mãos grandes e, num ritmo sensual, ginga o quadril em sincronia com o dela.

— Outro martíni! — grito para meu amigo barman.

— Tem certeza, gata? — Vejo uma covinha simpática surgir em sua bochecha.

Faço sinal positivo com o polegar e a bebida se materializa na minha frente.

— Cara, você é mágico! — digo, com um sorriso animado, e ele acha graça.

Viro meu terceiro martíni e, pouco tempo depois, sou tomada por uma alegria arrebatadora. Quero cantar bem alto. Quero encher de beijos a boca do Eric, arrancar sua roupa e... *Já sei! Vou ligar para Suzy!*

— Oi, Suzinha! — Dou um berro animado quando ela atende.

— O que tá rolando? — pergunta, desconfiada.

— Estava com saudade da minha melhorrrr amiga. — Minha voz sai esganiçada, e meu sangue turco vem à tona porque acho que estou enrolando no "r".

— Rebeca, você está bêbada?!?

— Epa! Não precisa berrar! — Deixo escapar uma risadinha. — Miga, o lugar é do cacete! O Theo precisa trazer você aqui!

— Rebeca, onde está o Eric? — Agora ela parece uma velha falando.

— Lá embaixo.

— E onde você está? — Destaca cada palavra com força exagerada.

— Aqui em cima, é claro! — Começo a rir da piadinha idiota. — Mas já estou voltando para os braços do meu grande amorrrr.

— Você não pode fazer isso! — Suzy berra um monte de palavras estranhas, que, pelo tom nada gracioso, devem se tratar de palavrões em tailandês.

— Está tudo sob contrrrole.

— Por favor, diz que não vai transar com o Eric. — Há temor exalando de sua voz. — Por favor, promete para mim.

— Eu não vou transarrrr com o lindo do Eric.

— Você vai ferrar com tudo, Rebeca! — Esbraveja enlouquecida e, de repente, a ligação cai.

Trocando os números, finalmente consigo ligar para ela, mas o celular não dá linha. Já acabou a bateria? *Mas que droga, Rebeca! Era só para ganhar coragem e não para ficar bêbada! Quanto tempo estou aqui? Será que o Eric já está me procurando?*

— Dá licença. — Empurro as pessoas pelo caminho e tento sair da boate, mas não consigo.

Eu me seguro como posso em uma pilastra da pista de dança e fecho os olhos com força quando o chão resolve fugir dos meus pés.

Um rapaz de porte franzino e cabelos espetados se aproxima, sussurrando gracinhas no meu ouvido. Fecho a cara e mando o idiota desaparecer da minha frente. Estou nervosa, perdida dentro do labirinto sem saída no qual a maldita bebida me arremessou. Preciso voltar para o Eric! *Merda, Rebeca! Olha no que se meteu! Você não pode voltar neste estado! O que vai dizer a ele?*, berra um lampejo de razão dentro de mim.

— Vaza, cara. — A voz grave faz meus olhos quase pularem das órbitas.

É o dançarino que havia me hipnotizado segundos antes.

Tá de sacanagem! Não pode ser verdade.

Karl parece ter ainda mais força no olhar do que nas mãos. Tremo e parece que o garoto de cabelos espetados também.

— Não sabia que a gata estava acompanhada. — O sujeito pressente o perigo e desaparece rapidinho.

A música continua tocando, e as pessoas, dançando. O rapaz da cafeteria está me encarando, mas não consigo desviar o rosto, aprisionada na fúria velada de seu olhar profundo e ameaçador. Eu me sinto realmente estranha diante dele. Não entendo a sensação de agonia que toma conta do meu peito, sobe pelo meu pescoço e ameaça me sufocar. Meu sexto sentido berra, como sempre acontece nos segundos que antecedem um crime.

Cuidado!

É a palavra que consigo captar nas entrelinhas do meu subconsciente atordoado. Tenho medo do Karl. Não devia, afinal ele me ajudou, mas há um alerta piscando em minha cabeça. A forma hostil como me olhou no hall do restaurante... Ele é amigo do Eric, e amigos não escondem segredos. Meu coração vem à boca. Está na cara que desconfia de mim! Ele não é bobo e deve ter percebido que os idiotas do Davi e do Lúcio jamais tentariam algo se soubessem que seriam punidos.

Droga! E se ele contasse o que aconteceu para o Eric? Ah, não! E se meu futuro amor soubesse sobre o meu passado?

— Eric sabe que você está aqui? — Sua voz está mortalmente gélida. Nego com a cabeça. Ele contrai os lábios, franze a testa e cogita alguma coisa. — Venha. Vou te levar até ele — determina após um momento de tensão.

— Conheço o caminho. E a sua amiguinha? Onde ela está? — retruco, uma nota de ironia atipicamente forte em meu tom de voz, enquanto dou um passo para trás.

Instantaneamente a pista gira e minhas pernas tropeçam uma na outra. Karl me ampara, me puxando para junto dele. O movimento brusco faz a vertigem piorar e afundo a cabeça em seu peitoral largo. Ele não é tão alto quanto Eric, mas tem mais massa muscular, mais espaço para acomodar um corpo feminino. Seu suor exala um odor cítrico que nem de longe se compara ao perfume requintado do Eric, mas de alguma forma atiça com intensidade meus sentidos e hormônios. Começo a arfar e minhas mãos tomam a iniciativa. Ele estremece com o meu contato. Gosto da sensação. Saboreio a química que exala da aproximação dos nossos corpos. Minhas mãos percorrem seu abdome sarado por cima da camisa até chegar à parte desnuda de seu peitoral malhado. Uma fina corrente de ouro com um pequeno pingente em forma crucifixo dá um toque para lá de charmoso ao visual. Uma veia lateja em seu pescoço, e sinto uma necessidade urgente de beijá-la. Sem que me dê conta, esfrego meu rosto nos pelos da sua barba por fazer e todo meu corpo arrepia. Gosto disso também. Meus lábios ganham vida e deslizam, curiosos, por sua face misteriosa e viril. Karl não se mexe. Parece uma estátua em brasas de tão quente. Só sei que está vivo porque o ritmo de sua respiração triplicou nos últimos instantes. Seu peito largo sobe e desce cada vez mais rápido. Minha libido vai às alturas ao vê-lo arfar. Levo as mãos aos seus cabelos sedosos e puxo seus lábios de encontro aos meus. Ele resiste por um momento e então, no instante seguinte, está me beijando com uma vontade arrasadora. Sua língua não pede licença, ela simplesmente invade minha boca, sôfrega e poderosa. Estou sufocada de tesão. Não me recordo de ter recebido um beijo tão enlouquecedor assim.

— Ah, Rebeca... — Ele geme e me acorda do transe. Dou um pulo e me afasto.

— Ah, não! — digo, arfando. — E-eu... preciso... ir embora. — *O que estou fazendo?!?*

Karl me fuzila com um semblante de ódio assassino, mas não diz nada.

— Eu não... Desculp... — Tento me afastar, mas minhas pernas não obedecem e caio feito uma jaca madura na pista da boate. *Merda! Estou mais bêbada que um gambá!*

— Vai ficar me devendo em dobro, garota — rosna Karl e, me segurando em seus braços como se fosse mais leve que um bebê, desce a escadaria de mármore e entra comigo no banheiro feminino.

Ouço gritinhos assustados, outros reclamando, mas ele não parece se importar com os olhares alheios. Lava meu rosto, arruma meus cabelos desgrenhados e, diante do meu estado deplorável, ordena que eu fique sentada.

Mas o mundo ainda gira.

— Sai da frente! O que está acontecendo aqui? — A voz assustada e ao mesmo tempo furiosa de Eric reverbera pelas paredes e em minha consciência quando ele entra às pressas no toalete.

Karl se afasta num piscar de olhos e a mulherada desata a reclamar novamente. — Rebeca! O que houve com ela? Karl, por que você está aqui e...?

Ah, não...

— Ainda bem que você apareceu, cara. Nós a encontramos neste estado e, enquanto eu a trouxe para cá, pedi que minha garota te procurasse. — Karl é rápido na desculpa. — Parece que ela escorregou e bateu com a cabeça. Acho que está embriagada.

— Embriagada? Bateu com a cabeça? Meu Deus! Vou levá-la ao hospital! — Eric rapidamente assume o controle da situação e me abraça. Escuto os batimentos acelerados de seu coração. *Pobre Eric. Sou a pior pessoa do mundo.*

— Não precis... Estou bem... — Minha voz sai tão embaralhada quanto meus pensamentos lerdos.

— Mas você está zonza! — responde Eric, preocupadíssimo.

— Quero... ir... para cas... — Ainda que bêbada, há determinação em meu murmúrio. — D-desculpa, Eric.

— Não tem por que se desculpar. Vou te levar para casa agora. — Eric respira fundo.

— Quer ajuda? — oferece Karl.

— Não. Eu a levo. — Eric recusa, convicto.

E, sem perder tempo, envolve meu corpo com carinho, me carregando escadaria abaixo.

Vejo Karl ficando para trás. Há um lampejo de tristeza no dourado dos seus olhos cor de mel. Ele parece pensativo, preso em seus próprios tormentos. Fecho os olhos e me deixo levar. Quero apagar, esquecer tudo, mas, ainda que em um lugar distante, algo novo desperta dentro de mim.

17

REBECA

— *M*as que merda, Rebeca! — grita Suzy.

Eu me viro na cama. Minha cabeça dói horrores, e mal consigo abrir os olhos. Acho que me transformei em uma vampira porque a luz do dia está queimando minhas retinas e parece que vai me matar.

— Fecha a cortina. — Afundo a cabeça no travesseiro.

— Negativo! Você vai me ouvir, Rebeca! — Irredutível, Suzy arranca meu travesseiro. — Você quase ferrou com tudo, sua idiota! Você sabe que é fraca para a bebida, que só faz burrada quando enche a cara e ainda por cima esquece tudo depois. Quantas vezes eu te alertei para não beber?

— Ah, não! Marca o sermão para outro dia.

— Outro dia, porra nenhuma! — vocifera ela, andando de um lado para o outro. A coisa está péssima para o meu lado. Suzy não é de falar palavrão. — Vai ser agora ou pode arrumar outra amiga otária porque eu simplesmente vou sumir da sua vida, entendeu?

Eu sabia. Seria um sermão memorável.

— Me dá um analgésico então.

— Dane-se a ressaca! Sua covarde. Abre os olhos, Rebeca!

Eu coloco as mãos na testa para tentar fazer uma sombrinha e abro ligeiramente os olhos. Dou de cara com uma Suzy que não reconheço. Suas feições estão deformadas de raiva, e ela parece uma mistura de medusa com dragão cuspindo fogo.

— Melhor assim — diz, grosseira. Cada berro que ela dá é um soco em minha cabeça. — Vamos aos fatos. Por acaso você se lembra como chegou em casa, Rebeca?

Forço a memória, mas é tudo um borrão. Não me recordo de absolutamente nada depois do terceiro martíni. Meu cérebro vasculha em busca de alguma pista abandonada em seus recônditos mais submersos, mas é inútil. Minha memória foi completamente apagada. *Ah, droga! Será que...?*

— Claro que não. — Suzy abre um sorrisinho sarcástico. — Reformulando, você tem noção do estado em que se encontrava ao chegar aqui, Rebeca?

Engulo em seco e faço que não de novo. Estou ficando enjoada. *Ferrou!* É a quinta vez que ela fala meu nome num curtíssimo intervalo de tempo.

— "Estado"? — Franzo as sobrancelhas.

— Além do fato de estar se arrastando no chão feito uma barata bêbada?

Putz!

— O que aconteceu? — Não tenho coragem de encará-la.

— O que aconteceu?!? — Ela está cuspindo de raiva. — Não bastava querer tirar a roupa a cada dois segundos, ficou tentando também arrancar a do Eric.

— Ah, não — choramingo.

— Quase arruinou tudo, sua estúpida! Se o Eric não estivesse de quatro por você, seu futuro teria ido para o ralo! Qual parte da maldita profecia não ficou clara, hein? — pergunta, com um sarcasmo demoníaco. — Hum... Qual foi a previsão da Madame Nadeje que não se concretizou mesmo? Você se lembra?

Ela aguarda com as mãos na cintura, me encarando.

— Nenhuma! — Suzy soca a cama com força.

Eu me curvo. Vou vomitar.

— Que droga! — Sua voz tem um tom de tristeza agora. — Por que tenho a impressão de que você está querendo enfrentar a cartomante? Já não se ferrou o suficiente? Veja o que aconteceu com a sua mãe, com a sua vida! Quer você queira ou não, aquela mulher tinha o dom de prever o futuro! — Ela bate com o pé no chão, e minha cabeça lateja de dor. — O que foi aquilo de ontem? Por que fez questão de fugir do combinado? Por que quis detonar com sua única chance de ser feliz?

— Eu não quis, e-eu...

— Você o quê?

— Não sei.

— Como não sabe? — Ela congela. — Não é o Eric, afinal?

— Claro que é! Mas ele é de uma família tradicional, com passado imaculado e... — Curvo-me ainda mais e solto um suspiro desanimado.

Os olhos puxados de Suzy se estreitam e, de repente, se arregalam.

— Como não saquei isso antes? — Em seguida deixa escapar sua conclusão: — Você está se sabotando porque não se acha à altura dele!

— Eric é lindo, gentil, milionário. Ele é perfeito! Poderia ter a garota que quisesse. — Abro um sorriso irônico. — Olha para mim, Suzy. Imagina quando ele souber que minha mãe é uma criminosa e que sou monitorada pela polícia, hein?!? Já imaginou o que a família dele vai achar quando descobrir que a namorada de seu único herdeiro é uma golpista? O Sr. Dragon tem sonhos políticos para o filho, quer que ele se torne um deputado. Isso nunca será possível comigo a tiracolo. Meu passado logo virá à tona e será usado contra ele. Eu serei a desgraça na vida desse cara. — Afundo o rosto nas mãos. — Não posso fazer isso. O Eric é bom demais para que eu condene seu futuro.

Suzy fica pensativa.

— Sei — murmura ela, sem tirar os olhos de mim. — Você gosta *mesmo* dele?

— Gosto — digo, mas por alguma razão, não me sinto à vontade com a resposta.

Tenho a sensação de que não estou captando alguma informação sussurrada pelo meu subconsciente. Fecho os olhos e procuro pela imagem do rapaz alto, louro e de feições perfeitas, mas não a encontro. Em vez disso identifico um borrão, uma imagem de um casal dançando em câmera lenta. O rapaz moreno está de costas para mim, tem os braços fortes, corpo perfeito, e sua dança sexy me encanta e me atrai. Em seguida não estou mais ali, mas sim na estrada, dentro de uma nuvem de fumaça intransponível, em meio a um beijo arrebatador, mas não com ele e sim com o rapaz da motocicleta. *Droga! Estou pirando!*

— Pois bem. Terei que entrar em cena. — Suzy esfrega as mãos. — Se não me engano, você disse que a cartomante se autodenominava uma romântica incurável. É isso! — Ela me lança uma piscadinha. — Madame Nadeje nunca errou. Então, se ela disse que era para não deixar o décimo terceiro namorado escapar é porque, depois que você fisgasse o sujeito, as coisas entrariam nos eixos. Está claro agora.

— Eu não sei...

— Mas eu sei — interrompe ela. — O negócio é o seguinte: vou te ajudar, mas *eu* dito as regras. Vou arrumar o décimo segundo namorado para ontem. Enquanto isso você vai enrolando o bonitão. Está proibida de beber, de ficar a sós ou de aceitar carona dele.

Solto um gemido.

— Vou ajudar você a ficar longe, mas trata de segurar esse fogo do rabo! Dá seu jeito. Se falhar, eu pulo fora! Da jogada e da sua vida. Estou falando sério. Ouviu bem?

Balanço a cabeça, desanimada, e Suzy arfa, vitoriosa.

— Ótimo! Agora você só sai comigo a tiracolo e vou te esperar no final das aulas.

— Está bem, mamãe. — Seguro o sorriso que ameaça escapar. Adoro quando ela faz o papel de uma irmã mais velha e ajuizada, afinal, eu cresci sem noção de limites. — Mas como você vai fazer para se encontrar com o Theo?

— Vou dar um jeito. Será por pouco tempo. — Ela repuxa os lábios. Há evidente reprovação em sua fisionomia. — Afinal, o coitado do décimo segundo namorado nascerá com as horas contadas.

Minha amiga segue à risca o que prometeu, ou seja, não desgruda do meu pé se o Eric estiver por perto. Inventamos uma espécie de depressão que faz com que ela necessite da minha presença a todo instante, me livrando das investidas do Eric, que não vê a hora de ter algum momento a sós comigo. Ele é educado demais para dizer, mas anda meio puto da vida com ela. Tento explicar que Suzy é uma irmã para mim, o mais próximo que eu tenho de uma família. A desculpa parece abrandar muito pouco seu desconforto, e está cada vez mais difícil convencê-lo sem que eu não presencie a sombra da dúvida pairar sobre seu semblante.

Tudo isso se dá durante o dia porque, à noite...

Suzy me inscreveu em um site de relacionamentos arranjados e já fui a três encontros catastróficos. No primeiro tudo ia bem, mas o garoto tinha algum problema de baixa autoestima e quando simplesmente "não conseguiu", entrou em parafuso, desapareceu e nunca mais atendeu a nenhum dos meus telefonemas.

O segundo sujeito era tímido até não poder mais. Fora seus muxoxos incompreensíveis, as únicas palavras que me recordo do nosso encontro (inclusive durante a transa!) foram os monótonos: aham, humm-humm...

Até o garoto surtar no quarto do motel!

Em meio à crise de pânico e de choro, ele repetia ininterruptamente que não podia ter feito sexo antes do casamento, que estava condenado, que sua alma ia queimar no fogo do inferno para sempre etc. Afaguei suas costas, disse que ia pegar alguma coisa no carro e deixei o maluco se debulhando em lágrimas enquanto era eu que sumia do mapa.

O terceiro sujeito foi o mais esperto. Depois da transa ele foi gentil, disse palavras encantadoras, inclusive repetiu umas vinte vezes que gostaria de me ver novamente e, após me passar o número errado de celular, simplesmente desapareceu.

— Não aguento mais! — digo, desanimada. — Assim não vou namorar ninguém!

— Eu sei, mas... — retruca Suzy, hesitante, quando somos despertadas por batidas na porta. — Eu atendo.

No instante seguinte, dou um salto, e meu coração vibra com a imagem à minha frente. Eric está na entrada do apartamento, mais lindo do que nunca com os cabelos penteados para trás com gel, as mãos nos bolsos da calça de pregas e um sorriso tímido no rosto.

— Oi — diz, baixinho. — Não quis ser inconveniente, mas precisava conversar com você, Rebeca. A sós. Será que a Suzy...

Suzy abre um sorriso satisfeito. No fundo, ela gosta dele.

— Ah! Lembrei que preciso ir até o apartamento de Brenda. Esqueci umas coisas lá. — Ela pisca. — Fiquem à vontade.

Desculpa esfarrapada. Eric então abre um sorrisão. Eu também.

Assim que Suzy desaparece pela porta, ele voa em minha direção.

— Eu precisava conversar com você, mas estava sem coragem com a Suzy sempre por perto. Não sei se ela pode ter entendido errado... — Ele segura minhas mãos. O coitado está tremendo. — Você está chateada comigo? Foi por causa do que aconteceu na boate? Essa semana foi tão estranha, você tem andado tão distante, tão... Achei que...

— Não seja bobo! — Eu o interrompo e me afasto. — Não percebe? Estou morta de vergonha. De mim e do que fiz você passar. Se pudesse, enfiaria a cabeça num buraco.

— Jura que é só isso mesmo?

— "Só"?!?

— Graças a Deus! — Eric arqueia as sobrancelhas alouradas. — Se te serve de consolo, foi bem engraçado até. Tive que fazer uma força descomunal para conseguir mantê-la vestida. Não tem ideia do quanto foi difícil.

— Fiz muita burrada?

— Não, mas foi por pouco. Se eu soubesse que você é tão fraca para bebida jamais teria lhe oferecido vinho e... — De repente ele dá uma piscadinha para mim. — Você fica bem provocante quando quer, sabia? Aliás, você me provoca até quando não quer.

— É mesmo? — Dou um passo em sua direção.

Eric rapidamente elimina a distância entre nós. Sou pega de surpresa quando toda a timidez desaparece e ele me abraça com força. Suas mãos passeiam pelos meus cabelos, e ele começa a me beijar.

— Preciso de um tempo a sós com você, Rebeca — sussurra em meus ouvidos, e eu fico sem reação. — Desesperadamente.

Eric torna a me encarar com desejo ardente, e sou hipnotizada pelo verde-claro de seus olhos que reluzem como nunca. Num piscar de olhos ele já está segurando meu rosto com as duas mãos e sua boca avança sobre a minha. Sou pega de surpresa e, satisfeita, retribuo com mais vontade do que poderia imaginar. Tento me convencer de que está tudo sob controle, de que posso parar o beijo no momento em que bem entender, mas a verdade é que estou gostando demais. O cara beija bem, e estou carente. Ele é o pecado, o demônio disfarçado em pele de cordeiro para me tentar. Conheço meu corpo e sei que não vou resistir aos seus carinhos cada vez mais enlouquecedores. Ele se liberta e começa a fazer caminhos audaciosos por minhas pernas e seus beijos já escapuliram da minha boca e percorrem meu pescoço, descendo pelo meu colo em direção ao decote. Minhas mãos passeiam por suas costas e, nervosas, chegam por conta própria ao cinto da sua calça comprida. Eric sorri enquanto me beija e arfa. Estou ficando louca.

Para agora, Rebeca!

Mas meu corpo não me ouve, tomado por um calor inexplicável. Solto o cinto e abro o botão da calça dele.

Não, Rebeca!

Só mais um pouquinho, respondo para mim mesma. Já vou parar, já vou... Eric agarra a bainha da minha blusa e começa a levantá-la. As pontas dos seus dedos tocam a minha pele e sinto arrepios ininterruptos. Um alarme apita em minha mente. Fecho os olhos e sou chacoalhada pela imagem de Madame Nadeje balançando a cabeça de um lado para o outro. Seu olhar é de repreensão. *Droga!*

— N-não! — Engasgo e o empurro, dando um salto para trás.

— Desculpa! Eu pensei que... — Ele arregala os olhos, constrangido. Cubro o rosto com as mãos. Estou atordoada. — Não tive a intenção de forçá-la. — A voz dele sai baixa e aflita.

— Eric... — balbucio, sem coragem de encará-lo. — Eu também quero. Só precisamos ir mais... devagar — minto, descaradamente.

— Claro! — Ele arfa, aliviado, e aperta minhas mãos contra seu peito. Sinto a britadeira enlouquecida que é seu coração. Me arrepio. — Vou esperar o tempo que for necessário. Eu estava louco de saudades e... Acho que me precipitei.

— Quero que dê certo entre nós. Você é especial.

— Você também, Beca. Não imagina quanto.

Suzy abre a porta de repente e pigarreia ao nos pegar abraçados. Sei que a espertinha fez isso de propósito, para me testar. Fico imaginando a cena tempestuosa que teria acontecido caso sua aparição fosse há apenas dois minutos. Eric ajeita a roupa e se afasta de mim. Eu murcho. Suzy me estuda por um instante e depois estreita os olhos investigativos em direção ao cinto desabotoado e à camisa amarrotada dele. *Droga!*

— Preciso dormir — resmunga ela, por fim.

— E-eu já estava de saída e... — diz Eric, hesitante. — Te ligo amanhã, linda.

— Ok — respondo, sem tirar os olhos do chão.

Não preciso levantar a cabeça para saber que Suzy está de cara amarrada agora. Travo os dentes! *Como pude ser tão fraca?*

— Tchau, Suzy. — Ele se afasta, visivelmente constrangido com a reação hostil dela.

Suzy não responde.

— Desculpa — murmuro assim que a porta se fecha.

— Desisto! — Ela chuta as sandálias para longe. — Quer se ferrar? Pode ir! Fica à vontade.

— Eu consegui me segurar!

— Foi você mesma? — Ela estreita os olhos e me lança um sorriso frio.

— Fui eu. Juro!

— Sei. — Dá de ombros. — Como sei também que não vai passar da próxima saída.

Minha desgraça é iminente. Suzy tem total e absoluta razão. Eric é gato demais e este encontro relâmpago foi a certeza de que não conseguirei resistir aos seus encantos.

— Estou carente, droga! Tenho certeza de que, se eu saísse com alguém interessante — abro um sorriso sem vergonha —, só para dar uns "amassos decentes", eu conseguiria me segurar. Mas juro, vou maneirar nos encontros! Disse a ele que quero ir devagar.

— Devagar? — debocha ela. — Imagina se fosse rápido, hein!

— É sério! As provas vão começar, Eric é CDF e vai se dedicar aos estudos. Enquanto isso vou me encontrar com ele apenas em locais seguros. Prometo!

Novas batidas na porta. Suzy franze a cara.

— Seu amado esqueceu alguma coisa?

Olho ao redor e nego.

— Está esperando alguém?

Nego novamente.

— Nem eu. Também não é o Theo porque acabei de falar com ele. Saco! Deve ser a Brenda com suas centenas de dúvidas de última hora. Toda véspera de prova é assim. Diz que já fui dormir — pede ela, e voa para o banheiro.

Dou de ombros e, após ajeitar a blusa, abro a porta. Faço contato visual com um par de olhos cor de mel e perco o chão.

Karl?

— Vim cobrar sua dívida.

18

KARL

— Éstava tudo combinado! Você não pode dar para trás, Alice!

— Desculpa, amorzinho. — A voz dela chega aos sussurros pelo bocal do telefone. — Meu irmão veio me buscar. Meus velhos criaram a maior confusão. Não aceitaram que eu passasse o feriado longe deles.

— Por que me diz isso agora, droga? Como vou conseguir outra pessoa?

— Sinto muito, amorzinho, mas não vai dar mesmo. Eu bem que queria ir e... — Alguém berra ao longe. — Ops, é meu irmão! Preciso desligar. Foi mal!

— Alice, você não pode fazer isso comig... — Estou rosnando quando escuto o ruído alto sinalizando o término da ligação.

Argh! Tenho vontade de dar um murro na minha própria cara. Isso é o que dá fornecer detalhes comprometedores de uma mentira. Pior ainda é contar com a ajuda de estranhos para te livrar da situação complicada em que você mesmo se meteu. *Principalmente se esta pessoa for alguém com a cabeça oca como a Alice!*

Tenho andado com a mente a mil por hora. Não reconheço os sentimentos que me atropelam. Aliás, eu os reconheço muito bem, mas não os admito em hipótese alguma. Sinto-me estraçalhado por um milhão de mãos, emoções me nocauteiam e me deixam transtornado. A aproximação do aniversário da minha mãe, provavelmente o último que vou comemorar ao seu lado, me assombra a cada segundo, dia e noite. Não consigo aceitar perdê-la para o câncer, a mesma doença maldita que tirou meu amado pai de nós. Não tolero imaginar ter que me encontrar com Beatriz de braços dados com outro e ver que todos os sonhos que tive foram desintegrados como mágica naquela noite fatídica. Eu tinha um futuro promissor, era alguém até aquele momento. Ela seguiu com o curso normal de sua vida. Está adiantada na faculdade de medicina e é feliz ao lado do namorado almofadinha.

Eu, por outro lado, virei um incapaz, alguém que carrega uma bomba-relógio prestes a explodir. Saí de São Paulo para não precisar me encontrar com ela ou com antigos colegas, abri meu negócio e só me matriculei em outra faculdade para dar algum motivo de alegria a Dona Deise. Mas não foi o suficiente. Tive que inventar uma paixão avassaladora por uma namorada fictícia para que minha mãe finalmente se acalmasse e parasse de chorar pelos cantos da casa. Não suportava vê-la sofrer, e o Dr. Nolasco deixou muito claro que aborrecimentos poderiam agravar o quadro da doença. Para piorar a situação, me sinto estranhamente atraído por Rebeca, a garota complicada de cabelos negros e olhos verdes. Ela é problema na certa. Para me livrar da agonia crescente, passei os últimos dias treinando feito louco. Socar e socar. Somente eu e o saco de pancada. É a única forma que tenho de extravasar a ira atordoante que me assola. Quero destruir o câncer. Quero apagar Beatriz da minha mente. Quero esquecer o beijo que dei em Rebeca e a reação que ele gerou em mim. Quero que o coágulo se rompa de uma vez por todas e acabe com os meus tormentos.

Tempo esgotado!

Balanço a cabeça com a única opção viável.

Porra, Karl! Não!, alerta meu cérebro quando acelero em direção ao bairro onde ela mora. Desligo o motor ao ver o Audi estacionado em frente ao prédio de Rebeca. Permaneço a alguma distância do lugar e aquela noite, do término com Beatriz, passa como um filme acelerado em minha mente. Ignoro as lágrimas que enchem meus olhos e, respirando fundo, vejo quando Eric sai do prédio, liga o carro e desaparece pela avenida lateral.

Não sou um canalha. Não sou um canalha.

O cara é gente boa. Não posso dar em cima da garota dele. Resolvo ir embora e desistir da ideia maluca. Preciso bolar outro plano. Dou a partida no mesmo instante que detecto uma Cherokee preta rondando silenciosamente o lugar com os seus faróis apagados. Os dois sujeitos dentro dela se sobressaltam com a minha presença, saindo repentina e aceleradamente dali. Uma compressão estranha invade meu peito.

Meus dedos estão duros e sei que nada tem a ver com o treinamento rigoroso a que resolvi me submeter na última semana. Respiro fundo e bato na porta de qualquer maneira. Escuto uma conversa lá dentro e, em seguida, Rebeca aparece à minha frente. Minhas recordações não lhe fazem jus. Mesmo com o cabelo despenteado, trajando uma calça de moletom azul e uma surrada camiseta rosa-claro, ela está linda.

— Vim cobrar sua dívida.

Droga! Minha voz parece hostil. Isso sempre acontece quando estou nervoso.

Rebeca arregala os olhos.

— O que você disse? — A voz dela, por sua vez, falha.

— Que está na hora de você pagar o que me deve. — Quero dar um soco na minha própria boca. Não era para falar dessa maneira. Estou tenso pra cacete.

— Hã?

Esfrego o rosto com as mãos e tento controlar minha respiração descompassada.

— Podemos conversar? — peço.

Rebeca faz sinal para que eu fique quieto.

— Oi, Brenda! Suzy já foi dormir. O que você quer? — Faz uma encenação em voz alta enquanto sai do quarto. — Por aqui. Não faz barulho — diz e me conduz pelo corredor em direção à entrada do antigo prédio com a fachada bege e as janelas de alumínio.

— Conheço o olhar de chantagem de longe, cara. Desembucha!

Fico péssimo com a sua resposta.

— Desculpa — murmuro, de cabeça baixa. Lido com mulheres e sei que sou educado, mas perdi o tato para expressar minhas emoções quando elas realmente importam. Ele foi destruído há dois anos, no acidente de moto. — Não tive a intenção.

— Tudo bem — retruca ela, em voz baixa. Rebeca parece aceitar minhas desculpas de bom grado. — O que quer comigo, Karl?

— Pedir um favor.

— Em troca do seu silêncio? — Ela é sagaz com as palavras. Faço que sim, lentamente. — O que te dá tanta certeza de que vou aceitar esta chantagem? — Ela se conserta, sarcástica: — Ops! Este pedido?

— Você me prometeu. — Enfrento seu olhar. — Disse que estava me devendo uma. No caso, duas.

— "Duas"? — Ela estreita os olhos. — Sobre o que você está falando?

— Você sabe muito bem — respondo, irônico, e ela fecha a cara ainda mais.

Respiro fundo. Preciso pegar leve, afinal não estou em condições de exigir muita coisa no momento.

— Deixa isso para lá. Você pode me ajudar? — pergunto, em tom gentil.

— O que você quer, afinal? — Ela repete a pergunta com grosseria, a expressão ainda mais penetrante.

Detecto uma tempestade violenta acontecendo em seus olhos.

— Que você seja minha acompanhante no aniversário da minha mãe.

— Como é que é? — De repente seus olhos ficam arregalados, e um sorriso debochado surge em seu rosto. — Que tipo de cantada sem noção é essa?

— Não é cantada, e também não estou de brincadeira. — Sinto minha testa se contrair com força. — Preciso de uma acompanhante para o feriado.

— Calma aí! — Ela percebe meu estado de tensão. — Explica melhor.

— Minha mãe faz aniversário no próximo final de semana. Vai comemorar com uma baita festa para toda a família, e eu prometi que levaria minha namorada.

Suas feições se transformam como mágica. Todas as rugas de preocupação desaparecem, e ela abre um sorriso estonteante. Perco o ar. *Porra! Ela é linda demais!*

— Você quer dizer que... — Seus olhos verdes brilham como nunca antes e sinto uma emoção absurda no peito.

— Que você terá que fingir ser minha namorada durante todo o final de semana.

— Fala sério! Essa proposta é ultramanjada. A não ser que... — Ela estreita os olhos e me olha de cima a baixo. — Você é gay?

— Claro que não! Só não... — Engasgo. — Não estou a fim de nada sério e inventei uma namorada para minha mãe parar de encher o meu saco.

— Você é bonito, Karl. — Rebeca mordisca o lábio inferior e fico hipnotizado com esse simples gesto. É sexy pra caramba de se ver. Viro a cabeça de lado e respiro fundo. Preciso me concentrar antes que faça uma besteira. — Por que não convidou uma garota da faculdade? Aposto que teria pretendentes.

— A garota que ia comigo acabou de desmarcar. Não terei tempo de arrumar alguém para depois de amanhã.

— E por que eu? — insiste.

Ela está me deixando intimidado.

— Vou deixar uma coisa clara entre nós, Rebeca. Quero liberdade e não curto esse lance de namoro. Por isso a escolhi. Conosco serão apenas negócios, nada mais.

— Você podia pagar uma garota de programa então. Tá sem grana?

— Minha mãe tem o faro aguçado. Ela desconfiaria na hora.

— Hum... — Ela continua sorrindo e me deixando maluco com a espera.

— Isso é um sim?

— Vou pensar no assunto.

— Preciso da resposta agora. — Seguro seu braço e a faço olhar dentro dos meus olhos.

Meu corpo esquenta no mesmo instante.

— Eu só terei que *fingir* ser sua namorada? Mais nada?

Ah!

Eu a solto instantaneamente.

— Não vou tocar em você, pode ficar tranquila. — Tento parecer indiferente. Ela se apruma no lugar. Está com um sorriso indeciso. — Mas...

— Mas? — Arregala os olhos argutos.

— Já que você será minha namorada... — Minha voz sai falhando. — Teremos que dar alguns abraços e beijos em público. Nada de mais.

— E você vai me apresentar para a família como a sua *namorada*?

— Exato. Daí eu ligo um tempo depois e digo que terminamos. É só. — Dou de ombros. — Não quero estragar a felicidade da minha coroa no aniversário dela.

— É raro ver um filho tão preocupado com a mãe — comenta ela, irônica.

— De acordo então? — Percebo a impaciência em meu tom de voz.

— A casa da sua mãe fica em Minas?

Faço que sim, rapidamente.

— Você promete não comentar sobre isso com ninguém, principalmente com o...

— Com o Eric? — completo, num rompante, o corpo tenso.

Ela assente, nem um pouco constrangida.

— E depois que passarmos o final de semana juntos, você jura nunca mais me pedir nada em troca do seu silêncio?

— Juro — afirmo, taxativo, e sinto novo aperto no peito. É como se já estivesse me despedindo dela e meu corpo reage. Balanço a cabeça. — Pela minha felicidade.

— Feito. — Ela estende a mão.

Quando nossos dedos se tocam, uma descarga elétrica percorre todo o meu corpo e, por uma mínima fração de segundo, quase desisto de tudo. Uma luz vermelha acende em minha mente e alerta do perigo em passar três dias com Rebeca.

— Não costumo confiar nas pessoas, mas, estranhamente, acredito em você. Tudo bem. Te vejo no sábado — diz ela, se virando.

— É na sexta. — Corrijo com um sorriso vitorioso antes de sair pelo portão. — Te pego as oito. Da manhã.

19

REBECA

Estou saltitante quando entro no quarto.

— Suzyyyyyy!

— Jesus! O que aconteceu? — A coitada dá um pulo da cama. — Já é de manhã?

— Não! — Aponto o relógio que marca onze e trinta e cinco da noite. — O colega de trabalho do Theo acaba de salvar a minha pele e o meu futuro!

— Hã? Que colega?

— O Karl!

— Ele esteve aqui? — Sua voz sai esganiçada. — Te salvar? Como assim...?

Invento uma mentira sobre como nos conhecemos, afinal Suzy jamais poderia saber sobre o incidente que passei com Davi e Lúcio, muito menos sobre as chantagens, e conto sobre o que acabou de acontecer.

— E ele se achou no direito de fazer um pedido desse porte só porque a ajudou no teste de economia? — Suas sobrancelhas inquisitivas chegam a tremer.

— O que que tem?

— Nada — diz ela, pensativa, me encarando de um jeito esquisito.

— Após o feriado eu estarei livre para o Eric!

— Hum. E o Karl vai te apresentar como namorada para a família?

— Isso mesmo!

— Você vai ter que transar com ele. — Ela vai direto ao ponto, me fuzilando com suas amêndoas negras.

Um sentimento estranho se aloja em meu estômago quando ela diz isso.

— Exato. Não é perfeito?

— Perfeito demais para ser verdade. Não acha?

— Por que está com essa cara? Não era exatamente isso que queríamos? — retruco, impaciente ao captar sua desconfiança no ar.

— É... Exatamente isso... — Suzy suspira forte e volta a se deitar. — Boa noite.

Ela tem razão: a oferta é perfeita demais.

Mas não há mais tempo a perder.

É hora de pagar para ver.

— Volto de Divinópolis antes da Suzy, na manhã da segunda-feira — minto para o Eric, na noite seguinte, véspera da minha viagem com o Karl.

— Você não comentou nada sobre viajar no feriado. — Consigo sentir a decepção em sua voz.

— Não? Nossa! Tenho andado tonta com o problema da Suzy — insisto.

— Então por que não aproveita para descansar um pouco? Suzy é sua amiga, vai entender. Até porque, ela estará na companhia dos familiares — retruca, animado. — Meus pais vão para Escarpas do Lago. Eu não ia, mas agora acho que é uma boa ideia. A gente podia pegar a lancha e desaparecer, andar de jet-ski, enfim, passar um dia junto. Só nós dois. Eu te pego e te levo em Divinópolis.

Eric. Lancha. Jet-Sky. É bom demais para recusar... Ai, caramba! Preciso ser forte.

— Não posso, Eric. Eu prometi que ficaria com ela. — Vejo o rosto da cartomante na minha frente e saio pela tangente. Quero estar com o Eric, mas não posso. Não ainda. Tenho que ser determinada e cortar logo. — Como o meu celular está quebrado, você pode ligar para o da Suzy se bater saudade, mas nem pense em aparecer por lá, os pais dela odeiam convidados repentinos. São cheios de manias.

Que mentira. Pobre Eric! Inventei a desculpa de que minha mãe está trabalhando no exterior e que passarei o feriado com a família da Suzy. De fato, Suzy irá para o sítio dos pais em Divinópolis e retornará apenas na quarta-feira. A casa da mãe do Karl, por sua vez, fica em Capitólio, uma cidade a quatro horas de onde estamos e, graças aos céus, dentro de Minas Gerais, o estado de que sou proibida de sair.

Silêncio.

— Depois de segunda serei apenas sua — afirmo, mas meu coração, por uma razão desconhecida, se agita no peito.

O silêncio confirma que Eric não está satisfeito, é óbvio, mas é tão educado que prefere se calar.

— Passará rápido — reitero e capto uma sombra pesada pairar sobre minhas palavras.

— Beca, eu... — Ele começa a dizer algum tempo depois. Chego a pensar que é a ligação que está falhando, mas é a voz dele que sai fragmentada, repleta de emoção. — Tudo bem. Até segunda então. Quero apenas que você viaje sabendo que não terei olhos para mais ninguém.

Acordo com a porta sendo esmurrada.

Argh! Esqueci de programar o despertador!

— Já vou, droga! Já vou! — berro e, zonza, visto rapidamente a roupa que deixei separada na véspera na cama de Suzy.

Como ficará fora esses dias, minha amiga resolveu passar a noite com o Theo. Acho que ela está realmente gostando dele...

— Pensei ter marcado para as oito — reclama Karl assim que destravo a porta. Uma fresta de luz entra pela janela do corredor e incide diretamente em seus olhos cor de mel, fazendo-os brilhar como nunca.

— O despertador não tocou, ok? — resmungo. — *Sorry!*

— Te espero lá embaixo — diz ele, indo embora, sem perceber os olhares interessados de duas garotas que passam pelo corredor.

Pego minhas coisas e, quando chego à calçada em frente ao prédio, Karl está em um bate-papo com uma garota ruiva. Ela é bonita e tem lábios carnudos como os da Angelina Jolie. Parece animadinha demais para o meu gosto.

— Estou atrapalhando? Posso voltar daqui a pouco — solto, impaciente.

Eu, hein! Por que estou assim?

Com ar de superioridade, a garota arqueia as sobrancelhas bem-feitas e despede-se dele com um sorriso sedutor.

— Vamos? — Alheio ao meu mau-humor, Karl abre a porta do carona.

Entro no carro de cabeça erguida.

— Por que não convidou a ruiva? — disparo assim que ele liga o motor e a caminhonete se movimenta. — Teria sido bem mais interessante, não?

— Discordo — responde, sem olhar para mim. Karl está sério, mas seu tom de voz deixa claro que ele está prendendo o riso. — Prefiro fazer negócio com você.

— Negócio é negócio — resmungo, e não sei por que estou tão ácida.

— Não é não. — Ele se vira em minha direção, a expressão sombria aniquilando o divertimento por um mero instante. — Com você não terei dor de cabeça depois.

— Ok. — Fujo do seu olhar, pego um pedaço de papel, caneta e pergunto assim que finalmente pegamos a rodovia em direção a Capitólio. — Preciso saber do básico, não?

— Claro. — Karl batuca os dedos no volante. — Se importa se eu colocar uma música?

Balanço a cabeça, e, dois segundos depois, *Coldplay* inunda a cabine da caminhonete e suaviza o clima.

— Vamos lá, nome dos seus pais, irmãos, o que fazem etc. — Começo com pose de repórter.

— Meu pai faleceu quando eu tinha quatorze anos. — Sua resposta sai sem força, triste.

— Sinto muito. — Consigo sentir sua dor, porque é a mesma que a minha. — Eu tinha oito quando o meu morreu — confesso, baixinho, e Karl se vira em minha direção.

Nossos olhares se encontram, e há um entendimento silencioso no ar, uma expressão tão cristalina do sofrimento mútuo.

Ele suspira e volta a encarar a estrada, pensativo.

— O nome da minha mãe é Deise, e ela é a pessoa com o maior coração deste mundo. Não digo isso por que sou seu filho. Todos a amam. Você verá como a casa ficará cheia. — De repente sua expressão passa de triste para raivosa. — Definitivamente não entendo o porquê de algumas coisas... — Sua voz falha. — Tantas pessoas más, mesquinhas e desonestas são agraciadas com saúde, felicidade e riquezas, enquanto outras, generosas, padecem de um sofrimento terrível. Não compreendo os desígnios de Deus, mas passei a aceitá-los.

— Não acredito em Deus — retruco imediatamente, e vejo Karl franzir a testa.

— Não diga isso na frente da minha velha — sussurra, em tom de advertência. — Duvidei que *Ele* existisse por um tempo também, mas, apesar de tudo, ainda tenho fé.

— Apesar de tudo o quê?

— Essa pergunta, eu passo.

— Irmãos?

— Annie. Seis anos mais velha e foi minha segunda mãe após o falecimento do meu pai.

— Mas vocês se dão bem?

— Muito. Ela sempre me defendeu quando era pequeno. Agora é a minha vez de retribuir.

— Como assim?

— Não importa.

— Hobbies e gostos musicais, além de... *Coldplay*?

— Legião Urbana, Red Hot, Ed Sheeran, Pearl Jam e algumas coisas da época do meu velho.

— Tipo?

— Bee Gees? — Ele arqueia uma sobrancelha e repuxa os lábios de maneira cômica.

— Tá de brincadeira! — Dou um soco de leve em seu ombro. — É o predileto da minha mãe também!

— Doeu! — Karl finge sentir dor com meu soco e, em seguida, abre um sorriso estonteante. Sinto um bem-estar incrível com sua reação. Recuo. — Ok. Agora é a minha vez!

— Mas eu ainda não acabei! — protesto.

— Vamos revezar porque está ficando um tédio. Parece que estou prestando depoimento na polícia.

Seu comentário acaba com meu bom humor.

— Você já foi interrogado?

Karl me olha de um jeito estranho, mas nada diz.

Tá de brincadeira! O que aquele semblante significava?

Perco a cor. Estou tensa novamente. Seu silêncio me leva a duas conclusões: Karl já foi fichado pela polícia ou tem conhecimento sobre o meu passado obscuro. *Merda! Não sei o que é pior! Se Galib descobrir meu envolvimento com ele, estou ferrada!* Respiro fundo e mentalizo a melhor coisa que me aconteceu nos últimos dois anos: Eric. Segunda-feira estarei livre para um futuro decente.

— Minha vez. — Ele pisca e me traz de volta à Terra.

— Sou alérgica a frutos do mar, não uso condicionador, gosto de ver as pessoas dançando, mas eu mesma sou uma negação e tropeço sozinha.

— Sério?

— Sério, o quê?

Ok. Lá vem. Aposto que ele vai dizer que dançar é simples e que pode me ensinar e blá, blá, blá. Já perdi a conta de quantas vezes ouvi essa cantada.

— Sério que não usa condicionador? Nossa, como você consegue ter um cabelo tão brilhoso assim? — Dá uma gargalhada.

Jamais esperaria por isso.

— Herança genética — retribuo com um sorriso genuíno, e nossos olhares se prendem mais tempo que o necessário.

— Qual o nome da sua mãe? Você tem irmãos? — Ele quebra o momento e se ajeita no assento.

— Sou filha única. — Abaixo a cabeça. — Minha mãe se chama Isra.

— Isra? — Ele arqueia uma sobrancelha.

— É de origem turca, se é o que está se perguntando. — Fico esperando alguma brincadeirinha preconceituosa de mau gosto.

— Turca? Que máximo! — Abre um sorriso travesso. — Você pode me ensinar uns palavrões em turco? — Karl dá uma piscadinha e me pega desprevenida.

Gosto disso. Ele não está me julgado por minha origem.

— Depois, seu *aşağılık herif*!

— *Aşağılık* o quê?!? — Karl solta uma gargalhada estrondosa. Eu me pego rindo com vontade também. É a primeira vez em anos.

— Herif — repito. — Significa imbecil.

— Ah! — Ele balança a cabeça com vontade. — Gostei. Será de grande utilidade. Seu pai também era turco?

— Não. Ele era brasileiro.

— E onde sua mãe mora?

— Longe.

— Hum... Por que tenho a sensação de que não quer falar sobre ela?

— Porque você é um bom observador.

— Eu sei — balbucia ele e me encara de um jeito penetrante. Estremeço.

— Está brigada com ela?

— Não quero falar sobre isso também.

— Apenas me diga o que devo responder à minha família quando me perguntarem sobre Dona Isra. — Ele umedece os lábios e me pego observando-os com mais atenção do que deveria.

— Vou pensar em uma resposta.

Abro a janela. Preciso que o vento amanse a onda de calor que sobe pelo meu pescoço. Respiro fundo e, por um momento, fico observando em silêncio as colinas salpicadas de cupinzeiros, as plantações de milho e de café que ladeiam a estrada.

— Sem problema. Mas acho que deve inventar uma desculpa o quanto antes. Algum passatempo predileto?

— Nenhum, mas gosto de... — Não sei se devo contar.

— De?

— Informática — revelo. — Amo tudo que se refere à computação e internet.

— Nossa, eu odeio! — Ele faz uma careta de nojo exagerada. — Então você saca tudo de computadores?

— Razoavelmente. — Saio pela tangente. — É mais um hobby mesmo.

— Para mim isso seria castigo! Nem meus e-mails tenho paciência de ver.

— Ok. Minha vez. — Puxo o interrogatório para ele. — Preciso saber mais coisas, como momentos importantes na escola, doenças de infância, acidentes, namoradas que marcaram, tipo... alguma que te deu o fora e... Ai! Cuidado! — O volante dá uma guinada violenta, e a caminhonete derrapa no acostamento.

Eu me seguro como posso e fecho os olhos. Quando abro, dou de cara com outro Karl. Sua expressão facial está assustadora. Há um emaranhado de vincos em sua testa e uma veia pulsa forte em seu maxilar. A caminhonete para abruptamente, próxima a uma lanchonete localizada na beira da estrada.

Gente do céu! O que houve? Foi algo que eu disse ou esse cara é louco?

20

KARL

Se controla, Karl! E deixa de ser covarde, seu idiota!

Preciso me acalmar. Já é hora de aprender a lidar com isso, mas como conseguirei se minhas pernas estão bambas e o oxigênio se vai só na possibilidade de mencionar o nome de Beatriz? Já se passaram dois anos e eu ainda estou aqui, aprisionado ao passado.

— Parada estratégica. Vem — ordeno, com a voz rouca.

Rebeca me encara de um jeito estranho, mas obedece sem contestar. Descemos da caminhonete e entramos na parada da beira da estrada. Peço dois chocolates quentes.

— Aqui não tem creme — explico ao entregar seu copo.

— Tudo bem. — E, ainda fitando o chão, ela solta: — Desculpe se disse algo que o magoou. Não tive a intenção.

— Você não perguntou nada de mais. Eu que peço desculpas. — Fecho os olhos com força. Preciso encontrar as palavras certas. — Já está na hora de lidar com alguns fantasmas do passado. Talvez você possa me ajudar.

Meu coração dá um salto quando, repentinamente, sinto sua delicada mão sobre a minha. Reabro os olhos, e ela está me observando com intensidade.

— Houve uma garota — digo, mas as batidas do meu coração estão tão altas que mal escuto a minha voz. — Há dois anos...

— Imaginei... — murmura Rebeca, e faz sinal para que eu continue.

— Não fui bom o suficiente. Não para ela — confesso e, nervoso, engulo o chocolate quente em um gole só. — Eu lutava e, apesar de não me orgulhar do cara que eu tinha me tornado, estava em um momento incrível da vida. Não dei a atenção que ela merecia, não estava presente nos momentos em que ela mais precisou de mim, não mantive acesa a chama do nosso amor. Errei, mas era louco por ela! Se Beatriz me perdoasse, eu estava disposto a mudar, a corrigir meus erros, mas não... — engasgo ao expurgar o fantasma que vem me assombrando e destaco as palavras que me queimam por dentro desde então — não houve um segundo round, não tive uma segunda chance.

— E essa tal de Beatriz estará no aniversário da sua mãe, não é?

— Ela e o namoradinho perfeito. Beatriz é minha prima de segundo grau. — Abro um sorriso glacial e o copo entre meus dedos se transforma em um amontoado disforme de plástico.

— Que merda!

— Minha mãe vem sofrendo com essa história há algum tempo. Por mais que eu garanta que estou bem e que já superei o passado, ela não acredita.

— Não precisaria ter faro aguçado para isso. — Ela arqueia uma sobrancelha, deixando claro que não estou enganando ninguém.

— E como mamãe não anda bem de saúde, resolvi inventar essa mentira. — Inspiro o ar com vontade. — Mas Dona Deise não se deu por satisfeita. Ela quer conhecer minha atual namorada de qualquer maneira. Já dei mil desculpas! Se eu terminasse o namoro às vésperas da festa, ela descobriria a farsa e ficaria arrasada. — Olho para minhas mãos. — Não posso permitir isso. Ela é uma pessoa boa demais para ter esse desgosto.

Rebeca assente, um fio do seu liso cabelo preto se solta e desliza pelo rosto angelical. É quase um magneto e, quando dou por mim, meus dedos estão no ar, alertas e febris, arrumando-os atrás da orelha. Ela enrijece. Recuo.

— Vamos. Ainda temos mais duas horas de viagem. — Levanto num rompante. — E, ah! Evite falar palavrões na frente dela, ok? Minha velha não gosta.

O restante da viagem transcorre em um silêncio constrangedor e é com alívio que entro na estrada de terra que leva ao casarão, no topo de uma colina verdejante. Afastado das demais casas da região, o imóvel de estilo antigo tem uma grande área ao redor envolta por uma impecável cerca de madeira.

— Chegamos — aviso quando o caseiro vem abrir o portão da entrada.

Rebeca olha para mim, embasbacada. Prendo o riso. Na certa não imaginava que o rapaz da cafeteria poderia vir de uma família de posses.

— Isso tudo é seu?

— Não. — Repuxo os lábios. — É da minha mãe. O *meu* ainda estou construindo.

Devo ter dado a resposta correta porque o semblante dela se ilumina. Meu estômago se revira com sua reação.

— *Cuidadaí!* Eta *trem bão, sô!* — exclama nosso caseiro com um sorriso no rosto enrugado ao ver a caminhonete passar com facilidade pelos buracos.

Ele é um senhor franzino, calvo e prestativo. Veio para cá quando eu ainda era pequeno. Considero-o da família.

— Pelo visto a chuva castigou essa região também. E aí, Ed? Tudo bem? Como estão os preparativos para a festança?

— *Nóóó!* Tá um *bololô* danado, Karl!

— Madalena está te deixando maluco?

— Uai! Se fosse só ela... — Ele coça a calva. — Annie *num arreda* de trás *dimim*, a capeta. Dona Deise, então? *Nósss Sinhora!* Parece que metade da cidade vai dormir aqui, *némêzz?*

Assinto com um suspiro e percebo que Ed não tira os olhos da pessoa ao meu lado.

— Ah! Esta é Rebeca.

— Bem-vinda, *mocim*! — Ele balança a cabeça, contente, e me encara com um olhar maroto.

— Obrigada. — A voz da minha acompanhante sai sem força.

Olho para o lado. Rebeca está com a expressão diferente, os olhos brilhando como nunca.

Acelero a caminhonete pelo caminho de pedras e estaciono em frente ao casarão. Mamãe e Annie nos aguardam na varanda com sorrisos enormes estampados no rosto e um cubo de gelo começa a derreter em meu estômago. Saio do carro, abro a porta do carona e ajudo Rebeca a descer.

— Finalmente! — No instante seguinte, Annie está me abraçando com vontade.

— Você engordou? — Implico porque sei que ela vive de dieta.

— Cretino! — Annie me dá um tapa no ombro, e eu tasco um beijo em seu rosto.

— Ficou ainda mais gata! — digo, em alto e bom som para todos escutarem.

— Está perdoado — responde ela, liberando sua risadinha travessa.

— Filho, que saudade! — diz mamãe com a voz fraca e estende os braços esquálidos em minha direção. Impossível não perceber as olheiras pronunciadas. *Droga! A maldita doença avançou!* Com o coração batendo forte, vou até ela e me aconchego em seu abraço quente e único. — Deixe-me vê-lo melhor. — Ela afasta meu rosto para sua tradicional averiguação. — Não tem dormido bem.

Não adiantaria mentir.

— Mais ou menos — respondo, enquanto minha mãe me analisa.

A doença não a fez perder o velho hábito. Tento me afastar, mas seus olhos são ágeis e miram diretamente meus nós dos dedos feridos. Sua fisionomia se fecha na hora. Apesar de não saber sobre o coágulo, o sexto sentido de mãe foi acionado depois do acidente, e ela passou a odiar qualquer modalidade de luta.

— Que falta de educação! Não vai apresentá-la, Karl? — Annie me salva de um provável interrogatório.

Rebeca não parece a mesma de algumas horas atrás. Está surpresa e parece satisfeita.

— Esta é Rebeca — digo, puxando-a para perto. — Minha... — Um nó se forma em minha garganta quando, repentinamente, sinto a mão de Rebeca começar a tremer. Olho para ela. *Por que tenho a sensação de que existe um maremoto acontecendo em seus olhos oceânicos? Bobeira, Karl! Ela está encenando, assim como você! É apenas uma mentira para o bem de todos*, digo para mim mesmo. *Será?*, rebate uma voz lá no fundo da minha mente. As palavras seguintes hesitam na boca, incapazes de sair. Aperto a mão dela e respiro fundo. — Minha namorada.

— Finalmente! Que prazer em conhecê-la, querida! — Mamãe a envolve em seu abraço caloroso.

Respiro, aliviado.

— Muito prazer. — A voz de Rebeca continua fraca, inexpressiva.

— Seja bem-vida, Rebeca! Eu sou a Annie.

— Karl fala muito de você. — Rebeca finalmente sai de seu estado letárgico.

— É mesmo? — Annie franze a testa e, com a expressão brincalhona, leva as mãos à cintura. — Depois vou querer ouvir o que meu irmãozinho anda falando sobre mim. Por enquanto, vamos acomodá-los no quarto.

Droga! Foi tudo tão corrido que me esqueci desse detalhe.

— Vou ficar em um dos quartos de hóspedes. Rebeca pode ficar no meu.

Mamãe solta uma risada baixa. Ao menos a doença não aniquilou seu bom humor.

— Irmão, quando foi que você ficou tão recatado? — Annie passa as mãos pelo braço de Rebeca. — Vocês dois dormirão no seu quarto porque os demais estarão ocupados. A casa ficará lotada!

— Vem, Rebeca. Coloquei uns pães de queijo para assar. Você gosta de curau de milho verde? Preparei umas broinhas de fubá, mas, se não gostar, posso providenciar outra coisa até o jantar e... — Mamãe segura o outro braço de Rebeca e ordena: — Acorda, Karl, e pega logo as coisas da minha norinha.

As três desaparecem pela porta de entrada, e, ao longe, escuto as risadas animadas de Annie.

Mas que droga! No que foi que eu me meti?

21

REBECA

— Desculpa, eu... — Karl bate a porta do quarto, os olhos mirando os próprios pés.

— Tá tranquilo — digo, depressa, porque é a pura verdade.

O plano vai melhor do que eu poderia imaginar.

Karl assente e coloca minha bagagem em uma banqueta logo após comermos os deliciosos quitutes que Dona Deise havia preparado para nós. Sem perder tempo, ele arranca o casaco. Karl não é lindo como o Eric, mas é mais viril. Balanço a cabeça. *Que pensamento doido é este agora, Rebeca?*

— Pode ficar com ela. — E aponta para a cama de casal coberta com uma colcha de crochê branca e amarela. O quarto é claro e discreto, com o pé-direito alto e janelas de venezianas escuras. Um armário de imbuia com desenhos em alto-relevo talhados nas laterais das portas ocupa uma parede inteira. Do lado oposto, por debaixo de dois quadros de paisagens pintadas a óleo, identifico diversas manchas sutis, marcas de um passado que a tinta atual não conseguiu ocultar. Uma escrivaninha também em imbuia fica na parede voltada para o banheiro privativo e cortinas de seda bege dão o arremate final ao agradável lugar. — Vou dormir no chão.

— Não precisa — afirmo, mas ainda não arrumo coragem para encará-lo. — Somos adultos. Podemos dormir na mesma cama e nada acontecer.

— Vou dormir no chão, Rebeca. — De repente sinto seus dedos quentes levantarem meu queixo. — E não vou tocar em você — destaca as palavras com tanta firmeza que experimento um mal-estar sutil. Conheço canalhas de longe e, para minha aflição, sinto que ele está falando a verdade. Há alguma coisa errada com meu estômago. Estou embrulhada. Começo a suspeitar de que a culpa não é do chocolate quente de procedência duvidosa que tomei na parada da beira da estrada. *Droga! Não posso acreditar que Karl está mexendo comigo...* — É muito importante que durma bem. Quero que esteja linda nos próximos dias. — Ele dá uma piscadinha.

— Bom, então acho melhor eu descansar um pouco. — Pisco de volta. — Tenho dormido mal ultimamente.

— Faça isso. Um cochilo lhe cairá bem — conclui com um sorriso preocupado, sai do quarto e me larga ali, mais paralisada do que um boneco de cera.

Atordoada, me jogo na cama e me encolho como um feto. A acolhida afetuosa da mãe de Karl tocou em uma parte de mim que, há dois anos, venho sufocando: a saudade da minha mãe. Para a minha segurança, sou proibida de vê-la. Sei que mamãe está bem porque Galib me manda notícias dela. Ele afirma que existem olhos em todos os lugares, inclusive dentro da própria polícia. Assim, desde o incidente no aeroporto, nunca mais vi Dona Isra ou ouvi sua voz. Não posso visitá-la porque, para todos os efeitos, estou foragida do país.

Sinto falta dos beijos e abraços da minha mãe...

Por mais que Suzy e seus pais queiram me "adotar", não é a mesma coisa. Queria ter a minha própria família, pertencer a um grupo. Eu me sinto pior do que uma estrangeira solitária em terra alheia, me acho um nada, quase uma indigente.

— Rebeca? — escuto um sussurro e sinto um carinho suave nas costas. Abro os olhos e me deparo com Annie sorrindo, sentada na beirada da cama. — Desculpa, mas mamãe estava preocupada. E quando minha velha coloca alguma coisa na cabeça...

— Que horas são? — pergunto ao perceber que o dia está escuro.

— Quase cinco da tarde. — Ela arqueia as sobrancelhas. — Está passando bem?

— Caramba! — Dou um pulo. — Dormi demais!

— Se dormiu é porque precisava. Lema do meu velho pai.

— E Karl?

— Está cortando lenha para o fogão. Dispensável, mas ele adora. — Ela revira os olhos. — Diz que é sua terapia. Você deve estar cansada de saber, né? — pergunta, me pegando desprevenida.

— Hã? Ah! Sim, é claro! E ele sempre diz isso — gaguejo, suando.

— Você chama o Karl? — Respiro aliviada pela mudança de assunto. — Vamos aproveitar nosso momento de intimidade porque a galera que ficará no casarão chegará em breve.

Annie aponta para longe, para uma clareira em meio ao pequeno bosque no topo da propriedade. Passo por uma granja barulhenta e uma horta muito bem-cuidada, arrumada com plaquinhas de madeira que exibem os nomes das leguminosas pintados com tinta branca. A caligrafia das letras é tão rebuscada que parece ter sido copiada de livros sagrados provenientes de séculos atrás. Atravesso um caminho de sempre-vivas e de orquídeas — violeta, roxas e brancas —, me aproximo devagar da pequena campina e, de algum lugar não muito longe, escuto a música borbulhante de um riacho enquanto a silhueta de Karl vai tomando forma sob a luz alaranjada do pôr do sol. Ouvindo música de seu iPod, ele parece concentrado ao cortar a lenha em pedaços cada vez menores. Eu me aproximo ainda mais, e, de costas, ele não percebe. Quero chamá-lo, mas meus olhos estão ávidos, quase hipnotizados, e percorrem a extensão de seus braços e costas extremamente torneados. Com o esforço, seus músculos estão inchados. Karl é forte. Não foi à toa que acabou com a raça do Davi e do Lúcio com aquela facilidade assustadora. A blusa branca grudada ao corpo suado me causa um discreto frenesi. Relembro parte da tatuagem em suas costas. *O que seria? Uma águia?* Vi apenas duas patas com garras enormes e a palavra "A Fera" quando cuidei da ferida.

Acorda, Rebeca!

— Karl? — grito, mas ele não me ouve. Chego bem perto. — Karl, sua mãe está chamando. — Nada ainda. Ele permanece alheio, completamente perdido em seu próprio mundo. — Karl! — E faço a loucura de puxar seu braço.

Ele se assusta, desequilibra e por pouco o machado não cai de suas mãos.

— Tá maluca? — Ele me segura com força, bravo.

Seu toque é inexplicavelmente abrasador, como uma descarga elétrica, e gera faíscas em minha pele. Meu corpo esquenta com uma velocidade assustadora.

— Desculpe, eu... — *Droga! Por que não estou conseguindo raciocinar?* Estou paralisada, encarando seu rosto de traços fortes, sua mandíbula angulosa e o contorno dos seus lábios. — Sua mãe... E-ela está chamando.

— Hum. — Ele percebe meu estado catatônico. — Está tudo bem?

Faço que sim, discretamente, e, com dificuldade, me livro do seu toque. Quero acreditar que o motivo são meus hormônios diante de seus apetitosos braços de aço e olhos dourados, mas percebo que meu corpo e minha mente estão em conflito desde o instante em que coloquei os pés neste lugar.

— Ok — murmura ele, me dando uma olhada de cima a baixo, se detendo em minha boca.

Uma brisa gelada acaricia minha nuca, despertando uma parte desconhecida dentro de mim. Sinto um calafrio.

— Não sente frio? — Eu me obrigo a despertar do estranho magnetismo.

— Congelando, como pode ver. — Ele abre um sorriso debochado.

Tento evitar, mas o abdome sarado atrai minha visão. Fico sem reação por um instante, mas consigo virar o rosto a tempo.

— Te espero lá dentro — concluo, e vou, determinada, em direção ao lindo casarão.

Escuto sua risadinha ficando para trás.

Dona Deise e Madalena prepararam um banquete. São tantas opções de comida que tenho certeza de que vou estourar se resolver experimentar tudo que meus olhos famintos desejam.

— Não foi por sua causa, Rebeca — diz Karl em alto e bom som enquanto lava o rosto e as mãos em um lavabo anexo à sala de jantar. — Mamãe sempre foi exagerada. Acha que vai alimentar um exército inteiro todos os dias.

— Não é nada disso — justifica ela, se acomodando na cabeceira da mesa. — Você não me disse o que a Rebeca gosta. Além do mais, alguns tios podem chegar ainda hoje. Enfim, não temos como fazer tudo em cima da hora. Quero estar prevenida.

— Ah, sim. — Karl se aproxima com um sorrisinho maroto, tasca um beijo na bochecha da mãe e se senta ao meu lado na mesa de jantar. — Precisamos ter comida para todos os passageiros e tripulação também.

— Karl! — repreende Dona Deise.

— Fica fria, Rebeca. Foi muito pior quando eu trouxe meu primeiro namorado. — É a vez de Annie entrar na pilha.

— Não foi, não! — Dona Deise solta um muxoxo, constrangida.

— Parem de implicar com a mãe de vocês! — resmunga Madalena, a cozinheira de fisionomia desconfiada que surge de repente na sala.

— Foi mal, mãe — Karl e Annie soltam em uníssono.

— Comerei de tudo um pouco — afirmo, solenemente.

Dona Deise sorri. Karl fica satisfeito com a minha resposta. Madalena me estuda por um instante, ajeita o lenço na cabeça e, ainda carrancuda, se retira da sala.

— Vai explodir então! Foi o que quase aconteceu com Rob. — Annie gargalha na cadeira à minha frente e, a seguir, tapa a boca, pedindo desculpas com a mão livre.

— Mentira! Ainda tinha bastante espaço no meu estômago, sogrinha — comenta um homem moreno e com dentes ultra-brancos que acaba de chegar.

O sorriso contagiante lhe garante uma fisionomia simpática.

— Rebeca, esse é Roberto, meu noivo — diz Annie, seguran-do-o pela mão.

— Finalmente a donzela misteriosa apareceu! Annie e Dona Deise não falam de outra coisa há duas semanas — Roberto con-fessa ao ocupar seu lugar ao lado de Annie. Tenho certeza de que estou corando. — Há quanto tempo estão juntos, afinal?

Hã? Merda!

— Esta torta salgada aqui é novidade! Vou testar, mãe. — Karl salva minha pele ao puxar as atenções para si. Ele abocanha um pedaço e faz cara de quem está identificando o sabor. — Deixa eu ver... Tilápia?

— Mais o quê? — indaga a Dona Deise com semblante animado.

— Tem um aroma diferente... — acrescenta ele.

— Duvido que adivinhe, Mestre Cuca. — Annie implica.

— Quer apostar? — retruca Karl e morde outro pedaço.

— Sem apostas, Annie — Roberto se intromete. — Da vez pas-sada você me deixou maluco por um tempão por causa da grana que perdeu.

— Tenho certeza de que ele não vai descobrir, Beto! — Annie mantém o olhar endiabrado.

Apesar de mais velha que Karl, ela é alegre e jovial. Simpatizei com ela.

— Karl é bom nisso — adverte Roberto. — Não arrisque.

— Alecrim? — pergunta Karl, e Dona Deise confirma com um sorriso transbordando orgulho.

Pelo visto, meu acompanhante é bom no quesito paladar.

— Droga! — Annie murcha na cadeira.

— Eu te disse — solta Beto para a noiva.

— Receita nova da Madalena — arremata a educada senhora.

— Está uma delícia! — Karl vibra e, me pegando de surpresa, corta um pedaço e o leva até a minha boca. — Acho que vai adorar — diz, com um sorriso gentil. Observo o garfo suspenso no ar. Todos os olhares se viram em minha direção. Fico sem reação. Nunca fui paparicada assim. Abro a boca lentamente e, hesitante, deixo que ele me sirva. Nossos olhares se prendem e é como se a torta fosse feita de pimenta. Estou ardendo. — Gostou?

— Ótima — balbucio e, pelo canto dos olhos, noto os sorrisos da plateia.

— Você está forte, cara! Está lutando? — pergunta Roberto, superanimado.

A fisionomia de Annie fica repentinamente sombria.

— Apenas treinando — responde Karl de forma evasiva. — Para espairecer.

— Pela quantidade de músculos, você deve estar cheio de problemas, né? — alfineta Annie, e os dois irmãos se encaram com semblantes hostis.

— Annie! — brada a dona da casa, colocando panos quentes. — Não é hora para isso!

Annie franze a testa. Karl fica taciturno. *O que é que está havendo?*

— E aí? Os pombinhos se prepararam para os jogos? — Roberto ameniza o clima.

Jogos...?

— Já nascemos prontos, não é, amorzinho? — Karl dá uma piscadinha para mim e acaricia minha bochecha, mas foge do meu olhar interrogativo.

— Já vi que não. — Beto faz uma careta de reprovação. — É a gincana dos Moura. Tradição da família! Tem competições para todas as idades.

— Saulo e Mel devem estar treinando direto. — Annie tamborila os dedos na mesa.

— Com certeza — concorda seu noivo. — E Danilo acaba de completar dezoito anos. O danado, além de rápido, adora todo o tipo de competição.

— Mas ele precisará de uma acompanhante do nível — acrescenta Dona Deise.

— Não vou me surpreender se ele aparecer com uma campeã olímpica de corrida. — Annie revira os olhos. — É capaz de pagar alguém para fingir ser sua namorada.

Karl engasga no momento em que estava enfiando outro pedaço de torta na boca. Também mordo mais um pedaço da minha.

— E não esquece da Beatriz. Ela não veio nos últimos anos, mas corre bem. Não sei se seu namorado é veloz também e... — Roberto perde a fala de repente, os olhos esbugalhados e a pele roxa por ter pronunciado o nome da *ex* de Karl.

Posso jurar que Annie acabou de chutar sua perna por debaixo da mesa. Dona Deise abaixa a cabeça. Sinto discreto mal-estar ao visualizar a testa de Karl lotar de vincos.

— Vou ficar de olho no Danilo, pode deixar. — Coloco um sorriso debochado nos lábios. Roberto sorri aliviado com a minha tranquila reação. — E se ele vier sozinho?

— Vai ter que competir com alguma prima ou tia adulta — explica Annie.

— O Victor também é muito bom — murmura dona Deise.

— E ainda tem muita gente boa, como o tio Milton e a tia Angélica. Eles não são rápidos, mas compensam com o ótimo entrosamento — dispara Annie. — Fora a galera de São Paulo que não aparece há três anos. Os meninos do tio Leopoldo devem estar enormes.

E assim o tempo passou rápido e a janta transcorreu sem sobressaltos, com a mãe de Karl sendo atenciosa (até demais!). De um jeito maternal e carinhoso, entre frango com quiabo, couve refogada, torresmo, mandioca frita, doce de leite, de figo e de abóbora entre tantos outros, Dona Deise fez questão que eu experimentasse *todas* as comidas disponíveis. *Annie tinha razão: eu ia explodir!* Annie e Roberto, muito divertidos, emendavam uma conversa na outra e, discretos, passaram longe de assuntos pessoais. Na certa perceberam a mudança no humor do Karl após o comentário sobre a ex-namorada.

— Meninos, está na hora de descansar — diz a anfitriã.

— Vou ajudar com a louça — acrescento, ao me levantar.

— Nem pensar, filha. Está tudo sob controle. Madalena fará isso. Sem contar que amanhã o dia será longo para os que vão participar da gincana. No caso, vocês. — Mais uma piscadinha amistosa. — Karl e Annie, programem seus despertadores para as sete. Preciso que vocês me ajudem a recepcionar os parentes que chegarão pela manhã. — E, com um sorrisinho, acrescenta: — Aproveitem a noite, crianças.

Por alguma razão, não me sinto confortável com a deixa. Olho para Karl, me sentindo uma náufraga à procura de socorro, mas seu semblante está perdido em um lugar distante, além-mar.

Droga! Parece que não será tão fácil assim, afinal.

22

KARL

— Pode tomar seu banho. Vou depois — digo assim que entramos no "nosso" quarto. — Para água quente, vira a torneira para a direita e segura por alguns segundos.

— Não sabia que por aqui podia esfriar tanto assim — comenta Rebeca.

— Não costuma acontecer, deve ser uma frente fria, mas o cerrado brasileiro tem suas surpresas — respondo com certo convencimento. — Vai descobrir muitas outras.

Ela abre a boca, como se quisesse me dizer mais alguma coisa, mas então seu celular toca, e Rebeca dá um pulo.

— Oi! — Ela atende em baixo tom e de costas para mim, quer privacidade. A voz melosa diz tudo: trata-se do melhor partido do mercado, o Eric. Contenho a irritação que ameaça fluir em minhas veias. — Sim... hã... correu tudo bem. Eu... — Ela está sem graça com a minha presença, mas não vou sair. Disfarço, fingindo procurar uma camisa no guarda-roupas. — Eu sei. Uma surpresa? — O sussurro sai repentinamente animado. — Tá bom. Vou ter que esperar então, né? Também estou morrendo de saudades. Não vejo a hora de a segunda-feira chegar. — Meus dedos se fecham em resposta, bato a porta do armário e, com a maior cara de pau, levanto as mãos, num falso pedido de desculpas. Ela franze as sobrancelhas e tapa o bocal do aparelho. Na certa não quer que ele indague sobre o barulho de fundo. — Eu também.

Outro. — Desliga e me encara com desconfiança. Sem dizer nem uma palavra, ela puxa uma muda de roupas de sua malinha e se dirige para o banheiro da nossa suíte.

Sinto a adrenalina correndo livre dentro de mim. Pego dois edredons e improviso uma cama no chão. Meu coração está agitado demais. Deito de costas, cruzo as pernas e levo as mãos atrás da cabeça. Um calor escaldante sobe pela minha nuca e não sei dizer se é porque fiquei com raiva de presenciar a ligação, se é porque verei Beatriz no dia seguinte ou se é devido ao fato de dormir perigosamente próximo a Rebeca. Tento me convencer de que a culpa de tudo é do maldito aquecedor que parece estar com algum problema. Ajusto o termostato um milhão de vezes. De nada adianta. O aparelho é velho para caramba, raramente utilizado, e deve estar com defeito. Estou dentro de um inferno físico e mental.

Escuto o som da água do chuveiro. Imagens inapropriadas, mais especificamente de Rebeca nua no banho, começam a rondar minha cabeça. *Merda, Karl! Você não pode perder o foco!* Levanto e começo a andar de um lado para o outro. Preciso de um banho gelado com urgência. Minha vontade é arrancar a camisa, colocar um short e dar uma corrida ao ar livre pelo terreno do casarão. O clima frio deve ajudar a controlar o incêndio impiedoso que me consome. Após minutos de absurda tortura psicológica, escuto a porta do banheiro sendo aberta.

— É a sua vez. — A voz dela faz a minha pele arrepiar.

Rebeca está olhando para o amontoado de edredons no chão e usa um pijama cinza-claro feito de um tecido grosso. *Graças a Deus!* Estava apavorado em imaginar a reação que meu corpo teria caso ela surgisse com uma camisola curta ou justa.

— Já programei o despertador — digo, depressa, por total falta de assunto. Meu cérebro sofreu um blecaute. — Se quiser, pode apagar a luz. Conheço isto aqui de olhos fechados.

— Não consigo dormir no escuro — confessa, sem graça, e morde o lábio inferior.

Porra! Assim fica difícil me controlar.

— Pode deixar o abajur aceso — sugiro.

— Não vai incomodá-lo?

— Claro que não — digo com a cara mais lavada do mundo, mas estou ficando realmente preocupado.

Com a luz acesa, sei que serei atiçado pela curiosidade. Novamente agradeço aos céus por ela estar usando essas roupas largas.

Ela sorri, e eu me afasto, caminhando como um foguete em direção ao banheiro. O banho dura uma eternidade. É provável que acorde com uma baita gripe, mas tive que ficar muito tempo debaixo da água fria para acalmar minha libido. A essa altura, Rebeca já deve estar dormindo. A ideia abranda meus nervos. Coloco minha calça de moletom e uma camisa de malha. Saio do banheiro e, de relance, vejo que ela está imóvel sob o lençol. *Ótimo!* Deito-me sobre os edredons, mas não consigo pregar os olhos. Viro-me de um lado para o outro e, após intermináveis minutos, percebo que estou suando muito. Escuto alguns ruídos. De onde estou não consigo vê-la, mas, pelo rangido intermitente do estrado da cama, sei que Rebeca também está tendo um sono agitado. O calor está insuportável! Desligo o aquecedor e decido lavar o rosto. Levanto com cuidado e, sem fazer barulho, arranco a camisa e vou até o banheiro.

— T-tudo bem? — Ao retornar ao quarto levo um baita susto ao vê-la sentada na cama, os olhos arregalados como quem acaba de ver uma assombração. — Te acordei?

— Karl, a gente precisa conversar. — Sua voz vacila.

— O aquecedor... hã... está com defeito, e eu estava derretend... — Cambaleio ao ver que ela também arrancou a parte de cima do pijama. Está usando apenas uma camiseta branca justa e a malha relativamente fina quase me nocauteia. *Ah, não! Rebeca está sem sutiã!*

— Eu sei — interrompe ela. — Karl, precisamos saber mais coisas íntimas um do outro. Por pouco Roberto não descobriu nossa farsa.

Esfrego o rosto com as mãos. Ela tem razão.

— Tipo o quê?

— Há quanto tempo estamos namorando? Qual a sua cor predileta? Já teve algum animal de estimação? Que tipo de doce gosta ou odeia? — Rebeca vai perdendo o entusiasmo e hesita antes de perguntar o que parece incomodá-la para valer. — O que significa este dragão nas suas costas?

— Ah! É por isso que está com essa cara... — murmuro, sarcástico, ciente do poder intimidador da minha tatuagem.

— Por que "A Fera"?

— Um apelido do passado, nada de mais — explico, na defensiva.

— Por quê?

— Por que sim, Rebeca! — A insistência dela me deixa irritado, não estou a fim de falar sobre o passado, sobre o acidente, de lembrar que tenho as horas contadas e uma vida pela metade, um aleijão. — Desculpa, eu... — Aperto a ponte do nariz e respiro fundo. — Esta tatuagem pertence a uma época que quero esquecer. Graças a Deus fica nas minhas costas porque assim não preciso olhar para ela, senão já a teria arrancado de alguma forma — confesso. — Por favor, não fica chateada, mas não insiste no assunto.

— Entendo — balbucia ela.

— Para constar, estamos namorando há seis meses. Vermelho é a minha cor predileta. Na infância tive um buldogue francês chamado *Almôndega*, sou louco por ambrosia, odeio cebola e musse de maracujá.

— Nunca tive nenhum animal de estimação — comenta ela, pesarosa. — Adoro azul e amo chocolate com todas as minhas forças.

— Então precisa experimentar o cupcake de chocolate com morango da cafeteria. É um espetáculo. — É tudo que consigo dizer.

As palavras dançam na minha boca, mas simplesmente não conseguem se materializar. Começo a odiar o silêncio. Não consigo entender o que se passa dentro de mim, mas há uma necessidade urgente de ouvir a voz de Rebeca, passar a noite toda conversando com ela.

— Karl, muito obrigada pelo que fez por mim. Naquela noite...

— Não fiz nada de mais.

— Você arriscou a vida por minha causa. Só isso. Podia ter ficado seriamente ferido.

— Sei me defender.

— Vi que sim. — Sua declaração me pega desprevenido. — Você luta assustadoramente bem.

Sinto meu ego inflar. Sorrio, e ela sorri de volta. Há uma energia palpável no ambiente, como se ondas eletromagnéticas tentassem nos aproximar. Encaro seu rosto perfeito, mas meus olhos têm vontade própria e correm para sua camiseta justa.

Ah, não! Preciso tomar outro banho gelado.

— Por que me ajudou? — Seus olhos estão alertas e brilham dentro da penumbra.

— Por que cedeu às chantagens deles, Rebeca?

— Perguntei primeiro.

— Porque os caras eram uns covardes e, se a polícia achou que você merece uma segunda chance, quem sou eu para julgar.

— S-sobre o que está falando? — Ela engole em seco e perde a cor.

— Do golpe que você e sua mãe deram. Já sei de tudo. O canalha do Davi... Bom, ele acabou confessando.

— E-eu não cedi. Eu ia, mas... não consegui. — A voz dela falha.

— Então por que deu atenção às ameaças deles?

— Porque tive medo de que elas chegassem aos ouvidos do Jean Pierre! — guincha, nervosa, parecendo ocultar algo importante.

— E quem é Jean Pierre? — Fico intrigado comigo mesmo.

Nunca fui um sujeito curioso e, no entanto, quero saber mais sobre ela, sobre tudo que se refere a ela.

Rebeca abre um sorriso sombrio e passa as mãos pelos cabelos. Está tensa.

— Jean Pierre é o agiota que assombra minha vida.

— Agiota?

— Sim. E tem uma rede de negócios ilícitos também — confessa, sem me encarar.

— Jesus!

— Não acredito em divindades. — Ela abre um sorriso irônico.

— Pois deveria. — Também sorrio. Percebo que fico entre o aborrecido e o preocupado. E por causa dela. — Está devendo muita grana para esse tal Jean Pierre?

— Minha mãe estava. Como ela está presa, sua dívida foi transferida para mim.

— Quanto?

— Duzentos mil reais.

— Puta merda! — Não consigo me segurar.

— Quer que eu vá embora pela manhã? — Rebeca afunda o rosto nas mãos trêmulas. — Sou um perigo ambulante, e sua família parece boa demais para ter alguém como eu por perto.

Elimino a distância entre nós, me ajoelho ao seu lado na cama e delicadamente levanto seu rosto.

— Você é minha convidada e não é pior do que ninguém aqui. — Olho dentro dos seus olhos. Um mínimo contato. O suficiente para fazer minhas células vibrarem. A sensação é arrasadora e não me recordo de ter sentido isso antes na vida. — Além do mais, nunca mais os babacas se atreverão a mexer com você.

— Não tenho tanta certeza...

Pisco, vitorioso, e ela arqueia uma das sobrancelhas.

— O-o que você fez? — O verde em seus olhos torna a cintilar e um sorriso hesitante surge em seu rosto. Refreio a vontade irresistível de beijá-la.

— Eu conto se ganharmos a gincana — afirmo com a expressão triunfante. O sorriso de Rebeca cresce de orelha a orelha. Queria tirar uma foto dela neste instante. *Está tão linda...* — Mas eu garanto, pode dormir em paz.

— Karl! — brada ela, felicíssima.

— Ei! — exclamo quando ela pula em mim, me abraçando com vontade. Seu rosto afunda no meu peito e faz meu coração ir à estratosfera e voltar. Estou com um tesão enlouquecedor e preciso afastá-la o mais rápido possível antes que eu faça alguma loucura. — Tudo bem, tudo bem — digo e, fazendo uma força sobre-humana, me desvencilho do seu corpo entorpecente.

— Obrigada. — Ela dá um passo para trás.

Procuro oxigênio no ar rarefeito. Se ela fizesse a menor insinuação de que deseja algo a mais, eu teria mandado minha compostura para o espaço. Se eu percebesse uma mínima hesitação em seu rosto, não levaria dois segundos para arrancar sua roupa, afundar minha boca em seus lábios e cobrir seu corpo com o meu. Rebeca dá outro passo para trás. Não preciso de um espelho para saber que a minha fisionomia vidrada deve estar assustando. Vou correr dez quilômetros só de calção assim que ela fechar os olhos.

— Acho melhor dormirmos, senão perderemos feio amanhã. — Ela arranha a voz.

Assinto com um discreto movimento de cabeça. Mal consigo falar. Rebeca se ajeita na cama e se cobre com o lençol. Sei que é apenas para se livrar do meu olhar faminto. Deito sobre os edredons, fecho os olhos, mas não consigo dormir. Estou em brasas.

— Karl? — sussurra ela, após alguns minutos e me deixa em estado de alerta.

— O que foi? — Sinto a expectativa me corroer por dentro.

— A tatuagem... — balbucia e, antes que eu diga qualquer coisa, Rebeca me surpreende: — É assustadoramente linda.

23

REBECA

Cri. Cri. Cri.

Mas não são barulhinhos de grilos ecoando na madrugada. É o despertador. Rolo na cama, desligo-o e vasculho o quarto. Os edredons de Karl desapareceram do chão, o banheiro está silencioso e não há o menor sinal de sua presença. Feixes de luz dourados cintilantes invadem as venezianas e acariciam meu rosto. Abro a janela e sorrio satisfeita ao dar de cara com uma manhã ensolarada e de temperatura agradável. Escuto o burburinho no primeiro andar. Meu coração se agita. *Seria por causa dos pesadelos que me assombraram a noite inteira?* O alerta da cartomante, num misto incompreensível entre o etéreo e o perigoso, reverberando dentro da névoa em que minha mente se transformou: "O dragão sobre o cavalo vermelho."

O dragão tatuado nas costas de Karl...

Homens tatuam dragões e não há nada de mais nisso, tento me convencer a cada instante.

Mas ele não te julgou, rebate a voz desconhecida dentro de mim. Ela tem razão. A forma gentil como Karl me tratou, mesmo sabendo do meu terrível passado, me fez bem, eu me senti verdadeiramente aceita.

Uma Rebeca em paz.

O bilhete na pia do banheiro pede que eu coloque roupas confortáveis. Então escolho calça jeans, tênis e uma camiseta de malha. Faço um rabo de cavalo e passo um gloss para disfarçar a palidez. Estou pronta.

Abro a porta e me deparo com o corredor inundado por vozes e gargalhadas vindas da sala de estar no andar de baixo. Estou no segundo andar, reservado para os quartos, o escritório e a sala de televisão. Reparo com mais atenção no local, e a onda de bem-estar só cresce. O pé-direito é alto, e os móveis, antigos, rebuscados e imponentes, mas a austeridade passa longe e o que prevalece é a aura acolhedora que vibra através das paredes de madeira, dos tapetes felpudos e dos porta-retratos repletos de vida, lágrimas e histórias.

— Bom dia, cunhadinha! — Annie me cumprimenta com ânimo nas alturas assim que acabo de descer a escadaria. Os rostos de todos os presentes se viram em sincronia na minha direção. — Karl foi ordenhar a Mimosa. Deve estar chegando.

— Bom dia, querida. — A Dona Deise me abraça com vontade. O cumprimento é genuíno e caloroso e, para minha surpresa, não sinto a menor vontade de interrompê-lo. — O pão de queijo acabou de sair do forno. Vai beliscando. Coloquei um bolo de chocolate para assar neste instante e vou fazer um chocolate quente assim que Karl chegar. — E sussurra em meu ouvido, com uma piscadinha maternal: — Com bastante creme.

Sorrio, aturdida, em retribuição. *Karl tinha se lembrado.*

— Me deixa apresentar seus adversários, Rebeca. — Annie se adianta, toda saltitante.

Ela é divertidíssima e vai me entrosando sem a menor dificuldade. Seus parentes me abraçam, dizem palavras de boas-vindas, contam anedotas sobre Karl em sua infância etc. Vidrada, a Dona Deise sorri sem parar. Sua felicidade transborda e por pouco não me emociono. Não estou acostumada a demonstrações de carinho. Depois da morte de papai, mamãe nunca mais foi a mesma e, apesar de saber que ela me amava acima de tudo, sua forma de ser e de enxergar a vida ficou severamente comprometida.

— Deixa eu ver se gravou o nome de todo mundo — diz Annie, séria.

Prendo o riso. Já esqueci o nome de todos, com exceção do tio Belinho, um senhor bem idoso e com cara de tarado.

— Credo! Quer matar a Rebeca do coração? — Roberto a repreende ao entrar na sala acompanhado de outro grupo de pessoas. O casarão está mais que lotado.

— É brincadeira! — Annie solta uma risada travessa.

— Vai ter volta — retruco, e todos gargalham em uníssono.

Beto me apresenta a mais uma dúzia de pessoas. Entre elas se destacam os belos filhos do tio Leopoldo: Tiago, Eduardo, Isabela e Juninho.

— Tomara que as brincadeirinhas para a pirralhada sejam divertidas. Juninho ficou tão arrasado ano passado — Eduardo alfineta o irmão mais novo.

— Me aguarda. Vou te deixar comendo poeira ano que vem — ameaça Juninho.

— Só no ano que vem. — Eduardo soletra cada uma das palavras com lentidão e deboche.

— Mas o olho roxo eu vou dar agora mesmo, idiota!

— Meninos! — intervém o pai. Pelo que entendi, ele é viúvo há anos, e cria os filhos sozinho.

Trata-se de um senhor bem atraente, o que explica a beleza dos filhos. Tiago, da mesma faixa etária de Karl, não tira os olhos de mim desde que entrei na sala.

— Por que Karl está demorando tanto? — reclama Annie.

— Veja se seu irmão não precisa de ajuda, Annie — sugere a Dona Deise.

— Tá legal. Não comam todo o bolo de aipim com coco! Rebeca, vem comigo — diz e me puxa pelo braço. — A área de ordenha fica logo ali. Karl não é de demorar — explica Annie, conforme contornamos o casarão pelo lado esquerdo, no sentido contrário ao da horta.

A área é maior e mais bonita que a que conheci na véspera. Há uma pastagem adiante em meio às árvores baixas, com troncos retorcidos e cascas grossas. Assim que atravessamos um corredor de pequizeiros, damos de cara com um casal de meia-idade e uma garota. Ela tem os traços finos e mais ou menos a minha idade. Annie congela.

— Tio César, tia Mary Lou, Beatriz! Que bom que chegaram para o café da manhã!

Beatriz!

— Como está minha sobrinha predileta? — pergunta o simpático senhor enquanto a abraça com vontade.

Ele é calvo e tem um bigode muito bem-cuidado.

— Estou ótima! Como foram de viagem?

— Podia ter sido melhor — reclama a mulher, uma figura longilínea e de olhar entediado. — As estradas estão cada vez piores.

A garota me encara de cima a baixo. Tenho a impressão de que ela não foi com a minha cara. *Ou será que é você que está na defensiva, Rebeca?*

— Leopoldo já chegou, Annie? — O tio espia a entrada da casa.

De repente Annie fica visivelmente agitada e entendo o motivo: Karl aparece. Beatriz e seus pais ainda não notaram porque estão de costas para ele, que carrega uma barra nos ombros e, de cada um dos lados, dois baldes vão chacoalhando e derramando leite pelo caminho. A carga pesada o faz manter a cabeça abaixada e ele ainda não nos viu.

— S-sim e com a turma toda — diz Annie, acelerada e com a voz esganiçada. — Não querem entrar?

— Por que está tão agitada, Annie? — indaga Beatriz, desconfiada. Sua voz é tão angelical que me incomoda.

— Preciso pegar o leite e... — Annie leva as mãos à cintura e olha ao redor. — Onde está seu namorado, Beatriz? Ele não veio?

— Nós terminamos.

Annie perde a cor e segura meu braço. Beatriz estreita os olhos em minha direção.

— Não vai apresentar a amiga?

— Hã? — Annie troca o peso dos pés, desorientada. — Ah! É claro! E-ela é...

— Minha namorada. — A voz grave surge como mágica. Karl demonstra aparente calma, mas há um vulcão em erupção dentro dos seus olhos. Ele ainda gosta dela, e constatar isso me deixa nauseada. — Esta é Rebeca — diz ele, e, depois de colocar os baldes no chão, vem em minha direção. — Como têm passado, tios? Tudo bem, Beatriz?

O homem o puxa para um abraço. Beatriz sorri, e sua mãe revira os olhos.

— Para com essas formalidades, Karl! Você sabe que sempre foi o meu preferido, rapaz. Eu estava com esperanças... — Repuxa os lábios. — Mas agora já era, né?

— "Esperanças"? — Aturdido, Karl gira o rosto e Beatriz sustenta seu olhar. Annie solta um muxoxo. Karl dá um passo para trás e entrelaça os dedos nos meus, mas não se trata de uma demonstração de carinho. Ele tem medo de desabar e está apenas se amparando em mim. — Você e...

— Terminamos definitivamente. Faz dois meses. — Ela dá a bombástica notícia com sua voz melosa e enjoativa.

Que beleza! Mais fácil do que isso impossível!

— Eu não sabia. — As palavras saem capengando da boca de Karl, que está claramente nervoso. Sinto seus dedos afundarem em minha pele.

Fecho a cara. Conheço de longe um flerte e sei que a cretina está jogando com os sentimentos do pobre coitado. *Para com isso, Rebeca! Você não é nada dele. Ao contrário, é uma fraude. Além do mais, segunda-feira recomeçará uma vida nova, e Karl terá a chance de ser feliz com a garota dos seus sonhos!*

— Chegaram os que faltavam! Saulo! Mel! — Annie acena para o casal que se aproxima e nos resgata da situação constrangedora. — Vamos entrar e comer alguma coisa. Em duas horas a gincana vai começar.

24

KARL

— Esse ano será demais, pessoal — anuncia Beto no tablado improvisado no gramado entre o jardim e a horta. — Teremos doze duplas participantes!

— É um recorde! — acrescenta Annie e meu clã vibra. Somos mais de cinquenta pessoas. Sei que o sucesso deste encontro se deve ao estado avançado da doença da minha mãe. Uma carinhosa forma de dizer adeus à pessoa mais querida da família.

— Isso sem contar nas provas individuais e nas torcidas organizadas.

— E qual será o grande prêmio? — pergunta Danilo, o mais competitivo dos primos. Ele acaba de completar dezoito anos e posso jurar que vem treinando para a ocasião. Nilo adora ser o centro das atenções e, apesar dos prêmios nunca serem interessantes para os mais novos, o título de campeão da gincana confere um "status" considerável entre os meus. Na época em que namorava Beatriz, conseguimos um segundo lugar, mas, depois do acidente de moto, nunca mais quis participar.

— Além de levar esta belezura para casa — Beto levanta um troféu grande e dourado —, os grandes vencedores ganharão um jantar no *Maison du Loire*!

— *Maison du Loire?!?* É aquele restaurante grã-fino? Das celebridades? — indaga tio Leopoldo, surpreso.

— Esse mesmo, pai! — Tiago esfrega as mãos e mal consegue esconder o sorriso.

— O negócio está ficando alto nível, hein? Vamos treinar para chegar arrasando no ano que vem, Margareth! — berra em tom brincalhão tio Jaime para a esposa.

Seus três filhos caem na risada e são acompanhados pela galera. Por causa de um problema ósseo, tio Jaime usa muletas desde a infância.

Beto diz os nomes das duplas participantes em voz alta. Começa por Marcos e Júlia, meus primos de Juiz de Fora, os grandes vencedores do ano passado. Eles são irmãos atletas e, se não estivessem sempre discutindo, seriam invencíveis. Pelo visto não ficaram muito satisfeitos com o jantar no restaurante requintado e na certa isso será motivo de outra briga entre os dois. Beto arranha a garganta e diz que vai anunciar os nomes das demais duplas. O pessoal leva a gincana a sério e há uma expectativa palpável no silêncio.

— Saulo e Mel — começa ele, e a resposta são gritinhos animados.

As torcidas estão se formando, e isso faz o ambiente ficar vibrante e divertido. Mas não estou na mesma onda. Perdi a fome e a vontade de participar. Estou me sentindo no olho do furacão, perdido, completamente desorientado. Saber que o namoro de Beatriz terminou, que ela está livre novamente... para mim. Há dois anos é tudo o que desejo ouvir na vida. *Então por que estou tão estranho assim?* Uma parte dentro de mim ficou satisfeita em saber, mas não é a principal. Não me sinto feliz. Pelo contrário. Experimento uma angústia profunda, um vazio inexplicável. Eu me sinto oco.

— Roberto e Annie.

Mamãe, Ed e Madalena vibram, mas não me mexo. Quero sumir daqui. Dar um beijo e um abraço demorado na minha velha e simplesmente evaporar. Foi um grande erro ter vindo. Uma estupidez.

— Tiago e Carla — continua Beto. — Temos os novatos Danilo e Isabela, Eduardo e Liz.

— Os novatos vão surpreender — avisa Danilo, presunçoso, e os presentes respondem com gargalhadas e comentários implicantes.

— Vinny e Raquel, Dario e tia Vanda, tio Milton e tia Angélica, Sérgio e Janice.

— Nós da velha guarda vamos mostrar com quantos paus se faz uma canoa, bando de bebês chorões! — interrompe tio Milton com o peito estufado e a torcida mais velha vai ao delírio.

— Victor e Beatriz — prossegue Beto.

Beatriz se vira para mim e alarga o sorriso. Estremeço. Rebeca se empertiga na cadeira ao lado. A tensão no ar é tão óbvia que poderia ser cortada com uma faca. A família inteira ficou sabendo do ocorrido. A maioria não se pronunciou, mas soube que alguns a criticaram e outros tiveram pena de mim.

— E, por fim, queremos saudar a nossa adorável nova competidora que fará dupla com o Karl. Seja bem-vinda à família, Rebeca!

Rebeca agradece com um sorriso de pedra. Tenho raiva de mim por tê-la metido em uma furada como essa. Beatriz nos observa com interesse, e não sei como me portar.

— Karl, você não precisa participar se não quiser, filho. — A frase de tia Margot me dá uma rasteira.

Se até ela que é desligadona percebeu meu desânimo...

— Tudo bem, cunhado? — Beto tem a sobrancelha arqueada e investigativa.

— Não estou me sentindo muito bem. — Mal termino de falar, e Annie já está ao meu lado, preocupadíssima.

— O que você está sentindo, irmão? — Seu sussurro ecoa em meu ouvido.

Ela é a única que sabe sobre o coágulo. Eu a fiz jurar, no entanto, que nunca contaria a ninguém, nem mesmo ao Beto.

— Nada de mais, estou enjoado e...

— Não participa da gincana. É melhor descansar. — Ela olha de soslaio para nossa mãe. — Karl não está legal. Não vai participar — anuncia em alto e bom som.

As pessoas soltam muxoxos.

— Deixa eu ver. — Como cursa medicina, é justamente Beatriz a pessoa que vem me socorrer.

Sem pestanejar, ela segura minhas mãos e checa meu pulso.

— Estou bem. Não precis... — respondo, desorientado, com a velocidade de tudo.

— Pega a minha maleta, Nilo! Está no carro — ordena ela, sem me dar atenção.

Danilo sai correndo como um relâmpago e retorna no instante seguinte. Uma multidão de olhos já se encontra ao meu redor. Apático, afundo na cadeira. Beatriz coloca o estetoscópio no ouvido e sinto um arrepio paralisante se espalhar por minha pele quando ela enfia a mão embaixo da minha camisa. Os demais não veem, mas posso sentir as pontas dos seus dedos (e não apenas o aparelho!) deslizando delicadamente pela musculatura do meu peitoral. Sinto um calafrio, e, receosos, meus olhos procuram os dela. Beatriz está estudando minha reação. Há um sorriso malicioso em seu rosto que não reconheço. Escuto alguém pigarrear. Olho para o lado, e Rebeca está me encarando de um jeito estranho. Suas bochechas estão coradas e se destacam na pele de porcelana. Ela soltou os cabelos, e seus olhos verdes estão escuros e hostis. *O que está havendo?*

— Rebeca pode ser minha dupla então — sugere Tiago de repente, me resgatando de meu estado catatônico.

— E eu? — reclama Carla, ofendida por ter sido descartada tão prontamente, mas as pessoas mal a escutam.

Tiago está sorrindo com cara de bobo para Rebeca, animado demais para o meu gosto. *Mas o quê...? Ele está interessado nela?* Constrangida, Rebeca agradece. Meus dedos se fecham e empurro Beatriz para o lado.

— Ela já tem parceiro — aviso, de maneira atabalhoada, e capto a pitada de fúria em minha voz.

O que está havendo comigo?

Ouço risadinhas. Beatriz está com a testa franzida e um sorriso que não reflete em seu olhar. Rebeca olha para Beatriz de soslaio, uma expressão marota estampada no rosto, e pisca para mim. Encará-la instantaneamente melhora meu estado. Uma sensação deliciosa se expande em meu peito. Volto a sorrir.

— Foi mal, cara. — Tiago dá um passo para trás. — É a primeira vez dela aqui e...

— Rebeca é minha namorada e vai participar. Comigo — anuncio, mas agora com o humor restaurado. — Annie é exagerada. Estou fraco porque ainda não comi — concluo, puxando Rebeca e a envolvendo em um abraço apertado.

Ela tem um cheiro tão bom que consigo imaginar um monte de sacanagens em uma fração de segundo. Deve existir um ímã feito de alguma substância viciante entranhado em sua pele porque estou sendo sugado e não tenho a menor vontade de resistir. Se pudesse, ficaria agarrado a ela para sempre. *Para sempre?* O pensamento me gera nova angústia. Somos uma farsa. À meia--noite minha carruagem se transformará em abóbora. Vivo uma mentira e não posso deixar me levar por ela. Afasto-me.

— A sorte está lançada, pessoal! — Beto solta de forma teatral, chamando a atenção de todos. — E que vença o melhor!

25

REBECA

— Droga, Karl! Para a direita! Não! Menos! Mais para cá!

Brigo, xingo e me descabelo nesse jogo de futebol para loucos, onde, na dupla, apenas os homens podem chutar a bola. Acontece que todos eles estão com os olhos vendados e nós, mulheres, é que devemos guiá-los. Em outras palavras: somos os olhos deles!

São tantas trapalhadas, tantos erros estapafúrdicos, que, se eu estivesse na torcida, com certeza estaria me contorcendo de rir. Mas não é o caso. Karl estraçalha meus nervos e estou a ponto de explodir. Parece que ele só quer se divertir, e não faz a menor questão de ganhar. Está difícil domar meu espírito competitivo e, para piorar a situação, fiquei ofendida com a atitude pedante da sua insuportável *ex*. Beatriz escancaradamente me lança olhares desafiadores e dá tudo de si, sempre apoiada pelo Victor, seu fiel escudeiro. Além disso, a cretina arruma um jeitinho de, a todo instante, "esbarrar acidentalmente" em Karl.

— Calma, Rebeca! Você está me deixando tonto — retruca Karl, brincalhão e, apesar dos meus gritos alertando (*Ladrão! Ladrão!*), ele não controla a bola e deixa que o Victor a roube com a maior facilidade. Beatriz berra feito uma louca no ouvido do parceiro que, ao contrário do meu, é obediente e faz o gol de empate.

— Droga! — praguejo, nervosa. — Olha só o que você fez, seu estúpido!

— Epa! Isso é apenas um jogo! — defende-se Karl.

Ele acha que fala comigo cara a cara, mas a venda o faz encarar o espaço à minha direita.

Tio Leopoldo é o juiz e, em meio a gargalhadas, leva a bola de volta ao meio do campo para reiniciar a partida. A torcida vibra. Ouço vários xingamentos, o de Danilo o mais alto de todos. Outros casais discutem também.

— Merda! Se não queria ganhar, por que aceitou jogar?

— Para de xingar, Rebeca. — Karl é mais firme, porém sem perder a calma. — Eu jogo porque gosto da diversão, não só de competir.

— Isso é discurso de perdedor! — Bufo irada com seu descaso. — Quando entro em um jogo é para ganhar.

— Você quer ganhar? É tão importante assim? — A voz de Karl fica grave. Sua expressão subitamente séria me faz vacilar. — Então para de surtar e fale apenas o necessário. Diga quantos passos para cada direção e o resto deixa comigo.

— Mas faltam menos de três minutos!

— Tempo suficiente para mudar uma vida, garota. — Sua voz glacial me faz arrepiar.

Faço o que Karl orientou. Concentrado, ele me impressiona com a absurda precisão de seus passos. O cara é habilidoso e arranca aplausos da plateia. Estou de queixo caído quando, pouco tempo depois, ele já fez dois gols e saímos vitoriosos do jogo, ovacionados de pé pela galera.

— Hora da comida, pessoal! — comunica Beto.

O grupo se divide. Uns ficam no maior bate-papo, outros descansam no gramado, Danilo está a um passo de esganar Isabela. A temperatura subiu consideravelmente. Vermelho e suado, Karl arranca a camisa e a venda dos olhos. Observo-o com atenção. Outros olhos fazem o mesmo: Beatriz parece hipnotizada pelo corpo sem retoques de Karl. Não gosto nada disso.

— Ei! Desculpa. — Seguro seu braço assim que o vejo se afastar. Karl assente discretamente. — Não quis te ofender, eu...

— Shhh! Está tudo certo — responde, taciturno, e se solta da minha pegada. — Quero ficar sozinho. Vai almoçar. Dona Deise preparou um banquete de arrasar.

— E você?

— Estou sem fome.

Karl caminha de cabeça baixa para uma área que ainda não conheço, além das pastagens. Sinto um mal-estar estranho, como se várias mãos estivessem me sufocando. Por cima dos ombros vejo que Beatriz continua nos observando e, pela primeira vez na vida, tenho vergonha do meu passado, da vida que levo, de ser como sou, de tantas coisas que não consigo explicar e que resolvem encher meus olhos de água. Não vou chorar. Não sou disso. Invento a desculpa de que preciso sair um pouco para descansar, me desvencilho com dificuldade de Annie e da Dona Deise, que querem me encher de guloseimas e atenção, e vou para o meu quarto.

— Finalmente! — guincha Suzy do outro lado da linha. — Pensei que tivesse sido abduzida, raios! Sabe quantas vezes tentei falar com você?

— Su, eu... — O som trava em minha garganta.

Ela percebe.

— O que houve, Beca? Você foi maltratada?

— N-não é nada disso. Pelo contrário. — Reencontro minha voz a tempo. Devo estar apenas emotiva. Não posso preocupá-la com bobagens. — Eu estava com saudades.

— Eu também — murmura ela e, após um breve momento, torna a perguntar: — É só isso mesmo? Tem certeza?

— O Karl tem uma tatuagem de dragão nas costas — confesso. A demora em sua resposta me faz tremer. — Suzy?

— Muitas pessoas têm tatuagens, Rebeca. — A resposta é totalmente despida de emoção. — Por acaso ele tem uma de dragão.

— Eu sei. É que é muita coincidência, não acha?

— Não. — Sua resposta monossilábica me deixa ainda mais agoniada. Ela vai direto ao ponto: — E aí? Tudo saindo conforme o plano? Ele e você...? Vocês já...?

— São todos tão gentis comigo e...

— Não muda de assunto. O Garoto Cupcake já te apresentou como namorada para a família?

— Sim.

— E...?

— Ainda não deu tempo!

— Como não? Estão juntos há mais de vinte e quatro horas e sei que você precisa de poucos minutos quando resolve liberar a piriquita.

— Suzy!

— Estou dizendo alguma mentira por acaso? Quando quer algum rapaz, você não perde tempo! Por que seria diferente com o garoto da cafeteria?

— Karl! O nome dele é Karl!

— Que seja! Por que seria diferente com o *Karl*? O que é que tá rolando?

— Nada.

— Desembucha antes que eu apareça aí e a arraste pelos cabelos.

— Eu posso estar me precipitando.

— Em relação a quê?

— Ao Eric — suspiro. — Será que é ele mesmo?

— Você ainda tem dúvidas em relação ao Eric?!? — Suzy perde a calma.

— É que...

— Que droga, Rebeca! — grita, feroz. — A cartomante nunca errou e lhe deu de bandeja a certeza de um grande amor!

— Eu sei, mas...

— Mas o quê, meu Deus? Madame Nadeje lhe deu todas as pistas! E Eric se encaixa perfeitamente em *todas*! Além do mais ele é lindo, rico, gentil e está de quatro por você! O que mais você quer?

Fecho os olhos com força. Suzy tem razão: Eric é o escolhido. Madame Nadeje nunca errou. Não sei por que estou me sabotando. Medo. Só pode ser isso. Sou muito nova e nunca imaginei que ficaria tão cedo ligada a uma pessoa para o resto da vida.

— Deve ser estresse — balbucio, e ouço um arfar alto do outro lado da linha.

— Tomara que sim. — Ela coloca um ponto final na conversa. — Me faça um favor: siga o plano. Transa logo com o Karl e acaba com esse martírio, ok?

— Ok. — Quase não escuto minha própria voz.

— Beca?

— Sim?

— Vai passar, amiga. Você está assim porque é o décimo segundo, o último antes do definitivo. Assusta mesmo. Posso imaginar como meus nervos estariam se eu estivesse no seu lugar — confessa ela, com candura. — Você está fugindo dessa transa porque sabe o peso que ela terá na sua vida. Não tem nada a ver com o Karl, você vai ver. Seria assim com qualquer outro, desde que fosse o infeliz do décimo segundo.

As palavras de Suzy são libertadoras. Sorrio aliviada.

— Você tem razão. Não vai passar desta noite — afirmo e escuto sua risadinha abafada.

26

KARL

—Vocês têm que achar seus dois pinhões dourados. Eles estarão dentro dos limites do mapa que foi fornecido a cada uma das duplas. Cada casal tem o seu nome gravado neles. Se por acaso encontrarem o pinhão relativo à outra dupla, não podem pegar, mas podem escondê-lo em outro lugar — anuncia tio Leopoldo com a voz empostada como a de um locutor de rádio.

Rebeca está ao meu lado e, me pegando de surpresa, segura minha mão com vontade. Passei as duas últimas horas refletindo e me acalmando. Ela não tem culpa do meu passado desastroso, da minha vida interrompida. Não imagina o fantasma que me assombra há dois anos. Miro seus olhos encharcados do brilho da vida, e ela sorri para mim, encostando seu braço no meu.

— Teremos juízes estrategicamente situados pelo terreno. Eles não vão desaparecer porque foram fazer uma boquinha, não é mesmo, Galvão? — comenta tio Leopoldo, e a galera desata a rir.

— Ano passado essa prova demorou uma eternidade. Tive que fazer um lanchinho para aguentar, ora bolas! — Os olhos culpados do tio Galvão se arregalam.

— Conta outra, tio! O senhor faz "lanchinhos" a cada quinze minutos — dispara Annie, nunca perdendo a chance de implicar com alguém. A expressão ultrajada do tio Galvão chega a ser cômica.

— Preparem seus fôlegos porque a prova não tem prazo para terminar. Só acaba após a dupla descobrir seus dois pinhões — conclui tio Leopoldo.

— Este jogo parece mais difícil — murmura Rebeca.

— Prefiro assim. — Dou uma piscadinha.

Tio Leopoldo toca o apito e, sob os gritos da torcida, as doze duplas saem correndo pelo vasto terreno que circunda o casarão. Rebeca está cheia de energia, mas há uma aura diferente em seu semblante. Sua expressão agitada e hostil de logo cedo desapareceu, e ela parece descontraída. É bom vê-la assim.

— Vem — comando, e ela acompanha meus passos. — Eles adoram esconder coisas próximas ao riacho.

— Tem um riacho por aqui? — Sua face se ilumina, lhe dando um ar adolescente.

— Fica ali, depois do cupinzeiro. — Puxo-a pela mão e subimos a pequena colina juntos.

— Não é perigoso manter esse cupinzeiro por aqui? — pergunta ela com a cara preocupada assim que passamos por ele.

— O que seria das nossas galinhas-d'angola sem o seu McDonald's? — brinco, e ela arregala os olhos.

— Eca! Elas comem cupins?

Acho graça, assinto com uma piscadela e acelero. Com exceção de Saulo e Mel, que também correm em direção ao pequeno córrego, não vejo sinal dos outros casais.

— Que lindo! — Sua careta desaparece ao avistar as águas cristalinas batendo nas rochas e deixando pequeninos cachos de espuma pelas margens.

— Eu sei. Rápido! Olhe entre as pedras da beirada. Vou checar na vegetação rasteira. — Começo a cavar o terreno e, quando viro em sua direção, paraliso de tão embasbacado. Rebeca parece uma miragem divina com os pesados cabelos negros dançando delicadamente de um lado para o outro sob os carinhos do vento. Ela está sentada na margem do riacho, a face serena enquanto contempla a paisagem, como se estivesse meditando. Aproximo-me lentamente. — Tudo bem? — pergunto, receoso. Sua postura em nada se parece com a competitiva da parte da manhã. — Pensei que quisesse vencer.

— Mudei de ideia. Você tinha razão. — Dá de ombros. — O lugar é bonito demais para não admirar. Você se importaria se... hã... abandonássemos essa prova?

Sem saber o que dizer, apenas faço que não com a cabeça. Mel passa como uma flecha por nós, e em seguida escuto um comentário de Saulo, mas estou tão atordoado que não imagino do que se trata.

— Vem comigo. Quero que conheça as belezas daqui. — Estendo-lhe a mão. — O dia está perfeito.

Ela arregala os olhos, surpresa, e me dá a mão. Sinto um misto de sensações desencontradas. Um calor absurdo esquenta meu peito ao mesmo tempo que um arrepio fino percorre meus braços e pernas. *Cacete! O que ela está fazendo comigo?*

— O que tem lá? — indaga Rebeca, eufórica, assim que passamos pela clareira e avançamos pela trilha que atravessa o pequeno bosque e conduz ao extremo norte da propriedade.

— Os cânions.

— Cânions?!? — Ela vibra. — Não sabia que existiam cânions nessa região! Dá para ver lá de cima?

Fico sem reação quando ela mira o rochedo em forma de dedo apontando para o precipício no topo da colina, meu recanto sagrado. Minha intenção era mostrar a parte selvagem e ainda intocada do riacho que ela tanto gostou, a vegetação e as flores exuberantes que brotam na sua margem, além dos simpáticos filhotinhos de bem-te-vi que nasceram há poucos dias.

— Sim — balbucio.

Merda! Não foi uma boa ideia ficar sozinho aqui com ela.

— Você já subiu?

Um ar travesso surge em sua face e me deixa mais eufórico do que deveria. *PERIGO!* Uma luz vermelha pisca em minha mente.

— É meu santuário particular — confesso, e ela sorri ainda mais. *Como pode ser tão bonita?* — Mas é perigoso para quem não tem prática ou tem vertigens — alerto, em tom amedrontador. A sensata voz da razão adverte para voltarmos.

— Você me ajuda a subir?

Jesus! Eu jamais esperaria por isso!

— Tem certeza? O lugar é...

— Tenho! — interrompe ela, colocando seus dedos delicados sobre os meus lábios. Perco o ar. — Deve ser a coisa mais incrível de se ver e não posso deixar passar! Se é seu santuário, tenho certeza de que você não vai deixar nada ruim acontecer comigo — diz com os olhos brilhando e me desmonta.

Estou de quatro.

— Não tem medo de altura?

— Nadinha.

— Tudo bem. São apenas três metros de altura. — Seguro sua mão com força e sinto meu corpo tremer em resposta. O beijo da boate ainda queima em minha boca. — Por aqui.

— Você já fez escavações... — balbucia ela quando alcançamos a base do rochedo.

— São de outra época. — Minha resposta sai com uma pitada de amargura.

— Para outra pessoa — murmura ela, e uma sombra surge sobre seu semblante.

Rebeca é observadora. De fato, os degraus esculpidos na rocha fizeram parte das diversas tentativas do passado, para convencer Beatriz a subir comigo. De repente, me sinto satisfeito por Beatriz ter recusado...

— Por que está sorrindo? — indaga ela de repente.

— Hã? Errr... Porque, como minha mãe sempre diz, Deus é perfeito mesmo quando é ardiloso.

— Não entendo. — Ela franze a testa.

— Não era para ter acontecido naquele momento, com a "outra" pessoa. — Fulguro seus olhos com intensidade. Suas bochechas coram instantaneamente. — Vou escalar com o auxílio desta corda, mas você terá que subir nas minhas costas.

— Mas é muito peso!

— Você é bem levinha.

— Como pode saber? — Ela estreita os olhos, confusa, mas então os arregala. — Ah! A noite do temporal lá no campus da faculdade...

E também após ela ter desabado como uma jaca madura na boate. Estaria ela tão bêbada a ponto de não se recordar que eu a carreguei até o banheiro? Ou do nosso beijo?

— Pode subir. Estou acostumado. — Se Rebeca não quer tocar no assunto, não serei eu a arruinar o momento tão agradável.

Ela respira fundo, se posiciona atrás de mim e dá um pulo, circundando minha cintura com as pernas. O difícil não é manter meu corpo equilibrado com o peso dela, mas sim ter a mente concentrada quando seus braços estão me envolvendo e seu rosto está grudado ao meu. Uma brisa fria nos atinge e, em vez de me acalmar, sinto meu corpo ferver em resposta. O aroma de Rebeca está me levando à loucura, e tenho a sensação de que ela está se agarrando mais do que deveria à medida que avanço na escalada.

Respira, Karl! São apenas mais quatro, três... Puta que pariu! Ela se esfregou em mim? Não delira, cara. A coitada deve estar apenas com medo, só isso.

— Conseguimos! — exclamo, agitado, assim que alcanço o topo.

Rebeca titubeia por um instante e então pula das minhas costas. *Ela está arfando também?*

— Uau! Os cânions são... simplesmente... deslumbrantes! Mas isso é...?

— O "Mar de Minas" — digo, depressa, ao ver seus olhos cintilarem.

Rebeca franze a testa, confusa, e se vira em minha direção.

— Óbvio que não é mar, mas parece, não? — Dou uma piscadinha. — É o lago de Furnas. Para ter uma ideia do quanto é grande, seu reservatório é quatro vezes maior do que a Baía de Guanabara.

— Sério? É lindíssimo! — Ela vibra. Parece verdadeiramente emocionada. — Eu amo o mar, adoro a sensação de estar perto dele. Esse foi um dos motivos por que não quis vir para Minas e, no entanto, isso aqui é tão... tão...

— Não disse que o cerrado ia te surpreender? — digo, entre o satisfeito e o convencido. — Se quiser, um dia te levo para conhecer a cachoeira da Lagoa Azul. Mergulhar nas águas transparentes do lago, entre os imponentes paredões de pedra dos cânions, é algo inesquecível, único.

— *Tudo* aqui é tão... *inesperado*! — Suas palavras parecem querer dizer mais. — É tão... cheio de vida.

— Mais ou menos. As *vidas* do passado pagaram um preço alto. Por detrás das belas fachadas há sempre um lado sombrio ocultado. — Suspiro e, mirando o horizonte, me acomodo em uma depressão do rochedo. — Lágrimas foram derramadas e muitas histórias apagadas para que essa maravilha surgisse.

Ela arregala os olhos e se senta ao meu lado.

— Desculpa. Não quis ser um desmancha-prazer.

— Eu quero saber. — Rebeca me encara e vejo emoção verdadeira em seus olhos. — Conta, por favor.

Respiro fundo.

— Graças a Deus Capitólio foi pouco afetada, mas uma cidade vizinha, São José da Barra, não teve a mesma sorte. Ela fica às margens do Rio Grande e boa parte de seu território foi inundado para a construção da hidrelétrica de Furnas. Fazendas, igrejas, escolas, tudo alagado. — Não consigo camuflar a angústia que exala por minhas palavras. — Essa visão arrebatadora à nossa frente é também um cemitério. A quarenta metros abaixo do nível do lago, está "enterrada" a história de uma cidade, de um povo. Quarenta e oito horas... — Estalo os dedos. — Apenas dois dias para que ela fosse apagada do mapa. — Viro para Rebeca, que me observa num silêncio contemplativo e perturbador. — Mas, dos espinhos, as rosas. — Sorrio e trato de melhorar o ânimo da conversa. — Temos energia elétrica para tocar nossas vidas e, ironicamente, hoje em dia é o turismo gerado com as águas desse lago deslumbrante que movimenta boa parte da economia regional e traça a história de uma nova geração. Meu velho, por exemplo, adorava pescar tilápias e tucunarés em suas águas cristalinas.

— Sente saudade dele? — Sua inesperada pergunta me faz afundar em lembranças.

— Muita. E você? Sente saudade do seu pai?

— Sinto, apesar de não me lembrar de muita coisa.

— Como ele morreu, Rebeca?

— Acho que lhe devo uma explicação, né?

— Você não me deve nada, mas eu adoraria saber um pouco mais da sua vida — respondo.

Miro seu rosto de traços irretocáveis e sei que estou na linha tênue entre o perigosamente atraído e o imprudentemente apaixonado.

— Com exceção de Suzy, nunca contei essa história para ninguém — confessa de cabeça baixa após um instante de reflexão. — Não é muito agradável.

— Não precisa contar então.

— Mas eu quero! — Ela segura minha mão. — Não sei por que, mas quero.

Vejo seus dedos tão delicados dentro da palma da minha mão e os envolvo com carinho. Faço com eles o que sei que não posso fazer com ela. Ela é a garota de um sujeito bacana. Mais do que isso, de um homem que não carrega uma sentença de morte e poderá lhe dar o que eu jamais lhe darei: uma vida inteira junto, um futuro. *Sou a cidade com as horas contadas, prestes a ser inundada.*

— Meu pai morreu de desgosto. — Sua voz sai arranhando.

Ela compreende minha incapacidade de formular perguntas e parece ficar até aliviada.

— Ele era um policial exemplar. Sério, bondoso, justo. Até os oito anos, eu tinha uma vida calma e feliz, igual a de qualquer criança com uma família amorosa e estruturada. — Seus ombros desabam e os dedos tremem. — Compreendo perfeitamente o que quis dizer sobre uma cidade ter sido destruída em apenas dois dias. Uma noite, Karl. Bastou uma noite para arruinar a vida de nós três e me meter no caos em que estou aprisionada até hoje.

Arrumo seus cabelos atrás da orelha, mas não digo nada. Estou perplexo com nossas semelhanças. Eu também era outra pessoa até aquela noite do acidente. Outro Karl...

Ela continua:

— Ao passarmos por uma área deserta perto da nossa casa, presenciamos uma discussão entre os motoristas de dois veículos que haviam acabado de colidir. Um deles tinha um carro bacana, de gente rica mesmo, o outro era bem humilde. Não tinha sido nada sério, mas os dois homens estavam fora de si. O motorista do carro de luxo deixou as agressões verbais de lado e partiu para cima do outro. Ele levou vantagem porque, além de mais novo, o sujeito sabia lutar. Papai estava à paisana e, ignorando os pedidos acalorados da mamãe, resolveu intervir. Tudo aconteceu tão depressa que tenho apenas flashes gravados em minha memória. Lembro que um garotinho, filho do motorista do carro mais simples, correu em defesa do pai que era castigado pelos golpes do garotão. O rapaz parecia estar drogado e começou a bater no menino também. O pai do garoto estava tão ferido que só sabia xingar, pois não tinha forças para se levantar e defender o próprio filho. Com seu distintivo em mãos, papai deu o comando para que o infeliz largasse a criança. O sujeito se afastou e correu para o próprio carro quando viu que papai era policial. Meu pai não foi atrás do covarde. Preferiu prestar socorro ao menininho que estava desacordado. De repente ouvi dois tiros. Mamãe começou a berrar descontroladamente e saiu correndo, me deixando sozinha no banco traseiro do nosso carro. Atordoada, vi o garotinho, que devia ter a idade próxima a minha, morto com uma bala no meio da testa e meu pai desacordado do outro lado, com a camisa branca completamente manchada de sangue. No instante seguinte, ouvi pneus cantando e o garotão se mandava dali como um foguete. Tornei a olhar para o local dos tiros e afundei no banco, em choque, quando entendi o que acabara de acontecer: de um lado o motorista do carro humilde chorava agarrado ao corpinho do filho, e, do outro, minha mãe berrava por socorro, sacudindo desesperadamente os braços. — Rebeca arfa alto. Estou apático, perplexo. — Finalmente uma ambulância apareceu, e papai foi levado às pressas para o hospital. A bala havia perfurado um dos pulmões e, apesar do ferimento ter sido grave, todos os médicos afirmavam que ele era forte e que sobreviveria. Até a bomba fatal cair sobre nossas cabeças. — A voz de Rebeca começa a falhar, e ela precisa respirar várias vezes para conseguir continuar. Instintivamente eu beijo sua mão e a puxo para perto. Ela continua, com um misto de emoção, ódio e frustração: — O terrível incidente foi manchete nos jornais. A questão é que, nas matérias, meu pai não saiu como a pessoa que tentou apaziguar a briga, mas sim como o criminoso da história. O pai do garotinho inventou uma versão completamente sem sentido na qual meu pai tinha sido o grande culpado de tudo. Contou que ele e meu pai partiram para a briga após uma discussão no trânsito. Afirmou que meu pai havia sacado a arma e que, num acesso de fúria, atirou no seu filho que surgira repentinamente entre os dois. Disse que tentou se defender, pulando sobre o meu pai e, após rolarem no chão, a arma disparou e acertou o peito dele em cheio.

— Mas a perícia mostraria a farsa! Ela evidenciaria que o tiro não foi à queima roupa.

— A perícia foi adulterada. — Sua voz ganha um tom estridente.

— Mas por que o homem ia acusar justamente a pessoa que o ajudou?

— Por medo! O verdadeiro assassino era o filho problemático de um político influente. Ao que tudo indica, ele conseguiu calar a boca do pai do garotinho com muita grana e, principalmente, através de ameaças. O homem humilde não arriscaria a vida dos outros filhos.

— Meu Deus! — balbucio, aturdido, e Rebeca abre um sorriso sombrio.

— O político figurão mexeu seus pauzinhos dentro da própria polícia também. Seu golpe de misericórdia foi quando comprou os peritos e fez com que eles afirmassem que a arma que matou a criança pertencia ao meu pai. Papai foi afastado de suas funções e acusado de assassinato. Mesmo sabendo que se tratava de uma grande armação, os amigos desapareceram da noite para o dia. Meu pai, um policial honesto, um dos mais dedicados do seu departamento, passou a ser tratado como um cachorro sarnento, um pária. Com exceção do Galib, nenhum colega foi visitá-lo no hospital e, em questão de dias, o quadro clínico dele piorou até que ele morresse. Papai ficou tão magoado, tão decepcionado, que desistiu da vida. Mesmo depois de morto, mamãe fez de tudo para conseguir entrar em contato com a mãe do garotinho, implorou para que contassem a verdade, que ao menos limpassem o nome do meu pai, mas nunca teve retorno. Perdemos a pensão e minha mãe não conseguia emprego em lugar nenhum por preconceito, por causa do passado.

Rebeca repuxa os lábios e me surpreende com outra notícia bombástica:

— Mamãe era uma ladra antes de conhecer meu pai, Karl. Veio fugida da Turquia para o Brasil quando ainda era jovem porque sabia falar o idioma. O pai dela era português e um gênio do crime. Ele se apaixonou por uma turca em meio às suas aventuras pelo mundo e os dois acabaram ficando juntos, mas foi por pouco tempo. Minha avó morreu logo após o nascimento de mamãe, e foi meu avô quem a criou. Mamãe costumava dizer que cresceu entre criminosos. Seu padrinho era o maior contrabandista de Istambul. — Rebeca ri da própria desgraça. — Vovô morreu em uma emboscada quando ela tinha quinze anos. Ele havia deixado mamãe bem de grana, mas, como se tratava de dinheiro ilícito, toda a fortuna foi administrada pelos "amigos" do crime. E não deu outra: quando ela foi atrás da sua herança, descobriu que havia sido enganada também.

— Mas que merda!

— Pois, é! Sem casa nem comida, mamãe resolveu fazer a única coisa que acreditava saber: furtar. A partir de então praticou uma série de golpes, mas algum inimigo do meu avô bateu com a língua nos dentes e ela foi descoberta. Para não ser presa e como dominava o português, mamãe fugiu da Turquia e veio para o Brasil. Começou a praticar pequenos golpes quando foi presa por papai e pagou sua pena através de serviços comunitários. Os dois acabaram se apaixonando, e papai a levou para o "lado bom" da força. — Rebeca abre um sorriso triste. — Até ela presenciar a filha de oito anos de idade ser convidada a se retirar do colégio, ver todos os "amigos" lhe virarem as costas e começar a passar fome. Foi o empurrão para voltar à antiga vida, mas aí as coisas já não eram mais as mesmas. O mundo do crime havia mudado muito nos doze anos em que ela ficou com meu pai. Ela acabou se endividando com as pessoas erradas, gente barra-pesada. O incidente do aeroporto... — Rebeca olha dentro dos meus olhos. — Se não tivesse ocorrido, hoje nós estaríamos definitivamente livres dessa gente. Mas deu tudo errado. Só não foi pior porque Galib, o único amigo de verdade do meu pai, aliviou as coisas para o nosso lado. Mamãe agora está presa e eu ganhei a liberdade desde que cooperasse, extraoficialmente, com a Polícia Federal em assuntos ligados a crimes cibernéticos.

— C-como é que é?!? — Minha voz falha e minha testa franze involuntariamente.

— Sou uma hacker — confessa ela de cabeça baixa. — Uma criminosa.

As palavras se dissolvem em minha boca. Demoro algum tempo até reencontrá-las.

— Não. — Levanto seu queixo com a ponta do meu indicador. Há fogo dentro de mim. Preciso apagá-lo a qualquer custo, mergulhar nas águas turbulentas de seus oceânicos olhos verdes. Nenhuma das assustadoras confissões foi capaz de atenuar as labaredas febris que me consomem. Acho-a perfeita dentro de suas imperfeições. — Você não teve opção quando criança, e o que vejo agora é apenas o produto de erros e fatalidades. Você não é uma criminosa. Você é uma sobrevivente.

— Mas eu...

— Shhh. Você apenas fez o que lhe ensinaram. E, para a polícia aceitar mantê-la nessas condições, deve ser excepcional no que faz.

Rebeca coloca sua mão trêmula sobre a minha. Sinto o fogo correndo de mim para ela, a energia poderosa nos envolvendo e aproximando. Olho para seus lábios perfeitos e perco o fôlego ao ver que ela também encara os meus. A atração é absurda. Tenho vontade de engoli-la, de agarrá-la com força descomunal e não soltá-la nunca mais. Novo alerta brame em minha cabeça: *Não seja estúpido, Karl! Rebeca não é para você.* Seus olhos me hipnotizam, ela sorri e se aproxima ainda mais. Diminuo a distância. Sua respiração quente se embrenha na minha e o ar congela ao meu redor. Todos os pelos do meu corpo eriçam e sei que não é de frio. *Dane-se! Eu não aguento mais!* Envolvo seu rosto com as minhas mãos e toco levemente meu nariz em suas bochechas. Ela não recua. Pelo contrário, seus olhos se fecham e ela inclina a cabeça, receptiva. Não consigo resistir e traço uma linha de beijos febris em seu pescoço, subo até suas bochechas, e meus lábios acariciam levemente os dela. Ela permanece de olhos fechados, mas sua respiração acelera. *Cacete, não vou me responsabilizar pelos meus atos. Para agora, Karl!*

Recuo, mas minhas mãos não conseguem soltar seu rosto perfeito. O conflito me consome e, quando dou por mim, estou tremendo. Rebeca reabre os olhos, e vejo um turbilhão de emoções rodopiando dentro deles. No instante seguinte, ela encara meus lábios e abre levemente a boca. *Puta merda! Ela tem dúvidas, mas acho que também me quer.* Elimino a distância.

— Karl! Rebeca! Finalmente achamos vocês! A segunda prova acabou. Saulo e Mel venceram — anuncia minha irmã enquanto se aproxima da base do rochedo. Ao seu lado Beto nada diz e apenas nos observa. — Que mau exemplo! Vocês ficaram namorando o tempo todo?

Rebeca arfa alto, os olhos arregalados, e se recompõe às pressas. Enquanto estou prestes a estrangular minha irmã, ela parece aliviada com a interrupção. Deve ter se lembrado do seu amado e perfeito Eric, compreendido a diferença abismal entre nós. O pensamento me faz fechar os punhos e tenho vontade de socar a minha própria cara. Na certa terei que cortar toras até o amanhecer para conseguir controlar meus nervos.

— Rebeca quis conhecer a paisagem... — Volto-me para a minha acompanhante que, por sua vez, foge do meu olhar.

— É verdade, mas quero voltar, já estava ficando com frio. — Rebeca ainda não tem coragem de me encarar, mas a expressão de arrependimento por estar aqui comigo está estampada em seu rosto. Trinco o maxilar. — Você me ajuda a descer, Karl?

— Costumo acabar o que começo — digo, num sussurro impregnado de sarcasmo e ira.

— Após o lanche será a última prova do dia! — Annie não repara em minha fisionomia hostil, mas ela não passa despercebida a Beto. Minha irmã agarra o braço de Rebeca assim que ela sai das minhas costas. — É a feminina individual e você deverá estar com as forças restauradas para lutar pelo seu amado, querida.

Rebeca pisca algumas vezes antes de me olhar pelo canto do olho.

— Lutar pelo amado — digo, em tom jocoso antes de soltar uma gargalhada irônica. — Não será preciso, não é mesmo, querida?

27

REBECA

Que estranha atração é essa que Karl gera em mim? Por que, apesar dos alertas que gritam em minha cabeça, tenho vontade de me aninhar em seu peitoral largo e deixar que ele me proteja de todos os meus fantasmas. Por que me sinto tão segura ao seu lado? Por que fiz a estupidez de contar a trágica história da minha vida para ele?

Minha cabeça gira.

Karl não dirigiu uma única palavra a mim durante o lanche da tarde. Ignorando-me com absurda discrição e polidez, fez questão de se manter afastado. Nas poucas vezes em que me aproximei, ele se desvencilhava com diplomacia, continuando sua animada conversa com algum tio ou primo. Tiago, por sua vez, me entupia de galanteios, aos quais, para minha decepção, Karl pouca importância dava. Beatriz era só sorrisos. *Teria percebido o distanciamento entre nós?* A cada instante a garota de nariz arrebitado sacava algum acontecimento da cartola mágica do passado e arrancava gargalhadas e aplausos da plateia, inclusive do Karl. Furtivamente os olhares dos dois se encontravam, me gerando um terrível mal-estar. *Droga! O que está havendo contigo, Rebeca?*

Resolvo acalmar a mente, ajudando a Dona Deise com a louça. Apesar de pouco à vontade com a minha intromissão e visivelmente preocupada com as delicadas travessas de porcelana, Madalena teve que aceitar minha ajuda ao perceber a satisfação da dona da casa. Observo com calma a ampla cozinha do casarão.

Assim como tudo por aqui, ela é clara e imponente, tem os azulejos brancos com discretos frisos azuis nas bordas, enquanto o piso e os móveis rústicos são feitos de madeira escura. O misto de fragrâncias que preenche o ambiente é de aguçar qualquer paladar. A mesa quadrada no centro, abarrotada de sobremesas para o jantar, se destaca com a tentadora variedade de cores e aromas. Impossível não ficar hipnotizada e não salivar com a torta de dois andares de coco com chocolate, com o pavê de morango, com as vasilhas abarrotadas de pé de moleque, com o cintilar dos doces em calda de mamão verde, de laranja-da-terra e de carambola nas diferentes compoteiras de vidro ou com o aroma arrebatador dos três tabuleiros fumegantes da última fornada de bolos.

Fico impressionada com a quantidade de comida que se faz e que se come. A multidão de pessoas em seu zunido contínuo, como abelhas num ininterrupto e encantador vaivém, enchendo de perfume e contagiando de alegria o oxigênio que respiro. A sensação me deixa arrepiada. Sinto-me parte de uma colmeia. Torno a observar a cena: os adultos rindo e ajudando como podem, as crianças, adolescentes e jovens brincando à vontade. Todos livres, felizes. A energia vibrante que pulsa no ar é indescritível, quase palpável. Reconheço-a imediatamente e um nó se forma em minha garganta. Experimento uma saudade terrível de algo que perdi ainda pequena: união, amor. Sou atingida por um vendaval de recordações, de uma época longínqua, de preguiçosas tardes de inverno, do aconchego dos braços fortes de papai, de uma Dona Isra sorridente, de assistirmos a filmes de comédia e de aventura até de madrugada, de gargalhadas abastecidas por bolos de chocolate, pipoca e refrigerante. Éramos felizes e nos bastávamos.

— Cunhadinha, só falta você! — Annie entra na cozinha com seu jeitão espalhafatoso e, de forma abrupta, me arranca das saudosas lembranças. — A mulherada já está lá fora!

— Vai, querida. Abusei o suficiente de você por hoje — arremata Dona Deise com candura. — Nós iremos em seguida.

— Adoro esta prova! — Annie solta gritinhos eufóricos enquanto me puxa porta afora.

— O que teremos que fazer? — pergunto ao visualizar a agitação no gramado.

O clã feminino está agrupado em rodinhas de acordo com a idade enquanto os homens se encontram em um barulhento bloco de algazarra e risadas. Uma brisa sutil, fria e expectadora, desliza por minha pele.

Nenhum sinal do Karl.

— Ganhar a corrida de obstáculos — responde Annie, sem olhar para mim.

Está concentrada no noivo que acaba de subir no palanque improvisado.

— Como sabem — começa Beto —, teremos quatro vencedoras nesta prova, uma para cada faixa etária estabelecida nos encontros anteriores.

— Essa regra é sem sentido! — Danilo coloca lenha na fogueira.

— E injusta! — Tia Margot aproveita a deixa. — Não tenho como concorrer com uma mulher de quarenta anos!

— Se dissesse a verdadeira idade teria mais chances, tia! Competiria com a mulherada da velha guarda — implica Eduardo, e a gargalhada masculina ecoa na paisagem cinematográfica. O sol cintilando sobre as copas dos ipês-roxos e o degradê tremeluzente de verdes do cerrado ao fundo parece uma tela a óleo com efeitos especiais.

— Ora, seu moleque! Seu pai precisa lhe ensinar bons modos e... — Os lábios da Tia Margot se retorcem em uma careta.

— Quietos! — Beto segura o riso. — Todas as concorrentes participarão em suas devidas faixas etárias. Tia Margot não teria coragem de mentir a idade, não é, tia?

Os olhares se voltam para a rechonchuda senhora.

— Ora...C-claro que não! — responde, ultrajada, mas suas bochechas estão vermelhas como um pimentão maduro.

— Ótimo! Como já sabem, cada uma das vitoriosas terá o direito de fazer o que foi determinado pelas vencedoras do ano anterior. Esse papel em minhas mãos — ele mostra um pequeno envelope branco — está lacrado desde o ano passado e tem a assinatura das quatro campeãs.

— Ano passado as vencedoras ganharam uma noitada em uma boate de strip-tease. E nenhum dos maridos ou namorados pode fazer nada. Demais, não? — Annie cochicha animadíssima.

— Para de enrolar e fala logo! — ordena uma voz que não sei de onde vem.

— Tá! Vamos lá! — Beto rasga o envelope e lê o conteúdo com um sorriso endiabrado. Depois vira para Annie e solta: — Desculpa, amor, mas não sei se vou torcer por você esse ano.

— Se não fizer isso, eu te mato. — Annie fecha a cara.

Todos riem.

— Fala logo! — grita tio Galvão, já perdendo a paciência.

— Baseado na determinação das vencedoras do ano passado — Beto encara Júlia com o olhar incriminador. Na certa ela foi uma dessas campeãs —, cada uma das vencedoras terá um escravo do gênero masculino entre os presentes e poderá fazer o que bem entender com ele durante a noite de hoje. — Ele pigarreia. — Desde que não passem dos limites de uma família decente, claro. Nada de exageros!

A mulherada vai à loucura. Diria que os senhores de mais idade estão até constrangidos. Alguns homens, em especial os rapazes, soltam risadas altas, animadíssimos com a ideia. Disfarço ao perceber que Tiago me encara com um sorriso sedutor nos lábios.

— Com ponderação, hein! — brinca tio César. — Tem senhores de respeito aqui no grupo.

— Quero deixar claro que eu não sou um deles — apimenta tio Jaime, e as mulheres se contorcem de tanto rir.

Tento achar graça da situação, mas uma sensação estranha me impede. A ideia de fazer Karl de escravo e conseguir a tão esperada transa é, para minha absoluta surpresa, severamente descartada muito antes de ser cogitada.

— Todas atrás da linha — comanda Beto. — Quando eu apitar, vocês terão que seguir o trajeto sinalizado no chão. Cada faixa etária deverá seguir o percurso da sua cor.

— O nosso é o amarelo — avisa Annie ao me observar estudando o chão. — Sinto muito, cunhadinha. Estou querendo fazer algumas coisas, e esta noite o Beto não me escapa. — Ri e pisca com malícia para mim.

— Meu preparo físico é uma vergonha. Tia Margot é capaz de chegar na minha frente — confesso.

— Cruzes! — Annie faz uma careta.

Beto apita.

A mulherada desata a correr, e eu sigo o fluxo sem ter noção de para onde estou indo, praticamente um boi perdido em uma manada ensandecida. A multidão se espalha à medida que avançamos na corrida. Os grupos começam a fazer percursos diferentes. Enquanto nosso trajeto colina acima é penoso, o das senhoras de mais idade chega a ser cômico de tão simples. Annie se distancia com facilidade. *Coitado do Beto!* Acho graça ao imaginar o que ela aprontará com ele, e dou de ombros com o fato de estar bem atrás no meu grupo. Quero apenas não ser a última a chegar e, para meu alívio, parece que será uma tarefa fácil. As mulheres que seguem as marcas amarelas estão tão despreparadas quanto eu. Após alguns minutos de prova, as fisgadas no abdome começam a incomodar. Paro para respirar e escuto um berro seguido de um monte de xingamentos. Reconheço a voz, torno a acelerar os passos e chego ao topo da pequena colina. *Ainda bem! A partir de agora é só declive e mais um pequeno trajeto de uns duzentos metros até chegar à linha de chegada.* Então vejo Annie caída, rolando de um lado para o outro.

— O que houve? Torceu o pé? — Abaixo-me para ajudá-la.

— Cãimbras! Na perna toda! Meeerda!

— Que droga! — solto, quase sem ar. Disfarço, mas a parada veio bem a calhar. — Apoie-se em mim.

— Ai. Ai. Aiiííí Não consigo! Que ódiooooooo! — Ela uiva.

— Calma. Vou alongar para você. Já vai passar. — Abaixo-me para ajudar e então vejo a figura de Beatriz em seu traje de corrida grã-fino e rosa-claro crescer em nosso campo de visão e passar por nós como um relâmpago. *A filha da mãe nem ao menos se importou em perguntar o que estava acontecendo?*

— O que você ainda está fazendo aqui, Rebeca? — brada Annie. Ela geme, faz caretas de dor e me empurra ao mesmo tempo. — Não deixe Beatriz ganhar, sua tonta! Aiii! Ela quer o Karl de volta, não enxerga?

Suas palavras chacoalham meu cérebro. Raiva e agonia se materializam dentro de mim.

— Meeerda! — É a minha vez de xingar e saio correndo feito uma louca.

Começo a me aproximar. A garota percebe e aperta o passo. Uma multidão se forma na reta de chegada, e as pessoas, entusiasmadas, gritam nossos nomes.

E eu vejo o Karl.

Uso todas as minhas forças e consigo emparelhar com Beatriz. Ela me olha de relance e capto fúria exalando de seu semblante. Cerro olhos e a torcida vai à loucura quando chegamos na reta final lado a lado. Ela tem dificuldades em absorver o ar. Sinto que tenho alguma chance, que posso ganhar. Cem metros da linha de chegada. Escuto os berros eufóricos cada vez mais altos. Todos estão ali e a multidão vibra como nunca. Meu corpo avança. Estou ligeiramente à frente agora. Cinquenta metros apenas. Vou ganhar. Olho para a frente e me deparo com o rosto de Karl. Sua testa franzida e sua expressão apreensiva me tocam como nunca e o acho simplesmente lindo. *Fala sério! Como posso ter esse tipo de pensamento em meio a uma corrida maluca?* Vinte e cinco metros. Uma fisgada lancinante faz meu ritmo diminuir bruscamente. Levo a mão ao abdome. Beatriz esbarra em mim (ou me empurra?), perco o equilíbrio e me espatifo no chão a poucos metros da linha de chegada. Escuto gritos, uns alegres, outros revoltados quando Beatriz é proclamada a vencedora da prova. Limpo meus joelhos, me levanto de cabeça erguida e termino o trajeto com um sorriso amistoso no rosto, o único que consigo sacar da minha cartola de disfarces.

E escondo a ardência nas palmas das mãos raladas, assim como a ira que brotou no caminho de terra que deixei para trás e germina em meu peito neste exato momento.

28

REBECA

Estou no chuveiro há mais de trinta minutos. A água morna sempre teve efeito relaxante sobre meu corpo. Tento racionalizar os fatos: tudo faz parte de uma mentira. Por sinal, uma farsa que veio bem a calhar. Exatamente o que eu precisava para finalizar de maneira satisfatória a sequência das desafortunadas previsões da Madame Nadeje. Meu cérebro está convicto, de braços dados a Suzy, de que todas as pistas deixadas pela cartomante confirmam que Eric é o número treze. Meu corpo, entretanto, se encontra arredio, irreconhecível, contrapondo-se a qualquer tipo de negociação.

E ele quer Karl.

A atração que sinto correr em minhas veias quando ele está por perto é diferente do que já senti por qualquer outro rapaz. Estaria me apaixonando por ele? *Não, Rebeca! É loucura!* Esfrego o rosto com força exagerada. Respiro fundo. Não estou raciocinando, e Suzy tem total razão! Estou surtando de medo, me agarrando desesperadamente à atração que Karl exerce sobre mim para negar a verdade mais do que cristalina: *o futuro me aterroriza!*

O conflito interno é uma forma de resistir, de negar as pistas da vidente. Não posso enfrentá-la. Sei disso melhor que ninguém. Já paguei caro todas as vezes que me fiz de surda e não posso arruinar a única previsão favorável.

Termino o banho, me enxugo e vou para o quarto. Um bip. Olho o celular. Há várias ligações perdidas do Eric e duas mensagens, ambas enviadas no início da tarde.

> Contando os minutos para te reencontrar.
> Eric.

A segunda mensagem é de Suzy.

> Rebecaaaaaa! Você me falou aquele dia, mas eu estava tão desligada que nem associei uma coisa à outra. Você sabia que Escarpas do Lago é um balneário luxuoso, só de mineiro rico, que fica em Capitólio? Tá ligada? O Eric está aí, na mesma cidade que você, sua tonta!!! Então... Pelo amor de Deus, não ousa sair de casa, ouviu? É arriscado demais!!!

Minha garganta fica seca. Puta merda! Eric está em Capitólio também! Quais as chances disso acontecer em meio às centenas de municípios dentro do estado Minas Gerais? Parece algum tipo de brincadeira sinistra.

Me arrepio inteira. *Mais uma da Madame Nadeje?*

Respiro fundo para me acalmar e escuto o pequeno alvoroço lá embaixo. A família resolveu montar a festa ao ar livre. Dispuseram várias mesas cobertas com toalhas brancas no gramado bem aparado. O encanto fica por conta dos vasos de cristal sobre elas. Com água pela metade, neles delicadas flores de pequizeiro flutuam e deslizam no ritmo da discreta brisa que sopra de vez em quando. As comidas são um espetáculo à parte, magnificamente arrumadas em três aparadores de vidro armados embaixo da ampla tenda de lona branca. O caramanchão feito de toras de carvalho foi preparado para se transformar na pista de dança. As risadas e a música animada aquecem o ar e deixam a atmosfera alegre e aconchegante. Tochas acesas criam espectros de luz dançantes pelos caminhos de pedra que levam até as mesinhas e terminam formando um círculo dourado ao redor do caramanchão. O entorno do epicentro da agitação é um mar de penumbra misteriosa, curiosamente agradável, impregnada com o coachar de sapos, o barulhinho de grilos e insetos e, esporadicamente, algum mugido distante. Analiso o antigo vestido vermelho pendurado em um cabide no armário. Annie fez questão que Madalena o repassasse para mim, e a Dona Deise me obrigou a usar um xale feito de lã prateada para combinar com os saltos altos na mesma cor e me proteger do vento gelado que, possivelmente, atacará com o avançar das horas. O frio que sinto, entretanto, está na minha consciência e não no meu corpo. Apesar de acostumada a dar golpes, a cada instante preciso me convencer de que tudo que faço é para o meu bem. Pouco adianta. Sinto-me péssima por mentir para pessoas tão acolhedoras e generosas. Fora a família de Suzy, nunca fui tão bem tratada na vida. Entre elas, sinto-me diferente. Karl me faz sentir diferente.

Mas Karl, com toda a razão, está aborrecido comigo.

Cumprimentou-me com frieza ao término da corrida, apenas para avisar que me daria privacidade e se arrumaria no quarto dos primos. Preciso trazê-lo de volta e continuar com o plano. Capricho na maquiagem, coloco o vestido e levo um susto quando me olho no espelho: ele está excessivamente justo! *Merda! Eu engordei ou ele encolheu após a lavanderia?* Sem opção, enrolo o xale sobre o avantajado decote na área dos seios. Na certa terei que passar toda a noite envolta nele.

Desço a escadaria com pisadas incertas e me deparo com a anfitriã sentada no sofá da sala. Ao perceber minha aproximação, ela se levanta e começa a separar uns copos na cristaleira. Sua tentativa de disfarce é tão inocente que chega a dar pena. Está na cara que ela estava apenas me aguardando. Ela se vira em minha direção e me recepciona um sorriso acolhedor que, no entanto, sei que é verdadeiro. Tremo.

— Você está linda, filha. Karl escolheu muito bem! — exclama Dona Deise.

— Karl é um rapaz de sorte — comenta tio Leopoldo com um semblante de aprovação estampado no rosto ao passar por nós e se dirigir para o gramado carregando duas latinhas de cerveja.

— Obrigada. — Minha voz sai fraca. — O xale ficou perfeito.

— Ele está lá fora. Acho que já bebeu bastante. — O sorriso desaparece do rosto bondoso e rugas de preocupação ganham destaque. Ela fica pensativa, mas não encontro a coragem ou o direito de perguntar. Sou uma fraude. — Ele não faz isso há muito tempo. Desde... — Um soluço escapole. — Peça-o para parar.

— Vou pedir.

— Beatriz agir assim... na gincana. Sinto muito, filha. Muito mesmo — murmura ela de cabeça baixa e solta um longo suspiro. — Vou acabar de preparar algumas coisas e te encontro lá fora. — Dona Deise se aproxima, dá um beijo demorado em minha testa e, antes de se afastar, diz olhando dentro dos meus olhos: — Mantenha a calma, Rebeca. O que quer que venha a acontecer nessa noite, não é verdadeiro. Eu sou mãe e o conheço melhor que ninguém. Karl está em conflito, mas ele gosta é de você. Eu sinto.

Após ela se retirar fico ali, catatônica e boquiaberta, durante um tempo que não sei precisar. Algo vai acontecer e tenho um forte palpite do que pode ser: Beatriz fará Karl de escravo e poderá conseguir coisas que tenho ódio só em imaginar. Karl vai fraquejar. Ele ainda gosta dela. Vi isso nas flamejantes labaredas dos seus olhos dourados. A mãe dele também pressente o perigo e está tentando proteger nossa relação. Rio da ridícula situação e tenho mais vergonha de ser eu a receber seu apoio. Apesar de Beatriz ser uma cretina, uma aprendiz de médica metida a superior, ela é autêntica. Eu sou a mentira.

Respiro fundo e saio pela porta da frente.

Com um sorriso hesitante no rosto, cumprimento as pessoas enquanto caminho em direção ao caramanchão. Impossível não perceber que estou chamando a atenção. São todos os tipos os olhares que me atingem, e me nego a tentar decifrar seus significados. Ainda que camuflado, o vestido atochado em minha silhueta me faz gemer de ódio. Mentalmente tenho vontade de me jogar de um penhasco por não tê-lo provado antes de vir para cá.

Karl está de costas, bebendo e conversando descontraidamente com Eduardo. *E está deslumbrante!* Seu traje fica ainda mais sexy devido ao porte empinado e o corpo torneado por músculos. A calça preta de tecido e a camisa social da mesma cor fazem um contraste discreto, porém elegante, com o cinto e os lustrosos sapatos marrom-escuros. Uma vontade estranha me arrebata. Quero desesperadamente seguir as linhas do seu contorno com os olhos e com as pontas dos meus dedos. Quero mapear os vales e montanhas de seu corpo. Os intrusos pensamentos me chocam. Minhas passadas ficam incertas e acho que vou cair de boca a qualquer instante. Eduardo arregala os olhos, sorri e o avisa sobre a minha chegada.

Quase em câmera lenta, Karl se vira em minha direção. Sua camisa tem dois botões abertos, exibindo parte do tórax definido e um discreto cordão de ouro, cujo pingente em forma de crucifixo destaca-se sob a luz das tochas. Os cabelos castanhos e ainda úmidos do banho estão penteados para trás e os olhos cor de mel parecem lançar faíscas em minha direção. Ele não me encara de início e apenas me olha. Na verdade, Karl me devora de cima a baixo. E, para a minha surpresa, eu gosto. Eu *realmente* gosto. Minha pele é lambida por um ardor sem precedentes, há uma confusão de sensações embaralhadas em minha mente e espírito. Quando finalmente seus olhos em chama encontram os meus, começo a ferver por dentro, sinto um solavanco no peito, como se um estilingue estirado dentro das minhas entranhas acabasse de arremessar meu coração boca afora. E ele só não sai rolando pelo gramado porque travo os dentes num sorriso apavorantemente verdadeiro. *Meu Deus! Agora tenho certeza! Estou muuuuito a fim dele.* Cambaleante, dou mais alguns passos. O brilho dos seus olhos desaparece e uma expressão sombria toma conta dos traços perfeitos. Travo.

— Beca, você está linda! — Annie surge como mágica na minha frente e me puxa em direção a Karl. — Uau, na certa vocês são o casal mais bonito que a faculdade já teve.

— Está redondamente enganada, irmãzinha. — Karl solta uma risada sarcástica e, de um único gole, vira um copo de uísque.

— O que ele quis dizer? — Ela franze a testa.

— Do jeito que está bêbado, acho que nem ele sabe — respondo, entre dentes enquanto o encaro. Dou um passo à frente.

— Não sei não, Rebeca? — Ele dá outro passo e diminui o espaço entre nós.

O ar se desloca e seu olhar desafiador chega a queimar.

— Posso ficar um instante a sós com ele, Annie? — rosno. Nossos rostos estão a uma distância perigosa. Consigo captar atração e medo nos envolvendo sob o disfarce de fúria. Annie hesita por um momento e então desaparece do campo de visão. Fecho os olhos e respiro fundo. — É melhor você parar de beber. — Não consigo controlar a força das minhas palavras. Elas saem mais hostis do que eu desejava.

— Por quê?

— Porque está na cara que está passando dos limites. Vai acabar fazendo besteira.

— Eu? Fazendo besteira? — Ele solta outra gargalhada, ainda mais ácida que a primeira.

— Por acaso está vendo outro bêbado por aqui?

— Quanto cinismo! Quem é você para falar de bebedeira?

— Como é que é?!? — Puxo-o pela camisa para um canto do caramanchão, longe dos ouvidos curiosos que insistem em nos rodear. Karl finge achar graça da situação, mas o sorriso não alcança seus olhos. Sou uma exímia leitora de faces que mentem. Reconheço a expressão raivosa camuflada sob seu péssimo disfarce de sarcasmo. Eu a vi quando ele acabou com a raça do Davi e do Lúcio.

— Não fui eu quem precisou ser carregado da boate porque nem de quatro conseguia ficar. — Ele repuxa os lábios e arqueia as grossas sobrancelhas.

— B-boate? — O chão desata a tremer. — O quê...? O que quer dizer com isso?

— Não advinha?

— O que você sabe sobre aquela noite?

— Mais coisas do que você se lembra, pelo que parece. — Ele se solta e abre o sorriso debochado, mas a fúria cresce no seu tom de voz.

— Por que está agindo assim? Por que está com raiva de mim? Ele recua.

— Não tenho raiva de você, Rebeca — balbucia após um instante interminável. — Tenho raiva é de mim. Por não poder ser... Por não poder lhe oferecer o que o Eric... Merda! Deixa pra lá! — O ouro dos seus olhos se derrete em mim, penetra por minha pele e impregna cada uma das minhas células. — Você tem razão. Bebi demais — finaliza num murmúrio e se afasta, me deixando em completo estado de atordoamento.

Droga! O que ele quis dizer?

— Os músicos chegaram! — avisa uma eufórica tia Margot.

Os aplausos deveriam me acordar, mas a sensação é de que me remetem a um estado de transe. Estou tonta, petrificada. Com esforço colossal, congelo um sorriso e desabo na primeira cadeira que surge no caminho. Meu apático raciocínio não consegue processar as ideias. *Karl está interessado em mim, mas acha que não pode competir com o Eric?*

— Chegamos ao momento mais esperado da noite, pessoal! — anuncia tio Leopoldo com sua voz de radialista. — Como cada espécime masculino presente não poderá ser objeto de deleite de mais de uma campeã, fizemos um sorteio entre as quatro vencedoras para ver qual delas deverá escolher primeiro, ok?

Vários gritinhos animados.

— Annie é ciumenta! Minhas candidatas devem pensar duas vezes antes de atacarem o gostosão aqui — ameaça Beto em tom brincalhão.

— Arranco os dois olhos da atrevida que encostar um dedo no meu gostosão! — Annie coloca lenha na brincadeira. — Menos você, Lena. Tá precisando de uns "amassos". — Ela dá um pete-leco na empregada. Madalena, sempre sisuda, estreita os olhos de tubarão em sua direção, e as risadas triplicam.

— Vamos começar — continua um impaciente tio Leopoldo. — Já fizemos o sorteio e a primeira a escolher será tia Angélica.

— Vou ficar com o meu velho mesmo — diz Angélica, anima-da, a sênior das campeãs, enquanto segura pelo braço um senhor bem grisalho. É uma senhora de porte largo e olhos vivos. — Acho que hoje consigo algumas coisinhas com ele.

A galera acha graça. Permaneço atordoada. Já fiquei com vá-rios rapazes, mas, por uma razão desconhecida, as últimas pala-vras de Karl mexeram forte com uma parte dentro de mim. *Karl não me chamou para essa farsa pelo simples fato de eu lhe dever um favor? Ele sempre esteve interessado em mim?* Olho para ele do outro lado da pista de dança. Com a fisionomia hostil, Karl sustenta meu olhar e continua a beber. A mãe o observa como uma águia, nada satisfeita com seu comportamento.

— A próxima a escolher é Bruna — diz tio Leopoldo e a mais jovem das vencedoras, na casa dos quinze anos, enrubesce e perde a voz. — Não temos a noite toda, meu amorzinho. — Tio Leopoldo a acelera, mas é ele quem parece agitado.

— Eduardo — balbucia ela.

Eduardo perde a cor e é alvo de brincadeiras entre os primos.

— Muito bem! Pode buscar a sua prenda, Bruna. Eduardo é todo seu.

Com passadas incertas, a menina se dirige a Eduardo que agora está sorrindo sem parar.

— A terceira a escolher é Vanda. — A voz do tio Leopoldo falha.

— Esse ano você não me escapa! Escolho você mesmo, gos-tosão — diz com decisão a loura atlética com mais de cinquenta anos. A galera vai ao delírio de tanto rir com a cara de pavor do mestre de cerimônias.

Então me dou conta do que se passa ao meu redor: tio Leopoldo é o objeto de desejo de Vanda há algum tempo e por isso ele estava nervoso. No fundo, pressentia o perigo. Todos os tios e sobrinhos estão gargalhando ou fazendo piadinhas com o estado de atordoamento do pobre coitado. Todos, com exceção de duas pessoas que se encaram sob absurda tensão: Karl e Beatriz.

Minha pulsação acelera.

Beatriz é a próxima a escolher, e a expressão vitoriosa reluz em sua face. Karl está com a testa franzida e um olhar indecifrável. Meu corpo enrijece e perco o ar e o raciocínio, incerta de como respirar ou agir.

— Acabe seu discurso e venha logo para a nossa dança, Leopoldo.

— Beatriz, sobrou você, minha linda. — Tio Leopoldo parece zonzo. — Diga o nome do seu escravo.

Beatriz não responde e olha para Karl. As gargalhadas dão lugar a um silêncio desconfortável e cada face exprime uma emoção diferente: alegria, reprovação, surpresa. As pessoas me comparam com ela e, as mais ligadas, já notaram o clima estranho entre mim e Karl. A atitude destemida de Beatriz comprova que ela acredita em suas chances, na possibilidade de tê-lo de volta. Sinto o chão afundar e me engolir. *Merda, Rebeca! Karl não é nada seu!* Dona Deise suspira alto, olha para as próprias mãos e se afasta, cabisbaixa, sob o pretexto de ajudar Madalena a reabastecer as travessas vazias, Annie contrai as sobrancelhas e tem o semblante de quem não acredita no que está acontecendo. Beto percebe o perigo e se aproxima da noiva. Olho para Karl, que desvia o rosto do meu. Sua face apenas demonstra o que se passa em seu peito: conflito.

— Karl — sussurra ela, e escuto um grunhido ser interceptado no ar.

Beto envolve Annie, que está feroz, em um abraço de urso e a retira do lugar às pressas.

— Pois pode buscá-lo para a dança das campeãs — determina tio Leopoldo, e Beatriz assim o faz.

Levanta-se com classe exagerada, ajeita o vestido azul-claro e se dirige até um aturdido Karl.

A primeira dança pertence aos quatros casais. Na verdade a apenas dois, porque tia Angélica resolveu utilizar seu tempo para uma conversa a sós com o marido e Bruna desapareceu de vista com o Eduardo. Tio Leopoldo puxa uma sorridente Vanda para a pista de dança. Beatriz se aproxima lentamente de Karl. Os curiosos estão divididos, sem saber se devem acompanhar a reaproximação dos antigos namorados ou se observam as reações da atual e, possivelmente, futura descartada namorada. Pelo canto dos olhos vejo quando Karl pega a mão de Beatriz e a leva para a pista de dança. A banda começa com um repertório de músicas antigas. Karl e Beatriz se destacam. Seus passos são tão sincronizados que tenho a impressão de que treinaram às escondidas.

A primeira música acaba e *Agaisnt all odds* de Phil Collins assume seu lugar. A pista de dança vai enchendo e, aos poucos, fica cada vez mais difícil enxergar Karl e Beatriz entre os demais casais. Tento me manter indiferente ao fato de que meu suposto namorado está na pista com sua *ex* e puxo conversa com Mel quando vou me servir de arroz com pequi, tilápia na manteiga de limão e polenta frita. Subitamente sinto meu corpo ser golpeado por uma sequência de flashes ao visualizar Karl de costas para mim, conduzindo Beatriz num molejo sensual que me faz pegar fogo por dentro. Uma sobre as outras, as imagens chegam me atropelando. *Era ele o dançarino da boate?* Vê-lo em sua dança sexy me faz recordar do beijo. *O beijo com que venho sonhando todas as noites desde então foi com ele? Nos sonhos eu o imaginava com o garoto da motocicleta, mas foi com o Karl!*

Karl dita o ritmo. Ele sabe dançar e fica ainda mais lindo quando o faz. Suas mãos, pernas e corpo tem um gingado perfeito e hipnotizante. Beatriz se deleita com a situação e afunda o rosto em seu peitoral largo. O prato balança em minhas mãos e por pouco não se espatifa no chão. Largo-o em uma mesa e tenho vontade de invadir a pista de dança e arrancá-lo daquela... daquela...

Daquela o quê, Rebeca? Quem é você para julgá-la?

Minhas mãos se contraem ao lado do corpo e minhas unhas encravam na pele quando a vejo, num sorriso impregnado de malícia, puxá-lo pelo braço. Karl hesita, mas cede, aceitando o chamado apaixonado e desaparecendo com Beatriz pelo gramado que conduz em direção às pastagens. Seguro a vontade de berrar um palavrão, peço licença aos presentes e, com passadas elegantes, faço um percurso diferente dos dois. Mudo a trajetória no meio do caminho e, com o coração ribombando nos ouvidos, vou atrás do Karl e da cretina. Passo pelo túnel de pequizeiros e pelo riacho, mas nem sinal deles. Avanço. A luz proveniente das fracas lâmpadas em postes espalhados pelo caminho pouco ajuda e a visibilidade é péssima. Começo a me arrepender da ideia ridícula. E se eu os encontrasse em um momento íntimo? E se eles estivessem...

Karl não lhe deve nada, Rebeca!

Nunca fiz isso na vida e me sinto estúpida e infantil, mas, ao mesmo tempo, não consigo ter vergonha na cara, inspirar uma boa dose de orgulho e dar meia-volta. Quando dou por mim, acabo de subir a pequena colina de salto alto e vestido muito mais depressa do que hoje cedo, quando estava de calça jeans e tênis. Preciso ir adiante e ver com meus próprios olhos o que está acontecendo entre os dois e, definitivamente, arrancar essa atração fulminante e idiota da minha cabeça.

Uma voz feminina. Travo no lugar.

Vasculho ao redor e não vejo nada. Respiro fundo e aguardo. A voz rouca de Karl ganha vida, discreta e suave, como uma gota de orvalho. Estremeço. De raiva. Eles não foram para o cânion. Preferiram um lugar mais reservado e aconchegante, como o pequeno celeiro à minha esquerda.

Então se manda daqui, Rebeca! Não se esqueça de que, ainda que não fosse uma farsa, seu relacionamento com Karl estaria fadado ao fracasso. Lembre-se das previsões da cartomante, sua estúpida! Acostumada a escutar suas ordens tiranas, titubeio ao perceber que minha consciência apenas faz um pedido desesperado.

Ignoro-a.

Acobertada pela penumbra, me aproximo da porta entreaberta. Não consigo aceitar que me sinto mais tensa nesta situação simples do que nos golpes que praticava. Não reconheço a Rebeca dentro de mim. Abro ligeiramente a porta e a imagem romântica dos dois sentados no feno, frente a frente, quase me nocauteia. Karl tem um dos joelhos dobrados junto ao peito e a cabeça baixa. Arregalo os olhos quando o discreto brilho do seu cordão de ouro evidencia mais dois botões abertos em sua camisa.

— N-não sei mais, Bia — murmura ele. A voz está meio embaralhada por causa da bebedeira.

Bia?

— Mas eu sei, Karl — argumenta ela com candura. — Sempre foi você. Eu estava cega, chateada por você dar mais atenção ao MMA do que a mim.

— As coisas mudaram muito desde então.

— O que tivemos foi muito bonito. Eu sei que poderemos recomeçar de onde paramos. — Suas mãos começam a passear pelos ombros dele e, desinibidas, avançam pelo peitoral.

Filha de uma égua!

— Aquele era outro Karl — diz ele com a voz embargada.

Silêncio.

— Tive acesso ao seu prontuário — confessa ela de repente.

Karl levanta a cabeça, os olhos opacos pela bebida ganham brilho. Está assustado.

— Você o quê?!?

— Faço residência no hospital onde você ficou internado.

— Merda! — Karl rosna e leva as mãos ao rosto.

— Não faz a menor diferença para mim. — Ela se aproxima ainda mais.

— Não faz? Mas... — Karl está pálido como um boneco de cera.

Sobre o que eles estão conversando? O que ela quis dizer?

— É você quem eu quero para mim e pouco me importo com o que aconteceu. — Ela o interrompe sem demora, colocando um dedo em seus lábios. O dedo por sinal, ganha vida e começa a passear maliciosamente pelo rosto de Karl. Vejo-o tremer no lugar, o fogo bruxulear em diferentes intensidades na fogueira de seus olhos, como se uma parte dentro dele tentasse resistir bravamente ao convite sedutor da ex-namorada. — Eu não paro de sonhar com você, Karl. — Ela faz a alça do vestido cair e salpica beijos audaciosos e demorados por todo o rosto dele. Karl a encara sem piscar, hipnotizado pelo momento. — Tenho informantes na família. — Ela sorri. — E eles acham que você ainda me quer. Que, na verdade, nunca deixou de me querer.

De repente, a garota segura o rosto dele entre as mãos e um beijo apaixonado explode bem à minha frente. Sinto uma ardência enlouquecedora atrás dos olhos. Preciso sair daqui urgentemente. Não tento mais esconder os sentimentos que me invadem e me desequilibram, passo como um raio pelas pessoas e voo para o meu quarto. Em meio aos degraus, não dou atenção ao chamado preocupado de Annie e bato a porta. Entro no banheiro, me tranco e desato a chorar. Deixo as lágrimas lavarem minha alma e vida amaldiçoadas. Tenho raiva de tudo. Não sei mais quem sou ou o que quero para mim. E, ainda que perdida e furiosa, algo sombrio pulsa em minhas veias e sinaliza de maneira ameaçadora que o tempo está se esgotando.

Chega de pensar senão vou enlouquecer! Preciso agir o quanto antes!

29

KARL

— Bia, eu... — A frase se dissolve antes mesmo de ser construída. Não consigo recordar o que ia dizer.

— Me beija.

O chamado soa como o canto da sereia. Estou tonto demais, mas suficientemente consciente de que preciso atendê-lo. Quero mergulhar fundo, naufragar em seus carinhos. O corpo nu de Beatriz preencheu meus sonhos pelos últimos dois anos e agora, quando eu menos poderia esperar, surge como mágica em meus braços. Ela novamente será minha. Quantas noites chorei por ela, quantas situações me imaginei com ela.

— Karl, ninguém tem a pegada igual a sua, ninguém beija como você. — Ela arfa em meu ouvido e sinto um bem-estar indescritível com a confissão.

Meu ego infla.

Sorrio, fecho os olhos, afundo meus lábios nos dela e sou arremessado em um furacão de sensações enlouquecedoras. Ela arqueja alto, e o bem-estar se transforma em um frenesi absurdo. O fogo lateja nas extremidades dos meus dedos e tenho medo de queimar sua pele de porcelana quando os deslizo por seu pescoço desnudo. Ainda de olhos fechados, sinto quando seu vestido desaparece e os botões da minha camisa são abertos. Está cada vez mais difícil reabrir os olhos, mas nem preciso. Estou aceso como nunca. Rebeca é tudo que meu corpo precisa para incendiar. Rebeca...

— Rebeca — solto um gemido e sou arrancado abruptamente do furacão entorpecente.

— R-Rebeca?!? — A voz dela está furiosa.

Levo um susto colossal ao reabrir os olhos.

Cristo! Como Beatriz apareceu aqui? Onde está Rebeca?

— Puta que pariu! — berra Beatriz, púrpura de raiva, recolocando o vestido às pressas. — Você está tão bêbado assim? Então não...

— D-desculpa, e-eu não quis... — murmuro, sem graça pelo ato falho, a mente girando sob o efeito do álcool.

Pesco minha camisa largada em meio ao feno e, com certa dificuldade, consigo recolocá-la.

— Desculpa? Eu não acredito nisso! — rosna Beatriz, se levanta num rompante e começa andar de um lado para o outro. — Você estava comigo achando que era com ela?

— No início não — confesso, dando de ombros e, por um instante, sinto um prazer demoníaco ao vê-la exasperar-se. Sofri demais por ela. Não sinto nada agora.

Não. Sinto. Nada.

Meu pulso dispara ao compreender a profundidade dessas palavras e, mais atordoado do que nunca, escancaro um sorriso de orelha a orelha. *Não sinto nada? Beatriz não exerce mais nenhum poder sobre mim? Estou livre!*

— Por que está sorrindo?

— Acabou, Bia — sentencio em estado de euforia.

— Hã?

— Finalmente acabou o poder que você tinha sobre mim.

— Espera! Não! Karl! — brada ela num misto de raiva e confusão ao me ver afastar, ainda que tropeçando nos próprios pés. — Para onde você está indo?

— Viver, Bia — respondo ao abrir a porta e nem sequer olhar para trás. — Viver!

Desapareço por um tempo que não sei precisar e não é porque estou bêbado. Sinto-me atordoado demais com a recente descoberta. Pressinto que estou apenas trocando um problema por outro. Na verdade, começo a questionar se são os problemas que me acham ou se sou eu quem os procura. Dou risada da minha desgraça. Beatriz afirmou que ninguém beija como eu, mas Rebeca não parece dividir a mesma opinião...

Claro, seu tolo! Ela gosta é do Eric. Apenas cumpre sua parte no trato e nada mais.

Afundo a cabeça nas mãos. Tudo seria mais tranquilo se aceitasse essa nova Beatriz de volta, mas meu corpo se faz de surdo. E ele quer a Rebeca. Precisa da Rebeca desesperadamente. Levanto-me e desato a procurar por ela em todo o casarão. Minhas passadas incertas atrapalham um bocado e demoro o triplo do tempo para compreender que ela não está em lugar algum. A quase totalidade das pessoas já se recolheu e a festa está no fim. Tio Jaime conversa animadamente com Margareth na varanda da frente, e a banda toca uma música lenta para Bruna e Eduardo, o único casal que continua na pista. Sento em um canto. Não quero atrapalhar o romance dos pombinhos. Acho que vou dormir aqui mesmo. Não pretendo ir para o quarto. Não tenho condições de conversar com Rebeca. Tenho muito a dizer, mas não neste estado deplorável onde as palavras me escapam e as frases se desintegram antes mesmo de serem formuladas. A banda avisa que esta será a música final e começa a tocar *The Scientist*, do Coldplay. Fecho os olhos e encosto a cabeça na pilastra de carvalho do caramanchão.

— Ninguém disse que seria fácil. — Alguém repete a letra da música atrás de mim. — Dança comigo, Karl?

A voz que me chama é um desfibrilador da mais alta potência. Instantaneamente meu coração vai à boca e minha pulsação dispara. Eu me viro, e Rebeca surge como uma miragem estupenda, trajando apenas o sexy vestido vermelho.

— T-tirou a maquiagem e os sapatos! Está linda... — Mal consigo segurar a emoção que arremessa meu corpo num caldeirão fervente. Um sorriso febril explode em mim. Rebeca também sorri e me estende a delicada mão. Tenho medo de que meus dedos a queimem, mas não tenho poder sobre eles e a pego com uma necessidade que chega a me assustar. *Meu Deus! Como eu a quero!*

— Estou descalça por medida de segurança. Sou um desastre em matéria de dança — diz ela, mas percebo certo humor em seu tom de voz.

Removo os meus sapatos.

— O que está fazendo?

— Protegendo-a também. — Pisco, mas minha piscada sai lenta. Disfarço um soluço. — E-estou bêbado.

— Eu sei. — Ela ri.

— Eu guio. — Com meus reflexos vagarosos, sei que não estou no meu melhor, mas, ainda assim, puxo-a com urgência para pista de dança. Para mim. Deixo minha mente vagar por um instante e a batida ritmada da música penetrar pelos meus poros e meu espírito. Preciso refrear as sensações que invadem meu corpo. Coloco as mãos dela em meu pescoço e seguro sua cintura com um desejo abrasador. Respiro fundo, e Rebeca ri. — O que foi?

— Vamos dançar ou não? — Ela morde o lábio e quase vou à lua de tanto tesão.

Tenho vontade de mandar essa dança para o espaço e agarrá-la aqui mesmo. *Se segura, cara!* Mesmo embriagada, minha mente parece ter mais juízo do que meu coração.

Envolvo-a e deixo Coldplay nos embalar num ritmo sensual e alucinante. Rebeca arregala os olhos, mas seu corpo amolece debaixo do meu. *Pronto! Agora estou no comando.*

Afasto seus cabelos para o lado, afundo minha cabeça na curva do seu ombro, e meus lábios tocam de leve sua pele macia. Deixo minhas mãos passearem por sua cintura, deslizando para cima e para baixo. Eu me curvo um pouco mais, o suficiente para grudar meu quadril ao dela, que começa uma dança sem ritmo, os pés colados no chão, e aos poucos acompanha meu gingado. Olho de relance e encontro um sorriso diferente cintilando em seu rosto irretocável. Não consigo decifrá-lo. Sorrio de volta.

— Desculpa. Não sei o que deu em mim. — Ela me encara com vontade.

Há um campo magnético entre nós, e meu corpo está sendo violentamente atraído para o dela.

— Eu que fui um babaca. Não quis te magoar, eu...

— Shhh! — interrompe, colocando o dedo sobre meus lábios.

Eu o beijo e ela fecha os olhos, se deixando levar pela melodia. Torno a me curvar, aperto suas costas, espremendo-a ainda mais contra o meu corpo e a inclino ligeiramente para trás quando a música muda a batida. Sei que não precisaria empreender tamanha força no movimento, mas estou perdendo a razão. Ela está me deixando enlouquecido, como nunca nenhuma outra garota foi capaz. Eu me afasto um pouco. O suficiente para ser surpreendido por suas mãos passeando pelo meu corpo. *Não vou aguentar!* Começo a ferver e entro em ebulição no exato momento em que a música acaba. Num rompante de desejo avassalador, esqueço que estou bêbado pra cacete, arranco Rebeca do chão e a carrego nos braços para o quarto. Com os reflexos arruinados pela bebida, tropeço nos degraus do casarão. Grito alguns palavrões. Ela ri muito com a situação ridícula e afunda o rosto no meu peito, feliz. *Puta merda! Se não conseguir subir esta escada, juro que arranco nossas roupas e transo com ela aqui mesmo!*

Aos trancos e barrancos, concluo a hercúlea tarefa e chego exausto ao segundo andar. Não a soltei. Não a soltarei em hipótese alguma. Ela é minha, ao menos por esta noite. Rebeca abre a porta às gargalhadas e, ao passarmos, eu a fecho com uma batida.

— Karl, eu quero você — sussurra ela, assim que eu a jogo na cama.

Um arrepio enlouquecedor percorre minha espinha e se aloja em minha nuca.

— Eu quero você desde o instante que a vi — confesso, sem inibição.

Ao menos nisso o álcool ajuda bastante.

Afundo meus lábios nos dela, sedento, e Rebeca me permite avançar. Minha língua explora todos os espaços de sua boca, sôfrega, ávida em preencher cada canto, do seu corpo e de sua mente, desesperada em se tornar onipresente em sua alma e apagar os registros do Eric para sempre. Estou morrendo de ciúme do cara e agora tenho certeza disso. Meu corpo está em chamas e sei que vou explodir a qualquer instante se a não a possuir. Não aguento mais. Minhas mãos têm vida própria e começam a levantar seu vestido. Rebeca arfa quando eu o removo completamente e deslumbro, embasbacado, ainda que por apenas um mínimo instante, seu corpo perfeito. Minha visão começa a embaçar. Tiro a camisa e tenho uma urgência terrível em me livrar da calça. Rebeca me ajuda quando meus dedos se embaralham no cinto. Estou louco de desejo, mas minhas respostas são lentas. Por mais que lute contra, fica cada vez mais complicado o controle sobre os reflexos, mente e corpo anestesiados. Mas consigo sentir que ela me quer em seus toques e em suas reações. Não posso perder este momento. *Não agora!* Seguro seu rosto com as duas mãos, desesperado, incapaz de suportar o peso do meu próprio corpo. O mundo afunda dentro de uma névoa traiçoeira. O chão é arrancado dos meus pés. Fecho os olhos, e minha cabeça desaba no travesseiro. Estou perdendo a batalha.

— Karl? Ah, não!

— Desculp... — Faço uma força imensa para falar.

Mas me encontro em um lugar distante, novamente nocauteado por uma vida de sombras e de derrotas. Sinto toques delicados se despedindo de mim enquanto contornam a tatuagem em minhas costas, mas não tenho certeza. Não sei de mais nada.

Acabo de mergulhar na escuridão.

30

REBECA

Acordo com o som de passos no quarto e tento me manter quieta ao ver Karl mexendo no guarda-roupas apenas com uma toalha de banho enrolada na cintura. Seu corpo e cabelos molhados pingam no chão deixando um rastro de água na tábua corrida. A tatuagem de dragão parece ganhar vida diante dos meus olhos hipnotizados. Os músculos esculpidos das costas se contraem quando ele se inclina fazendo a cauda da fera se esticar. Ele fecha uma porta e se vira na minha direção para abrir outra. A discreta gargantilha de ouro reluzindo no peitoral sarado é de tirar o fôlego de tão sexy. Seus traços fortes são atraentes e viris.

— Acordei você? — Sou pega no flagra. *Aff! Ele me pegou olhando?* Faço que não com a cabeça. — Esqueci de pegar a roupa antes de entrar no banho. Nunca tive o hábito — explica e sorri. Seu sorriso é lindo. *Sorriso lindo? Mas que droga, Rebeca! Que mi-mi-mi idiota é esse agora?* — Já vou liberar o quarto — diz, sem olhar para mim, e volta para o banheiro com uma muda de roupas debaixo do braço.

O celular toca.

— Ei!

— Que voz é essa? Acabou de acordar? — indaga Suzy.

— Sim.

O relógio avisa que já são onze e quinze da manhã.

— E aí? Fato consumado? Pronta para partir para o número treze? — Minha amiga é direta.

— Não posso falar agora. Ele está no banheiro.

— Hum... No banheiro do próprio quarto! E você acabou de acordar... — Ela solta toda animada. — Parabéns, amiga!

— Não foi bem assim, e-eu não...

Silêncio sepulcral do outro lado da linha.

— Ainda não transaram? — A indagação sai num assombro frio e rascante.

— Uma carícia mais ousada em um lugar mais quente conta?

— Para de bancar a engraçadinha, Rebeca!

— Eu ia. Juro. Tudo estava correndo conforme o planejado, mas o garoto apagou.

— Como é que é?!?

— De tão bêbado! Karl dormiu bem na hora H.

— Tá de sacanagem! — Tapo o bocal, preocupada que os berros de Suzy ecoem pelo quarto. — E por que não transaram antes?

— Não tivemos oportunidade.

— Mas como assim? Você passou dois dias e duas noites inteiras com esse sujeito e *não teve oportunidade*? O que é que está rolando? Desembucha!

— N-nada! Não é nada — balbucio, e sinto o conflito de emoções ricocheteando no peito. — De hoje ele não escapa, prometo.

Mais silêncio. Deteste quando ela faz isso.

— Eu juro!

— Para o seu próprio bem, não esqueça as previsões da cartomante — murmura ela, num tom ameaçador.

— Não esqueci. Amanhã estarei nos braços do Eric. Para sempre.

— É bom mesmo. — Sua voz fica rouca e distante. Suzy está matutando. — Tem algo errado acontecendo, posso sentir... Não desafia, Rebeca. Não paga para ver.

— Algum problema? — indaga Karl ao me pegar pensativa, de cabeça baixa na cama.

Suzy tem razão. Essa pessoa dentro do meu corpo não é a Rebeca. Preciso reencontrá-la e colocar um ponto final nessa história sem pé nem cabeça.

— Suzy... — digo, sem saber o que inventar. — Está com saudades.

— É bom ter quem se importa com a gente — responde ele, de pé em frente à cama enquanto aperta as juntas dos próprios dedos. — Rebeca, sobre ontem... Sinto muito, eu estava tão bêbado, não me recordo do que fiz após a nossa dança e...

— Fica tranquilo. Não houve nada — digo, com uma acidez desnecessária.

— Eu sei, mas queria que a gente, que...

— A gente...? — Encaro-o apreensiva.

— Não quero que pense que eu a trouxe aqui para *isso*. — Sua voz sai falhando.

— Claro que não.

— Desculpe se fiz algo errado ou se a desrespeitei. Não tive a intenção. — Ele titubeia e dá um passo em minha direção.

— Você não fez nada errado, Karl.

— Não mesmo? — Ele quer falar sobre o assunto, mas não lhe dou abertura. As advertências de Suzy ecoam insistentemente na minha cabeça e me assombram.

— Nós apenas dançamos, e eu o ajudei a vir até o quarto.

— Mas eu acordei na cama e...

— Eu que te joguei e apaguei logo em seguida. Acho que também bebi demais.

— Ah! — Há um misto de alívio e tristeza em sua fisionomia. Eu me encolho. — Rebeca, eu... — Karl aperta a ponte do nariz, como se quisesse dizer algo mais, mas se retrai, se dirigindo em direção à porta. — Devido às habituais ressacas, as competições no domingo acontecem apenas na parte da tarde. Toma seu banho com calma e depois desce para o almoço.

Não quero ficar sozinha. Vou enlouquecer se continuar escutando a discussão que se passa dentro do meu cérebro. Ainda estou atordoada com a atração explosiva que sinto por Karl e a frase que ele disse na noite passada. Mas também sei que, além de ser minha melhor amiga, Suzy é a pessoa mais sensata que conheço e a única que se preocupa comigo. Ela é capaz de ver toda a situação com clareza, enxergar além do que os meus olhos enfeitiçados conseguem. E, se ela acredita que farei uma burrada se não ficar com Eric, é porque deve ter razão. Ela sempre tem razão.

Tomo o banho e desço ao encontro de Karl e da sua acolhedora família. O almoço transcorre bem. Eu me sinto tão em casa que às vezes preciso me lembrar de que não pertenço ao lugar. Tio Leopoldo está bem animado e Vanda tem uma aura de felicidade estampada no rosto. A típica expressão dos apaixonados. Não há sinal de Eduardo ou Bruna. Não apareceram para o almoço e, pelo visto, não vão participar das competições da tarde já que seus pares foram realocados meio a contragosto.

— Filha, não deixa Karl beber como ontem. Ele sabe que eu não gosto — pede Dona Deise enquanto eu a ajudo a levar a louça suja para a cozinha.

Karl se junta a nós.

— Não vou deixar — respondo, sem graça.

— Por que fez aquilo, filho? Está chateado com alguma coisa?

— Foi bobeira, mãe. Não farei novamente — diz ele, e me olha de relance.

— Jura?

— Juro, Dona Deise.

— Você me jurou no hospital, filho, e ontem...

— Juro, mãe! — Karl coloca um prato com força sobre a pia e a interrompe, visivelmente ansioso em terminar o assunto. — Não vou fazer mais isso. Prometo.

— Karl! — Beto o chama, eufórico. — Vai começar a prova masculina.

— Não estou a fim. — Karl revira os olhos.

— Não quero saber se está a fim ou não. Ela faz parte da competição. — Beto o puxa pelo ombro. — Anda logo!

— Vai, filho. — A mãe lhe dá um beijo na testa. — Estarei torcendo por você.

— Poxa, sogrinha! Vou fingir que não escutei, hein? — brinca Beto, mas continua a empurrar Karl, que me lança um último olhar e se deixa levar.

— Vai assistir, Rebeca. Acho que desta vez vai valer a pena — solta a matriarca de maneira enigmática.

A competição masculina também soma pontos para o quadro geral. Até o momento três casais se encontram empatados na liderança. Eu e Karl somos um deles, juntamente com Saulo e Mel e Danilo e Isabela.

— Porra! A água está fria pra cacete! Quem foi o cretino que inventou esta prova estúpida? — reclama Tiago.

— Olha a boca! — adverte tio Leopoldo, seu pai.

— Deixa de ser fraco! — retruca Danilo.

— Ela é tradição da família — dispara Beto.

A competição tem tudo para ser divertida. Os homens têm que ir e voltar de uma margem à outra do riacho carregando meia dúzia de ovos na cintura. Aquele que chegar primeiro e com o maior número de ovos inteiros é o vencedor. Parece simples, mas eles estarão com as pernas e braços amarrados e, além de terem que vencer a força da correnteza sem deixar que os ovos caiam, pelo que entendi, é comum que os competidores sabotem os outros, esbarrando ou empurrando.

— E o selinho de boa sorte das companheiras? — provoca Beto, em alto e bom som.

Há uma algazarra masculina. A mulherada acha graça e cada uma se aproxima de seu parceiro. Annie me dá um empurrãozinho ao passar por mim. Karl está de short preto e camiseta branca. Assim como seus braços, as pernas são musculosas e atraentes. Ele percebe que eu o observo com interesse e, quando nossos olhares se encontram, há um sorriso malicioso dançando em seu rosto. Minhas pernas titubeiam e não consigo sair do lugar. *Isso é ridículo, Rebeca! Por que está agindo assim?* Percebo que as demais adversárias já cumpriram a missão, e todos os olhares se voltam para mim, a retardatária. Eu me aproximo lentamente de Karl, que continua com o olhar vidrado e a expressão faminta. Tenho a sensação de que ele é capaz de ver através das minhas roupas. Vou até ele. Sinto o calor e a fragrância enlouquecedora que exala de sua pele. Fecho os olhos e deixo que nossos lábios, úmidos e ferventes, se toquem rapidamente. Mas não são velozes o suficiente para impedir meu corpo inteiro de pegar fogo e se arrepiar, tudo ao mesmo tempo.

— Muito bom, garotas! — brinca outro tio que não me recordo do nome. — Agora deixem seus homens trabalhar!

Karl pisca e, com um sorriso maroto, se afasta de mim.

— Vem, cunhadinha. Quero te mostrar uma coisa. — Annie me puxa pela manga da camisa.

— Mas a tradição não manda a parceira ficar aqui para enxugar o rosto do companheiro?

— Sim, mas vou ser rápida. Além do mais, eles ainda estão nos preparativos e Karl é péssimo nesta prova. Sem contar que ele e o Beto sempre aprontam na largada e são eliminados.

— Ah!

— Vem comigo.

Annie me conduz em direção a um lugar que eu não havia estado até então.

— Sua casa é linda, mas tudo ao redor é ainda mais magnífico. — Aponto para as palmeiras de buritis e os pequizeiros abarrotados de flores. Ao fundo, o azul vívido do céu dá o arremate à paisagem deslumbrante.

— Estamos por um triz de perder tudo — diz, com pesar.

— Como assim?

— Muitas dívidas. — Annie suspira. — Os gastos com a doença de mamãe são altíssimos. Se não fosse pela cafeteria do Karl... — confessa ela, com um misto de orgulho e tristeza.

— Karl é o dono da cafeteria? — Arregalo os olhos, surpresa.

— Ele não contou? — Ela franze a testa e repuxa os lábios. — Bem típico dele. Eu também ajudo, mas a parte do Karl é muito maior. A cafeteria é nossa maior fonte de renda, mas nos últimos meses Karl vem amargando prejuízos. Mal está dando para pagar as contas. Estamos no vermelho mesmo.

— Nunca pensaram em vender a casa e se mudar para um lugar menor?

— Mamãe não suportaria outra perda. Tenho minhas dúvidas se Karl também não entraria em depressão. Todas as recordações do nosso pai estão aqui. Esse lugar respira a história da minha família. É ele que dá forças para mamãe enfrentar o câncer.

Seguro a breve tontura. *Dona Deise tem câncer?!? Putz!*

— Ela sabe sobre... as dívidas?

Annie abaixa a cabeça. Sinto meu coração comprimir no peito ao ver uma lágrima escorrer por sua face. Ela a enxuga rapidamente.

— Mamãe nem imagina. Ela não pode sofrer decepções... para não agravar a doença. Karl e eu juramos fazer tudo que estivesse ao nosso alcance para lhe dar um final feliz, digno da pessoa bondosa que ela sempre foi. Acho que é por isso que ele está tenso e acabou se embriagando ontem à noite. — Annie volta a me olhar, e vejo ódio tomando as feições de seu rosto sempre alegre. — E, para piorar, a cretina da Beatriz tinha que aparecer para mexer com a cabeça dele! Aquela falsa!

Engulo em seco. Eu sou a falsa. Ou melhor, eu sou a farsa. *Coitado do Karl! O cara é decente e ainda arruma mulher que traz mais problema.*

— Eu não ligo, Annie. — Minha voz sai fraca.

— Mas eu sim. Vi como Karl ficou depois que ela chegou. Não bastou tudo o que ele já passou? A cretina tinha que vir atazanar ainda mais a vida dele? Tenho certeza de que ela só apareceu porque soube que Karl traria a namorada nova, quero dizer, a primeira namorada depois dela — bufa. — Aquele lance de ela se esforçar para ganhar a corrida e fazê-lo de escravo... Aff! Quis medir forças com você e ver se ainda exercia poder sobre ele. Tenho certeza disso!

— Deixa pra lá — murmuro.

— Eu vou deixar, mas só porque mamãe me abriu os olhos. — Ela pisca para mim e sua expressão se suaviza, ganhando um ar de vitória.

Estreito os olhos.

— Karl não gosta mais dela como antes, e é por isso que a Beatriz está puta da vida. Mamãe tem toda a razão. — Annie libera sua risadinha característica e me dá um peteleco. — Ele está caidinho por você!

Perco o chão e a voz.

— Modéstia à parte, além de bom-caráter, meu irmão tem o charme acima da média. Como você tem feito para manter a mulherada afastada de todos aqueles músculos, do sorriso sedutor e dos olhos de mel, hein?

— Não é preciso. Karl é discreto — interrompo, aflita.

Não estou gostando de ouvir essa ladainha sobre garotas dando em cima dele. *Merda! Não posso estar com ciúme!*

— É verdade. — Ela segura minha mão e olha dentro dos meus olhos. — O que vou te mostrar é a prova disso. Só porque acho que você é especial, Rebeca.

— Não, Annie. Não sou.

— É, sim. Mamãe sentiu isso, e ela nunca erra.

Mil vezes merda! Não acredito que estou fazendo isso com elas.

— Sem contar que você é a primeira garota que Karl traz aqui, no seu santuário.

— E a Beatriz?

Droga! Droga! Droga! De onde saiu essa pergunta ciumentérrima, Rebeca?

— Beatriz é prima, não conta. Ela já era da família, cresceu brincando conosco.

Meu estômago se contorce ao imaginar os adjetivos que Annie me dará quando descobrir que eu nada mais sou do que um abominável embuste. E, pior, sinto uma dor aguda no peito em saber que poderei agravar o estado de saúde da Dona Deise.

— Chegamos! — Aponta para uma pequena cabana de madeira embiocada entre várias árvores com troncos retorcidos. Um pio com jeito de gargalhada saúda nossa chegada. — É um joão-de-barro. Sinal de tempo bom. — Annie aponta com um sorriso para um passarinho marrom-avermelhado com pescoço branco sobre o ipê adiante. Em seguida faz uma varredura ao redor e saca as chaves do bolso. — Entra rapidinho. Não quero que ninguém nos veja.

— Minha nossa! — solto num assombro quando Annie acende duas lanternas a pilha e, sem perder tempo, fecha a porta atrás de nós. — Karl?!?

Embasbacada com o que acabo de descobrir, viro a cabeça de um lado para o outro, meus olhos triplicam de tamanho e meu queixo despenca.

— Ele mesmo. — Annie sibila, cheia de orgulho. — Desculpa a poeira. Não pensava em trazer ninguém aqui. É o meu esconderijo secreto. Quero dizer, meu e da mamãe.

As quatro paredes do lugar estão abarrotadas com pôsteres de lutas do Karl desde a mais tenra idade, fotos de jornais e revistas onde ele é a grande estrela. Prateleiras exibem troféus e medalhas de todos os tipos e tamanhos.

— Mas... Por quê?

Ela olha para o chão e balança a cabeça, taciturna.

— Karl ordenou que nos livrássemos de tudo. Não tivemos coragem — balbucia com os olhos lacrimejantes. — Não imagina que guardamos aqui.

— Por quê? — repito, sem compreender.

Ela dá de ombros e suspira alto.

— Tivemos que respeitar sua dor.

— Que dor?

— Ele ainda não lhe contou? — Seus olhos ardem nos meus.

Faço que não. Não gosto do calafrio que percorre minha espinha.

— Sinto muito, mas não posso dizer. — Ela fica de costas para mim. — Se ele não contou é porque ainda não se sente à vontade. Provavelmente tem medo de perdê-la.

— Me perder? — Levo as mãos à boca.

Não posso e não tenho o direito de perguntar absolutamente nada.

Annie torna a balançar a cabeça. Parece inconformada.

— Desde pequeno Karl era invencível. Ele nasceu para a luta, e quando conheceu o MMA foi o casamento perfeito.

Franzo a testa e instantaneamente me recordo da nefasta noite com Lúcio e Davi. A facilidade com que Karl acabou com eles foi impressionante.

— Não havia adversários para ele. Karl era a grande promessa da temporada e tinha grandes chances de ser campeão do UFC. — Ela passa os dedos em um troféu dourado e cintilante, o maior de todos. — Até o maldito acidente acontecer.

— Que acidente?

Ela franze a testa e faz que não com a cabeça. *Ok. Não falaria sobre isso também.*

— Mas se ele está recuperado, por que não voltou a lutar?

— Porque... — Ela me olha de maneira enigmática. — Porque não.

— Qual a razão de ter me trazido aqui então, Annie?

— Queria que conhecesse o lado vitorioso do meu irmão. Queria que soubesse que, apesar de ser comprometido com o negócio, Karl não nasceu para ser "o rapaz da cafeteria". Ele podia ter sido muito famoso, com o mundo aos seus pés.

A resposta é uma rasteira. Perco o chão. Não há o que dizer e não consigo entender a emoção e a tristeza que invadem minha alma.

— Eu sinto muito...

— Acho que a assustei, né? — Ela coça a nuca enquanto se afasta.

Uma medalha prateada com o desenho em alto-relevo de duas mãos se cumprimentando envolta em uma fita azul-clara se encontra pendurada na porta. Annie para em frente a ela, pensativa.

— Esta é a mais bela de todas. — Esfrega a medalha entre os dedos. — Sei que relacionamentos acabam todos os dias, é natural. Mas, por favor, não o magoe. — Pede num sussurro e de costas para mim. — Karl não é só beleza ou músculos. Ele tem um coração enorme, mas nunca soube lidar com os próprios sentimentos. — Annie volta a olhar para mim. Está visivelmente emocionada. — Promete?

Balanço a cabeça, não porque estou concordando, mas por causa da tremedeira que percorre meu corpo. *Droga! Essa conversa foi longe demais!*

— Vamos! Não quero que sintam a nossa falta — conclui ela.

— O que está acontecendo? — pergunto ao avistar o local da competição. Estamos a uma boa distância e ainda assim os berros conseguem nos alcançar. Restam apenas Karl e Danilo na prova. Karl está na frente, mas Danilo vem logo atrás. De onde estou não consigo visualizar quantos ovos intactos cada um tem na cintura. — Por que a parceira do Danilo começou a pular feito uma louca depois que me viu? Por que as pessoas estão gritando e acenando desesperadamente em nossa direção?

— Ah, não! — reclama Annie ao meu lado e começa a me puxar em direção ao local da prova em vias de finalização. — Karl está ganhando, droga!

— Mas...

— Mamãe vai me matar! Por que não imaginei isso? — resmunga ela. — Vem, Rebeca! Temos que correr!

— Não estou entendendo! — Acelero o passo.

— Filha de uma égua! Eu vou estripá-la! — Annie vomita uma enxurrada de palavrões ao visualizar Beatriz na beira do riacho com uma tolha nas mãos.

— O que está havendo, Annie? O que nós temos a ver com a prova?

— Eu nada. Beto já foi eliminado. — Ela bufa e continua a me empurrar ladeira abaixo. — Mas você tem tudo a ver! Se, ao final da prova, o ganhador tiver seu rosto enxugado por uma mulher e, em resposta, tascar-lhe um beijo apaixonado, ganha mais cinco pontos. Sendo que a pontuação dobra se o beijo acontecer com a própria parceira!

— Tá zoando com a minha cara! Quem inventaria essa regra idiota?

— Meu finado pai, pode acreditar. — Annie se descabela e revira os olhos ao mesmo tempo. — Ele era fissurado nas disputas dos cavalheiros medievais por suas donzelas proibidas. Eca! — explica, em meio à nossa corrida desencontrada. — Acelera, mulher! Você não pode deixar a bisca da Beatriz se dar bem!

Então a ficha cai.

Torno a olhar para a toalha nas mãos de Beatriz, vejo Karl saindo da água e colocando os pés na margem de cascalhos. Com os cabelos molhados jogados para trás, ele está absurdamente estonteante. Raios de sol cintilam nas gotículas d`água que serpenteiam por sua pele e destacam sua musculatura. Beatriz levanta as mãos e a toalha dança com uma lufada do vento. *Merda!* Imaginar Beatriz enxugando o rosto dele me tira do sério. Saber que ela poderá ganhar um beijo apaixonado do Karl faz minhas entranhas se contorcerem. Estou a ponto de estrangulá-la com a própria toalha, amarrar uma pedra imensa no seu pescoço de avestruz e afundá-la para sempre no riacho. Acelero ainda mais a corrida, e as cenas seguintes surgem como flashes: os berros da torcida crescendo, os xingamentos de Annie ficando para trás, a velocidade das minhas pernas aumentando, Karl sacudindo a cabeça para se livrar do excesso de água e dando uma olhada ao redor.

Tento ver a expressão em seu rosto, mas não consigo. *Estaria procurando por mim?* Quero berrar para ele, mas minha maldita voz tem o hábito de desaparecer nos momentos em que mais preciso. Danilo também se aproxima da margem. Beatriz estica os braços. Karl tem que passar pela faixa de chegada para que ela enxugue seu rosto. Bastam alguns passos para a vitória, mas ele titubeia e diminui o ritmo. Meu coração infla de satisfação com a possibilidade de ele ter reduzido a marcha de propósito, por não desejar o beijo dela. A galera começa a gritar o meu nome em coro. *Gente! Eles estão torcendo por mim!* Só agora Karl gira a cabeça e toma conhecimento da minha aproximação ensandecida. Consigo detectar sua testa franzida relaxando, e um sorriso resplandecente explodir em seu rosto perfeito. É o suficiente para me impulsionar ainda mais. Agora alcancei uma velocidade assustadora. Poderia jurar que estou voando. A família me dá forças. Beatriz se vira em minha direção, e nossos olhares se chocam, desafiadores. Enxergo ódio gasoso evaporando por suas ventas de dragão. Vibro internamente. Sei que ela está puta da vida. Os berros ficam mais nervosos. São gritos de alerta, na verdade. Danilo já atingiu a margem e está a poucos metros de alcançar Karl. Sua parceira berra, eufórica, sentindo a possibilidade da vitória. Estou perto. Só mais alguns passos. Danilo também está próximo. Em direções opostas, estamos quase à mesma distância de Karl. A diferença é que ele está exausto e com os braços e pernas amarradas, eu não. Utilizo todas as minhas últimas forças para correr. Karl alcança a faixa de chegada e para. Uma parte das pessoas berra para que ele a cruze, mas ele não o faz. Karl balança a cabeça em negativa para Beatriz e se vira para mim com um sorriso torto no rosto. A galera vai à loucura. Os instantes finais são incríveis. Isabela berra, desesperada. Danilo está bem perto agora, mas não o suficiente. Eu consigo chegar.

— Isso me pertence! — Abro um sorriso triunfante e, lhe dando um empurrãozinho estratégico, arranco a toalha das mãos de Beatriz, que está atordoada (se manda, cretina!).

Eu me viro para Karl que, sorrindo, instantaneamente cruza a linha de chegada. Ele é ovacionado por toda a família. Ed se contorce de tanto gargalhar, Dona Deise está emocionada e, pela primeira vez, vejo os dentes da Madalena. Karl arranca as fitas que prendem seus braços e pernas e, sem parar de sorrir, se aproxima de mim. Sou contagiada por sua alegria. Eu me sinto feliz, toda boba, como nunca. Levo a toalha até seu rosto e o enxugo com cuidado e urgência. Nunca senti tanto prazer em um gesto tão simples e acho que Karl sente essa emoção também, porque fecha os olhos e dá um suspiro profundo. Quando ele os reabre, posso jurar que está emocionado também. Se não estivesse completamente molhado, afirmaria que a gotícula que escorre por seu rosto é, na verdade, uma lágrima solitária. Meu coração estilhaça no peito com essa visão.

— Ganhamos — murmuro.

— Nada disso — responde ele, com malícia transbordando dos poros e me fazendo esquentar. — Ainda preciso concluir a prova.

Não consigo conter o sorriso cheio de expectativa que cresce em meus lábios. Eu estava bêbada quando trocamos nosso primeiro beijo, e Karl se encontrava nas mesmas condições ontem à noite. Este seria nosso primeiro beijo para valer, ambos totalmente conscientes. O ouro nos olhos de Karl parece cintilar ainda mais e, em fios derretidos, lança uma teia sobre mim. Sou a estúpida mosca na armadilha da aranha. Vou padecer e estou feliz por isso. Seus olhos me encaram sem piscar e, de repente, passam a estudar meus lábios com desejo ardente. Estremeço. Ele se aproxima e envolve meu rosto com as mãos. Karl também está tremendo, o que faz meu coração ricochetear, alucinado, no peito. Não consigo pensar. Não consigo respirar. Meu corpo precisa desesperadamente deste beijo.

— Mas vamos ganhar? — sussurro quando nossas respirações já estão tão misturadas que não sei mais qual é a minha ou a dele.

Não aguento esperar nem mais um segundo pelo beijo. Estou a ponto de explodir.

— Temos grandes chances — responde ele, roçando lentamente os lábios úmidos nos meus.

Nossos olhos estão vidrados, colados uns nos outros. *Filho da mãe! Ele está aumentando meu desejo de propósito.* Escuto a galera soltar gritinhos, e Beto jogar uma piadinha no ar, mas não consigo captar o que dizem. Estou presa, imobilizada na armadilha de Karl. Ainda com os lábios nos meus, ele abandona o discreto sorriso vitorioso e seu rosto assume uma expressão séria e determinada. Quando dou por mim, ele está me beijando como nenhum outro foi capaz. Sua língua é enlouquecedoramente doce e forte e desesperada, e tudo isso de novo e de novo e de novo. A minha responde da mesma forma. Estou febril, sufocando de desejo, caindo no abismo de emoções ao qual jamais imaginei que um dia seria lançada. Mas, de repente, suas enormes mãos me resgatam da queda e me aprisionam com força incrível. Sinto prazer inenarrável nesse ato, como se, pela primeira vez na vida, pudesse experimentar a sensação de segurança no sexo oposto. Minha alma vibra com a possibilidade de ser algemada. Ela quer, necessita se sentir cativa, domada. Estou em êxtase quando o beijo acaba.

— Arrumem um quarto! — berra alguém assim que volto a mim.

Olho para o lado e vejo Karl com a expressão feliz, porém tão desorientada quanto a minha.

— Hora do lanche! — avisa tia Margot, e as pessoas se dispersam.

— Descansem um pouco. A próxima prova é a definitiva — diz tio Leopoldo. — Por enquanto Karl e Rebeca estão na dianteira, mas Saulo e Mel e Danilo e Isabela ainda tem chances.

— Seu otário! Destruiu nossa tática suicida! — Beto se aproxima de Karl e lhe dá um soco de leve no ombro. — Por que não beija sua namorada durante o resto do ano? Tinha que fazer isso bem no jogo? Mas mandou bem. Com esse beijo cinematográfico, agora a sua *ex* vai perder as esperanças de uma vez por todas!

E Beto se afasta, sem perceber que deixava um casal em estado catatônico para trás.

31

KARL

Rebeca quis o beijo!

Tento a todo custo camuflar meu estado de euforia. Estou absurdamente feliz e tonto. Agora tenho certeza de que Beatriz é apenas um fantasma do passado que não me amedronta mais. Estou apaixonado por Rebeca, e o beijo incrível me deu esperanças. Não haverá coágulo nenhum no mundo que me impeça de lutar por ela. O pensamento me faz estremecer. Sinto-me vivo pela primeira vez em dois anos. Terei que passar por cima da amizade com o Eric e, principalmente, terei que desacorrentar meu coração e sofrer todas as consequências desta decisão. Tenho que deixar claro o quanto estou louco por ela. Preciso fazer tudo que estiver ao meu alcance para que ela goste de mim, para que me queira da mesma forma como ela quis o beijo.

Mamãe e Madalena, para variar, fizeram lanche para um batalhão de pessoas. São tantas tortas, pães, bolos e biscoitos que a galera não terá fome por uns cinco dias, no mínimo. O entardecer do domingo avisa que é quase fim de festa, e uma parte dos convidados está descansando nos quartos, nos sofás e cadeiras espalhados pela casa enquanto outros estão em bate-papos animados na cozinha e na varanda. Algumas crianças estão brincando pela casa, enquanto outras permanecem vidradas em algum jogo de computador. Não há sinal de Annie nem Beto ou dos demais casais. Não sei se ela está me evitando, mas não cruzei com Beatriz desde a prova no riacho. *Melhor assim!*

Acompanho Rebeca, sorridente, até a varanda do casarão. A temperatura caiu bastante, e ela também trocou de roupa. Está linda demais, quase uma figura angelical ao trajar um pulôver azul-claro, calça bege e sapatilhas da mesma cor. Apesar de sentir que, vez ou outra, uma sombra cobre seu rosto, sua armadura trincou e a postura arredia desapareceu. Seu semblante é leve e seus sorrisos, antes esporádicos, agora são constantes. Atrevo-me a dizer que ela está feliz. Em dúvida, mas feliz. É tudo que eu preciso saber. Sempre lutei pelos meus sonhos, mas há tempos não tenho nenhum. Vivo dentro de um deserto de pesadelos e desilusões. Rebeca é o sopro da renovação, o oásis que surge para me trazer vida e que, apesar de ser uma miragem quase inalcançável, não posso deixar escapar. Não vou desistir da luta sem ao menos entrar no combate.

— Tenho uma proposta nada original para te fazer — diz ela, hesitante.

O pôr do sol emoldurando seu rosto perfeito lança a sensação de que estou em um sonho ou sendo hipnotizado. O sangue esquenta em minhas veias ao mesmo tempo que minhas mãos ficam congeladas. A felicidade de tê-la aqui comigo se mistura ao desespero da realidade: dentro de algumas horas teremos que nos afastar. Uma tristeza arrasadora se acumula na minha garganta, e minha pergunta sai fraca e agoniada.

— Que seria...?

— Matar a última prova.

— O que tem em mente? — Mal consigo disfarçar a euforia em minha voz.

— Podíamos passar o fim de tarde juntos e voltaríamos para os parabéns da Dona Deise. — Sua voz arranha. — Topa ir para o cânion? Acho que não aproveitei como devia da vez passada.

Sem perder tempo agarro sua mão com tanta vontade que preciso medir a força para não machucá-la. *Porra! Controla esse sorriso bobo, Karl!* Não consigo conter a alegria que me invade e a conduzo a passos mais que rápidos ao meu recanto sagrado. No caminho colho uma flor do pequi e a coloco em seus cabelos de ébano. Sorrindo de orelha a orelha, Rebeca pula sobre minhas costas e repetimos os movimentos para subir a pedra. Desta vez a sensação é arrasadora. Suas pernas envolvem minha cintura sem cerimônia, ela abraça meu pescoço com vontade e percebo que propositalmente afunda os lábios na minha nuca com a desculpa que está protegendo o rosto da ventania. *É melhor voltar, Karl! Você vai acabar fazendo burrada, homem!*

— Você tem certeza? — Viro meu rosto para trás e sussurro em seu ouvido. — Está ficando frio e...

— É tudo que mais quero neste momento. — Ela me interrompe, me encarando com vontade.

Começo a fervilhar por dentro.

Meneio a cabeça e, feliz, puxo seu corpo com mais força para junto do meu. Rebeca arfa. *Puta. Que. Pariu. Até a inspiração dela me excita?* Respiro fundo e tenho que fazer força descomunal para tornar a me concentrar nos fatos: ela quer apenas conversar comigo e relaxar neste lugar. Ela *ainda* é a garota de outro cara. Ela... *Chega! Para de pensar demais e sobe logo, homem!*

Escalo a pedra em tempo recorde. Rebeca se acomoda no chão, a uma distância segura da borda.

— Este lugar é mágico. Sonhei com ele na noite passada — confessa ela enquanto admira o sol se pondo no horizonte. Ele se despede de nós por detrás dos cânions e da vegetação rasteira do cerrado, acenando com pinceladas de laranja, vermelho e dourado que refletem nas águas cristalinas do Lago de Furnas. Fico arrasado ao perceber que teremos pouco tempo até ele desaparecer por completo e a noite cair.

— Sonho com esse lugar desde criança. — Sento-me ao seu lado. As rajadas de vento estão cada vez mais fortes e Rebeca se encolhe, arrepiada. — Toma. — Estendo o suéter que acabo de retirar.

— Mas... E você? — Ela arregala os olhos, mas aceita a oferta.

— Não estou com frio.

Estou é fervendo por sua causa!

Rebeca treme e sinto uma necessidade urgente de envolvê-la. Quero beijá-la, acariciá-la, amá-la e devorá-la como nenhum outro homem. Juro a mim mesmo que vou fazê-la esquecer o Eric e transformá-la na mulher mais feliz deste planeta porque é assim que ela faz com que eu me sinta: feliz e completo. Vou colocar o mundo aos seus pés e cuidar dela, protegê-la. É disso que ela precisa. Por mais que queira parecer essa fortaleza por fora, por dentro é apenas uma garota solitária e carente de afeto. Só preciso de uma deixa, um mínimo sinal de que não estou ultrapassando seus limites. Não quero assustá-la ou decepcioná-la. Engulo o tesão abrasador que sobe pelo meu corpo e aguardo qualquer movimento de sua parte.

— Sinto muito por sua mãe, Karl — murmura ela de cabeça baixa.

— Annie contou... — balbucio. — Sinto muito pela sua também.

Ela retorce os lábios em uma careta.

— De certa forma, a minha mãe fez por merecer. Mas a sua não. — Seus ombros despencam. — Como uma pessoa tão bondosa pode receber em troca um destino tão triste? É isso que as divindades fazem com os bons fiéis? Pagam com sofrimento? Por isso não acredito em Deus!

— Não vamos falar sobre isso, ok? — Levanto seu queixo, e nossos olhares se prendem.

— Sobre o que você quer falar? — Sua face ganha brilho.

— Sobre o beijo. Sobre nós — respondo num misto de entusiasmo e receio.

— Nós...? — Ela mordisca o lábio inferior e me encara de forma sedutora.

— Rebeca, não brinca com fogo. Eu...

— Sou adulta. — Ela estreita o olhar e segura o sorriso cheio de malícia.

Chega a assustar a incrível velocidade com que sua resposta atrevida arrebenta todas as minhas amarras. Sem pensar duas vezes, eu me curvo sobre ela e a beijo com tanta vontade e tanto desespero que acho que vou sufocá-la. Se bem que tenho a sensação de que sou eu quem vai morrer sufocado se não fundir meu corpo no dela. Não consigo refrear minhas mãos, pernas, minha boca. Rebeca geme de satisfação e arqueia o corpo, se deitando na pedra. Eu me deito em cima dela. Nervoso. Agoniado. Entregue. Ela levanta a parte de trás da minha camisa e passa as unhas nas minhas costas.

— Esse dragão nas suas costas me deixa louca, sabia? — sussurra em meu ouvido.

Meu coração quase explode, alucinado. *Puta merda! O que essa garota está fazendo comigo?*

— Eu quero você — digo, e refreio, sabe Deus como, a necessidade urgente de passar as mãos por todas as partes do seu corpo perfeito. — Sempre quis.

Rebeca solta uma risada de prazer e tenho vontade de devorá-la ali mesmo.

— Você me quis desde que me viu pela primeira vez?

— Sim — digo, e ela ri alto. Não vou estragar o momento com explicações, mas a verdade que ela não sabe é que nosso primeiro encontro foi na estrada. E desde então ela não sai da minha cabeça. — Eu a quero *muito* desde a primeira vez.

— Uau! — Os beijos dela ficam cada vez mais famintos. — Não sabia que eu tinha lhe causado uma impressão tão boa assim. — Ela arfa sedutoramente e seus olhos miram os meus, ardentes e desejosos.

— Não prestou atenção nos sinais então.

— Estou prestando atenção agora — diz, e retira o suéter que lhe emprestei e o pulôver azul-claro.

Meus olhos, ávidos por cada centímetro de sua pele, correm alucinados do seu sorriso cheio de malícia para os seios entumecidos por debaixo da blusa. *Ela é linda demais!* Começo a suar de desejo, arranco minha camisa e jogo-me sobre ela.

— Já que tenho sua atenção *agora* — destaco as palavras enquanto meus lábios vorazes saboreiam seu colo desnudo e minhas mãos passeiam por sua barriga e sutiã —, quero que grave o que vou lhe dizer.

— Sou toda ouvidos — responde ela enquanto seus dedos ágeis abrem a minha calça e começam a tirá-la.

Há um incêndio nos seus olhos e posso jurar que é o reflexo do meu corpo em chamas. Preciso apagá-lo a qualquer custo.

— Eu quero mais — confesso e a beijo como nunca beijei nenhuma outra mulher.

— Hã?

— Eu quero mais que transar, Rebeca. Eu quero tudo com você.

Instantaneamente seu corpo fica tenso debaixo do meu.

— Espera! — Sua voz falha, e ela se senta num rompante.

De olhos arregalados, parece que viu um fantasma enquanto veste o pulôver depressa.

— O que foi? — pergunto, atordoado. — Fiz alguma coisa errada?

Ela balança a cabeça, como se estivesse apavorada, vira o rosto e deixa seu olhar vagar no vazio. Perco a voz e a reação. Até os uivos do vento se calam diante do pavoroso silêncio que nos cerca.

— Quero voltar. Está tarde. — Aponta com o nariz para o oceano de sombras atrás de nós.

Só então me dou conta de que já anoiteceu.

— Rebeca? — Seguro seu braço, mas não sei o que dizer.

Estou tonto demais, perdido demais. Há uma confusão de emoções metralhando meu peito.

— Deve estar na hora dos parabéns. — Sua voz está estranha, seu rosto, distante, diferente.

Parece outra Rebeca.

Ela está em dúvida? É isso?

— D-desculpa, eu... — Tropeço nas palavras. Acabei de pisar em areia movediça e estou afundando. — Não tive a intenção. Posso esperar, eu...

— Depois, Karl — finaliza irredutível e fica de pé. — Agora eu quero ir embora.

— Mas...

— Depois.

— Pode parabenizar o campeão aqui. — Comemora Danilo, todo convencido assim que Rebeca e eu surgimos no jardim que contorna o casarão.

Meus familiares estão conversando animadamente pela sala e varanda. Todas as luzes estão acesas e o lugar parece encantado à noite. Sempre pareceu.

Mas não esta noite.

Rebeca e eu não trocamos uma palavra sequer durante todo o caminho do cânion até aqui. Uma ligeira dor de cabeça cresce cada vez mais, me deixando agoniado. Estou sem saber como agir diante das atitudes desencontradas desta garota. Em certos momentos, posso jurar que ela também me quer. Senti isso nos seus beijos e carícias. Mas, no instante seguinte, ela fica diferente e fria, perdida em um mundo de sombras e mistério. Tento me agarrar à ideia de que as estranhas atitudes são devido à sua triste história de vida, aos seus traumas e perdas do passado. Quero acreditar que talvez ela esteja passando por um conflito pessoal que não tem nada a ver comigo, mas precisarei aprender a lidar com sua instabilidade emocional se quiser ficar com ela. Não quero aceitar que ela simplesmente tenha caído em si e visto a burrada que estaria fazendo em deixar o perfeito Eric para trás e ficar com alguém com os dias contados feito eu. *Mas ela não sabe que estou com os dias contados!* Sinto um calafrio ao imaginar sua reação, a velocidade com que ela fugiria de mim se soubesse sobre o meu terrível segredo...

— Onde estavam? — pergunta a indiscreta tia Margot.

Sentada em uma banqueta, ela está comendo, para variar. Eu e Rebeca nos entreolhamos rapidamente. Detecto um tornado de emoções em seu rosto perfeito: desejo, raiva, medo, dúvida.

— Você teria vencido com as mãos amarradas, cunhado.

Retribuo o comentário do Beto com um sorriso frio. Annie apenas nos observa.

— Karl já escalava aquela rocha aos oito anos! — acrescenta Vanda.

— Émêzzz... Pucaudiquê o diacho já nasceu da pá-virada, sô — intromete-se Ed ao longe enquanto mexe nos disjuntores do painel de força do casarão. — Num fica amuado, não, mininu Danilo.

— Mas perdeu por WO — finaliza Danilo, meio aborrecido com o rumo da conversa. — Se quiser ir à forra, vai ter que esperar até o ano que vem porque o jantar no restaurante bacana já tem dono.

— Vem! É hora de cantar os parabéns! — convoca Madalena.

A família se reúne ao redor da grande mesa colonial. Beto puxa a cantoria e, afinados ou não, todos os familiares o acompanham. O ambiente se enche de alegria com a chuva de sorrisos, assovios e pessoas batendo palmas. Mamãe chama a mim e Annie para perto dela e, com os olhos lacrimejantes, balbucia partes da música abraçada a nós. Insiste em dizer que prefere ouvir a cantar, mas todos sabemos que a maldita doença destruiu seu fôlego. Annie cede à emoção e chora feito uma criança. Agarro sua mão e, abaixando a cabeça, tento, desesperadamente, controlar a enxurrada de lágrimas que ameaça me desmoronar também. Escuto prantos comovidos de tias. Afundo a cabeça no ombro da minha mãe e, quando dou por mim, estou soluçando. Não consigo aceitar que vou perder a única mulher que realmente me ama na vida, a única certeza de amor no meu mar de desilusões. Saber que, em pouco tempo, a minha tábua de salvação não estará mais aqui para não me deixar afundar... O coágulo pesa toneladas em minha alma.

A música acaba. E, por incrível que pareça, é mamãe quem enxuga nossas lágrimas.

— Sou uma mulher de sorte — diz ela para os convidados. — Deus me deu dois filhos maravilhosos. Com suas qualidades e defeitos, eles são tudo que uma mãe desejaria. Minha Annie e meu Karl são a energia que dá corda ao meu fraco coração. São eles que me mantêm viva, e eu não podia ir embora sem ter a certeza de que os deixaria bem.

— Não, mãe. — Annie tenta interrompê-la, mas mamãe a cala.

— Há um ano e meio, um anjo trouxe Beto para as nossas vidas — continua ela e, de repente, olha para Roberto. Ele está com os olhos inchados, abre e fecha a boca, mas não consegue fazer nenhuma piadinha. Sua face deformada confirma que está segurando o choro a todo custo. — Não encontraria genro melhor no mundo e sei que Annie será muito feliz ao seu lado, filho.

As pessoas estão caladas, num misto de comoção e atordoamento. O silêncio maculado por suspiros e soluços é perturbador.

— Quando achei que ele já havia se esquecido de mim, Deus se compadeceu dessa velha mãe e, nos meus momentos finais, me trouxe o melhor presente que poderia ganhar no meu aniversário: Rebeca. — Ela sorri para Rebeca, que está com os olhos vermelhos e a expressão assustada. Ela faz menção de negar, mas trava, envergonhada, petrificada. — Agora vou tranquila. Meu instinto de mãe diz que Karl encontrou sua parceira nesta vida.

Ah, não! E agora?

Como terei paz de espírito por deixar mamãe morrer iludida por essa mentira?

32

REBECA

O zum-zum-zum de pessoas cresce. Madalena e Ed andam de um lado para o outro. Insisto em ajudá-los com as malas. Não sou da família e as palavras amorosas da matriarca fizeram com que eu me sentisse mais impostora do que nunca. Bagagens de todos os tamanhos ocupam a sala e vão desaparecendo com seus donos. Annie, Beto, Karl e Dona Deise estão lá fora, no gramado, se despedindo. Há um clima triste no ar, e consigo captar que não é a melancolia do fim de festa, mas sim a despedida definitiva. Estão dando adeus não à cerimônia ou ao lugar, mas à bondosa anfitriã. Sinto-me absurdamente estranha e arrasada. Meu coração está inquieto, pesado feito chumbo. Ajudar Ed e Madalena ao menos me mantém distraída. Não entendo por que estou tão emotiva. Nunca fui assim. Minha mãe me criou para aceitar fatos sobre os quais não temos domínio. Morte é morte. Ponto final. Ela me fez enxergar a vida em números, de uma forma exata. Mamãe sempre disse para não acreditar em crenças ou nas pessoas, que o amor é um sentimento estúpido que incutiram na cabeça do ser humano para torná-lo fraco e manipulável. Para ser feliz bastaria ser rica, pois o dinheiro e o poder estariam acima de tudo e me trariam tudo...

Será?

Minha cabeça rodopia num tornado infernal. Os acontecimentos desde o encontro com a cartomante comprovam que as estatísticas falham. E, para piorar, isso acontece nos momentos mais cruciais. *Além disso, por que tenho a impressão de que o amor, assim como Madame Nadeje afirmou, é muito além do que minha mãe me fez acreditar?*

Tiago e Karl passam por mim, Ed e Madalena e se dirigem para a cozinha. Estremeço ao detectar a fisionomia entristecida de Karl. Seus olhos procuram pelos meus, mas viro o rosto. Estou sem coragem, confusa, perdida dentro de mim mesma. Eric não apenas se enquadra nas pistas da cartomante. Na certa seria aprovado com louvor em todos os requisitos da minha pragmática mãe. *Então por que meu corpo e espírito reagem de maneira contrária? Por que não querem que o Karl seja o décimo segundo?*

Beatriz também passa por nós e vai ao encontro de Karl no exato momento que Tiago se despede do primo. Todos os pelos do meu corpo se eriçam. *Cascavel! Estava apenas esperando ele ficar sozinho para dar o bote!* Pelo canto do olho vejo ela se aproximar e colocar a mão sobre a dele. Karl está pensativo e de cabeça baixa. Tenho ódio mortal de mim mesma por permitir que isso aconteça. *Por que está tão chateada assim se pretende se livrar dele amanhã cedo, Rebeca?*, indaga com sarcasmo ferino a voz em minha cabeça.

— Quer algo, Rebeca? — indaga Madalena de repente ao me ver espiando os dois.

— E-eu errr...

— Da cozinha? — A sombra da ironia ronda seus olhos.
É óbvio que se refere a Karl.
Estreito os olhos em sua direção, mas me esquivo:
— Vou me deitar. Boa noite.

Bato a porta do quarto e me jogo na cama. Afundo a cabeça no travesseiro e digo em voz alta que amanhã pela manhã tudo estará acabado, que estarei livre do furacão de emoções que me destrói por dentro. Um bip me faz despertar. Outra mensagem de Suzy. Essa é sem firulas, direto ao ponto.

Eu me arrepio inteira.

As palavras de Suzy me trazem de volta à realidade: o tempo está quase esgotado. Ela tem razão. Não posso desafiar a maldita cartomante. É arriscado demais.

O aquecedor parece ter pifado de vez e, com a noite avançando, o quarto está ficando cada vez mais gelado. Coloco meu pijama de flanela, me enfio debaixo das cobertas e aguardo Karl retornar. Começo a tremer e agora não sei se é devido à expectativa ou ao frio. Reviro-me na cama, e os minutos passam em câmera lenta, castigando meus nervos com crueldade. Observo as marcas na tinta da parede e me recordo dos pôsteres, fotos e medalhas à mostra na cabana de Annie. Karl os havia arrancado dali. Experimento uma tristeza inexplicável. Por que ele quis se livrar de tudo aquilo? Por que esconde seu passado de glórias? Por que não voltou a lutar se é tão bom no que faz?

Droga! Está tarde, e Karl já devia ter aparecido! A imagem de Beatriz se aproximando dele fica se repetindo em *looping* na minha cabeça. Outro pensamento preocupante me deixa agoniada. Todas as visitas já foram embora e a casa está vazia. Karl está chateado comigo e poderá dormir em outro quarto se desejar. Poderia até dormir com outra pessoa nesse outro quarto se desejasse... *Ah, não! Será que ele teria coragem?*

Escuto um ruído na porta. Paraliso no lugar e, sem que ele perceba que estou acordada, vejo quando Karl entra, tentando não fazer barulho. Pé ante pé, observo sua silhueta indo até o armário, abrindo uma das portas, pegando uma muda de roupas e refazendo o caminho de volta. Meu coração dá um pulo quando percebo sua intenção. *Ele realmente pretende dormir em outro quarto!*

— Não, Karl! — Minha voz sai estridente.

Ele estanca o passo no mesmo instante que eu me sento na cama.

— Desculpa. Não quis te acordar.

— Eu já estava acordada — confesso.

— Terá privacidade esta noite. Tem quarto sobrando no casarão.

— Fica comigo.

— Acho que é melhor eu ir — retruca, mas seus olhos o traem. *Ele quer ficar!*

— Estou com frio.

— Por que não disse antes? — Ele larga as roupas na cômoda ao lado, vai até a parte superior do guarda-roupa e pega outro cobertor. Karl o abre e, ficando a uma distância perigosa, se inclina e o coloca sobre os outros dois. — Deve ajudar.

— Não sei se será suficiente. — Seguro seu braço quando ele começa a se afastar. Karl me encara e vejo a respiração acelerada fazer seu peitoral subir e descer com rapidez. Estremeço. — Estou congelando.

— Não sei aonde quer chegar.

— Sabe, sim.

— Então só há um jeito de aquecê-la — diz ele, com a voz rouca.

— Eu sei — respondo, sem romper o contato visual. Suas pupilas dilatam e nova erupção vulcânica ocorre dentro de seus olhos perturbadores. — Eu quero.

— Mas... — Ele hesita.

— Eu quero você.

Mal consigo terminar a frase. Karl já está sobre mim.

— Ah, Rebeca — geme ele num frenesi de desespero e desejo.

Desta vez não há incertezas ou hesitações. Ao contrário, Karl me esmaga sobre a cama e, voraz, se livra das suas roupas e das minhas num piscar de olhos. Suas mãos parecem mágicas e estão em todos os lugares, delicadas nas áreas que precisam ser, e nervosas, pesadas e audaciosas em outras. Solto gritos de agonia pela expectativa, e Karl expira, satisfeito. Por um mínimo instante nossos olhares se encontram e se refletem, idênticos. Estão eufóricos, vidrados e abarrotados de ansiedade e tesão. Então Karl torna a afundar os lábios nos meus, e sua língua, a princípio suave, morna e gostosa, se enrijece e esquenta, decidida, preenchendo cada canto da minha boca. Meu corpo responde ao contato com o dele como nunca antes. Estou suando de prazer por todos os poros, febril, quase em chamas. Os lençóis da cama começam a grudar em nossas peles, se embrenhando pelos meus seios e pelo seu corpo definido. O ar está tenso, como se todo o contato não fosse o suficiente. Karl me beija sem parar, sôfrego, tenso, faminto. Amo a sensação que seus toques geram em mim. Mas não é o suficiente. Preciso transformar nossos corpos em um só, derretê-los e fundi-los em uma única massa. De repente, ele segura meus braços ao lado da minha cabeça e se afasta de mim. Seus tríceps inchados e a musculatura definida do peitoral me fascinam e hipnotizam. *Puta merda! Ele é gostoso demais! Isso aqui é perfeito demais!* Karl me pega observando-o com deleite. As lavas vulcânicas dos seus olhos cor de fogo explodem em minha direção. E ardem em minha pele e em outras partes desconhecidas dentro de mim. O cintilar do rubro-dourado tem um significado. É agora. Observo a avidez de sua expressão, seus traços másculos e seu rosto viril me admirando, quase me idolatrando. Karl me quer. E me quer muito. A certeza gera um frenesi incrível e uma felicidade sem precedentes em meu peito. Escancaro um sorriso. Karl retribui. Seu sorriso é perfeito, sedutor e tímido ao mesmo tempo. Então ele pisca para mim e eu assinto, cedendo à urgência enlouquecedora que me rasga por dentro. No instante seguinte, o peso do seu corpo está de novo sobre o meu. Bastaria em outro momento, mas não agora. Eu preciso de mais. E ele também. O fogo nos consome e só há um jeito de apagá-lo. Eu sei, ele também sabe. Precisamos ir até o fim. Suas mãos nervosas passeiam por entre minhas coxas, afastando-as, e seus lábios afundam em meu pescoço.

— Meu Deus, como eu a quero — arfa Karl, tão euforicamente desesperado quanto eu.

Nossos movimentos ritmados geram uma contração absurda em meu abdome e despertam todos os músculos e nervos e sentimentos dentro de mim. Os movimentos ganham força e aceleram. Violentos. Sincronizados. Perfeitos. Há uma energia gigantesca nos envolvendo, um prazer indescritível, uma necessidade avassaladora se apoderando de nós, de cada uma de nossas células. As respirações reverberam no ar, cada vez mais rápidas e inconstantes. Eu grito com a sensação entorpecente, maravilhosamente aniquiladora, que começa em meu ventre e se espalha pela minha pele, mas a emoção é ainda maior quando escuto o gemido surdo de prazer de Karl, sua voz rouca repetindo meu nome com desejo arrebatador, até seu corpo tombar novamente sobre o meu, exaurido e entregue. Os segundos passam e ainda estou vibrando por dentro. Deveria estar calma e relaxada, mas não é assim que me encontro. Acho que estou mais nervosa do que antes e respiro aliviada por Karl ainda não ter levantado a cabeça para me olhar. Ele permanece com o rosto afundado na curva do meu ombro e, respirando forte, salpica beijos delicados no meu pescoço. Não sei como disfarçar o sorriso bobo que insiste em permanecer em meus lábios. Nunca, em toda a minha vida, experimentei o que acabei de vivenciar.

Foi muito mais do que sexo.

— Se continuar me beijando, vamos ter que repetir a dose — ameaço em tom brincalhão.

— Quem disse que eu não vou repetir? — Ele finalmente levanta a cabeça e estreita os olhos em minha direção. A luz do abajur reflete em seu tórax suado. Eu afasto uma mecha de cabelos castanhos e sou presenteada com um sorriso irretocável, simplesmente lindo. — Sou um sujeito que não se contenta com pouco, Rebeca.

— Ah, é? Pois vou acabar com seu estoque de camisinhas. — Empurro-o para o lado, subindo sobre ele enquanto imobilizo seus braços atrás da cabeça, assim como ele fez comigo minutos antes.

Karl estuda meu corpo nu e o sorriso gentil instantaneamente vira um sorriso torto, o semblante entre o indolente e o cafajeste.

— Estou contando com isso. — Ele morde o lábio inferior e sinto seu corpo acordar debaixo do meu.

Arregalo os olhos. Ele ri, satisfeito, e me puxa para outro beijo apaixonado.

33

REBECA

— Nós não ganhamos a gincana. — Inicio a conversa após a terceira rodada de sexo espetacular desta noite inesquecível.

Uma mínima claridade surge no vidro embaçado da janela. Sinto um discreto mal-estar ao me dar conta de que logo vai amanhecer e que teremos que partir. Estamos exaustos, mas a emoção transborda. A eletricidade que emana dos nossos corpos paira no ar. Karl está recostado na cabeceira da cama e tem o queixo sobre a minha cabeça. Eu permaneço deitada sobre ele, as costas apoiadas em seu peitoral rígido como pedra. Seus braços musculosos me envolvem com um misto de desespero e carinho, e são mais quentes do que qualquer coberta.

— Estava pensando exatamente nisso. — Sua voz grave me dá arrepios Ele atrai meu olhar. — Que tal darmos um susto no Danilo e aparecermos naquele restaurante bacana na mesma data?

— Está me convidando para um jantar daqui a quarenta dias? — Congelo só de pensar.

— Eu disse isso? — Ele arqueia as sobrancelhas, segurando um sorrisinho maroto.

— Ah, Karl, você está de zoação!

Apesar de não estar preparada para lidar com um possível "nós", não é alívio o que sinto em meu meio peito.

— O convite está de pé, mas... — Ele estuda meu rosto e cada uma das minhas reações com os olhos brilhantes e atentos. — Não era isso que você tinha em mente quando comentou sobre a gincana, não é mesmo?

Assinto. *Karl é observador.*

— Por que afirmou que Davi e Lúcio nunca mais me importunariam? O que você fez? — Impossível segurar a ansiedade. Minha voz sai alta e esganiçada.

— Era para ser segredo... — Ele olha para cima com ar travesso e faz uma careta. — Eu fotografei os pilantras com a boca na botija assim que os coloquei dentro do carro. Dei até uma caprichada nas fotos, para falar a verdade.

— Como é que é? — Dou um pulo, num misto de atordoamento e euforia. — Você fotografou os dois... nus?!?

— E fiz outras coisinhas também. — Uma risada malévola lhe escapa.

— Para de suspense, Karl! — Agarro seu braço com força, a expectativa me corroendo.

— Ai! Suas unhas machucam! — Ele finge se encolher, mas, em seguida, torna a me abraçar, enchendo meu pescoço de beijos apaixonados. — Já que os canalhas estavam desacordados, aproveitei para colocá-los em uma posição para lá de incriminadora, um com a boca em cima das partes íntimas do outro.

Meus olhos quase saltam das órbitas e dou muitas gargalhadas.

— Também tive uma conversinha com os babacas depois daquela noite, como já sabe. Deixei claro que, se aprontassem qualquer gracinha, o vídeo deles iria direto para o Youtube. — Karl abre um sorriso vitorioso. — Será o fim para eles. Ao menos nesta faculdade.

— Você fez isso... por mim? — Acaricio seu rosto.

Ele não perde tempo e coloca a mão sobre a minha. Reparo como ela é grande e bruta, mas, ao mesmo tempo, protetora.

— E faria muito mais — afirma, sem hesitar, enquanto me puxa para outro beijo profundo e entorpecente.

Assim como ele. Assim como tudo nele.

E eu acredito.

Karl não apenas me livrou das garras daqueles monstros, como também pensou em proteger meu futuro. Fecho os olhos e sinto uma sensação que nunca antes experimentei na vida, um calor em forma de segurança se difundindo pelo meu corpo e espírito. Ao lado de Karl não preciso de máscaras ou escudos, eu me sinto aceita e protegida.

— E como fica "você e Beatriz"?

Fala sério! De onde surgiu essa pergunta?

— Está com ciúme? — Ele tenta a todo custo refrear o sorriso, mas não consegue.

Abaixo a cabeça e tento esconder que estou corando.

Putz! Nunca fui de tirar satisfação com homem nenhum!

— Não existe mais "eu e Beatriz". — Karl levanta meu queixo com delicadeza e, olhando bem dentro dos meus olhos, afirma com veemência: — Acabou.

— Eu vi vocês dois ontem à noite. No celeiro. — Minha voz titubeia.

— Então também viu que nada aconteceu, que fui embora e a deixei plantada — retruca, e meu coração dá pancadas eufóricas no peito. — Finalmente descobri que ela era apenas uma fixação de uma mente obcecada por um passado que já deveria ter ficado para trás. A única mulher que fez com que eu me sentisse vivo em anos estava do lado de fora daquele celeiro. — Ele passa os dedos em meus lábios.

— Karl...

— Rebeca — ele me interrompe —, sei que você ainda está com o Eric, e não quero forçar as coisas... entre nós. — Sua voz fica grave e urgente. — Mas preciso que entenda o que aconteceu... *esta noite...* — Ele trava. Há um ciclone dentro das lavas incandescentes de seus olhos. Karl luta bravamente, desesperado em alcançar as atormentadoras palavras que se esquivam, ágeis, em sua boca trêmula. — Foi muito importante para mim. Quero que saiba que a acho especial, mais do que isso até, desde a primeira vez que a vi, que gostaria de...

— Espera! — peço, agoniada, silenciando seus lábios. Não posso ouvir mais nada. Preciso abafar a qualquer custo essa emoção que me toma e que faz meu coração disparar. Ela estremece meus alicerces e não é bem-vinda. — Não vamos falar sobre i-isso... — Engasgo. — Não agora, ok? — Ele estreita os olhos e recua. Por sorte, meus instintos estão em alerta. — Para de bobeira. Você não precisa me paparicar. Já conseguiu o que queria. — Brinco e aponto para o meu corpo nu.

— Quem disse que eu já consegui o que queria? — Karl relaxa e uma malícia calorosa dança em seus olhos enquanto ele me examina.

— Como assim? Não está cansado?

— Um pouco. Mas após um banho frio... — Morde o lábio. — Quer vir comigo?

— Banho frio? — Faço uma careta. — Nem morta e decapitada!

Ele acha graça da minha reação e me abraça novamente. Antes que ele saia, faço a pergunta que vem me consumindo.

— Karl?

— Hum?

— Se não quiser, não precisa responder, mas... — Perco a coragem de repente.

— Mas...?

— Eu não tenho o direito e...

— Pode perguntar — diz ele, acariciando meu rosto com a ponta dos dedos.

— Por que abandonou o MMA?

Karl se afasta num rompante. Sua fisionomia muda, oscilando entre tensão e hostilidade.

— O que te contaram? — exige, com os dentes trincados. — Foi Annie, não foi?

— N-não! Eu ouvi seu tio Leopoldo comentando com o filho mais novo o quanto você era espetacular no MMA, que não surgiu ninguém tão bom quanto você desde então. Só isso — minto.

Preciso defender Annie a todo custo.

Karl vira o rosto para o lado, e seus olhos pairam, perdidos e pesados, em algum lugar longínquo. Uma aura de dor e abatimento cobre suas feições, antes leves, e me arrependo amargamente por ter tocado no assunto.

— Karl, esquece. Não precisa...

— Na noite em que Beatriz me dispensou — começa ele, de repente —, eu havia conquistado, invicto, o direito à disputa do cinturão da minha categoria. Eu era convidado para as festas mais badaladas, vivia rodeado por milhares de "amigos" e todas as garotas queriam ir para a cama comigo. — Karl encara as próprias mãos. — Naquela época, eu era um sujeito arrogante, convencido e, principalmente, muito imaturo. — Suspira. — Depois que peguei Beatriz com o outro cara, e ela terminou comigo, fiquei transtornado. — Ele parece escolher as palavras. — Só ontem à noite, depois de dois anos me martirizando, consegui compreender que a dor não era pelo fato de ela não me amar mais, mas por ter sido derrotado. A verdade ficou clara e cristalina, eu não admitia perder. Naquela época só conhecia a vitória, Rebeca. — Finalmente ele olha para mim, o rosto deformado pelo sofrimento. — Puto da vida por ter perdido ela para outro, peguei minha moto e saí pilotando como um suicida. É claro que tinha que dar merda.

— Um acidente — murmuro.

— Fiquei em coma por quatro meses e, ao acordar, só encontrei Annie e mamãe. Todos os meus "milhares de amigos" — faz aspas com os dedos — haviam desaparecido. É nessas horas que você descobre quem realmente se importa com você.

— Sinto muito. — Acaricio sua barba por fazer. Ele beija minha mão e afunda o rosto nela. — Mas por que não voltou a lutar se está recuperado?

Karl levanta a cabeça e me encara. Seus olhos ganham vida, cintilam diversas nuanças de dourado e me fascinam. Sua voz grave, entretanto, hesita:

— Porque...

Uma batida na porta nos faz dar um pulo. Karl me envolve e puxa o cobertor sobre nós.

— Filho, estamos sem energia. São seis e meia. Se Rebeca quiser tomar um banho, posso pedir a Madalena para esquentar a água para ela.

— Ok, mãe! — responde Karl, com a voz restaurada.

Continuo curiosa, mas seguro a onda. Ainda teremos muito tempo para conversar durante a viagem de volta.

— O café já está na mesa — finaliza Dona Deise.

— Estamos indo. — Karl pisca para mim e, com um sorriso indolente nos lábios, refaz a pergunta. — Não quer mesmo tomar um banho comigo? Eu te aqueço.

— Neste Polo Norte? — Arqueio as sobrancelhas. — Nem por um milhão de dólares!

— Ok. Então se arrume porque dentro de quarenta minutos estaremos de partida.

Bocejo e puxo o cobertor. O colchão está lotado de magnetos, só pode ser. Sinto-me sendo puxada pelas entranhas da cama...

— Sem preguiça, hein? — manda ele, e eu resmungo.

Karl rola para o lado e sai da cama, desinibido e tranquilo. Tiro o cobertor dos olhos e, curiosa, o observo se espreguiçar de pé ao lado do criado-mudo. A musculatura definida de seus braços se somando às de suas nádegas e coxas torneadas são de tirar o fôlego. O enorme dragão tatuado nas costas largas e a barba por fazer o deixam ainda mais atraente. Ele entra no banheiro, encosta parcialmente a porta e abre o chuveiro. Tomada por preguiça e por uma deliciosa sensação de plenitude, afundo a cabeça no travesseiro. Estou criando coragem para abandonar as cobertas quentinhas quando o celular de Suzy desata a tocar. Ainda é cedo e a sensação é de que o maldito aparelho berra e ecoa pelas paredes do casarão. Dou um pulo da cama e, enrolada no lençol, pesco-o da bolsa.

— Não sabia que você madrugava!

— Qual o motivo do nervosismo? — rebate Suzy, desconfiada.

— Não estou nervosa. Só não posso ficar de bate-papo — respondo, impaciente.

— Sei. — Ela silencia por um instante. — Devia me agradecer, isso, sim.

— Obrigada — solto, ácida. — Mas posso saber por quê?

— Porque salvei sua pele ontem, sua ingrata. Só por isso! — retruca, agressiva. — O Eric estava preocupado porque não conseguia falar com você e acabou ligando para o telefone fixo aqui de casa. Inventei uma história, disse que você teve uma indisposição muito forte e que tomou um remédio que a fez dormir o dia todo. Enfim, tive que ser uma atriz para convencê-lo a não aparecer aqui. O coitado descobriria que você nunca esteve em Divinópolis, que mentiu para ele o tempo todo.

— E-eu sei. Desculpa, Su — murmuro, e ela torna a se calar.

A conversa está estranha.

— E aí? Transou com o "Garoto Cupcake"?

— Sim. — Sinto um ligeiro mal-estar assim que respondo.

— Graças a Deus — murmura ela, mas a agonia sufocante permanece.

O silêncio desconfortável é rompido por um batuque de pés do outro lado da linha.

— Você está estranha demais.

— Você também — retruco.

Ela solta um muxoxo.

— Pelo amor de Deus, não me diga que está se apaixonando pelo rapaz da cafeteria.

— C-claro que não. — Minha voz falha.

— Jure pela sua felicidade e a da sua mãe. — Ela me cerca.

— Tá — balbucio.

— Ouvi apenas um grunhido indecifrável. Pode ser mais clara?

— Quer parar com o drama? Para início de conversa, eu não me *apaixono* e você sabe disso melhor que ninguém!

— Jura! — Ela me pressiona, o tom de voz atipicamente tenso e inflexível.

— Eu juro pelo que você quiser que não estou apaixonada! O "Rapaz da cafeteria" não significa nada, droga! — respondo, num rosnado. — Foi apenas um acordo e não passou de uma boa transa. Estou pronta e desimpedida para o Eric. Satisfeita?

Um ruído surdo, de dor profunda.

Eu me viro. Instantaneamente minha pulsação dá um pico sem precedentes e meu coração explode em milhares de fragmentos de culpa e de vergonha quando me deparo com o rosto pálido, quase mórbido, que me encara.

Karl.

De pé ao lado da porta do banheiro e ainda molhado, ele esta com apenas uma toalha branca enrolada na cintura. Atordoado como quem é mortalmente ferido pelas costas, Karl fecha os olhos e franze a testa com tanta força que perde o equilíbrio e se ampara no batente. Perco o chão e o ar. *Ah, não!*

— Karl! — Finalizo a ligação aos tropeços e corro em sua direção. — E-eu não queria que fosse dessa maneira! A gente sabia desde o início, e eu...

— Shhh. — Ele faz sinal para que eu não me aproxime, e sua garganta emite novo ruído, agora apavorante. Engulo em seco e recuo quando seus olhos escurecem até ficarem negros e um semblante sombrio, quase assassino, cobre sua face. — Está tudo *perfeitamente* dentro do acordo, Rebeca. A "boa transa" — repete, de maneira sarcástica, mas não consegue camuflar o ódio, como lava incandescente, escorrendo por entre as palavras — foi apenas um *upgrade* à nossa farsa, nada de mais. Fica tranquila. Não esperaria algo diferente de você.

— Karl, eu juro que...

— Não — interrompe, em tom casual, quase de descaso, mas há um sorriso feroz em seus lábios. — Quem jura sou eu. — Ele passa as mãos pelos cabelos molhados e respira fundo. — Se você disser mais uma palavra, posso perder a compostura. O "Rapaz da cafeteria" vai lhe dar privacidade. Arrume-se e me encontre lá embaixo. — Sua musculatura está retesada, e ele ofega ao se dirigir até a porta do quarto. — Ah! — Vira para mim, os olhos soltam faíscas flamejantes, e o sorriso se expande, ameaçador. Recuo ainda mais. — Trata de fazer uma cara feliz, senão... — Uma veia lateja em seu maxilar. — Minha mãe não pode notar nada de errado. Sei que você vai conseguir. Deu provas de que é uma excelente atriz.

A porta bate com violência.

Deixo meu corpo escorregar e afundo o rosto nas mãos.

Merda! Merda! Merda!

34

KARL

Passo como um relâmpago pelo corredor e, antes de entrar em um dos quartos de hóspedes, esbarro em Madalena pelo caminho. Gotas d'água escorrem por minha pele e escondem as estúpidas lágrimas que insistem em jorrar. Furioso, bato com as mãos na cabeça na ensandecida intenção de arrancar a última frase dita por Rebeca ao telefone e que meu cérebro masoquista insiste em repassar. Ininterruptamente. Não consigo acreditar que o ódio e a felicidade, dois sentimentos tão antagônicos, se complementam em uma armadilha ardilosa, fundidos sem margens ou limites dentro do mesmo lado de uma moeda. Há cinco minutos eu era o sujeito mais feliz na face da Terra e agora nada mais sou do que um nada, o abominável "Rapaz da cafeteria", um ser descartável, apenas lixo.

A ideia da morte entra sorrateira em meus pensamentos e ganha força. Talvez eu esteja pagando por ter prolongado algo que deveria ter sito finalizado há dois anos, naquele acidente de moto. Talvez Deus esteja poupando minha mãe de uma dor maior, prorrogando minha vida apenas para manter acesa a chama da esperança dentro do seu coração caridoso. Talvez o milagre da minha sobrevivência nada mais seja que uma maldição a ser paga com o mais alto dos juros: a infelicidade constante.

— Rebeca, vem cá — chama minha mãe da varanda do casarão assim que alcançamos a caminhonete.

São sete e quinze da manhã e ainda teremos muito chão pela frente. Como esperado, Rebeca atuou com desenvoltura e o café da manhã transcorreu da forma mais "natural" possível. Por sorte, escapei dos olhares investigativos da Annie e do Beto. Eles resolveram dormir até mais tarde já que retornariam ao trabalho apenas após o almoço.

— Só um minuto — pede Rebeca, e vai até ela.

Obrigo-me a colocar a máscara da indiferença quando sento atrás do volante. Impaciente, checo o retrovisor e observo as duas ao longe. Rebeca está de cabeça baixa enquanto mamãe segura seus braços e fala sem parar. Sinto ódio avassalador de mim, da farsa a que submeti minha pobre mãe. Meus dedos apertam o volante e quase o arrancam do painel. *Que ótimo! Minha velha será enganada até o último instante.*

— Podemos ir — afirma Rebeca com a voz estranha e de cabeça baixa ao retornar.

Ela tenta disfarçar, joga a cortina de cabelos negros para a frente, mas detecto olhos inchados e vermelhos.

O que será que mamãe lhe disse?

Num silêncio absoluto, faço a viagem em tempo recorde. Não paramos para comer ou descansar, não liguei o som e não trocamos uma palavra sequer. Pelo canto do olho, vi Rebeca se virar em minha direção algumas vezes, abrir a boca, como se quisesse dizer algo, mas então recuava, fechava os olhos e tornava a olhar para a frente.

Melhor assim.

Minha cabeça dói. Não estou em condições de conversar, muito menos discutir. Meu celular toca a poucos minutos do nosso destino.

— Fala, Theo. — Atendo, impaciente.

— Naomi faltou de novo e estou sem a chave.

— Mas já passa das onze! A cafeteria está fechada até agora? — Rosno alto. — Onde está a *sua* chave?

— Sinto muito. Eu a esqueci na bolsa de Suzy na sexta-feira. Ela está viajando e só retorna na quarta. Vou tentar falar com ela e...

— Mas que porra! Só me faltava essa!

— Desculpa, Karl. Naomi não atende minhas ligações e...

— Peça desculpas aos clientes. Estou indo para aí — finalizo com os nervos à flor da pele. Está difícil abrandar meu estado de espírito. — Vamos dar uma parada na cafeteria antes. Meu funcionário esqueceu as chaves na bolsa da sua amiguinha e a cafeteria está fechada até agora — comunico, e Rebeca apenas assente.

— Sinto muito, chefe. — Theo me enerva, repetindo a maldita frase a cada cinco segundos.

Entrego-lhe o meu molho de chaves. Ele abre o portão de ferro e as portas de vidro da cafeteria sob o olhar impaciente de um grupo de alunos famintos. Não estou apenas aborrecido, mas sim nervoso e agitado. Uma enxaqueca fortíssima avança. Tremo ao perceber que é a mais aguda que experimentei desde o acidente. Preciso tomar um analgésico e descansar. Dr. Nolasco deixou claro que eu teria que ir imediatamente para algum hospital caso uma dor de cabeça forte permanecesse por mais de doze horas. Essa já dura umas quatro horas e cresce depressa e vertiginosamente.

Rebeca permanece calada e observa atentamente cada movimento nosso. Theo coloca o uniforme, corre para o balcão e liga a máquina de café e a de chocolate quente. Eu separo as massas congeladas de pão de queijo, coloco-as no forno ainda em aquecimento e arrumo as prateleiras com o carregamento de broas de fubá e roscas de banana com canela que o entregador deixou logo cedo com o Theo. A seguir, visto o gorro e o avental e me dirijo às mesas para anotar os pedidos.

— Karl, coloca a senha — solicita Theo, meganervoso atrás do computador. — Não sei mexer nisso — avisa com os olhos arregalados e a testa suando.

Ele também odeia informática e não sabe lidar com o novo programa da cafeteria.

Coloco a senha e o programa abre, mas, assim que insiro os dados, ele trava.

— Droga! É a terceira vez que isso acontece. Nas outras Naomi me ajudou — rosno.

— Vai ficar complicado trabalhar sem ele. — Theo choraminga e tenho vontade de lhe dar um murro na cara. Minha cabeça lateja horrores.

— Deixa eu ajudar. — Escuto a voz gentil de Rebeca e, antes mesmo que eu lhe dê um fora colossal, olho por cima do balcão. Arrepio por inteiro e não é por causa da atração avassaladora que a maldita gera em mim, mas sim por sua inesperada atitude. Ela fez um rabo de cavalo com os longos cabelos negros e, por conta própria, colocou o avental da cafeteria. — Minha aula só começa às duas. — Abre um sorriso amarelo.

Afasto-me e lhe dou passagem. A agilidade e a concentração de Rebeca me fascinam e me deixam ainda mais atordoado. Seus dedos são tão velozes que tenho a sensação de que estou diante de um filme acelerado. Fico tonto com a quantidade de números, símbolos e códigos que ela digita por segundo, assombrado com seu raciocínio veloz e sua familiaridade com o negócio.

— Pronto — solta ela, animada.

Não são necessários nem três minutos para Rebeca quebrar todas as travas e navegar tranquilamente pelo programa como se fosse a coisa mais banal do mundo. Minha cabeça piora, e mal consigo manter os olhos abertos. Preciso ir para casa urgentemente.

— É só manter este padrão e... — Ela interrompe sua explicação para Theo ao perceber meu estado. — Karl, o que está havendo? Você está passando mal?

— Enxaqueca apenas — respondo.

— Você está pálido. Não tem um analgésico aqui?

Faço que não.

— Tudo bem. Descanse um pouco — ordena, e eu obedeço porque a dor está insuportável mesmo. Outro grupo de alunos se aproxima. — Vou ensinar o básico ao Theo. Em menos de dez minutos a gente se manda daqui.

E assim ela fez. Acho que teria terminado em menos tempo se não ficasse subitamente imóvel diante de uma determinada tela do programa.

— Há quanto tempo vem tendo esse problema com o programa? — indaga ela.

Se estivesse em melhores condições de reparar, diria que sua face está diferente.

— Cinco meses — balbucio quase de olhos fechados. A claridade está queimando minhas retinas.

Rebeca apenas franze a testa.

— Ok. Vamos embora.

— Não acha melhor procurar um médico? — pergunta ela, assim que estaciono a caminhonete em frente à entrada do seu prédio.

— Ficarei bem. — Minha voz sai ácida e orgulhosa. A dor de cabeça é apenas a ponta do iceberg. Estou dilacerado por dentro. — Lá na cafeteria... obrigado.

— Foi o mínimo — murmura, pensativa. — Depois de tudo que...

— Estamos quites então — interrompo, num misto de impaciência e ira.

Mero agradecimento? Dispenso.

— Apesar de tudo, eu queria que soubesse que adorei o fim de semana. Sua família é incrível. — Seu tom de voz está baixo, sem força.

— Ao menos gostou de alguma coisa. — Abro um sorriso irônico e a encaro, mal disfarçando a dor e a fúria que incendeiam meus olhos.

Forço a visão, aguço meus instintos ao extremo, mas não consigo compreender sua fisionomia. Isso me irrita. Tudo me irrita. A claridade está me matando. Pego meus óculos de sol no porta-luvas.

— Karl, eu...

— Adeus. — Termino a conversa enquanto coloco os óculos. Estou nervoso e sem paciência para ouvir desculpas.

Ela ameaça abrir a porta, mas para, as mãos hesitantes. Meu coração dá um salto, esperançoso, mas eu o sufoco na marra. Rebeca parece procurar as palavras corretas, mas não existe nenhuma que possa anular o efeito devastador que sua frase de desprezo gerou em minha autoestima.

— Rebeca! — O berro de Eric corta o ar entre nós.

Ele emparelha seu reluzente Audi e, pela janela, faz sinal com as mãos para que esperemos. Em seguida estaciona em frente à caminhonete.

Que ótimo! Era o que faltava para acabar definitivamente com o meu dia!

Por sorte os óculos são bem escuros e Eric não verá meus olhos vermelhos. O semblante de Rebeca ganha vida, como se ela estivesse em um transe hipnótico e acabasse de acordar. Ela desencosta do assento e suas mãos ficam agitadas. Eric sai do carro e, com um buquê de rosas na mão, vem em nossa direção.

Calma, Karl! O cara é gente boa e não tem culpa se a garota gosta dele e não de você.

Respiro fundo e ligo o motor da caminhonete. Preciso sair daqui antes que eu faça uma burrada das grandes.

— Eu os vi passando e... — começa Eric, mas, de repente, seus olhos escurecem, e ele franze a testa. — Algum problema? Estou interrompendo alguma coisa?

Rebeca gagueja e não consegue construir uma sentença inteira sequer. Eu permaneço sério e olhando para a frente. O clima fica estranho.

Sim, cara! Temos um problemão. E sabe por quê? Porque perdi a garota dos meus sonhos para você! Porque, se você fosse uma babaca, seria um prazer inenarrável encher sua cara de porrada e arrancar seus dentes! Mas não é! E algo dentro de mim o respeita, porra! E isso consegue ser ainda mais arrasador.

— Claro que não! É que... Karl não está passando bem! — A voz esganiçada de Rebeca surge em minha defesa. — Ele me encontrou quando foi levar um conhecido para a rodoviária e, mesmo estando assim, acabou me dando uma carona na volta.

Eric fica tenso, sua pele pálida ganha nuanças de vermelho, o buquê vibra em suas mãos e denuncia a emoção que o toma.

— Eu estava te esperando na parada da rodoviária até há pouco — retruca ele, com o tom de voz baixo, a expressão oscilando entre a indecisão e a fúria, o olhar atento e especulativo. — Não te vi chegando no ônibus que veio de Divinópolis.

Eric pode ser um cara educado, mas não é idiota. Já sentiu que tem algo errado. Pelo canto do olho, percebo que Rebeca empalidece. Uma parte obscura de mim vibra ao presenciar seu desespero momentâneo.

— F-foi porque não vim de ônibus! — diz ela, gaguejando, mas sem hesitar. — O pai da Suzy precisou sair cedo para Itabira, e eu aproveitei a carona. Na verdade ele me deixou em um ponto de ônibus em frente à rodoviária. Puxa, Eric! A gente se desencontrou então!

É a minha vez de arregalar os olhos e, por muito pouco, não a aplaudo de pé. Rebeca é uma mentirosa, mas não posso negar que tem o raciocínio rápido. Está explicado porque é uma hacker...

— Sei. — Eric solta o ar, mas seus olhos permanecem receosos. — Obrigado... — Ele se volta para mim e diz de forma deliberadamente lenta. — Por ter feito isso pela *minha* garota.

Sua garota...

— Foi um *prazer* — respondo com um sorriso maliciosamente demoníaco.

Rebeca percebe o mal-estar e, sem graça, desvia o olhar.

Eric assente muito discretamente. Vejo a sombra da dúvida pairar sobre seu semblante, mas ele pisca forte e recua. Devo admitir: o cara é um sujeito correto demais para dar atenção aos próprios instintos, decente demais para aceitar que exista desonestidade vinda da parte daqueles que estima.

— Bom, acho que já abusamos da ajuda do Karl. — Sem demora, ele abre a porta do carona. — Não se esqueça de que hoje você é só minha, Beca.

O rugido do motor da caminhonete apunhala o ar. Meu ódio em escutar a frase é tão enlouquecedor que cerro os punhos. Meus dedos espremem o volante e, sem controle, afundo o pé no acelerador.

— Vai para casa e toma um remédio, cara — recomenda ele de forma educada e com o sorriso do triunfo estampado no rosto.

A vitória é dele. Rebeca é dele.

— Desculpa. — Ela se vira para pegar a malinha no banco de trás e, de costas para o Eric, balbucia para que somente eu escute. — Não queria que...

Sem conseguir respirar, de canto de olho, encaro seu rosto lindo e traiçoeiro pela última vez. O verde de seus olhos ganha um tom opaco, morto. O véu cai e decifro o significado: vergonha, culpa, adeus. Seguro o berro que insiste em eclodir por minha garganta. A dor no peito é ainda maior que as fisgadas que ameaçam rasgar meu crânio. Essas palavras são o tiro de misericórdia no meu orgulho e na minha esperança. O fim.

— Adeus, Rebeca.

Ela enrijece e, sem perder tempo, sai do carro. O galanteador Eric lhe estende o buquê de rosas e, em meio à caminhada em direção ao Audi, ele a puxa pela cintura e a abraça com vontade. O ar é tragado dos meus pulmões, e acho que vou sufocar nas amarras da ira. É demais para mim. Piso no acelerador e desapareço do mapa.

Não quero ver mais nada!

Outra coisa que talvez você não saiba, Rebeca: sou um sujeito orgulhoso.

Prefiro perder a levar uma medalha de honra ao mérito para casa.

REBECA
3 MESES DEPOIS

— Beca, preciso falar com você antes do Eric chegar — diz Suzy com o semblante estranho, após passar a tarde inteira andando de um lado para o outro do quarto.

Pensando bem, ela está estranha há algum tempo...

— Finalmente. Já estava ficando tonta — brinco enquanto dou os últimos retoques na maquiagem. — O que foi?

— Por que não me contou que a mãe do Karl tem câncer em estado avançado? — indaga, direta, num misto de repreensão e pesar.

— P-por que você precisaria saber? — Engasgo e, por pouco, o batom não vai ao chão.

— Porque acho que cometi um grande erro — admite ela, soltando um suspiro desanimado e se sentando na beirada da cama. — A história é muito triste. Theo me disse que o estado da mãe do Karl piorou e que ele anda muito nervoso. Vai ter que vender a cafeteria e todos os bens para pagar as dívidas e os altos custos do tratamento. Theo ouviu inclusive uma discussão entre ele e a irmã. Ela sugeriu que eles vendessem a casa para pagar as dívidas, não quer que ele se desfaça da cafeteria, mas Karl não aceita a ideia.

Engulo e sinto o gosto da culpa amargar em minha boca. Minhas mãos começam a tremer sem minha permissão, e isso não escapa ao atento olhar da minha amiga.

— Eu sei. — Suzy se levanta rapidamente e infiltra seus dedos entre os meus. — Aquele lugar tocou seu coração. Não adianta negar, Beca. *Ele* mexeu com você.

Ah, não! Karl, o assunto proibido...

Há três meses luto contra o sentimento descontrolado e cada vez mais forte toda vez que penso nele. Não consegui mapeá-lo, e tenho medo do que gera em mim, da pessoa que encaro no espelho toda vez que permito que meus insensatos pensamentos vaguem para aquele fim de semana no casarão. Tento me convencer de que faço isso por medo, culpa e vergonha. Consegui a liberação da disciplina de economia e, durante os últimos três meses, resolvi fazer caminhos alternativos e não correr o risco de me encontrar com o Karl. Se já é difícil controlar a taquicardia só de pensar nele, que dirá encontrá-lo cara a cara. Karl nunca me ligou e a recordação que assombra meus pensamentos é a sua fisionomia transtornada enquanto saía acelerado com a caminhonete. Um nó se forma na boca do meu estômago e levo as mãos ao rosto. Fecho os olhos, tensa, e a imagem da cartomante reaparece como um alerta sinistro e cristalino: *Não posso pensar em Karl. Não dessa maneira.*

— Aonde quer chegar? — Meu batimento cardíaco acelera.

— Achei que seria uma paixonite, como aquela com o tal garoto da motocicleta vermelha, mas não foi o que aconteceu.

— Não tenho "paixonites".

— Será? — Suzy me lança um sorriso cético. — Você tem pesadelos desde que voltou de lá. Não quis dar o braço a torcer, mas perdi a conta de quantas noites acordei com você chamando por ele.

— *Ele...?* — Arregalo os olhos, atordoada.

Ela assente, me encarando, um mínimo movimento de cabeça. Tento me segurar como posso, mas sei que estou afundando.

— Estou muito arrependida. Tenho minhas dúvidas se lhe dei bons conselhos. Você mudou. É outra pessoa desde que voltou daquele final de semana na casa do Karl — confessa Suzy, sem soltar a minha mão. — E não foi para melhor.

— Estou ótima. — Tento me desvencilhar, mas ela me impede, decidida a ir adiante.

— Mas está infeliz.

— E isso importa? — Dou de ombros, ácida. — Estou pagando pelos meus erros e os da minha mãe, apenas isso.

— Não quis dar atenção a minha intuição e muito menos ir contra a cartomante, mas não aguento mais essa história de previsões! — Ela balança a cabeça. — Como sua única amiga, sua irmã, é hora de dizer o que penso. Ontem à noite, quando você me contou que o Eric a levaria para conhecer os pais dele, vi que o negócio está ficando sério e, para piorar, ouvi você murmurar o nome do Karl a noite inteira...

— Não sei aonde quer chegar — repito, agoniada.

— Achei que o tempo curaria a ferida, que o Eric acabaria te encantando com suas inúmeras qualidades e que você se apaixonaria, mas... — diz, com a voz emocionada. — Você se apaixonou sim, Beca. Só que pelo Karl!

O chão amolece debaixo dos meus pés. Disfarço e me apoio na parede atrás de mim.

— Não seja ridícula! Eu gosto do Eric — rosno.

— Mas não o ama — afirma, num murmúrio. — Sinto muito em despejar isso assim, mas não consigo ver três corações serem arruinados ao mesmo tempo.

— Para com isso! — Dou um solavanco e finalmente me solto dela. — Olha como minha vida está calma, tão nos "eixos"! — Faço aspas com os dedos e libero a fúria que vem me consumindo há dois anos. — Não era isso o que você e o Galib queriam para mim? Uma vida tranquila? Ou já se esqueceu das terríveis previsões da cartomante que VOCÊ colocou no meu caminho?

Suzy abre a boca, mas recua sem dar um pio. *Droga!* Imediatamente tenho vontade de dar um tapa na minha própria boca.

— Desculpa, não quis acusá-la, não sei mais o que está havendo comigo, e-eu...

— Me arrependo todos os dias desde então... — confessa ela, cabisbaixa. — Por ter te levado àquele parque de diversões assombrado. Destruí sua vida.

— Você não teve culpa — balbucio.

— Será? — Ela aperta os lábios. — Não enxerga? Você está infeliz! É óbvio que há algo errado. Madame Nadeje disse que o namorado número treze seria seu grande amor. Não me parece que foi isso que aconteceu com o surgimento do Eric em sua vida. Ele é lindo e tudo mais, mas... Amor não se escolhe e você não o ama.

— Quem sabe com o tempo? — digo, sem ânimo. — Não podemos negar que todas as previsões batem: o dragão, o carro vermelho, o herói. E ela também acertou no quesito tranquilidade. Veja como a minha vida está calma e previsível desde que comecei a namorar o Eric. Exatamente como a cartomante previu!

— Vejo que o brilho nos seus olhos apagou, e me sinto culpada por isso.

— O que você quer que eu faça? — Levo as mãos à cabeça, exasperada. — Mesmo que eu quisesse, Karl não é o décimo terceiro!

— Ele tem o dragão nas costas — argumenta, sem muita convicção.

— Mas não monta nenhum cavalo vermelho e muito menos é um herói nacional! Acho até que ele já fez besteira no passado e foi fichado pela polícia — retruco, nervosa. — O que quer que eu faça? Que me envolva com ele e vá contra Madame Nadeje e Galib? Que aceite correr o risco de ir para a cadeia e ver minha mãe ser deportada?

— V-você tem razão. É que... Desculpa. — Ela vira o rosto. Ainda bem, porque assim não vê as lágrimas encharcando o meu. Enxugo-as rapidamente. — Mas, talvez, com suas habilidades em informática, você possa dar uma olhada no computador da cafeteria e ver sem tem alguma coisa errada. — Suzy aperta as mãos e, finalmente, confessa o que lhe preocupa. — Theo está desconfiado da Naomi, acha que está rolando algum desvio de grana, mas como não pode afirmar, não tem coragem de dizer isso ao Karl em meio a tantos problemas que o coitado vem passando. Ele disse que, outro dia, quando apareceu de repente,

Naomi fechou a página em que estava trabalhando, assustadíssima. Enfim, eu sei que ninguém melhor que você é capaz de descobrir se as suspeitas de Theo procedem. Tenho muita pena do Karl. No fundo sei que você se importa com ele e...

— Mas ele me odeia! E é orgulhoso demais. Nunca me deixaria ajudar.

— Ele não te odeia. — Ela se vira para me encarar e abre um sorriso gentil. Percebo que também está segurando suas lágrimas. — Ele está magoado, é diferente.

— Na prática dá no mesmo.

— Sim. Mas não é o que fica no final.

— E o que fica no final? — questiono, com ironia.

— Depois da Madame Nadeje? Não sei mais. — Suspira, derrotada. — Ouça sua intuição. O resto entregue nas mãos de Deus.

— Não acredito em divindades, droga! — Disparo com fúria desmedida no exato instante em que o motor do carro de Eric anuncia sua chegada.

— Pois está na hora de começar a acreditar. — Suzy destaca as palavras enquanto coloca um molho de chaves na minha bolsa.

— O que é isso? — Arregalo os olhos.

— A cafeteria fica fechada aos domingos. — Ela me abraça com força antes de se afastar. — E tape os ouvidos para mim, Galib, Madame Nadeje ou seja lá quem for. Apenas escute o chamado do seu coração.

— O que houve? — pergunto quando o Audi faz o caminho em direção ao campus da faculdade.

— Desculpa, Beca, mas não vai tirar nossa noite dos eixos. Prometo. — Garante Eric com o olhar apaixonado.

Eixos.

Afundo no assento. Há três meses minha vida nunca esteve tão calma, tão "nos eixos". Paradoxalmente, eu me sinto mais perdida do que nunca, uma forasteira dentro do meu próprio corpo, mente e espírito. Admiro o Eric cada dia mais, mas não o amo, assim como Suzy percebeu. Tento me convencer de que acontecerá a qualquer momento, que é apenas questão de tempo para a previsão da cartomante se concretizar. *Intruso implacável que não pede permissão para entrar, por que o amor ainda não fez ninho dentro de mim? Por que não invade meus sentimentos se há três meses detonei as travas de segurança do meu coração?*

— Em uma sexta-feira à noite? — Arqueio uma das sobrancelhas e tento fazer graça da situação. — Tem algum maluco estudando nesse horário ou você está aprontando algo, Sr. Eric Dragon?

— Claro que não! — Ele ri alto.

— Ah, é? Então por que estamos indo para...? — Meu sangue congela nas veias. Estava tão nervosa com o jantar na casa dos pais dele que não percebi o percurso que Eric havia tomado. — A cafeteria?!? — Minha voz sai esganiçada.

Entro em pânico com a possibilidade de reencontrar o Karl. Eric nunca soube sobre nós e, do jeito que as coisas ficaram no último encontro, tenho medo de que ele dê com a língua nos dentes para me agredir, revidar o que lhe fiz.

— Algum problema em ir até lá? — Ele se vira para mim, a sobrancelha arqueada e o olhar mega-atento, ao perceber minha reação exagerada.

— C-claro que não! — respondo, num engasgo. — É que está tarde... p-pode nos atrasar e... seus pais...

— Vai ser rapidinho. Além do mais, não custa nada. É caminho para Belvedere. — Sua expressão se suaviza. — Karl me ligou hoje cedo pedindo por isso e... Tenho uma dívida com ele. Preciso quitá-la, *definitivamente*. Fiquei de entregar este relatório há muito tempo, mas tanta coisa aconteceu e acabei me esquecendo. Estou preocupado com o que vi. A cafeteria está no vermelho.

— No vermelho... — As palavras me escapam e uma sensação estranha, dolorida, passeia por minha pele e se aloja no meu peito ao ouvir a terrível notícia pela segunda vez na mesma noite.

— Todas as contas batem com perfeição, mas... não sei, tem algo errado. — Eric suspira. — Se o Karl não tiver economias, terá que fechar as portas.

A dor no peito ganha forma: culpa, covardia. *Uma fraude!* Eu havia suspeitado e, por medo de um reencontro com o Karl, preferi não alertar.

Meus dedos esmagam o estofamento assim que contornamos a esquina e me deparo com o luminoso letreiro. Com a chegada da primavera, mesmo nesse horário ainda há alunos conversando animadamente nas mesinhas colocadas na calçada do lado de fora da cafeteria. Eric estaciona o carro e, ainda que seja por um instante apenas, convida-me a acompanhá-lo. Não quero dar na pinta que existe algo errado, que não desejo reencontrar o Karl e, com o coração agitado no peito, aceito.

— Tranquilo — diz Theo para Eric, depressa. — Eu entrego quando ele chegar.

Respiro, aliviada. *Felizmente Karl não estava!*

— Diga ao Karl para me ligar se tiver alguma dúvida, ok? — Eric oferece enquanto rabisca algo no envelope pardo. Não percebe que Theo me olha de canto de olho com a expressão nada amistosa. — Tem alguns pontos confusos mesmo.

— Ok — responde Theo e, visivelmente agitado, sai de trás do balcão e nos acompanha até a calçada na entrada da cafeteria.

Parece uma atitude educada para quem assiste à cena de longe, mas posso jurar que ele está desesperado em se ver livre de nós. *Ou seria de mim?*

De repente somos atingidos pelo ronco altíssimo de uma motocicleta. Theo solta um gemido. Eu engasgo, estremeço, congelo.

Não pode ser!

A possante moto vermelha ruge mais uma vez e silencia ao nosso lado. Quando me deparo com o rapaz que a pilota, minhas pernas bambeiam e meu coração quase chega à boca. Eric acena e, por sorte, o movimento que faz com o braço o impede de notar o tremor que toma conta do meu corpo. Mal consigo descrever a emoção que me inunda. Nunca senti isso antes. Estou catatônica, atordoada, em êxtase.

O rapaz da moto vermelha era... Karl!!!

Volto à realidade ao reconhecer a garota na sua garupa. É a ruiva que conversava com ele em frente ao meu prédio. Meu sangue ferve e minha mente repudia com violência qualquer pensamento onde Karl e ela estejam juntos. Onde ele e qualquer outra mulher estejam juntos! *Caramba! Isso está mesmo acontecendo? Eu estou me mordendo de... ciúme?*

— Oi, Karl! Chegou cedo... — Theo exibe um sorriso entre o sem graça e o apavorado.

— Não ficou feliz? — Karl remove o capacete.

As olheiras pronunciadas e a barba por fazer não me impedem de achá-lo ainda mais lindo. Vejo com fascínio a manga da camisa de malha estirada sob a ação de seus bíceps e percebo que ele está mais forte. *Deve estar treinando.* Estou hipnotizada, assim como todas as fêmeas ao redor. Karl exala masculinidade. Não tem os traços perfeitos, mas é irretocável ao seu modo.

— Que moto maneira! — Eric vibra.

— Já foi vendida. Se soubesse que tinha interesse... — comunica Karl.

Seu tom de voz oscila entre o agressivo e o irônico. A maneira como ele dá a notícia triplica a angústia dentro de mim. Ele não está bem.

— Ah. — Eric recua. — Trouxe as anotações que me pediu sobre o programa. Espero que sejam úteis.

— Valeu. — Karl assente enquanto sua acompanhante desce da moto.

Em seguida ele faz o mesmo. Em momento algum olha para mim. Seu desprezo cáustico avança sobre minhas células e me corrói por dentro. Tento manter a fisionomia de indiferença, mas tenho a nítida certeza de que estou falhando.

Respiro fundo e reparo na garota. Ela está de salto alto, veste uma calça de couro preta superjusta e um corpete sexy. Roupa de balada. E das boas. Ela joga os sedosos cabelos ruivos de um lado para o outro, para a frente e para trás, como num comercial de xampu barato. Tenho um ímpeto selvagem de lhe arrancar todos aqueles fios brilhosos junto com o couro cabeludo.

— Oi! — Ela nota a minha presença. — Você não é minha vizinha? — Encaro seu sorrisinho megafalso.

Confirmo e retribuo com outro do mesmo naipe.

— Precisamos ir, Eric. — Minha voz sai falhando. *Argh!*

Theo assente, e Karl finalmente se vira para mim. Seu semblante é frio, quase glacial, mas há chamas flamejantes dentro dos olhos cor de mel. Não sei quanto tempo dura, mas nossos olhares se prendem como dois ímãs. Existe um campo magnético no ar, e não consigo sair do lugar. Não consigo respirar. Não consigo raciocinar.

— Oi — cumprimento, hesitante.

Ele continua me olhando, mas se mantém calado. Os segundos de espera parecem séculos. Acabo de compreender o que se passa: ele está cogitando não responder. Eric afunda os dedos em minha cintura e poderia jurar que o verde em seus olhos escureceu. *Droga! Eric pode ser um* gentleman, *mas não é cego nem burro. Se tinha alguma dúvida, o clima estranho entre mim e Karl acabava de respondê-la.* Eu me arrepio inteira. O ar fica estático e percebo que todos os olhares nos observam, paralisados. Sinto minha palidez inicial ser substituída pelo escarlate do medo e da vergonha.

— Olá, Rebeca — responde, o timbre mais grave do que de costume.

Ao som da sua voz, meu corpo vibra da cabeça aos pés e uma contração avassaladora atinge todos os músculos do meu abdome. A garota também percebe o clima suspeito e diz alguma coisa em seu ouvido, mas Karl não responde nem se mexe.

— Vejo que você está muito bem — digo, antes que seu olhar desvie do meu e, para meu desespero, consigo captar uma boa pitada de dor de cotovelo temperando minhas palavras. Onde deveria caber um elogio, transborda ciúmes e confronto. *Droga, Rebeca! Você tinha que estar se desculpando, e não tomando satisfação, sua idiota! Está piorando tudo! Vai embora daqui!*

— Nunca estive melhor. — Ele me estuda de cima a baixo e me lança um sorriso hostil.

Perco a voz e a vez. A ruiva é esperta e se aproveita do momento:

— Vem, Karl. Vamos comer alguma coisa. — Ela acaricia o rosto dele com seus dedos longos e unhas bem-feitas.

Ele pisca algumas vezes antes de voltar a si e sorri. Para ela. O gosto azedo na boca piora e fica pútrido.

— Bom... Acho que agora estamos quites. Boa sorte — diz Eric, de um jeito deliberadamente lento, como se estivesse avaliando as palavras, me puxando.

— Não precisava ter se incomodado, cara. Eu podia ter pego as planilhas na aula de economia. Obrigado. — Karl suspira e estende a mão em cumprimento.

Seu olhar, entretanto, não esconde o que sente: ele tem consideração pelo Eric e isso parece consumi-lo por dentro.

Eric encara a mão suspensa no ar e, antes de aceitar o cumprimento, hesita por um instante. Engulo em seco. *Merda! Ele tinha percebido algo errado entre mim e Karl!*

De repente ele me abraça por trás e, se não estivesse tão atordoada, poderia afirmar que diz com certa satisfação:

— É melhor irmos logo, Beca, senão meus pais ficarão preocupados.

Os olhos de Karl se arregalam por um momento ao som da palavra "pais", mas, em seguida, ficam distantes e frios. Meneio a cabeça como um robô enquanto Eric se despede com rapidez de todos e, com as pernas pesadas como chumbo, acompanho-o em direção ao Audi. Lutando contra a razão, disfarço e dou uma última olhada para trás. Vejo a ruiva lançar seus tentáculos ao redor de Karl, abraçando-o e beijando-o. Ele permanece tenso por um tempo, mas, em seguida, aceita e retribui os carinhos. *Não ousa insistir, Rebeca! Karl não é o número treze e ponto final!*

Seguro na marra a lágrima insistente. Não a deixo escapar pelos malditos portões do bom senso e das certezas. Engulo-a.

Mas seu gosto é horrível.

36

REBECA

— Após a sobremesa vou lhe mostrar a grande conquista da família, querida — diz, de maneira gentil, a Sra. Joana Dragon.

Pisco várias vezes antes de voltar a mim. Estou aérea, perdida dentro do turbilhão de emoções que chacoalham meu peito desde o instante que coloquei os olhos em Karl.

— Para com isso, mãe! — pede Eric, desconfortável. — Desculpa, Beca. Ela tem a maldita mania de mostrar essa medalha para todo mundo.

— Meu menino é tão modesto. — A mãe limpa os lábios com o guardanapo de linho.

— Isso porque você não viu as excursões de amigas que ela faz ao escritório, filho — implica o pai, o Sr. Dragon.

Eric fecha a cara. Sua expressão não está das melhores desde o encontro com o Karl.

— Ora, Carlos! Não é nada disso! — retruca ela, ofendida.

— Ficarei feliz em vê-la. — Acalmo os ânimos.

Dona Joana sorri, o Sr. Dragon me lança um olhar de aprovação, e Eric, agradecido, aperta a minha mão de leve.

A Sra. Dragon toca um sininho e rapidamente duas empregadas surgem na suntuosa sala de jantar branca com móveis em tom pastel e objetos dourados. Elas trabalham em impecável sincronia de forma que é impossível não ficar hipnotizada pelos movimentos perfeitos e discretos. Enquanto uma remove as travessas de porcelana, louças e talheres usados, a outra dispõe as vasilhas e talheres de prata para a sobremesa.

— Espero que goste de pudim de ameixa, Rebeca — diz, animada. — É uma receita centenária da família.

— É divino! — Saliva o Sr. Dragon. — Pena que Joana só o faça em ocasiões especiais.

— Mas, se não gostar, posso providenciar outra — acrescenta Eric.

— Tenho certeza de que vou adorar. — Abro um sorriso prestativo, o melhor que consigo resgatar do meu corpo e espírito desorientados, e experimento o pudim que, de fato, é uma delícia.

Todos estão fazendo de tudo para me agradar, mas a sensação de agonia se agiganta em meu peito. Sufoco-a como posso.

E a conversa flui. Sem aborrecimentos ou gargalhadas. O clima é leve, amistoso, tranquilo e... *formal demais!* Eric é gentil e atencioso, seus pais são educados ao extremo, falam baixo e pausadamente. Apesar de podres de ricos, não são esnobes como a mídia insiste em rotulá-los. Tudo entre eles é certinho demais, perfeito demais para mim. Apesar de todos os esforços, me sinto mais deslocada do que nunca. Minha alma precisa de mais confusão, barulho, de um par de olhos cor de mel e...

Estremeço com a ideia.

Minha alma... precisa...?!?

A nebulosa nuvem que embaça minha mente há meses se dissolve como mágica e meu pulso dá um salto com a atordoante descoberta.

Suzy tinha razão!

A parte racional se nega a aceitar, afirma que eu preciso de um banho frio e de uma noite de sono para pensar melhor, mas não é isso o que sinto, muito menos o que desejo.

A Sra. Joana pede licença e sai para buscar alguma coisa. O Sr. Dragon fala sobre um novo negócio, protótipos que está desenvolvendo. Eric não parece muito interessado, mas responde às perguntas do pai e respeita meu momento de introspecção. Em meio às colheradas no pudim me deparo com a imagem magnífica de Karl descendo da motocicleta. Meu coração estremece no peito e, pela primeira vez em três meses, permito que a minha acorrentada mente ganhe asas e voe para uma paisagem distante, um casarão lindo e sem luxo, com pessoas alegres e barulhentas, o único lugar onde me senti integrada e verdadeira desde a morte do meu pai e a prisão da minha mãe. O local em que a versão feliz da Rebeca ressurgiu e onde havia alguém que fazia a diferença.

Três meses...

Mais especificamente noventa e sete dias desde o fim de semana na casa do Karl e a sensação é de que atravessei um século em branco. Eu me sinto prisioneira de um tempo perdido e inexistente, de mim mesma. Acorrentadas como almas condenadas, as horas perambulam através dos ponteiros do relógio, me levando consigo enquanto se arrastam em seu cortejo melancólico e sem fim. Cada dia uma eternidade sem sentido que dura o dobro que o anterior. Quero continuar de olhos fechados, manter as emoções amordaçadas na anestésica escuridão, mas não consigo mais. Duas frestas de luz reluzentes como ouro reascendem a certeza que venho sufocando e evidenciam com uma facilidade apavorante a ferida que tentei camuflar, aquela que nunca conseguiu cicatrizar. E finalmente admito para mim mesma: estou sofrendo.

Ter visto Karl com a garota ruiva foi o golpe de misericórdia. É ele quem eu quero. Nunca precisei tanto de alguém para me sentir plena. Sinto falta do sorriso hipnotizante, do seu jeito de cão feroz quando acuado e, ao mesmo tempo, dócil e submisso quando feliz. Sinto falta da testosterona que exala dos seus poros e da candura dos olhos cor de mel, do seu toque único e perfeito. Durante quase cem dias sequer aceitei cogitar esta hipótese. Acreditava ser apenas fixação, um desejo irresponsável de enfrentar a cartomante, de provar que ela também errava.

E isso me remete ao horror que vivencio: Madame Nadeje nunca errou!

De fato, todas as vezes que segui as orientações dela nada de ruim me aconteceu. A vida caminha de forma amena, leve. Davi e Lúcio desapareceram e não há qualquer sinal do Jean Pierre. Sem contar que tenho um namorado perfeito. Eric é alegre, carinhoso e, para meu alívio, não é um sujeito que sufoca. Saímos apenas nos fins de semana porque, além de estudante dedicado, ele é monitor de duas matérias e ainda ajuda a gerir os negócios do pai. Com seu incentivo, foquei nos estudos e a vida corre um curso tranquilo.

Então por que não sou feliz como a cartomante previu? Por que, ao menos, não consigo ser como antes? Por que a angústia que me consome não permite que eu decifre seus códigos de funcionamento e derrube suas travas? Por que necessito do tudo e não mais me satisfaço com o mais ou menos? Por que perdi interesse pelo sexo? Por que a vida perdeu a graça e as cores desbotaram? E, principalmente, por que só o pensamento em uma determinada pessoa é capaz de fazer com que meu espírito abatido desperte instantaneamente?

E esse alguém não é o Eric.

Culpa. É só o que sinto, dia após dia. Por que não esperei algum tempo? Por que não permiti que minha alma criasse vontade de se entregar ao Eric? Por que fui tão afoita? A verdade é crua e óbvia: *porque eu precisava esquecer o Karl!* E, desesperada em apagá-lo da minha mente, resolvi ir para cama com o Eric assim que tivemos a primeira oportunidade.

E deu no que deu: comparação.

Até hoje me pego comparando a forma como o Eric me toca com a do Karl. Não consigo esquecer as sensações que experimentei quando Karl me agarrava, como seu corpo musculoso e quente me envolvia, como suas mãos pareciam mágicas e surgiam em todos os pontos certos da minha pele ao mesmo tempo, como seus beijos eram viciantes, e, seu sorriso, um acolhedor porto seguro. Eric faz de tudo para me agradar, mas, ainda assim, fecho os olhos, e, na hora H, imagino Karl. Só assim minhas emoções conseguem se desprender e meu corpo se liberar. Quando volto a mim, sinto uma vergonha terrível desta nova Rebeca que me transformei. *Como aceitar que apenas um único final de semana foi capaz de causar tamanho estrago em meu coração? Por que foi só avistar o bronze derretido de seus olhos para fazer com que todas as minhas certezas evaporassem como mágica?* Esse pensamento faz a culpa se agigantar em meu peito. Não posso condenar um sujeito decente como o Eric a ter uma vida amorosa tão insossa. Ele tem o direito de experimentar a adrenalina, o furacão de sentimentos que eu vivenciei com o Karl.

— Aqui está. Não é linda, Rebeca? — A voz da Sra. Joana me arranca abruptamente dos meus devaneios.

— Hã?

— A medalha que o Eric ganhou pelo ato de bravura — diz, orgulhosa, me estendendo uma medalha prateada envolta em uma fita azul-clara.

Nela duas mãos se cumprimentam.

Perco a cor e engulo em seco.

Ah, não! Não é possível!

— C-como ele a ganhou? — Engasgo e encaro, ofegante, a medalha idêntica a que Karl havia ganhado.

Vi a forma emocionada como Annie a olhou naquela cabana.

— Meu menino não lhe contou? — Ela arqueia as sobrancelhas louras.

— Eric sempre foi muito modesto. Precisa mudar essa característica para entrar para a política — reclama o Sr. Dragon.

— Pai! — repreende Eric, mas sua fisionomia passa de irritada para preocupada ao dar de cara com meu olhar apavorado.

— Como a conseguiu? — Minha voz sai fraca, quase um sussurro.

Eric franze a testa e chacoalha a cabeça, sua expressão passeando entre o inconformismo e a angústia. *Estaria ele pressentindo...?*

— No resgate de um grupo de crianças na zona rural do município de Caeté. Elas ficaram presas na encosta de uma montanha após a ponte que a ligava à outra margem ruir. Era morte na certa porque o nível do rio estava subindo muito rapidamente com a chuva. Nosso filho as salvou. Eric foi muito corajoso e... — explica a mãe.

— Ele e o alpinista — acrescenta o Sr. Dragon. — O rapaz fez a parte mais complicada, mas não teria conseguido salvar todas as crianças se não fosse pela ajuda do Eric.

Eric bufa e leva as mãos às têmporas.

— Desculpe, filho, e-eu... — O pai começa a dizer ao ver a expressão sombria no rosto de Eric.

Meu coração começa a socar o peito com fúria e, num rompante, arranco a medalha das mãos da Sra. Joana. Giro-a entre meus dedos trêmulos e me deparo com o nome que se transformaria na mola propulsora para um novo rumo, o divisor de águas da minha vida sem sentido.

"Pelo nobre ato de bravura, o estado de Minas Gerais condecora com suas honras e bênçãos seus filhos: Karl Anderson Moura e Eric Dragon."

— Karl? — Encaro Eric completamente aturdida.

Ele pisca várias vezes e assente.

— Eu estava no lugar errado, mas na hora certa. Foi no ano passado. Só auxiliei no resgate das crianças. Isso depois que Karl me ajudou. Eu praticava rapel em um parque de uma reserva ambiental quando escorreguei e prendi uma perna em uma fenda da encosta. Karl agiu praticamente sozinho, é um excelente alpinista. Ele me fez jurar que não revelaria seu nome para ninguém. Não achei justo ficar com os louros só para mim e resolvi que também não ia dizer meu nome, mas aí vazou um vídeo de um garotinho onde eu aparecia, e o resto você já sabe. — Ele arfa, visivelmente agitado. — Não gosto de tocar neste assunto porque me sinto uma fraude. Não fiz quase nada e sempre me senti em dívida com o Karl.

Fraude...

Ah, não! Madame Nadeje está jogando comigo?

O "novo" celular que Galib enviou me desperta na hora certa, num *timing* perfeito. Ele consegue ser pior que o antecessor e, em vez de vibrar, parece sofrer um ataque epilético dentro da bolsa, fazendo os finos cristais tremerem perigosamente sobre o aparador de vidro. Dou um salto e vou até ele, juntando, em choque, as peças do maldito quebra-cabeça.

— Karl... O dragão... A moto vermelha... O herói nacional... É ele! — *Estou berrando?* Não sei dizer em meio a emoção que me toma e às pancadas altíssimas que retumbam em meus tímpanos. — Sempre foi ele!

Puxo o ar com força, olho ao redor uma última vez e a compreensão dos fatos quase me nocauteia. Não pertenço e nunca pertencerei a este lugar. Aqui eu sou a erva daninha, mas longe posso florescer e me transformar num lírio, desde que eu encontre o solo propício, desde que eu esteja nos braços do Karl!

Escuto o motor de um carro. Pelo vidro lateral da majestosa porta de carvalho vejo um táxi estacionar próximo à mansão e deixar dois passageiros. Não preciso pensar duas vezes.

— É isso! Sempre tive livre-arbítrio! — solto em êxtase, me abastecendo de coragem enquanto coloco a bolsa debaixo do braço.

— Beca, o quê...? — Eric tem a expressão apavorada. Seus pais estão em condição ainda pior: parece que estão diante de um fantasma. *Ou seria de uma louca de pedra?*

— Eric, eu sinto muito, muito mesmo. E-eu não... Você merece alguém melhor. Desculpa! — Atropelo as palavras e saio como um foguete, atravessando desembestada o jardim e o majestoso portão da entrada enquanto sinalizo para o motorista me esperar.

— Rebeca! — O berro de Eric me intercepta no instante que alcanço o táxi.

Olho para trás. O pobre coitado tem os olhos arregalados e vem em minha direção. Faço gestos com as mãos e a cabeça para que ele não se aproxime. Aturdido, ele compreende a gravidade do momento e desacelera sua corrida, parando em frente ao portão, a poucos metros de mim.

— Calma, por favor... — pede ele com a fisionomia destruída. Sua voz exala pavor.

— Sinto muito. — Meneio a cabeça de um lado para o outro, as lágrimas que havia segurado a todo custo nos últimos três meses jorram num aguaceiro incontrolável. — Não posso mais continuar com... *isso*.

— *Isso...?*

— Nosso namoro. — O sussurro arde em minha boca. — Acabou, Eric.

— Não. — A voz dele falha, é apenas um gemido lançado no ar.

Sinto uma pena terrível, mas, pela primeira vez em dois anos, me orgulho de alguma atitude minha. Sei que ela poderá arruinar minha vida, mas protegerá a dele. Eric merece ter um futuro decente e feliz. Um futuro bem longe de mim.

— Não posso me enganar nem continuar te enganando. Você merece mais do que isso. — Aponto para mim. — Muito mais.

Ele atravessa o imponente portão de ferro com rebuscados frisos dourados e vem ao meu encontro. Entro no táxi e bato a porta.

— Rebeca! — Ele bate no vidro, nervoso.

— Para onde, moça? — Vejo o cenho franzido do taxista pelo espelho retrovisor.

— Só um momento. — Abaixo o vidro da janela.

Eric segura minha mão assim que a barreira se desmancha entre nós.

— Por favor, não faça isso — implora ele.

— Eric, você é perfeito. Tão perfeito que não pode ter uma pessoa feito eu para arruinar seu futuro. Confia em mim. Eu sei que não consegue compreender agora, mas acredite quando digo que estou tomando a decisão correta.

Ele fecha os olhos com força.

— É o Karl. Está explicado... — murmura, arrasado.

Um sorriso frio demais surge em seu rosto sempre tão caloroso, e ele reabre os olhos, agora vermelhos e vidrados. Uma lágrima escorre por seu rosto, e fico arrasada por dentro.

Assinto com um tremor que vem da minha alma. Em seguida digo o endereço ao motorista, deposito um beijo em sua mão e, com cuidado, me liberto dele. O taxista não titubeia e dá a partida.

— Adeus — solto com a voz determinada e o peito em chamas.

— Rebeca! — Abafado pela distância e pelo meu choro compulsivo, o chamado do "namorado número treze" fica para trás.

E desaparece na estrada do destino.

37

KARL

Quero que você queime no inferno, Rebeca! Quero que morra e desapareça da minha vida!

Com a cabeça rodando, vejo o resto do expediente passar em câmera lenta. Pego minha moto, levo a ruiva de volta para a casa dela e termino, após cinco encontros insossos, o namoro que, para início de conversa, nem deveria ter começado. Mal escuto seu pranto ou seus protestos porque estou surdo para tudo, agonizando por dentro. Achei que a ferida estivesse cicatrizada, mas ter visto Rebeca abraçada ao Eric fez a maldita tornar a sangrar. Havia mais de três meses que eu não a encontrava e, durante todo o tempo, jurei a mim mesmo que a esqueceria, custe o que custasse. Transei com um número incontável de garotas, tentei liberar o monstro em forma de ira que se apossou do meu corpo e, ainda assim, não foi de grande serventia. Para manter a cabeça distraída, passei a dedicar mais tempo aos treinamentos. Annie quase surtou quando soube, apavorada com a possibilidade de algum golpe acidental atingir minha cabeça.

O que não seria má ideia em alguns dias...

Dias em que tenho que acompanhar minha mãe na quimioterapia ou para um dia como o de hoje. Nesses momentos penso que explodir a porra do coágulo seria a solução para todos os meus sofrimentos, para tudo. Mas, contraditoriamente, parte de mim (a mais forte e masoquista!) não admite remover Rebeca da memória. Ao contrário, ela parece apavorada com a ideia.

Rolo na cama e, não bastasse a dor que sinto na alma, as lembranças insistem em me torturar. Tudo o que fazem é me remeter àquela noite com Rebeca, o momento mais perfeito da minha vida. Passo e repasso todas as cenas daquele fim de semana e não consigo encontrar as falhas. *Onde foi que eu errei? Por que Rebeca agiu daquela forma? Por que fez questão em me afastar e menosprezar se no instante anterior parecia tão feliz, tão plena em meus braços, tão acesa com meus carinhos?*

Balanço a cabeça e, sarcasticamente, sorrio da minha desgraça. Rebeca fez a escolha certa, afinal. Mesmo sendo consumido por ódio mortal, tenho que compreender a sábia decisão. Além de milionário, Eric é boa-pinta e um sujeito decente. Mais do que isso, ele poderá lhe dar o que eu jamais poderei: um futuro.

Quando achei que poderia competir com ele? Se eu realmente a amasse, não deveria estar feliz por ela? Por sua escolha acertada?

O relógio da cabeceira marca onze e meia da noite. *Não adianta! Estou angustiado demais. Não vou conseguir dormir.* Tomo uma ducha fria, coloco a primeira calça jeans e camisa limpa que encontro pela frente e resolvo dar uma volta para espairecer e aproveitar os últimos momentos com a minha moto. Viro a chave e quase caio para trás com o solavanco violento do meu coração. Ela está sentada no chão em frente à porta do meu apartamento, tem os olhos vermelhos e inchados, as lágrimas brilhando em seu rosto de porcelana. Perco o ar.

— Rebeca?!? — Voo até ela de maneira atabalhoada, tremendo só em imaginar os motivos que a fizeram estar ali, daquela maneira. Faço uma varredura relâmpago em seu corpo e constato, aliviado, que ela não está ferida. — O-O que houve? O que você está fazendo aqui? Davi e Lúcio...?

— Era você na moto vermelha! — Ela afirma em meio a uma crise de choro. — Sempre foi você!

Fico desorientado. Não apenas por causa da descoberta, mas principalmente devido a dor que vejo refletida em seus olhos.

Minha couraça de rancor se desintegra com uma velocidade assustadora. Quero abraçá-la e confortá-la. Contenho-me à força.

— Por que não contou que já me conhecia?

— Faria diferença? — Tento parecer indiferente, me agarrando como posso ao que restou do meu orgulho próprio.

— Claro que sim! — Ela contrai os olhos e funga forte. Titubeio. *O que ela quer dizer com isso?* — Karl, me desculpa! Por favor, eu sinto muito, e-eu... Madame Nadeje, ela disse que... As previsões! Eu tive que fazer aquilo... Eu não queria. — Ela agarra meu braço, desesperada.

Desculpa-se o tempo todo e não fala coisa com coisa.

— Venha. Sente-se aqui. — Ainda zonzo, conduzo-a para dentro e a acomodo no sofá da sala. Faço o mesmo. Não tenho certeza se é para acalmá-la ou controlar o tremor em minhas pernas. — O que está havendo? Quem é Madame... Como é mesmo o nome?

— Madame Nadeje — explica, agitada. — Mas eu sempre tive o livre-arbítrio. Levei tudo ao pé da letra! Fui uma estúpida! Era você desde o início. Sempre foi.

— Rebeca, você está me deixando tonto — confesso. — Quem é essa tal de Nadeje?

— A cartomante.

— Hã?

— Foi ela quem previu a prisão da minha mãe, as faculdades, o es... — Ela engasga. — O quase estupro, a derrocada da minha vida. A única previsão boa seria o número treze. Mas fiz tudo errado! Não sei mais se agi certo, se era você e eu troquei a ordem e estraguei tudo! Ela disse que ele seria meu grande amor.

— *Ele* quem?

— O número treze.

Meu Deus! Rebeca bateu com a cabeça em algum lugar?

— Que número treze, Rebeca? — Seguro seus braços e a faço olhar para mim.

— Namorado! Madame Nadeje disse que o meu namorado número treze seria o grande amor da minha vida e me faria feliz, me traria paz interior e uma vida tranquila. Ela lançou as pistas em forma de charadas e me confundiu.

— Jesus! Você bebeu? — guincho.

Rebeca não para de soluçar, e meus nervos estão ficando em frangalhos.

— Achei que seria o Eric porque as pistas da cartomante, o dragão sobre o cavalo vermelho, o herói de olhos brilhantes, batiam com ele, até Suzy acreditou também. Aí a sua proposta de namoro por um único final de semana veio a calhar, e você foi o décimo segundo, mas podia ter sido o décimo terceiro. Eu não sei mais, eu...

Rebeca interrompe suas explicações sem pé nem cabeça, olha para mim e compreende meu estado de perturbação.

— Desculpa, e-eu estou nervosa. Vou explicar tudo, depois... Se você quiser, claro. — Suspira e finalmente vejo um lampejo de lucidez retornar aos seus lindos olhos verdes. — Lá na casa da sua mãe, e-eu fui uma estúpida e...

Perco o equilíbrio e me afasto dela, incerto sobre o que pensar ou como agir.

— Onde está o Eric? — indago, num sobressalto.

— Acabou — balbucia ela, e me encara.

Há um brilho de emoção em seu semblante. Minha respiração perde o compasso e meu coração desata a socar o peito.

— O que acabou, Rebeca? — Minha voz sai mais rouca do que de costume.

— Eu e Eric. Está tudo acabado.

Eu me sinto afundando em areia movediça. Literalmente não sei onde me segurar. Ela percebe minha hesitação.

— Eu vim lhe pedir desculpas.

— Crise de consciência a essa hora da noite? Não é muito conveniente... — digo, debochado.

Tento segurar a todo custo o orgulho que escorre como água pelos meus dedos. Em vão.

— Karl, me perdoa por aquelas malditas palavras que você me ouviu dizer. Havia um motivo. — Ela segura meu braço. Há desespero em suas ações.

Respiro fundo. Preciso me manter calmo e raciocinar direito.

— Claro que havia. — Tento lançar o melhor sorriso sarcástico que consigo encontrar dentro de mim, mas não consigo. Estou falhando, por fora e por dentro. — Você não precisa se desculpar. Quem errou fui eu. Afinal, era mesmo o rapaz da cafeteria, você era a garota do Eric e nós éramos apenas uma farsa. O que eu poderia esperar de diferente? — Suspiro e, pela primeira vez desde então, tenho coragem de dizer em voz alta a verdade que venho omitindo de mim mesmo. — Eu não namoro, e você não se apaixona. Um casal improvável, não? — Um sorriso de derrota me escapa. — Tenho a péssima tendência de me apegar a causas perdidas, desafiá-las. Acabei me deixando levar pelo momento, achei que havia acontecido algo mágico entre nós. Idiotice da minha parte.

— Mas aconteceu!

— Ah, claro... — Esfrego o rosto.

— Karl, por favor, olha para mim. — Respiro fundo e o faço. Preciso ver até onde vai a conversa. — Eu não estou, e-eu nunca fui feliz com o Eric.

— Não foi o que pareceu nas vezes em que os vi juntos.

— Eu deixei de ser feliz com ele *depois* que estive com você. — Ela se corrige e perco a voz, todos os pelos do corpo se eriçando. Começo a esquentar por dentro, como se algo acabasse de ser ligado dentro de mim. *Cristo! Como ela consegue fazer isso comigo tão rapidamente?* Devo me manter afastado, não posso perder o controle. Tento arrebentar a todo custo os fios de sentimento e de desejo que insistem em me unir a ela. Não posso ser uma marionete em suas mãos. — Eric é um sujeito encantador, atencioso e...

— Boa-pinta e melhor partido da faculdade? — acrescento, com acidez.

— Verdade — murmura ela, e minha testa se contrai. — Mas eu nunca senti por ele o que sinto por você. Nem de longe.

Perco o fio da meada, perco o raciocínio, perco o chão. *Deus! Ela está dizendo aquilo que eu acho que estou ouvindo? Ela está arrependida e se declarando? Isso é loucura. Rebeca é uma febre, uma doença da qual eu preciso me curar e...*

— Minha mãe era taxativa em dizer que o amor não existe. Mas não acho que seja verdade porque começo a reconhecer essa emoção que está me transformando em uma estranha dentro do meu próprio corpo — continua ela com a respiração entrecortada. Sua voz está trêmula e mexe ainda mais comigo. — Tudo que importa para mim neste momento é que você me perdoe. Eu quero você, Karl, como nunca desejei homem nenhum na vida, e estou apavorada com este sentimento descontrolado que me consome.

Puta.

Que.

Pariu.

Rebeca me deseja!

Sonho com esse momento desde o instante em que coloquei os olhos nela. Se não estivesse sentado, teria caído de cara no chão. Meu coração para. O ar se vai. O sangue congela nas veias. Estou sem reação, febril, perdido demais com a inesperada confissão. Então meu coração ressuscita com uma explosão, ultrapassa a velocidade da luz e chega na galáxia há muito tempo destruída e abandonada dentro de mim: a terra dos sonhos. *Rebeca era meu sonho impossível que agora se transformava em realidade? Deus finalmente teve compaixão de mim?*

A razão me dá uma rasteira, meu espírito torna a encolher e fecho os olhos em resposta às venenosas perguntas que ricocheteiam alucinadamente em minha mente: *Deus por acaso teve compaixão dela ao fazê-la se interessar por um homem com os dias contados? Se você a ama, Karl, não deveria se afastar? Ou, ao menos, não deveria lhe contar a verdade e deixá-la decidir? Será que Rebeca ainda vai lhe querer depois que souber sobre o coágulo?*

— Rebeca, eu preciso que saiba... E-eu preciso que... — Minha voz falha. Estou tremendo, sufocando, asfixiando. Faço força, mas a confissão não sai, grudada em minha garganta e alma. Tento e tento, mas não consigo. Não ainda. *Não posso perdê-la. Vou dar tempo ao tempo. É isso! Não preciso contar agora...*

— Shhh! Por favor, deixa eu falar. — Para meu alívio, Rebeca me interrompe, colocando um dedo trêmulo sobre meus lábios. Vejo minha expectativa espelhada dentro de seus olhos. Ela também está nervosa. — Era você. Desde o início. Há meses sonho com o rapaz da moto vermelha. — Ela me encara e sinto o poderoso terremoto avançando dentro de mim, trincando, pedaço por pedaço, todos os alicerces que me mantêm de pé. *Isso é covardia! Estou enlouquecendo de desejo.* Refreio a vontade arrasadora de devorá-la com meus beijos, amá-la como nunca amei mulher alguma. Respiro forte. Uma. Duas. Dez vezes. Preciso ouvir o que ela tem a dizer. Rebeca está exorcizando seus demônios. — Sou uma fugitiva, Karl. — Abre um sorriso tenso. — Foi o que minha mãe me ensinou: a fugir, de tudo e de todos, mas, principalmente, dos meus próprios sentimentos. A intenção era me proteger do sofrimento, mas ela acabou me arremessando em uma vida infeliz, materialista e sem sentido. E foi o que eu fiz com desenvoltura até levar uma rasteira do destino e te encontrar. — Rebeca puxa o ar com vontade, o maremoto no verde de seus olhos fica ainda mais violento e desagua a gama de emoções represada em sua alma. Contenho-me como posso. Também estou sem ar. — Minha mãe sempre foi tudo em minha vida, o meu norte. Nunca duvidei de seus ensinamentos. Se ela dizia que o amor era um sentimento possessivo e doentio, eu acreditava. Simples assim. Sua maneira de ver a vida era diferente, mas, no final das contas, para mim ela nunca errava... — murmura, pensativa. — Nunca errava porque... Eu ainda não havia me deparado com este sentimento, com a cartomante, com você. — Rebeca pisca sem parar e acaricia minha testa com a ponta dos dedos. Estou paralisado, uma estátua de aturdimento e emoção. — Mas Dona Isra falava a verdade quando dizia que o amor é um sentimento possessivo. Quase morri de ciúme ao ver você com a ruiva na cafeteria. Parece loucura, mas sofrer por você fez me sentir mais viva do que nunca — confessa e agora sei que é impossível conter o tremor que me invade. Sou uma pulsação descontrolada, um coração desgovernado. — Achava que poderia manipular as pessoas e as circunstâncias, mas agora vejo que não tenho controle sobre as minhas próprias ações e reações, sobre mim. Se eu tenho o livre-arbítrio, é com você que eu quero ficar. — Ela passa as mãos em minha cintura e começa a remover a minha camisa. — Me deixe provar que digo a verdade.

Sou queimado vivo.

Ácido. Fogo. Descargas elétricas. Meu corpo acorda em uma erupção sem igual. Meus sentimentos sufocados explodem em uma chuva de lavas incandescentes de tesão. Não estou mais extinto. Sou um vulcão de esperanças.

— Ah, Rebeca! — Puxo-a para junto de mim. Sem perder tempo, cubro seu corpo com o meu e deixo meus lábios passearem com lentidão deliberada pelo seu colo desnudo.

Rebeca arfa alto.

Deus! Meu corpo está em chamas. O que sinto por ela me sufoca, me revigora, me fortalece, me mata de excitação. Nem de longe gostei de Beatriz desta maneira. Agora tenho certeza: eu amo Rebeca como nunca amei ninguém na vida.

— Vou querer saber tudo sobre a cartomante... depois. — Aumento a pressão dos beijos, minha língua ganha vida e tenho certeza de que está queimando sua delicada pele nos pontos onde a toca, mas não paro. Simplesmente não consigo. A cada segundo meu beijo está mais febril, meu corpo mais exigente e, sem que eu consiga me refrear, chego às alças do vestido floral, fazendo-o escorregar em uma cascata de volúpia e cair aos meus pés. Ela sorri com vontade, um sorriso sincero, precioso, e sinto meu coração ser irremediavelmente atingido. — Rebeca... — Não consigo conter o gemido ao dar de cara com a visão do meu pecado, as linhas perfeitas do seu corpo para o meu deleite. Então arranco o último resquício de dor agarrado à minha alma e a envolvo com vontade descomunal, fundindo seu corpo ao meu com desespero. Rebeca arqueja de prazer e estremeço em resposta. — Eu te quero tanto, tanto... Quero tudo, cada pedacinho seu.

— Eu... você... — sussurra, hesita ou soluça em meus ouvidos enquanto desabotoa minha calça jeans?

Não sei mais distinguir. Meu cérebro está rodopiando em uma espiral absurda de desejo, um ciclone de ardor.

— Rebeca, por favor, se... se quiser parar, precisa me dizer. E tem que ser agora. — Alerto com a voz rouca. Meu raciocínio está indo para o espaço e encontro apenas testosterona em seu lugar. Uma voz baixa e distante alerta que não haverá um futuro para nós dois juntos, que não posso fazer isso comigo, muito menos com ela, mas não consigo parar. Simplesmente não consigo. Deverá partir de Rebeca. Se ela quiser, eu vou parar. Mesmo que meu corpo se estilhace em milhares de pedaços, eu o farei. Ela precisa me dar uma pista para eu me afastar, apenas uma e eu...

— Meu passado... — Capto a tensão em seu sussurro.

— Vamos deixar passado e futuro longe disso, ok? — Minha voz falha.

Ela assente e sorri.

— O futuro somos nós aqui, neste instante.

Game over.

Eu a encaro com tanta paixão, tanto desejo, que tenho medo que o coágulo, num simples fechar e abrir de pálpebras, se rompa em meio à correnteza de amor que jorra em minhas veias. A pressão é grande demais.

Jogo-a no sofá e me deito sobre ela, pressionando-a com o meu corpo. Faço uma trilha de beijos cada vez mais febris, minha língua explorando cada centímetro de sua pele, delimitando-a, tatuando-a com o meu suor e sentimento. Sinto-me primitivo, demarcando meu território, a mulher que quero só para mim pelo resto dos meus dias. Rebeca solta um gemido suave e profundo e, quando me deparo com seus olhos vidrados de desejo, sei que o sonho se tornou realidade. *Deus! Quantas vezes eu havia sonhado com ela... Quantas vezes eu a imaginei naquela mesma posição.* Nenhum dos sonhos, entretanto, fez jus ao que sinto agora. É muito, muito melhor. Sua pele deliciosa, quente, sedutoramente macia, seu cheiro enlouquecedor...

— Rebeca... — As palavras me escapam e tudo que consigo fazer é pronunciar seu nome repetidamente, como em uma oração, meu mantra. Tenho medo de errar. Tenho medo de piscar e não encontrá-la no instante seguinte, pavor que ela tenha desaparecido como mágica, evaporado assim como fez da vez anterior. Seguro-a com todas as minhas forças. Delírio ou não, sou o homem mais feliz do mundo neste momento, um amontoado de esperança, realização e euforia. Sinto-me frágil e poderoso ao mesmo tempo. Ela faz isso comigo. Ela consegue fazer isso comigo. — Sou completamente apaixonado por você. Desde a primeira vez que a vi — confesso, enfim.

Seguro seu rosto com ambas as mãos e afogo seus lábios perfeitos com meus beijos ardentes e desesperados. Deixo que sua pele delicada derreta ao contato com as minhas mãos em brasas, com a energia que flui do meu corpo em ebulição. Estou fervendo, mas estou no céu. O inferno se foi. Quero que Rebeca sinta a mesma emoção arrasadora que desintegra meu peito em milhares de estilhaços de felicidade e entrega. Considero-me realizado se ela sentir uma décima parte do que eu sinto. Quero preenchê-la de todas as formas possíveis. Quero que ela seja só minha. Só minha e para sempre.

Mesmo que esse para sempre não seja tão "para sempre" assim...

38

REBECA

Estou nas nuvens ou o mundo está diferente? Talvez seja as duas coisas.
Não consigo mensurar a sensação maravilhosa que se apossou do meu peito desde o instante em que resolvi obedecer ao chamado do meu coração e ficar com o Karl. E não é apenas porque ele é a pessoa mais linda do mundo ou porque experimentei o melhor sexo da minha vida. Karl é apaixonante em todos os sentidos. A paz que transborda em seus atos e em sua maneira de ver a vida me gera um bem-estar indescritível. Eu me sinto plena, plainando como uma gaivota enquanto o vento morno acaricia meu rosto.

O ronco do motor cessa.

— Chegamos! — anuncia Karl, salpicando beijos deliciosos em minha mão enquanto estaciona a moto na calçada em frente ao meu prédio.

— Vou matar as aulas do turno da manhã. — Afundo o rosto em suas costas largas. Karl é o namorado mais forte e musculoso que já tive e, ao mesmo tempo, o mais delicado de todos. Parece que sou um frágil cristal que pode se rachar a qualquer instante de tanto cuidado que ele tem em me tocar, com sua preocupação se estou bem, se não está me machucando etc. E com isso ele vem me cativando de uma forma que jamais imaginei que alguém seria capaz. Grudados em seu apartamento, as últimas quarenta e oito horas passaram voando. Sinto uma dor obstrutiva no peito. Nunca pensei que seria tão difícil me afastar de alguém na vida.

— A gente podia ficar junto mais um pouco.

Mal espero ele descer da moto e pulo sobre ele. Não quero me separar. Quero mais beijos e ser acariciada do jeito que só ele sabe fazer.

— Seria ótimo, mas não posso. — Karl solta uma risada de satisfação.

— Sobe um pouquinho. Suzy não dorme hoje aqui — peço, dengosa, e começo a acariciar seu abdome esculpido de músculos por baixo da camisa. — Ela passa as noites de domingo com o Theo. Vai direto da casa dele para a faculdade na segunda-feira.

— Rebeca, assim você vai me fazer perder o juízo...

— É exatamente isso o que tenho em mente. — Mordisco sua orelha.

— Minha linda, preciso abrir a cafeteria bem cedo e, se ainda não percebeu, falta pouco para isso. — Ele pisca, em uma inútil tentativa de disfarçar seu abatimento. Uma nuvem de preocupação deixa seus olhos escuros, quase negros. — Além do mais, tenho que rever o estoque e renegociar tempo com os credores. Será uma semana... *complicada*.

Murcho com o comentário. Dona Deise precisa passar por uma cirurgia o mais rápido possível e, mesmo vendendo a moto, Karl ainda não terá o dinheiro necessário. Sei que está cogitando se desfazer da cafeteria.

— Bom argumento. Você me deixou com sentimento de culpa agora — murmuro. Ele abre seu sorriso estonteante e me abraça com vontade. — Karl, preciso checar, mas tenho quase certeza de que o programa da cafeteria está com...

— Problemas sérios? Eu já sei. — Ele me interrompe. — Não vamos arruinar nossos últimos minutos falando sobre números, ok? Não ajudaria em nada.

— Mas, Karl, não acha que...

— Shhh! — Afunda os lábios nos meus e me impede de protestar. *Esperto!* — Vamos. Vou com você até o apartamento — diz com os lábios grudados aos meus.

— Se subir, não me responsabilizarei pelos meus atos. — Empurro-o para longe.

— É um aviso? — Ele estreita os olhos em minha direção.

— Uma ameaça — afirmo.

Karl ri alto e, a contragosto, me despeço de seus carinhos e beijos maravilhosos. Subo os degraus do prédio flutuando de felicidade. Nunca me senti tão feliz assim, tão realizada. Posso sentir que a vida está tomando um novo rumo. Tenho o livre--arbítrio e haverei de fazer bom uso dele. Haverei de ser uma pessoa melhor. Ficaria com alguém decente, uma pessoa que me trouxe paz e que gosta de mim do jeito que eu realmente sou, sem máscaras ou mentiras.

A verdadeira Rebeca.

Ainda caminhando nas nuvens, chego ao apartamento e, no instante que acabo de fechar a porta e acender a luz, meu corpo é arremessado violentamente contra a parede e imobilizado em seguida. Minha cabeça lateja e o mundo roda.

— Finalmente! — Vibra a voz masculina.

— Beca! — escuto o gritinho baixo.

— Suzy?!? — Desorientada devido às fisgadas em meu crânio, me debato no lugar e, mesmo com o corpo imprensado contra a parede, consigo virar o rosto à sua procura.

E tenho vontade de vomitar.

Suzy está tremendo, encolhida como um feto em um canto da sala. Há vários hematomas pelo corpo, seus olhos estão inchados, as lágrimas se misturando ao rastro de sangue que verte da ferida aberta em seu supercílio.

— Não! — Quero correr até ela, mas o sujeito atrás de mim me prende com força. — Me solta! Socorro!

— Você vai ver o que acontecerá com a sua amiguinha se berrar mais uma única vez, hacker. — Todas minhas células congelam. Emudeço ao reconhecer a voz que faz a ameaça: *Jean Pierre!*

— *Oui.* Quietinha. Burra você nunca foi, pelo contrário.

— Solta ela. — Tento controlar o pavor em meu tom de voz.
— Por favor.

— *Hou-la-la!* Estou impressionado! Qual é a faculdade que você está cursando mesmo? Seria a de bons modos? — Ele solta sua risadinha afetada. — Quanto tempo, *non*?

O comparsa que me segura não faz qualquer ruído, mas escuto outra risada. Há uma terceira pessoa no apartamento.

— Suzy não tem nada a ver com a nossa história. Solta ela e vamos conversar. — Estou implorando agora, e Jean Pierre adora isso. *Droga!*

— Claro que ela tem tudo a ver com "a nossa história" — ele faz aspas com os dedos —, afinal, quem mandou a idiota ter uma ladra fugitiva como amiga. É bem feito!

Suzy leva a testa ao chão. *Pobre Suzy!* Sou tomada por uma onda de remorso e, principalmente, de ira. Há ódio em ebulição dentro de mim, por ser quem eu sou, pelo meu vergonhoso passado e pelo que ele está fazendo com ela, a única pessoa que permaneceu ao meu lado em minha existência arruinada. *Era assim que eu retribuía?*

— O que você quer? — indago, determinada.

Com Jean Pierre nunca houve meio-termo.

— O que você me deve, *ma chérie.*

Balanço a cabeça e é a minha vez de soltar uma risada sarcástica.

— Se eu tivesse essa grana, você acha que eu ainda estaria no país?

O maldito agiota repuxa os lábios e arqueia as sobrancelhas.

— Acha que *non* tive acesso aos fatos? — pergunta ele, e eu engulo em seco. — Você podia ter partido para Paris com os diamantes, mas voltou por causa da mãezinha. Bondade? *Amour*? Deixe-me pensar... *Non. Non.* Estupidez mesmo.

— Então sabe que estou dura desde então e que todos os meus movimentos estão sendo monitorados pela polícia. Não tenho como praticar qualquer crime cibernético.

— *Oui*, eu sei. *Non* é isso o que quero.

— Não? — Impossível esconder a surpresa em meu tom de voz.

— A jogada é outra. Demorou para que os dois pombinhos se acertassem, mas soube aguardar a hora certa para agir... — Ele escancara os dentes amarelados.

— Do que você está falando?

— Que você teria um fim trágico, garota. *Ça va mal finir*. Se está viva é porque teve a *sorte* do lutador estar amarradão na sua. Enfim, quero que o convença a lutar na próxima quarta-feira.

— Hã?

— *Oui*, você ouviu direito. Quero que você faça o Karl entrar no ringue contra o atual campeão de MMA da liga negra.

— Karl? "Liga negra"? — Minha cabeça gira ainda mais.

Jean Pierre percebe meu estado de confusão e se adianta:

— Seu namorado estava no ápice da carreira quando sofreu o acidente e resolveu se afastar. Por causa disso se transformou em um ícone sem igual no esporte, uma lenda. Seu nome é sempre lembrado entre os fãs. Se, depois de todo esse tempo desaparecido, ele resolver entrar no octógono, as apostas vão simplesmente explodir. Meus "clientes" irão à loucura. Com certeza teremos a maior luta dos últimos tempos. Eu serei o agente, é claro! Os cofres vão estourar!

— Ele terá que lutar contra o campeão atual?

— *Oui*.

— Em um torneio clandestino?

— *Oui. Isso!*

— Terá que ganhar?

— *N'importe!* O importante é que ele faça uma luta de *arrebentar*! — Destaca a última palavra e ri. — Bem no estilo dele mesmo.

— Qualquer resultado? Uma única luta?

— Se ele quiser outras... — Ele dá de ombros, mal conseguindo camuflar o brilho do interesse em suas feições. — Estou aberto a negociações.

— Karl não tem como lutar! Está sem prática.

— Eu fiquei sabendo que ele massacrou os imbecis do Davi e do Lúcio numa velocidade impressionante. E isso foi antes de voltar a treinar. Imagine agora? — Jean Pierre gargalha alto.

— E se ele não quiser?

Então me dou conta de que nunca perguntei isso diretamente a Karl. Não sei o motivo que o fez abandonar o MMA após o acidente. *O que o havia afetado daquela maneira a ponto de fazê-lo desistir de tudo? Por que preferiu vender a moto que tanto adora a voltar para um ringue?* Afinal, as lutas poderiam ajudar a pagar o tratamento de sua mãe e as dívidas da cafeteria...

— Convença-o.

— Mas, ele pode não querer e...

— Dá seu jeito. E *non* adianta tentar fugir. — Abre um sorriso perigoso e se aproxima lentamente. — Que engenhoso... — balbucia ao segurar minha orelha para ver o brinco de perto. *Ah, não! Ele tinha conseguido rastrear o dispositivo com o microchip! Mas como?* — Acho que *non* será idiota, mas vale o aviso: se Karl não lutar ou se você fizer alguma besteira, como informar a polícia sobre esta conversa, vou acabar com a sua raça de um jeito nada agradável, pode anotar. Mas não sem antes fazê-la assistir à morte da vigarista da sua mãe e dessa sua amiguinha idiota. Estamos entendidos?

A ameaça está finalmente declarada. Suzy solta um gemido baixo, e sinto os dedos do comparsa afundarem em minha pele. Trinco os dentes com força, mas a bomba explode dentro de mim, potente, e trinca os pilares remanescentes da minha vida.

Acabo de virar pó, fulminada pela triste constatação: onde há amor, habita a dor e o medo. Medo da perda, do pavor em forma de sofrimento que queima com fúria, transformando pensamentos em centelhas de martírio pelo simples fato de imaginar que algo ruim pode acontecer com aqueles que amamos. Jean Pierre colocara a chantagem em cima do meu bem mais precioso, a única moeda de troca que eu carregava e que até então não cogitava possuir: o bem-querer.

Nesse ponto minha mãe estava certa, afinal... O amor é uma senten-ça de morte.

— Você me pagará o que ficou me devendo. Com juros, é claro!

— Mas é apenas uma luta e eu lhe devo duzentos mil reais — murmuro.

— Ganharei dez vezes esse valor! — brada, eufórico. — Ainda *non* entendeu? É uma jogada das grandes, *ma chérie*. Existe um sub-mundo que ferve bem debaixo do nariz dessa sociedade hipócrita!

— Não acho que Karl vá mudar de ideia tão depressa. Ele po-deria ter feito isso há mais tempo e... — Tento explicar diante do horror que se agiganta dentro de mim.

Uma voz interna afirma que Karl não vai lutar. Não assim.

— Ele precisa *muito* da grana — diz deliberadamente devagar. — Com meu empurrãozinho estratégico, tenho certeza de que você vai convencê-lo. — Jean Pierre estala os dedos, confiante demais.

Empurrãozinho estratégico? Um mau pressentimento me invade.

— Se não cooperar, *cette turque imbécile* será a primeira a quem você dará adeus.

O sangue foge das minhas veias.

— Como ousa se referir a minha mãe como "a turca idiota"?!? Você está blefando! Não tem como matar minha mãe, seu creti-no! — vocifero como uma louca, lanço pinotes no ar, tento me libertar, mas o comparsa entorta meus braços ainda mais e me faz retorcer de dor.

— Será? — Ele abre um sorriso ameaçador enquanto coloca um celular diante dos meus olhos. — Se você não cooperar, a atriz deste filme terá um final e tanto no próximo capítulo, *chérie*.

Perco o chão e só não caio de boca porque seu comparsa me segura firmemente. Atônita, assisto a uma filmagem de dentro dos corredores de um presídio. O filme continua, e, em seguida ma-mãe aparece, sentada de cabeça baixa num canto da própria cela. Ela olha de relance para a pessoa que está a sua frente e, abatida, torna a abaixar a cabeça, sem perceber que está sendo filmada. Em seguida, um dedo polegar fazendo sinal de positivo surge no visor. Minha pulsação dá um pico, o coração desata a socar o peito, e meus olhos ardem como se estivessem pegando fogo.

Jean Pierre havia descoberto o paradeiro dela! Pior! Ele tinha um cúmplice dentro da própria penitenciária!

— Sua mãe não devia ter me passado a perna... — murmura ele, com fúria assassina. — Ficou claro que *non* estou de brincadeira?

Faço que sim, muito discretamente.

— Bom — diz e seu celular vibra. Jean Pierre checa a mensagem no monitor e sorri. — *Parfait!* Plano indo às mil *marravilhas!* Podemos ir — comunica aos capangas. Ele se aproxima de mim antes de sair e, espremendo meu rosto entre os dedos, enfia um pedaço de papel na minha boca. — Entregue isso a ele. Quarta-feira. Tic-tac. — Fecho os olhos e não o encaro mais. Estou derrotada, zonza e sem oxigênio. Trinco os dentes quando ele puxa meus cabelos com força e enverga meu pescoço para trás. Jean Pierre finaliza, sussurrando veneno em meu ouvido: — É o fim da linha, *chérie*. Se falhar...

Eles me largam e a porta bate. Cuspo o papel e caio de joelhos no chão, arruinada. Não pela dor da agressão, mas pelo golpe do destino. Vou até Suzy e a abraço com força. Ela me abraça de volta. Peço-lhe perdão por ter destruído sua vida, por ser quem sou, por tudo. Ela me abraça ainda mais apertado, e nossas lágrimas se misturam, indistintas, fazendo um caminho de dor e de derrota até desaguarem no emaranhado dos nossos cabelos que jazem no chão. Ficamos ali, paralisadas pela avalanche de horror e de sofrimento quando meu celular começa a tocar. Ele toca. Toca. Toca. *Por quanto tempo? Um minuto? Uma hora?* Minha mente gira, perdida nos confins do tempo e da angústia.

— Não é melhor atender? — A pergunta de Suzy sai baixa, impregnada de medo e de preocupação.

Ela tem razão. Ninguém me ligaria de madrugada a não ser que... O que Jean Pierre queria agora?

— Alô — atendo.

— Acabou, vadia. Agora o padeiro babaca vai ter que cantar de galo em outro terreiro.

Aturdida demais com tudo que acabara de acontecer, quero desesperadamente acreditar que não escutei direito, que se trata apenas de um engano ou uma brincadeira de mal gosto, mas a voz asquerosa que faz todos os pelos do corpo arrepiarem em resposta não deixa dúvidas: Davi!

— O-O que você quer dizer? — indago, sem saber como ainda consigo articular as palavras.

Que outra desgraça poderia ter acontecido? Há um pedaço de gelo sendo esfregado com violência dentro de mim. Suas bordas frias e afiadas me fazem sangrar muito antes de saber a nefasta notícia.

— Puf! A cafeteria do seu namoradinho já não existe mais. — Ele gargalha com vontade. — Quem brinca com fogo...

Desligo na cara dele.

Mas um berro furioso escapa pela minha garganta.

KARL

Chego em casa e, deixando a hesitação de lado, abro a carta do Sr. Conrado que estava largada na estante da sala desde a sexta-feira. Não quis estragar o momento mais incrível da minha vida com novas advertências e, propositalmente, resolvi mantê-la fechada até estar a sós. Engulo seu conteúdo com velocidade assustadora e preciso me amparar na parede para segurar a onda de desgosto e de impotência. Devido à inadimplência dos últimos meses, o administrador do imóvel estava solicitando o espaço de volta. Eu teria de pagar as minhas dívidas e entregar a cafeteria o mais rápido possível senão seria processado. *O que fazer, meu Deus?*

Meu celular toca algum tempo depois. Estremeço ao checar o visor: Annie. *Nesse horário?*

— O que foi, Annie? Hã? Hemorragia? Ah, não! — Tento me segurar, mas estou berrando ao telefone. Mamãe vai precisar de outra cirurgia urgente. Não consigo encontrar uma saída para o furacão de horrores em que fui arremessado. *Isso não pode estar acontecendo! Não pode ser verdade!* — Eu sei que você já usou todas as suas economias **e** eu também! Já vendi a moto, mas o sujeito só terá o dinheiro daqui a dez dias. Não quero vender a cafeteria no vermelho, vou perder muita grana. Vou vender a caminhonete também, mas leva algum tempo e dinheiro não dá em árvore, porra! — esbravejo, mas recuo ao escutar seus soluços do outro lado da linha. — Desculpa, e-eu... Vou dar um jeito, mana. Eu juro. — Desligo.

Não estou conseguindo raciocinar. Preciso de oxigênio para clarear minhas ideias. Pego as chaves da moto e me mando. Ainda não amanheceu no campus universitário, e não há uma alma viva sequer nessa madrugada de segunda-feira. Faço o caminho que conheço de olhos fechados, mas sinto um pressentimento ruim quando uma fumaça escura e abundante surge ao longe, vindo exatamente da região onde fica a cafeteria. Meu coração vem à boca quando vejo o carro do Davi passar como um relâmpago à minha frente. É tudo muito rápido, mas posso jurar ter visto um sorriso de surpresa e satisfação no rosto da pessoa — Lúcio — sentada no banco do carona ao me avistar. Meus dedos se contraem e tenho vontade de segui-los, mas algo me diz que preciso correr. Piso fundo no acelerador e voo até a cafeteria. Ao me aproximar, presencio meu mundo ruir de vez. Uma nuvem negra envolve tudo. Apático, vejo o fogo se espalhando com uma velocidade assustadora para todos os lados. A cafeteria está em chamas. Labaredas cada vez mais altas tomam a porta e as janelas. Não sei o que pensar. Não sei o que fazer. Tenho tantas coisas de valor lá dentro. Não adianta berrar por socorro porque não há ninguém por perto. Envio uma mensagem desesperada para Theo. Tropeçando nas palavras, ligo para os bombeiros. Eles alertam que tudo pode ir pelos ares a qualquer momento. Dizem para eu manter a calma e me afastar do local. Sou lambido por um suor frio e todos os músculos tremem, impotentes. Levo as mãos à cabeça e então eu o vejo:

O carro velho perigosamente estacionado em frente à cafeteria. Estremeço de pavor com a possibilidade. *Não pode ser!* Meu mundo não apenas roda, mas fica tão negro como a nuvem de fumaça que ganha proporções assustadoras a cada minuto. Minha visibilidade é péssima e já não tenho certeza se o que vejo é real. Não devo me aproximar do lugar, mas não consigo refrear o impulso em minhas pernas. Com o coração retumbando nos ouvidos, corro feito um louco até o veículo. Ultrapasso a muralha de fumaça e xingo muito, descontrolado, assim que a confirmação se dá diante de meus olhos.

É o carro de Rebeca!

E, para arrancar definitivamente o chão dos meus pés, observo, atordoado, a mensagem escrita com tinta branca no vidro dianteiro:

MORRA, PIRANHA!

Davi e Lúcio estavam se vingando!

Jesus Cristo! Por que o carro de Rebeca estaria ali? Será que eles...? Será que ela...? Mas eu a deixei em seu apartamento há algumas horas apenas. Ela deveria estar dormindo!

Preciso ter certeza de que Rebeca está segura. Tento ligar para ela. Estou tão nervoso que digito tudo errado, tão desorientado que preciso discar três vezes para conseguir acertar o número. Enquanto afundo os dedos nas teclas, peço perdão a Deus por ter dito que a queria morta enquanto era consumido pelo ciúme. Preciso dela viva ao meu lado. Entro em pânico quando chama diversas vezes, mas ninguém atende. Procuro o número de Suzy e ligo para ela. A ligação cai na caixa de mensagens.

Vocifero um milhão de palavrões com a demora do corpo de bombeiros enquanto vejo minha cafeteria ser covardemente engolida pelo fogo. *Preciso retardar o incêndio!* De repente escuto a voz de Theo chamar meu nome. Ele tem os olhos imensos e mal consegue disfarçar o horror que o toma.

— Por que o carro de Rebeca está aqui? — indago, descontrolado.

— Eu não sei... Ai, não! — Theo geme, apavorado. — Não pode ser!

— O que foi, porra? Fala!

— Suzy me pediu as chaves da cafeteria emprestado! — Theo fica pálido como um boneco de cera. Minha cor vai pelo mesmo caminho. — Suzy ia pedir a Rebeca para passar aqui depois e ajudar com o programa, quando a cafeteria estivesse fechada, mas...

— Mas ela estava comigo até poucas horas atrás! Ela ficou todo o final de semana comigo, e eu a deixei em seu apartamento!

— C-com você? — Ele arregala os olhos.

— Merda! Merda! Merda! — Estou bradando feito um louco, e minhas pernas, descontroladas, andam de um lado para o outro.

— Será que ela resolveu vir para cá depois que você a deixou em casa? — Os olhos de Theo triplicam de tamanho. — Meu pai do céu! Será que Suzy veio junto? Merda! — Ele desata a discar feito um louco para a namorada. Pragueja alto e segura as lágrimas quando suas tentativas são apenas fracassos. Nenhuma das duas atende.

Não pode ser. Rebeca não pode estar lá dentro.

— Deus, não! — Minha voz arranha um choro fino e me afasto de Theo, deixando-o para trás socando as teclas de seu aparelho.

Com a visão turva de pavor, dou um passo à frente e, de repente, tudo vai pelos ares. Meu corpo é lambido por uma onda de vapor, e meus tímpanos explodem. Estou agonizando, perdido dentro de um estridente ruído de impotência e de sofrimento. A simples ideia é atordoante demais. Minha vida perde o sentido nesse instante. Sem Rebeca nada vale a pena. Estou apático e sem rumo. Sinto nova onda de dor. Eu era um sujeito com encontro marcado com a morte, mas Rebeca não!

— REBECA! — Não reconheço a voz no grunhido animalesco que sai de minha boca. Berro seu nome como um louco, não mais camuflando as lágrimas de dor, o pranto que me queima a garganta mais do que qualquer fogo no mundo. Em vão. O barulho infernal é substituído pelos ameaçadores sussurros das faíscas, avisos de advertência para não ir adiante e ver o que não suportaria.

Até serem silenciados pelo peso do nada.

Sem forças e arrasado, deixo meus joelhos cederem, a alma em chamas, a cabeça curvada sobre um corpo sem vida, as lágrimas me sufocando. — Por favor, Deus! Ela não!

— Karl! Karl, estou aqui!

O ar trava em minha garganta, e meu coração dispara.

Sem compreender o furacão de pensamentos que embaralham minha razão, eu me levanto num rompante e então eu a vejo, como uma miragem, correndo em minha direção. Rebeca se joga em meus braços e afunda o rosto em meu peito. Ela está chorando quando eu a agarro. Emprego tanta força nessa ação que tenho medo de estar lhe machucando, mas não consigo impedir. Preciso ter certeza de que não estou delirando. Então devoro-a com meus beijos desesperados. *É real! Ela está viva!* Meu gemido sai alto, um uivo de alívio. Eu me sinto agraciado, o sujeito mais feliz do mundo. *Deus ouviu minha prece!* Tento segurar a onda de emoção que me invade, mas simplesmente não consigo e desmancho, me derretendo como um chorão sentimental. *Danem-se todos! Dane-se tudo!*

— Ah, Karl! Eu sinto tanto, eu...

— Shhh! Está tudo bem. Você está bem. É isso o que importa — digo ao ver as lágrimas escorrerem por suas bochechas vermelhas. — Pensei que eu tinha perdido você — confesso com a voz rouca de emoção. — Vi seu carro aqui e... Não consegui falar com você e...

Ela solta um suspiro longo e me abraça forte.

— O que será de mim agora? — A pergunta derrotada sai sem a minha permissão.

— Vamos dar um jeito e...

— O que vai ser da minha mãe? Como vou ampará-la em seu fim? A cafeteria era tudo o que eu tinha!

— Eu sei. — Seu timbre de voz está diferente. Existe algo deformando suas feições, uma mistura de ansiedade e aflição. — Vamos pensar em alguma coisa.

— Não há no que pensar. Só me restou uma opção. — Espremo a cabeça entre as mãos e não consigo conter a acidez em meu tom de voz. — Vender a casa para quitar a dívida com os credores e as despesas do tratamento de mamãe.

E enterrar junto com ela o que restou das lembranças do meu pai e da minha infância feliz, é o que não digo.

— Karl, eu tenho outra opção, mas você vai ter que me ouvir. — Suas mãos ficam frias e trêmulas. Ela vai direto ao ponto: — Por que você nunca mais quis lutar?

— Hã? — Desabo de vez. *Por essa eu não esperava.* — Aonde quer chegar?

— Na grana.

Instantaneamente minha expressão fica tensa, e cerro os punhos. Ela avança.

— Você é forte como um touro, bom de briga, por que não voltou a lutar?

Porque tenho uma granada dentro da minha cabeça!

— Fiz uma promessa — disparo com os dentes trincados e a testa encharcada de suor.

— Pois acho que está na hora de repensar o assunto.

— Eu não vou lutar, Rebeca. *Assunto* encerrado.

— Não pode deixar sua mãe definhar e não fazer nada!

— Não fazer nada?!? — Custo a perceber que estou prendendo a respiração. Explodo. — Não estou fazendo nada? Olha isso! — Aponto para a cafeteria em chamas. Uma multidão de curiosos se aglomera ao nosso redor com a chegada do corpo de bombeiros. — Tomo uma porrada atrás da outra, meu mundo está sendo destruído sem piedade, faço de tudo para manter minha dignidade, manter minha família de pé, e você diz isso?

Droga! Não quero brigar com ela!

— Se já não achava sensato você se desfazer da cafeteria, sua única fonte de renda, acho uma loucura sem tamanho vender o casarão! Não receberá o que ele realmente vale se fizer a venda às pressas e, além do mais, vai gastar todo o dinheiro à toa porque sua mãe não suportará viver em outro lugar. Ela morrerá de desgosto. Vi isso nos olhos dela. E vejo isso nos seus também!

— Eu não tenho escolha, Rebeca!

— Tem sim! — Ela estreita os olhos e coloca um folheto na minha mão.

— O que é isso?

— Sua chance de ganhar a grana e recomeçar a vida.

Não acredito que meu mundo está pegando fogo, em ruínas, e que estou dentro dessa conversa infernal. Abro o pedaço de papel amassado que, pelo visto, já foi bem manuseado. A taquicardia enlouquecida está prestes a se transformar em uma parada cardíaca. Não acredito no que estou vendo. Meus olhos leem e releem, transtornados.

— C-como teve acesso a isso? — Mal escuto minha voz no sussurro. — Você quer que eu participe... *disso*?

Será que ela consegue ver o pavor estampado no meu rosto?

— É a única maneira de dar um fim decente à Dona Deise, pagar as dívidas e sair desse caos. Você sabe disso melhor que ninguém.

— O dinheiro não cobriria nem a metade dos custos.

— Você ainda é idolatrado. Seus admiradores topam pagar caro para ver você lutar novamente. São cem mil reais, Karl! Se ganhar, o valor dobra.

— Como soube disso? — Estreito os olhos, o coração esmurrando o peito num misto de fúria, horror, aturdimento e grata surpresa. *Ainda sou idolatrado...?*

Rebeca avança, determinada e sem me responder.

— Na quarta-feira você estará com o dinheiro vivo nas mãos e poderá recomeçar a vida. Nós poderemos recomeçar nossas vidas. Juntos.

Juntos...

Estou sem ação, catatônico, apático, perdido.

A palavra ricocheteia em minha mente e espírito: *recomeçar...*

Ou acabar?

— Por favor, Karl. Lute! Se nada do que falei foi capaz de convencê-lo, eu peço, faz isso por mim. Mesmo que não esteja na sua melhor forma, lute! Você é forte. Eu vi. O dinheiro é certo, mesmo que perca. Por favor! Eu não posso deixar mamãe e Suzy morrerem! Jean Pierre...

Rebeca afunda o rosto em meu peito e desata a chorar. Um choro compulsivo, impregnado de dor, que me rasga por dentro. Quero niná-la, protegê-la de todos os perigos e horrores e, no final das contas, sou um covarde inútil.

A grande verdade: tenho medo e estou fugindo.

— Jean Pierre! — digo, entre dentes, ao compreender. — Mas... como? Quando?

— Assim que você me deixou em casa. Ele e os capangas agrediram Suzy e estavam apenas me esperando — confessa ela, e sinto o chão ser arrancado dos meus pés. — Ele ameaçou me matar, mas não sem antes eliminar a Suzy e a minha mãe. — Há pânico exalando de seu tremor. — Sei o que vai me dizer. Que devo avisar à polícia e que chantagens desse porte nunca acabam na primeira vez. Mas, acredite, Jean Pierre estava transtornado, feroz, diferente... bem diferente. Se fosse só por mim... — Ela arfa com força. — Mas não posso colocar a vida delas em risco. Não posso! Se eu abrir o bico, minha mãe morre na hora. Galib não tem como acionar proteção em apenas dois dias até porque tem gente da própria polícia envolvida. Minha mãe está sob a mira de um capanga do Jean Pierre! O desgraçado descobriu o chip e está me rastreando também. Precisamos ganhar tempo, meu amor. Nesse ínterim, a gente aproveita os ventos favoráveis e consegue o dinheiro para o tratamento da Dona Deise, além de pagar sua dívida ou parte dela. Com a grana em mãos, poderemos bolar um plano viável, que tenha o respaldo da polícia e acabe com a raça desse francês maldito para sempre...

— Shhh. — Acalmo-a, abraçando-a com vontade arrasadora.

Ela não sabe, mas estou depositando meu amor e meu coração nesse gesto tão simples. Com a minha morte darei um futuro melhor a todos que me amam. Minha mãe terá um final digno da sua bondade, quitarei minhas dívidas, honrarei meu nome. Mas, acima de tudo, Jean Pierre não vai mais subornar Rebeca porque as lutas deixarão de existir.

Eu deixarei de existir.

— Vou lutar. — Libero um murmúrio de despedida e beijo sua testa.

Acabo de assinar a minha sentença de morte.

40

REBECA

Eu preciso fazer isso, Galib. Desculpa.

Apago o recado antes mesmo de enviá-lo e anulo nossa única forma de contato: desligo o novo celular. Justamente o aparelho mais bacaninha que Galib me forneceu, para o caso de alguma emergência durante o plano que combinamos, mas que acabo de abandonar. E me colocar em perigo. Em seguida descumpro outra regra fundamental do nosso acordo e, ainda de madrugada, atravesso a fronteira do estado de Minas Gerais e dirijo em direção ao Rio de Janeiro.

Galib ordenou que eu ficasse a postos dentro do hospital até o instante em que eu obtivesse a tão aguardada informação. Deixou claro que eu estaria correndo risco de vida a partir do instante que lhe fornecesse o horário e local exato da luta, que teria pouquíssimo tempo para sair do país se não quisesse ser pega pelos capangas do Jean Pierre, que deveria desaparecer do mapa por um período, o suficiente para a polícia colocar as coisas em ordem.

Um sorriso derrotado me escapa. *As coisas nunca mais ficariam "em ordem".*

Minha vida fora transformada num caos, arremessada em um furacão de tragédias desde as previsões daquela maldita cartomante, e algo dentro de mim afirma que, enquanto não a encontrar e tirar tudo a limpo, nada voltará a ser como antes. Esta existência que sou obrigada a levar, sem controle de nada, sem possibilidades, identidade ou liberdade não me interessa mais Não serei a responsável pela morte de mamãe e de Suzy. É possível que eu vá para a prisão em algumas horas e, ainda que eu esteja colocando um ponto final em tudo, preciso ardentemente das respostas. Apenas isso. Se conseguir escapar, farei o que já devia ter feito há muito tempo se fosse uma pessoa com escrúpulos: sumirei da vida de Suzy e de Karl para sempre!

A nossa maior riqueza não são os bens materiais, mas as pessoas que amamos.

Trinco os dentes. Mamãe mentiu para mim. E eu também menti para o Karl quando disse que teríamos um futuro juntos após a luta. O fato é que nunca ficarei livre das chantagens do Jean Pierre. É um caminho sem volta. Ainda que Galib me dê cobertura, será apenas questão de tempo até o francês me achar novamente, chantagear e matar aqueles que amo. Não posso deixar isso continuar. Minha prisão protegerá Karl e Suzy e, talvez, minha mãe também. É isso o que importa agora. Nada mais.

Usando um disfarce, dirijo por horas, o pé afundado no acelerador do carro alugado. Por garantia, troquei sua placa por uma falsificada. Um truque manjado, mas bastante útil. Ele vai me fazer ganhar tempo. Só paro para reabastecer o tanque ou ir ao banheiro. Preciso chegar logo à casa da cartomante pois, caso algum homem de Galib apareça no hospital e descubra que fugi, em breve os agentes da polícia estarão atrás de mim.

Aflita, atravesso a Baía da Guanabara com as janelas do carro abaixadas. Preciso abrandar as brasas que fazem meu espírito arder, e nada melhor que abrir caminho para as furiosas rajadas de vento que correm pelas pistas de concreto armado da gigantesca ponte. Mas é de pouca serventia, pois chego em Niterói com o coração ameaçando pular pela boca, febril. O filme do macabro encontro com Madame Nadeje é projetado com requintes de detalhes em minha mente acelerada. Passo pela estrada nova de Pendotiba e piso fundo em direção ao cemitério do Parque da Colina. Os raios solares deixam tudo mais vivo e bonito, bem diferente da vez anterior. Está entardecendo quando alcanço a rua da cartomante. Não sei o endereço exato, mas lembro com perfeição da humilde casa branca com o telhado marrom. Minha frequência cardíaca assume níveis perigosos. Deparo-me com um amplo terreno baldio onde impera um gramado mal-aparado com quase meio metro de altura. *Não é possível! Será que me enganei por causa da tempestade em meio àquela noite macabra?* Avanço com o carro pela rua, atravesso dezenas de quarteirões, nem sinal da maldita casa. Nenhuma residência do lugar se parece com a da Madame Nadeje, e começo a suar frio. *Será que me confundi? Estou enlouquecendo?* Faço o caminho de volta, e meu coração dá outra quicada dentro do peito ao reconhecer a árvore de tronco retorcido e com folhas de um vermelho vivíssimo, completamente diferente das amendoeiras na região. Desço do carro no exato local em que a deixei, sob a copa do raro bordo japonês. *Não foi uma alucinação! Então... Será que a casa foi demolida? Mas não há qualquer sinal de destroços e...*

— Precisa de ajuda? — A voz que surge às minhas costas quase me mata de susto.

Eu me viro e me deparo com um rapaz de expressão viva e sorriso eufórico dentro de uma picape azul. No banco do carona um senhor idoso permanece imóvel em sua profunda soneca.

— Ah! Sim... Hã... Eu queria falar com uma conhecida, mas não a encontrei. A casa que ficava aqui foi demolida?

Ele estreita os olhos.

— Casa? Aqui?

— Isso! Uma casinha branca humilde, com varanda e telhas marrons.

— Nunca teve casa nesse terreno, moça.

— Claro que teve! — Minha voz sai esganiçada. Acho que estou entrando em pânico, e o rapaz percebe porque faz um gesto com as mãos para que eu me acalme.

— Olha, eu moro ali desde que nasci. — Aponta para uma construção na cor bege situada a uns duzentos metros de onde estamos. — Posso lhe garantir que nunca houve casa alguma aqui. Esse terreno baldio é antigo na região. Meus pais já tentaram comprar, mas o proprietário nunca teve interesse em vender.

— Não é possível! Eu estive aqui dois anos atrás. Eu a vi! — Levo as mãos à boca, desesperada.

— Tem certeza? Será que não confundiu com outra?

Balanço a cabeça com força exagerada. Estou surtando.

— Este bordo japonês... — balbucio em estado catatônico. — É o único da região, e eu o vi naquela noite, em frente à casa dela. Era uma senhora bem idosa, de olhos negros e roupas estranhas, usava uma capa de chuva vermelha emborrachada e...

— São poucos os moradores pelas redondezas, e não conheço ninguém com essas características — diz ele, ao ver meu estado deplorável. Em seguida bombeia o acelerador. Na certa, quer se ver livre da maluca aqui. — Sinto muito.

O rapaz dá seta para retornar à pista, acena em despedida e acelera. Afundo o rosto nas mãos.

O que está acontecendo comigo? Por que nada faz o menor sentido? Será que fui submetida a algum truque além de hipnose naquela noite macabra?

Escuto uma freada forte. Apática, vejo a picape azul dando ré e parando novamente ao meu lado.

— Você disse capa de chuva vermelha? — pergunta o senhor ao lado do garoto.

O cinza desbotado se destaca nos olhos arregalados.

— Isso! O senhor a conhece?

— Eu não. — Suspira. — Mas está se repetindo. É uma história antiga e... estranha. Desligue o motor por um instante, William.

— Ok, vovô. — O rapaz parece tão interessado quanto eu em ouvir o que o avô tem a dizer.

No entanto, algo dentro de mim fica alerta, parece aguardar o pior.

— *Deja-vu!* — começa ele. — Há aproximadamente sessenta anos, quando eu tinha mais ou menos a idade do William, uma moça apareceu aqui, neste mesmo lugar, fazendo perguntas idênticas a que você fez. Eu me recordo como se fosse ontem porque fiquei encantado. Era a mulher mais linda que eu já tinha visto na vida e... — Umedece os lábios rachados e sorri. — Eu era um moleque da roça, aliás tudo por aqui era roça naquele tempo, e vinha correndo atrás de uma bola quando dei de cara com aquela mulher magnífica saindo do seu lustroso Chevrolet Coupé. Parecia uma visão divina para mim. Sabe como é. Ninguém que eu conhecia tinha carro na época, e a moça era muito bonita além de tudo... — O senhor fica com o olhar distante, aprisionado em suas recordações do passado. — Ela veio em minha direção, aflita. Afirmava que havia deixado aqui uma senhora com essa mesma descrição e que precisava falar urgentemente com ela. Eu lhe forneci as mesmas respostas que William deu a você. E, após ver uma lágrima rolar em seu rosto perfeito, ela agradeceu e se foi, arrasada. Então quando cheguei em casa e contei o ocorrido aos meus familiares, meu avô me surpreendeu ao dizer que ele e seu irmão tinham passado pela mesma situação, uns cinquenta anos antes, só que em São Paulo. Disse que um homem muito bem-vestido desceu de sua carruagem para pedir informações. Meu avô e seu irmão estavam a cavalo e ficaram assombrados com a tristeza que emanava do seu olhar. As perguntas e descrições que o sujeito deu eram as mesmas em ambos os casos. A capa vermelha na noite de chuva... Uma vestimenta pouco comum para a época.

— Ah, não! — Agora tenho certeza de que estou caindo em um precipício. — Não é possível! Uma assombração?

— Talvez. — Ele dá de ombros, a expressão sombria. — Mas lhe darei um conselho, moça, porque foi o que ouvi do meu avô naquele dia. Toque sua vida e ponha fé no futuro. Cutucar o passado pode ser desolador.

Ele assente, se despedindo, e a picape azul ganha vida e vai embora, arruinando com o que restara da minha frágil munição de esperança. Sem que me dê conta do que estou fazendo, desato a chorar.

Se eu fosse uma pessoa decente, poderia imaginar que fosse um anjo, mas, com o meu péssimo histórico, um demônio é o que me vem à mente. Na melhor das hipóteses, uma alma penada querendo se divertir às minhas custas.

A certeza me corrói por dentro, cáustica e irremediável.

Nunca terei as respostas.

Não há saída.

Nunca houve.

Os primeiros raios de sol chacoalham minhas pesadas pálpebras. Acordo com a cabeça afundada no volante, o corpo reclamando, retorcido de um jeito para lá de estranho, mas meus treinados olhos de ladra são rápidos em sua varredura e permitem que eu respire aliviada: nem sinal da polícia! Estou exatamente no mesmo lugar da véspera, sob a copa do frondoso bordô japonês e em frente ao terreno da casa que nunca existiu.

Hora de partir para a parte B do plano: sumir do mapa! Mas não por um tempo apenas, como Galib havia determinado.

Será para sempre.

Removo o disfarce que até então venho usando: peruca ruiva ao nível dos ombros, lentes de contatos pretas e óculos de armações grossas, e acelero em direção ao Galeão. Abandono o carro no estacionamento do aeroporto, compro a passagem, uma barra de chocolate e entro no setor de embarque faltando pouco mais de uma hora para o voo. Aperto a marcha pelo saguão de entrada, e meu coração acelera no peito à medida que me aproximo do setor de controle de passaporte. O filme trágico do meu passado roda acelerado em minha mente. Mal controlo o tremor nas mãos quando deslizo o passaporte pelo leitor digital. De repente escuto alguém chamar meu nome em alto e bom som. Meu pulso dá uma quicada violenta quando giro a cabeça por sobre os ombros e visualizo um policial caminhar em minha direção segurando um pastor-alemão pela correia.

Ah, não. De novo, não!

Um tremor dolorido percorre minhas células e congela meu corpo dos pés à cabeça. Checo ao redor com velocidade absurda. Não há para onde fugir. *Acabou.* Fecho os olhos com força quando o policial toca meu ombro.

— Você esqueceu no banco. — Ele devolve minha carteira.

Ela deve ter caído quando fui comprar o chocolate.

— Ah! — Descubro que é o único som que alguém consegue pronunciar quando o cérebro pifa e não existe ar em seus pulmões.

Não sei como consigo sair andando dali tamanha a tremedeira em minhas pernas. Desabo no primeiro assento livre que encontro pela frente. Os minutos passam em uma cruel câmera lenta enquanto aguardo a chamada para meu novo destino: Buenos Aires.

Olho as horas no grande painel e sinto novo aperto no peito. Será esta noite...

Queria estar lá.

Na luta.

Com o Karl.

O aperto se transforma em uma dor aguda, lancinante. Não me despedi dele. Não poderia porque ele perceberia. Não conseguiria de qualquer maneira. Quero levar a recordação intacta dentro de mim. Dele. De seus beijos. De nós.

Foi tudo tão atropelado, tanta coisa aconteceu no intervalo de quarenta e oito horas que tenho a sensação de que se passaram vários dias. Karl acredita que, neste instante, estou com Suzy, protegida na casa dos pais dela. Prometeu-me que viria ao meu encontro após o confronto. Vi a expressão de alívio em seu rosto pelo fato de ninguém saber o local da luta, nem mesmo ele ou o adversário, até duas horas antes de ela acontecer. Na certa tem medo de que eu cometa a loucura de aparecer. Ele sabe que eu não posso entrar no lugar que o submundo utiliza para executar suas atividades ilícitas com o meu rastreador a tiracolo. Em cinco minutos a polícia apareceria e seria o caos. E o meu fim.

Para Jean Pierre, entretanto, dei entrada num hospital local, em choque, após a agressão que eu e Suzy sofremos e ao atentado à cafeteria na madrugada da segunda-feira. Ao menos é isso o que o meu rastreador afirma. Eu não poderia ter feito escolha mais acertada! O cretino nem imagina que, de lá de dentro, eu faria uma ligação do celular de uma enfermeira e, pouco tempo depois, um homem de confiança de Galib iria disfarçado ao meu encontro. Um sorriso vitorioso me escapa. *Os capangas do Jean Pierre ainda devem estar vigiando o lugar...*

O voo para Buenos Aires é anunciado. Num ato impensado, religo o celular à procura de alguma mensagem do Karl, mas, no instante em que o aparelho ganha vida, o maldito desata a berrar a plenos pulmões. Não reconheço o número. Não pertence a Galib, ao Karl ou a Suzy. *Seria Jean Pierre?* A pessoa insiste, insiste, insiste. Quero abaixar o volume, mas, aflita ao extremo, não consigo achar a tecla no novo aparelho. As pessoas me olham com cara feia, incomodadas com o meu aparente descaso. Resolvo desligar, mas não sem antes ver se há alguma notificação. Para meu espanto, existem dezenas de ligações perdidas e cinquenta mensagens de um mesmo número. O celular toca initerruptamente. Confiro o número: *Droga! É o mesmo!* Sinto um calafrio.

Não vou atender.

Não posso atender.

Não é ninguém, apenas um engano, digo a mim mesma. A fila de embarque anda rápido. O celular não para de tocar e algo incompreensível acontece dentro de mim. O chamado atinge uma parte até então intocada em minha essência, mexe comigo de uma forma estranha. Nunca fui curiosa, mas uma força me impele a atendê-lo e acabar com a dúvida antes de colocar os pés no avião e sumir de uma vez por todas. A imagem da cartomante aparece instantaneamente em minha mente acelerada. A fila avança um pouco mais. O que estou sentido não é normal, a boca seca, as pernas bambas, o coração a mil por hora.

Seria alguma mensagem dela?

E faço o que não poderia.

Atendo a ligação.

— Alô — digo, hesitante.

— Rebeca! Graças a Deus! — dispara a voz num misto de alívio e desespero.

— Annie? O-O que houve?

— É o Karl! Ele vai morrer! Não deixe, por favor! — diz, soluçando sem parar.

— Hã?!?

— Ele não pode lutar! Não pode!

— Annie, vai ficar tudo bem, ele vai conseguir o dinheiro para a cirurgia da Dona Deise. É só uma luta como tantas outras, o Karl é forte e...

— Não é não! Ele só tem coração! Ele não vai aguentar. — Novos soluços descontrolados. — O problema dele... Ele não queria que você soubesse, que ninguém soubesse... Ah, meu Deus!

— Annie, você está me assustando. — Fico sem ar, tenho dificuldade de engolir, como se duas mãos enormes estivessem me enforcando.

— Seu bilhete, por favor. — Interrompe a atendente da companhia aérea. Entrego-lhe o pedaço de papel de maneira mecânica e ela o destaca. — Boa viagem.

Não pode ser! De novo não!

— Que problema? — Minha voz sai tão baixa que quase não a escuto.

— Não era para eu contar, mas não posso mais, simplesmente não posso... — O choro ganha notas de desespero máximo. *Agora é fato. Estou sufocando.* — Você precisa fazê-lo mudar de ideia! Só você pode conseguir!

— Annie eu estou... *impossibilitada*. — Saio pela tangente caso minha ligação esteja sendo grampeada, e caminho como uma sonâmbula pela rampa que dá acesso à aeronave.

— Ah, Deus! Ele vai morrer esta noite! Na luta!

— Para com isso, Annie, ele não vai...

E então ela confessa o inconfessável:

— O coágulo em seu cérebro vai estourar! — solta a bomba com a voz rouca.

Agora é a vez das minhas certezas explodirem em milhares de fragmentos bem diante dos meus olhos e ricochetearem pelo novo caminho que decidi tomar.

Perco o equilíbrio e, tropeçando nas pernas, seguro-me como posso. O mundo gira, sem sons ou cor. A cena se repete com perfeição em minha mente atordoada, idêntica a dois anos atrás. A oportunidade de fuga, de liberdade, de recomeçar a vida escorrendo novamente como água entre os dedos...

— C-Coágulo...?

— Inoperável. Se romper, acabou! — Seu ganido me apavora. É de sofrimento extremo. — Ele não pode receber nenhum golpe na cabeça, por menor que seja.

— Ele nunca... me... contou... — Não reconheço a voz derrotada que sai da minha boca.

— Nunca contou para ninguém! Não seria diferente com você. Karl não tolera a ideia de que tenham pena dele, especialmente a mulher que ama.

— Ama... — balbucio a palavra que arde como uma chaga em meu peito.

— Ele a ama muito. Eu sei. E vai te ouvir. Por favor, impeça! Rebeca... Reb... voc... consegu... — O sinal fica repentinamente ruim.

— E-eu... n-nã... — Não sei mais se é a ligação ou a minha voz que está falhando.

— Por favo... — Não preciso escutar mais nada. Sinto na alma seu desespero, estou queimando em ácido, desintegrando em fragmentos de vergonha, culpa e dor. Eu sou o coágulo e o golpe fatal, a culpada pela morte do Karl. Fui eu quem o convenceu a entrar na luta maldita. — Não sei onde será a lut... mas talvez ele tenha comentad... com você. Nã... o deixe entrar... no ringue.... não o deixe morrer! Promet... Por f...

— Vou tentar, Annie. Vou tentar. — Meu sussurro é uma melodia decadente, notas de dor lançadas ao ar.

A ligação cai e, em seguida, uma mensagem apavorada surge no visor. É de Theo.

"Suzy sumiu!!!"

Encaro o bilhete em uma das mãos e as chaves do carro alugado na outra. *Dane-se tudo!*

E, quando dou por mim, estou revivendo a cena de dois anos atrás, exatamente como no terrível dia da prisão da minha mãe e da derrocada da minha vida. Correndo feito uma louca em sentido contrário, tropeço em um bando de pessoas enquanto abro caminho à força em direção à minha condenação definitiva.

Sei que corro risco de ser encontrada pelos agentes caso fique com o celular ligado ou tente fazer alguma ligação. Ainda assim, antes de voltar para Belo Horizonte, ligo para Karl inúmeras vezes, mas seu celular permanece desligado. Tento o número de Theo e dá fora de área. Sem perder tempo, envio uma mensagem para Galib.

Jean Pierre sequestrou Suzy! Por favor, é o último pedido que lhe faço, não em meu nome, porque não mereço tamanha consideração, mas em nome do meu pai e da estima que você tem por ele: encontre a Suzy. Eu lhe imploro: salve-a. A vida dela vale mais que a minha. Infinitamente mais.

Acabava de decretar o meu fim.
Mas estava de volta ao jogo!

41

KARL

— Dez minutos! — comunica a voz aguda atrás da porta.

Escuto os gritos acalorados da equipe do meu adversário no aposento ao lado. Acabo de me aquecer e afundo no banco, completamente só na sala de aquecimento. Para que eu não identificasse o local da luta, os homens do Jean Pierre colocaram uma venda nos meus olhos durante o caminho para cá. Jamais imaginei que seriam assim meus últimos minutos no mundo: em um lugar que mal imagino onde esteja, longe de todos que amo. Depois do acidente, jurei a mim mesmo e pela alma do meu pai que nunca mais entraria em briga, que não daria tamanho desgosto à minha mãe.

E, no entanto, aqui estou eu...

Sei que é por uma boa causa, que os meus dias e os da minha velha estão contados de qualquer maneira. Não posso usurpar de Annie as lembranças de um passado feliz, muito menos de seus futuros filhos, de crescer naquele lugar mágico que presenciou o nascimento de uma família unida pelo amor. Uma causa nobre, de fato, mas terrivelmente dolorosa. Não suporto imaginar a reação da minha pobre mãe quando Annie lhe der a nefasta notícia do filho morto. *Ah, Dona Deise! Por que uma pessoa tão bondosa, tão cheia de fé, é submetida a tantas desgraças na vida?*

— Cinco minutos!

Tento me concentrar, mas fracasso. E não é por causa da montoeira de vozes, gritos eufóricos e buzinas estridentes vindas do lado de fora da porta, do que parece ser um galpão abandonado. Duas situações ficam se repetindo como um filme defeituoso em minha mente: os berros de pavor de Annie quando comuniquei o que estava prestes a fazer e a última vez que vi o rosto de Rebeca. Dentro de mim a certeza é irrevogável: foi ela quem fez com que eu me sentisse vivo pela primeira vez na vida. Não houve Beatriz e nem mesmo a euforia entorpecente após uma vitória ou um título. Nada conseguiu se aproximar da sensação de tê-la em meus braços, da emoção avassaladora que experimentei ao seu lado, dos nossos corpos unidos, fundidos em uma dança perfeita, quase espiritual. Algo dentro de mim a ama tanto que acho que deve haver algum defeito em minha cabeça, comigo. Acho graça do pensamento ridículo. *Claro que há, idiota! Você tem um coágulo prestes a estourar...*

Observo o celular em minhas mãos. Meus dedos hesitam na tecla *on*. Eu o desliguei assim que acabei de falar com Annie. Não suporto despedidas, mas gostaria de ouvir a voz de Rebeca uma última vez. *Deixe as coisas como estão, Karl*, alerta a razão envolta na capa de orgulho. *Ela não poderia ser sua por muito tempo de qualquer maneira, e você sabe disso melhor que ninguém.*

— Hora do show! — avisa a voz.

Estou pronto.

É incrível como vida é uma constante caixa de surpresas!

Sou o primeiro a entrar na área de luta do submundo, o desafiante. Pensei que estaria em um ambiente decadente e amedrontador, mas o local, para o meu espanto, é claro e amplo. No lugar de vampiros sádicos, marginais com os dentes trincando, enlouquecidos para ver o sangue jorrando para todos os lados, eu me deparo com uma plateia elitizada. Ela é predominantemente masculina, mas os homens com roupas de fino corte e com ternos elegantes não exibem as habituais fisionomias de poder ou soberba.

Eles me ovacionam com emoção!

A plateia vibra com a minha entrada e me aplaude de pé com sorrisos escancarados nos rostos, num misto de reverência e de excitação. Meu nome, ou melhor, meu apelido no MMA é repetido em uníssono e com estrondo, como um hino:

— Fera! Fera! Fera!

Meu coração entra num descompasso intricado. Estou embasbacado com o inacreditável. Jamais esperaria tamanho presente de despedida.

— Fera! Fera! Fera!

Eles ainda torcem por mim?

Atravesso o caminho de acesso ao octógono e sem perceber como, há um sorriso surgindo em meus lábios, crescendo, amplo demais diante das minhas péssimas condições, e, para minha absoluta surpresa, esperançoso. A sementinha das possibilidades germina velozmente dentro de mim e, sem conseguir segurar o velocímetro do meu cérebro, estou cogitando tudo quando chego ao meu lugar na arena.

E se eu conseguir sair vivo da luta?

E se conseguir vencer?

E se ainda tiver algum tempo com Rebeca depois daqui, afinal?

E se...

Balanço a cabeça para afastar a ingênua onda de esperança, e escuto novos gritos eufóricos. O "grande" campeão se aproxima. O sujeito tem jeitão marrento, a expressão convencida daqueles que têm o hábito de vencer, acostumados a ter o mundo aos seus pés. Sinto um misto de raiva e de nostalgia.

Eu fui assim, como ele.

Um vitorioso.

Até aquela noite nefasta.

A vida ainda não havia me dado o golpe fatal, e meu semblante era idêntico ao deste sujeito. Não havia sentido o gosto amargo da derrota, no jogo e na vida. Daquele dia em diante me transformei em um zumbi, um morto-vivo, carregando um espírito atormentado em um corpo decrépito.

Até encontrar Rebeca...

Ah, Deus! Se eu tivesse mais uma chance... com ela...

Coço os olhos. Meu adversário entra na gaiola sob o cortejo de aplausos e berros de vitória. Ele me encara de cima a baixo com cara de mau. Acho graça da sua babaquice. Observo-o com atenção. O sujeito não é muito mais forte ou maior do que eu. Essa constatação é o suficiente para alimentar a maldita sementinha da esperança. *Esperava alguém bem maior...*

— Agora a grande luta da noite! Atendendo aos pedidos dos caros senhores, este confronto será contínuo. Não teremos rounds e o combate será finalizado somente por nocaute — explica o apresentador cheio de floreios, interrompendo minha enxurrada de pensamentos sem sentido. Melhor assim. Estava ficando emotivo demais. — Do meu lado esquerdo, desafiando o campeão atual, com um metro e setenta e nove de altura e pesando oitenta e oito quilos, o lutador que abandonou o MMA no auge da carreira de maneira enigmática, o campeão invicto do passado, Karl Anderson, "A Fera" de Minas.

A plateia explode em xingamentos, gritos de guerra e de incentivo. Gosto disso. Estou me sentindo estranhamente bem demais. Começo a achar que foi uma ótima ideia essa loucura, afinal de contas.

Minha despedida será interessante...

— Do meu lado direito, com um metro e oitenta e quatro de altura e pesando noventa quilos, o grande campeão da atualidade, invicto há quinze lutas, todas elas por nocaute, aquele que não deixa pedra sobre pedra, o tanque, o destruidor de vidas, Dalton Cruz, "O Demolidor"!

Os berros efusivos ganham proporções assustadoras, e eu fico arrepiado. Reconheço esta reação. Era acostumado a ela. Os espectadores, para outra grata surpresa, não me aplaudiram animados por pena ou admiração. *Eles estão divididos!*

Sorrio intimamente. Há dúvida no ar. Não sou o adversário que todos odeiam, afinal. Sou a possibilidade da mudança, o espetáculo que todos desejam ver.

O interlocutor termina as apresentações e manda cada um para o seu canto. Dentro da equipe adversária há uma morena bonita que tasca um beijo apaixonado de incentivo no tal Demolidor. Estremeço de desejo e... de saudades. Olho ao redor, procurando um véu negro sobre um rosto lindo em meio a tantas faces desconhecidas.

Não seja ridículo, Karl! Rebeca não sabe onde fica isso aqui e, mesmo que soubesse e fizesse a loucura de aparecer, seria presa em seguida.

Mas, ainda assim, gostaria de vê-la uma última vez. Daria tudo para que ela estivesse aqui e pudesse me ver lutar, que presenciasse algo em que sou realmente bom, nem que por um instante apenas. Reabro os olhos e, decidido, solto a respiração que venho prendendo há horas.

Se essa luta é um adeus, minha despedida dos ringues e da vida, haverei de fazê-la memorável para os presentes.

Não vou vender barato.

Soa o gongo.

REBECA

Novamente usando o disfarce de ruiva executiva, dirijo como uma suicida e, depois do que parecem séculos atrás do maldito volante, finalmente chego a Minas Gerais. Preciso de conexão com a internet e já é noite, quando entro em um estabelecimento com WiFi munida do meu notebook e celular. Demoro mais que o imaginado para invadir a conta do Jean Pierre, mas, enfim, consigo acessar os dados e descobrir o local da luta e a senha de entrada. Instantaneamente envio uma mensagem para Galib lhe passando essas informações e afundo o pé no acelerador para o tal galpão "abandonado" situado em uma rodovia, a cinquenta quilômetros do centro de BH, em uma ampla área de uma antiga fábrica de bebidas há muito desativada. Aliás, são dois galpões. Um maior, para acomodar os carros, e o outro, onde a luta ocorrerá. O estacionamento clandestino está lotado. O negócio chega a ser cômico se não fosse surreal. Mesmo com as camuflagens montadas, é óbvio que existe conivência da polícia local para que um evento irregular deste porte passe despercebido das autoridades.

Largo o carro pelo caminho e saio correndo. Olho o relógio e tenho que cerrar os dentes para não permitir que meu coração pule pela boca. Minhas pernas parecem lentas demais para ele.

— Davi e Golias — digo, com o queixo erguido e o olhar desafiador, a senha que o crápula do Jean Pierre havia definido para seu seleto grupo de apostadores apenas duas horas antes da luta iniciar.

O francês é esperto e também tinha tomado suas precauções.

Os seguranças de cara feia com dois metros de altura por dois de largura estreitam os olhos, mas liberam a passagem. *Enfim, vantagens de ser uma hacker...*

Respiro fundo e, contrariando a ordem expressa de Galib, meus pés tocam o último lugar que pisarão por vontade própria.

Próximo destino: penitenciária.

Faço uma rápida varredura, mas não há qualquer sinal de Suzy. Estremeço ao imaginar que neste momento um capanga do Jean Pierre pode estar mantendo minha pobre amiga sob a mira de uma arma. *Não posso pensar nisso agora. Preciso agir!*

O local não é grande, mas a plateia de apostadores de elite, homens doentes por jogos de azar e que têm dinheiro suficiente para jogar milhões pelo ralo, é bem maior do que poderia imaginar e lota a área ao redor do octógono. Eles abandonaram suas cadeiras e agora vibram de pé, fazendo um círculo ao redor da região fortemente iluminada pelos holofotes e criando um paredão intransponível à minha frente. *Merda!*

Escuto o soar do maldito gongo.

Droga! A luta começou!

De cabeça baixa, como num ataque de um touro furioso, seguro a peruca ruiva como posso e avanço determinada em direção ao ringue. A claridade cresce, e os sons ficam compreensíveis. Crio uma brecha na marra, finco os pés no chão e, protegendo-me da montoeira de cotoveladas, levanto a cabeça.

E, para meu absoluto atordoamento, eu o vejo.

Mais do que isso, enxergo a luz cintilante da sua existência em minha vida.

E tudo dói e lateja e queima e desintegra dentro de mim.

A nuvem de dúvidas, dos sentimentos embaralhados que fizeram ninho em meu peito desde a morte do meu pai, se desfaz em minúsculas partículas de sentimento puro, e sinto o sol arder em minha pele e meu espírito.

Ah, Karl! Por que fez essa loucura?

Annie tinha razão! Por debaixo de tantos músculos há apenas um coração gigantesco, capaz de envolver a todos que ama sem a menor hesitação e de se doar sem querer nada em troca. *Sem querer nada em troca...?*

Arrepio com a nova certeza: *O amor existe!*

E minha mãe estava errada. De novo.

Sinto toda emoção da descoberta, da certeza cristalina, um tsunami de júbilo jorrando dentro de mim. Karl é meu cavalheiro destemido, meu dragão ferido, meu porto seguro, meu amor.

Sim! Como eu o amava!

— Karl, não! Para! — disparo em sua direção, empurrando mais um bando de espectadores pelo caminho.

Não adianta. Karl não tem como escutar. Além do mais, se ele desistir ou não fizer uma luta convincente, não ganhará o dinheiro e ainda será alvo de vergonha e vaias intermináveis. E Karl é orgulhoso demais para isso.

Eu me sinto pior do que nunca, afundando em um caminho de remorso, pânico e dor.

Plano idiota, sua estúpida! Mesmo que consiga convencê-lo a parar, mesmo que...

Ainda assim eu o perderei, como perderei Suzy e minha mãe.

Tento me aproximar, mas sou impedida. Empurro tudo que minhas mãos conseguem tocar, esbravejo e, por cima dos ombros dos apostadores ensandecidos e seguranças que vigiam a arena de perto, paraliso de repente.

E assisto, embasbacada.

Karl é o espetáculo.

Seus movimentos são tão perfeitos que ele mal parece estar em uma luta, mas sim em uma demonstração para o público. Ele é mágico com seus ataques ágeis e certeiros, se esquivando dos golpes na cabeça com uma desenvoltura hipnotizante. O adversário é forte e suporta bem as investidas, mas está zonzo, perdido em meio aos golpes fulminantes do meu guerreiro de coração grande. A galera vai ao delírio e, sem que perceba, estou sorrindo, sorrindo muito, um sorriso tão amplo, de emoção, de orgulho e de felicidade.

É a mais pura verdade. Ninguém havia exagerado.

Karl nascera para aquilo.

Observo-o, vidrada, e reconheço o que se passa em sua alma. Ele está exorcizando seus demônios, fazendo a derradeira terapia. O dourado em seus olhos brilha com uma intensidade arrasadora, incandescente, de pura satisfação.

Tão indiscutivelmente claro e cristalino...

Não é o sujeito à sua frente quem Karl golpeia sem parar. Ele está colocando um fim no fantasma que o assombra há dois anos. Empalideço com a atordoante compreensão: seria uma vitória, afinal. Karl nocautearia a interrupção, o flagelo dentro de si, colocaria um ponto final no triste passado e venceria, qualquer que fosse o resultado.

Berro mais alto, quero que ele me escute, que olhe para o lado e me veja, mas é inútil. A sinfonia intransponível de brados masculinos preenche o lugar, e Karl está concentrado ao extremo. Sinto meus nervos sendo corroídos aos poucos. O adversário está mais bem preparado fisicamente e parece que a ordem que tem é de se movimentar e cansá-lo. Para meu horror, ele está conseguindo. Vários golpes, ainda que de raspão, atingem o rosto de Karl e vejo sua autoconfiança se deteriorar diante dos meus olhos. A equipe adversária reconhece o momento, a possibilidade da virada, e incentiva o tal "Demolidor". Os apostadores ensandecidos clamam por sangue e, vendo a oportunidade de um espancamento, entram em um alvoroço ensurdecedor. *Bando de sádicos!*

Ohhh! Escuto o bramido em uníssono.

O adversário acerta um soco em cheio no rosto de Karl, que desmorona e vai ao chão.

— Não! — O grito de desespero fica agarrado em minha garganta.

Uma dor aguda, fria e penetrante como a de uma punhalada, rasga meu peito ao meio e todo o ar é abruptamente expelido pelos meus pulmões quando vejo o sangue espirrar pelo ringue. Sem perder tempo, o homem se joga sobre Karl e o imobiliza em uma posição de *ground and pound*. Karl protege a cabeça como pode. O Demolidor faz jus ao apelido e, sob os gritos de incentivo dos apostadores, avança como um tanque de guerra desenfreado, socando com fúria assassina os braços de Karl enquanto força passagem para seu crânio. Seguro a ânsia de vomitar e a tontura que me paralisa. *Oh, não! Karl não vai aguentar por muito tempo!* Sinto o desespero do meu amado, vejo sangue vivo em seus braços e suas pernas patinarem na plataforma, fazendo força para se levantar e não conseguir.

Não vou para a cadeia.

Tenho certeza disso agora porque vou enfartar antes.

Experimento um pânico sem medidas, profundamente doloroso e, me aproveitando do momento de tumulto máximo, no exato instante que os seguranças também se distraem para ver o provável fim da luta, escorrego por entre eles e corro feito uma louca em direção ao octógono. *Eu preciso ir até ele. Karl tem que saber que alguém torce por ele, que não estará sozinho no final, que estou aqui!*

— Karl, não desista! Você consegue, você pode vencer! — berro a plenos pulmões assim que atinjo a beirada da gaiola. A situação à minha frente é ainda mais apavorante do que imaginava. Karl está fraquejando, se entregando. *Não! Por quanto tempo ele suportaria? Quantos golpes faltavam para o coágulo se romper? Dez? Apenas um?* Estremeço da cabeça aos pés com o pensamento. Sem mais nada a perder, arranco o disfarce. — Karl, sou eu, Rebeca! Está me ouvindo? Você é melhor do que ele! Você tem que sair daí! Precisa reagir! Por favor! Por favor, meu amor!

Nenhum sinal.

Karl não é capaz de me ouvir em meio à loucura generalizada e à confusão de brados ensurdecedores. O adversário continua acertando golpes atrás de golpes na muralha em ruínas que se transformaram seus braços ensanguentados. Congelo no lugar, meu espírito tão destruído quanto o corpo do meu guerreiro, enquanto observo, apática, os seguranças virem em minha direção. Fiz tudo errado. Dei as caras quando não devia, arruinei o plano, coloquei Suzy em perigo e, o pior de tudo, não pude ajudá-lo.

— Karl, por favor! Não desista, droga! — clamo entre lágrimas de sofrimento e agonia. — Eu te amo! Você consegue me ouvir? Eu te amo!

Um instante que dura uma eternidade.

E o milagre acontece.

Karl cria uma brecha e consegue acertar um golpe em cheio no queixo do adversário que cambaleia e cai para trás, desorientado. No instante seguinte ele está livre e se coloca de pé. Kari esfrega o rosto, empina o corpo e fecha os punhos, demonstrando estar novamente pronto para o combate. A multidão vai ao delírio, e seu nome é ovacionado com estrondo colossal. Todas as minhas células arrepiam, num misto de excitação e euforia, e sou capaz de enxergar minha alma através da dele, exultante, feliz.

A compreensão me faz levitar. Somos dois sobreviventes. Duas pessoas que lutam como podem e descontam na vida as dores advindas dos golpes de um carma maldito. Cheios de defeitos, complicados e apaixonados? Somos muito mais do que isso.

Então, por uma breve fração de segundo, Karl olha para mim. Ele *realmente* olha para mim.

E sorri da forma que nunca ninguém foi capaz de fazer, com os olhos cintilando emoção e entrega.

Sorrio de volta, orgulhosa por amar um herói de coração grande, e compreendendo o que não poderia ser dito: um adeus.

Karl estala o pescoço e parte para o massacre mais magnífico a que já tive a oportunidade de assistir. O tal Demolidor nem tem tempo de se recompor porque A Fera avança como um animal selvagem possuído em sua cólera máxima, impiedosamente destruidor atrás de seus ataques violentos e golpes certeiros. Agora entendo por que ele é tão admirado, do galpão abarrotado de apostadores e do grande interesse do Jean Pierre nessa luta. Karl é mais que um gladiador do MMA, ele é um deus do ringue.

O juiz soa o apito, determina o fim da luta e dá a vitória ao meu amado quando o adversário demolido não consegue se mover. Mal consigo comemorar porque, no instante seguinte, Karl se curva e leva as mãos à cabeça.

Há uma sirene bramindo dentro de mim, salto para dentro do octógono e, empurrando a multidão que começa a se aglomerar ao seu redor, voo em sua direção.

— Karl?!? Karl, o que você está sentindo? Dor? É a cabeça? — Apavorada, as palavras saem atrapalhadas ao vê-lo todo ensanguentado. Há derrame de sangue em ambas as córneas. *Não. Não. Não!*

— Nunca estive melhor na vida, princesa — diz ele, com a voz falhando e a respiração entrecortada, pesada. *Ah, não! Ele não está nada bem.*

— Karl! Seu... seu... — Jogo-me em seus braços e ancoro a cabeça no único porto de paz da minha vida conturbada. Lágrimas me afogam. — Hospital! Agora! Precisamos ir!

— Shhh! Rebec... — interrompe ele, tão exausto que mal consegue pronunciar as palavras. Karl ameaça me dar um beijo, mas se retrai ao se dar conta de seu terrível estado. Seguro seu rosto entre minhas mãos e, em meio ao suor e ao sangue, afundo meus lábios nos dele. Ele geme de satisfação e me envolve com vontade, sua paixão vulcânica me aquecendo nas lavas do puro amor.

— V-você não devia ter vindo aqui. Mas veio. Por mim.

— E você não *podia* ter lutado. Mas lutou. Por mim — sussurro de volta.

Ele arfa e, em seguida, sinto seu corpo afrouxando debaixo do meu. Então Karl franze a testa, fecha os olhos e desmorona nos meus braços. Caímos os dois no chão.

— Karl? Karl! Não! Socorro! — berro, desesperada. Há um misto de confusão e comoção ao meu redor, mas não consigo captar mais nada. Meu mundo está ruindo, a vida acaba de perder o sentido. *Eu o estava perdendo.* Tanto demorei a acreditar nesse sentimento e, quando finalmente o aceito, quando *finalmente*...

— O-obrigado. — Seu sussurro fraco me pega desprevenida. — Por ter surgido... em minha vida. Por *isso*. — Ele abre parcialmente os olhos.

— Fui eu quem o fez lutar, quem te nocauteou! — confesso aos prantos e sem parar de beijar seu rosto.

Meus soluços reverberam, mais potentes que os alto-falantes, e emudecem tudo ao redor. Sinto ódio terrível da vida, revolta extrema de ser o que sou, do mundo, de tudo.

— Eu estava morto antes de te conhecer. — Sua voz sai baixa demais, fraca demais. — Você trouxe minha vida de volta.

— Eu te matei, Karl! Desculpa... Por tudo, eu...

— Diz de novo. — Ele pede e me encara com felicidade arrebatadora, o que restou do brilho dourado de seus olhos ainda ardendo em brasas dentro dos meus.

E me desmorona.

— Eu te amo. — A emoção que transborda nas palavras faz minha voz falhar. — Como nunca imaginei que fosse possível. Como nunca amei ninguém na vida.

— Também te amo. Eu quis você desde o primeiro instante que a vi e, se não *lutei* por você como deveria — diz com a voz rouca —, foi porque sabia que não poderia lhe dar um futuro.

— Mas quem acabou com você e com o nosso futuro fui eu, droga!

— Shhh! Foi perfeito. Não me arrependo de nada. E faria tudo da mesma maneira se fosse para te encontrar no final. — Ele tenta sorrir, tenta acariciar meu rosto, mas seu corpo estremece em uma discreta convulsão e seus olhos se fecham.

— Karl? Karl! NÃO!!!

Jogo-me sobre ele. Escuto chamados nervosos e uma comoção ao meu redor, mas estou perdida dentro de mim mesma e não consigo compreender muita coisa. Não posso abandoná-lo, não agora. Quero mergulhar com ele, ir para as profundezas dos derrotados, submergir até onde for possível, desaparecer sob o peso do maldito oceano de sombras e aniquilação.

— Karl, fica comigo! Por favor! Por favor! — Sacudo com força seu corpo sem vida, seguro seu rosto entre minhas mãos trêmulas e deposito um último beijo no rio de lágrimas e sangue que começa em seus lábios e deságua em meu coração. A emoção e a ira fervilham em meu peito.

Não consigo. Não consigo. Não vou suportar. NÃOOO!!!

— Maldição! Você venceu, Madame Nadeje! Eu acredito! — Libero aos brados minha fúria contida e mal dou atenção aos xingamentos, berros de pavor e correria generalizada. Trinco os dentes. Sou um curto-circuito, um punhado de centelhas de confusão, arrependimento e tristeza. Preciso diminuir a febre, a doença que cresce como um vírus potente em meu espírito. Solto uma gargalhada estrondosa. Exalo fel. Respiro fel. Sou menos do que sobrou. Sou o nada. Estou enlouquecendo. O duelo de forças acabou. A derrota me veste com perfeição. Fecho os olhos e berro o mais alto que posso: — Satisfeita? Eu acredito em Deus! Era isso que queria que eu confessasse em voz alta, Madame Nadeje? Eu acredito, droga!

Uma trovoada altíssima.

Não sei se lá fora está chovendo ou se o estrondo acontece dentro da minha mente. E então é a minha vez de tombar, a cabeça curvada sobre o corpo, de joelhos, entregue aos espasmos de um choro compulsivo, minha rendição.

— Deus? Assombração? Qualquer que seja o nome, eu lhe imploro, poupe a vida do Karl. — Minha voz sai fraca, inesperadamente submissa. — Ele não precisa pagar pelo erro de ter me amado. Se a misericórdia é seu dom maior, eu lhe rogo, mostre a sua face e se compadeça dele. Mostre sua compaixão, comprove que não estou delirando, que o "Todo-Poderoso" não é uma ilusão criada pelos homens. Por favor, Madame Nadeje, faça Karl sobreviver!

— Você está presa, Rebeca Gaziri Lima! — A ordem de prisão chega como um eco distante, algemas geladas, dolorosamente frias, envolvem meus pulsos e a minha alma.

Vou com a testa ao chão.

— Eu te amo — murmuro. Não compreendo mais nada. Estou perdida. Mentiras nunca me queimaram assim. Essas palavras, no entanto, tão profundamente sinceras se assemelham a lascas de gelo, frias e cortantes, e rasgam meu espírito em sua fúria desenfreada para escapar do corpo que as aprisionam. Olho para Karl desacordado uma última vez e, enquanto minha vida e certezas giram em um tornado de perdas e de decepção, libero ao vento sentenças desencontradas, uma tentativa mal executada de uma oração, um último clamor desesperado. — Perdão.

Outra trovoada.

O mundo fica negro.

43

REBECA

Dois outros estrondos retumbam em meus tímpanos.

O chão chacoalha forte.

Não sei se estou dentro de um pesadelo, de um terremoto ou se é o meu corpo que treme compulsivamente, mas em minha angústia e devaneio máximos, sinto uma energia pungente me envolver e o ar ficar pesado, estático.

— Está perdoada, filha. — A voz etérea vibra em minha pele.

Tento abrir os olhos, mas não consigo. Minhas pálpebras afundam em meio às toneladas de culpa.

— Abre os olhos, Rebeca. Precisamos conversar — diz a voz ao longe.

Descerro os olhos minimamente para, em seguida, fazê-los quintuplicar de tamanho. Removo parte do véu de lágrimas que insiste em ficar no caminho, giro a cabeça de um lado para o outro e, desorientada com a compreensão que me invade, esfrego o rosto com força. *Ah, não! Estou delirando.*

— Não. Você não está enlouquecendo. — A voz parece adivinhar meus pensamentos.

Claro! Ela sabe disso porque está dentro de mim, sou eu quem a está criando e... Eu a conheço de algum lugar...?

Não pode ser!

— Vamos lá! Apesar de dizerem o contrário, não tenho todo o tempo do mundo — comenta com divertimento.

Era ela?!? Madame Nadeje!

Meu pulso acorda com um salto estratosférico e, quando dou por mim, estou sentada, com a boca escancarada e mais desorientada do que nunca diante da cena inacreditável.

Pause.

Exatamente isso.

Com exceção de mim e da Madame Nadeje, tudo ao redor está congelado, paralisado, como se alguém tivesse apertado o botão de *pause* do mundo. A cartomante caminha calmamente por entre as estátuas de pessoas vivas, liberta meus braços das mãos do policial e me ajuda a levantar. Ainda estou algemada.

— Um truque do tempo. Nada de mais — diz ela, em tom casual ao ver meu estado de atordoamento máximo.

Imediatamente procuro por ele.

Karl.

Seu corpo ensanguentado está desacordado no octógono e há um desfibrilador sobre seu peito. Dois sujeitos estão petrificados com semblantes preocupados enquanto acompanham o homem de branco tentar uma manobra de ressuscitação, outros observam, curiosos, os policiais que me dão ordem de prisão. Procuro por Suzy ou Jean Pierre, mas não há o menor sinal deles em meio à confusão de estátuas humanas.

Aperto os olhos com força exagerada, ainda sem conseguir acreditar. Estou dentro de uma gigantesca foto tridimensional da mais alta definição. Minha respiração, pesada e ofegante, reverbera no silêncio onipresente e ricocheteia com fúria pelos corpos inertes. Com exceção de nós duas, nada se mexe, nada respira, nada acontece. Nada. Embalagens apenas. Dezenas delas paralisadas nas mais diversas e inusitadas posições. Os apostadores estão congelados uns sobre os outros, se amontoando em direção à saída em sua tentativa de fuga, os corpos inclinados para a frente, braços em posição de corrida, cabeças giradas para trás, olhares variando entre o assustado e o furioso. O homem barbudo na primeira fileira tem a expressão carrancuda e a boca excessivamente aberta, a mulher de cabelo cor de fogo exibe olhos arregalados de pavor, o juiz da luta permanece de cabeça baixa. O que estariam pensando naquela fração de segundo entre o ser e o não ser? Estremeço. É isso que somos, afinal? Somente cascas?

Estou surtando. Estou surtando. Estou surtando!

— Não. Não está — afirma Madame Nadeje. — No quesito fé, você ainda tem muito que aprender, querida. Compreensível pelo seu histórico... Mas rompeu a barreira fundamental. Agora você acredita. E é por isso que estou aqui.

— Ele vai morrer? — É a única pergunta que importa. — O coágulo...

Ela repuxa os lábios em uma linha fina e assente de forma séria.

— Uma parte do coágulo foi rompida e a outra...

— Ah, não! — Agarro suas mãos em desespero.

— Ele não vai sofrer, se é o que lhe preocupa. Não ficará em coma por muito tempo — explica ela.

A dor da certeza é mortalmente cáustica, dilacerante como um punhal afiado. Lágrimas jorram e me sufocam. *Como ainda consigo produzir tantas? Como o sofrimento pode ser tão grande?* Agarro-me de qualquer maneira ao frágil fio de esperança que me une ao elixir da vida. Karl é o que restou dele. E eu o estava perdendo.

— Não! Por favor, eu lhe imploro. Poupe a vida dele!

— Ainda que fosse possível, ainda que... — Ela olha para as algemas em meus pulsos. — Por que me pede isso se não vai ficar com ele? Você sabe que se seu destino é outro.

A prisão.

— Porque... — As palavras dançam em minha boca, mas não as reprimo mais. Nunca mais. — Porque eu o amo. Não importa se não farei parte da história do Karl. Só preciso que ele viva e que seja feliz.

Madame Nadeje sorri.

— Boa resposta. — Ela arqueia as sobrancelhas, olha bem para ele e dá umas batidinhas com os dedos nos lábios. — Pobre rapaz. Tinha um bom coração.

— Era tudo que ele tinha! — Meu ganido sai desesperado. — Salve-o! Por favor!

— Não é assim que as coisas funcionam.

— Você pode fazer *isso*! Você é Deus, não é?

Ela balança a cabeça.

— Não, querida. Apenas um mensageiro dele.

— Peça a *Ele* então. Eu farei tudo que me pedir, qualquer coisa, eu juro, mas por favor, salve a vida dele! — Mal percebo que estou de joelhos aos seus pés, implorando.

Sinto o corpo de Madame Nadeje enrijecer diante do meu desespero. Ela me encara de um jeito perturbador, como se conseguisse ler os meus mais íntimos pensamentos, escanear a minha alma.

— Pelo seu merecimento e para que jamais tenha dúvida da misericórdia de Deus, vou lhe fazer uma proposta — diz ela com a expressão nebulosa após um longo suspiro. — Pense bem porque será uma escolha sem volta. Não nos encontraremos novamente.

Meu coração começa a socar o peito com fúria. Minha cabeça balança mecanicamente para cima e para baixo. Há um misto de pavor e determinação dentro de mim.

— Não tenho como trazer sua vida de antes, mas... — Vejo urgência e seriedade em seus olhos negros. — Mas posso lhe poupar da prisão, do futuro sombrio que a aguarda se apagar Karl da sua lista de namorados. E da sua mente.

Apagar Karl... da minha vida?

Agora é a minha vez de ser nocauteada e, por muito pouco, não vou de cara no chão. Ela se adianta:

— Ele nunca terá existido. Vou extinguir todas as lembranças e também apagarei as memórias do Eric e da família dele, assim você poderá recomeçar uma nova história com aquele rapaz. Você poderá aprender a amá-lo. Afinal, Eric é um garoto bom e interessante. Nunca mais precisará se preocupar com dinheiro na vida. — Pisca. — Para isso você terá apenas que...

— Não. — Meu corpo fica pesado como chumbo. Começo a afundar. — Não vou apagar a melhor coisa que aconteceu na minha vida. Não posso. Não quero.

— Pondere sua resposta — adverte ela com a fisionomia ameaçadora. — *Se* Karl sair do coma, ainda terá uma parte do coágulo prestes a romper em seu crânio. Ele poderá morrer a qualquer instante, num piscar de olhos. *Se* Karl sobreviver... — Puxa o ar com força e acho que acaba de sugar as últimas partículas do oxigênio porque começo a asfixiar. — Só Deus sabe que tipo de sequelas ele poderá apresentar depois que despertar. Provavelmente não será o Karl que você desejou... — As rugas da sua testa ficam mais profundas. — E, ainda assim, você não ficará livre. Terá que arcar com as consequências dos seus atos e cumprir *sua pena*... — Aponta para os policiais congelados às minhas costas. — Terá uma vida de privações.

— Entendo — digo, num sussurro baixo, de dor e compreensão, uma nota de sofrimento lançada ao ar. — Mas, não. Obrigada.

— Pense bem, você...

— Não! — É a minha vez de interrompê-la, minha voz surpreendentemente forte e determinada. — Não vou arrancar Karl da minha vida ou da minha mente, droga! Como vem me propor isso justamente quando começo a acreditar no sentimento que VOCÊ me fez conhecer! Vou pagar pelos meus atos, mas não vou abrir mão de uma das minhas melhores lembranças, do meu único acerto, mesmo que às avessas.

— Vai trocar o certo pelo duvidoso? — A pergunta vem lenta e em tom definitivo, perigosamente dura, e reverbera com estrondo pelas minhas chagas.

Não preciso pensar.

— Eu era feliz quando não tinha certeza de nada e, na ignorância, o futuro era um trajeto repleto de portas e possibilidades. De que adianta ser um punhado de acertos e infelicidade? Quero as minhas dúvidas de volta. — Para a minha surpresa, a resposta é instantânea, quase visceral. Sou atingida por um jorro de perda e de luto, mas, paradoxalmente, me sinto em paz, finalmente em paz. — Desculpa. Sei que quis ajudar. A oferta é tentadora e eu teria aceitado em outra época, mas não agora. Não depois de tudo que passei. Não depois do Karl. Não quero apagá-lo de dentro de mim.

— Escolha feita. Que assim seja! Adeus, Rebeca.

O semblante dela se modifica, mas não consigo identificar o que paira por detrás dos profundos olhos negros porque, no instante seguinte, Madame Nadeje ergue os braços e puf! O silêncio anestesiante é abruptamente substituído por berros de dor e de pavor.

Sirenes! Tiros! Ordens aos brados! Um choro agudo.

Para a minha completa aniquilação, reconheço as vozes.

Viro a cabeça e o que restou da minha sanidade é mortalmente golpeada pelo caos e pelas perdas. Jean Pierre berra descontroladamente e aponta a arma para alguém em meio à confusão. Suzy está ao seu lado, os traços retorcidos, de medo, camuflados sob o sangue que cobre parte de seu rosto bondoso e macula sua blusa branca. Jean Pierre atira. Meu estômago se retorce ao escutar o gemido de dor. Galib desmorona no chão com a mão no peito. Quero gritar, mas o carrossel da destruição não para. Coloco as mãos na cabeça, pressionando, estou zonza, arrasada. Um policial aparece, diz coisas que não compreendo e me puxa com força pelas algemas. Enquanto sou arrastada, vejo, sem resultado, o corpo inerte de Karl ser impiedosamente sacudido pelas descargas elétricas. Minha visão começa a falhar. Um barulho definitivo, tão hipnotizador quanto sepultador, me enlaça. Aceito o chamado e vou em sua direção. Sinto o chão quente arder em minha face e o sangue dos derrotados se espalhar por minha boca. Curiosamente, ele não é tão amargo quanto o que escorre pelos corpos dos meus amados, mas é mais irônico e cruel. Ele esfrega a vergonhosa verdade na minha cara: para uma existência medíocre, não haveria recompensa. Não haveria nada.

Eu tinha perdido tudo.

REBECA
2 MESES DEPOIS

— Visita para você, garota — informa a carcereira, uma mulher de quadris largos e fisionomia emburrada na casa dos quarenta anos, que me arranca à força do estado de torpor e único alento que me forço a não abandonar.

Estou em uma prisão nada típica porque não escuto as vozes das demais detentas. Aliás, com exceção desta mulher de olhar desconfiado, não vejo ninguém há dois meses. Fecho a cara e tampo os ouvidos quando a carcereira esfrega o molho de chaves nas grades da cela e seu som agudo e aterrorizante reverbera pelo meu espírito. Recuo. Mais do que isso. Estou despencando em queda livre, o coração palpitando enlouquecidamente e ameaçando sair pela garganta, a expectativa duelando de forma sangrenta contra o medo. Havia chegado a hora.

— Não parece muito satisfeita depois de tanto tempo — deboča ela com a voz arrastada. — Hum... Fez merda das grandes. — Libera sua pílula de sabedoria carcerária, mas não precisaria ser muito inteligente para chegar a tal conclusão. O manto da culpa me cobre com primor.

Quem seria?

Deveria estar feliz, afinal são mais de sessenta dias refém da ignorância e da escuridão, sem qualquer notícia do Galib, do Jean Pierre, da minha mãe, da Suzy, do Eric e, principalmente, do Karl. Mas a verdade é que estou paralisada de pavor. Durmo apenas quando meu corpo cede ao cansaço pungente porque, se fecho os olhos por conta própria, tudo que enxergo é uma perturbadora cortina vermelha, um mundo de sangue e de derrota. Não sei se quero saber o que houve com eles ou o destino que me aguarda. Ainda não tenho certeza se aquele instante com Madame Nadeje aconteceu de fato ou se foi apenas um delírio de uma mente perturbada levada ao extremo.

— Ela é toda sua — diz a mulher, após abrir a cela e se afastar, dando passagem ao senhor baixinho e caricato.

— Galib! — Engasgo num jorro de emoção. A descarga de adrenalina é tanta que minhas pernas amolecem e quase não consigo ficar de pé. — V-você está vivo!

— Sim, filha! O tiro do Jean Pierre foi de raspão. Além do mais, não é fácil acabar com a minha raça. Eu tenho sangue russo, lembra? E os russos são duros na queda — diz ele em tom brincalhão e vem ao meu encontro, abraçando-me com vontade. Sinto o tremor de seu corpo se unir ao do meu. Galib também está emocionado. — Desculpe... por *isso* aqui. Era preciso — afirma com a voz rouca e se afasta. Seus olhos fazem uma rápida varredura na cela, e ele solta o ar com força. — Graças a sua ajuda, finalmente prendemos o maldito francês!

— M-minha ajuda...?

— Claro! Parte da ideia foi sua, afinal.

— Mas eu sabotei o plano! — É muito bom saber que o Jean Pierre está preso, mas não é esse o fantasma que me assombra. Afundo a cabeça nas mãos e, apavorada com as perguntas que faria a seguir, minha voz sai falhando e, por muito pouco, meu coração não para de funcionar. — O que aconteceu com a Suzy? Eu vi... sangue... nela... E... o Karl?

— Shhh. Vou explicar tudo. — Galib tenta me acalmar ao perceber meu pavor. — Aquele sangue era do próprio Jean Pierre que espirrou nela depois de ter sido atingido por um dos meus homens. — Ele pisca e segura meus ombros. — Suzy está bem e em segurança. Ela sabe do esquema que montei e que você está sob minha proteção.

— Ah, Deus! Obrigada — murmuro, emocionada, e faço algo que julguei nunca mais conseguir: abro um sorriso. Um sorriso gigantesco, não apenas de alívio de uma alma penalizada, mas de pura e cristalina felicidade por saber que Suzy havia sobrevivido e estava a salvo.

— Jean Pierre conseguiu escapar naquela noite e, como ele estava ferido, teve que deixar Suzy para trás. Foi a nossa sorte. — Galib sorri também. — Consegui a transferência de Isra para outro presídio e, a caminho do local da luta, depois que você me passou as coordenadas, deixei tudo arranjado com os meus homens de confiança. Se o pior acontecesse, como acabou acontecendo — ele arqueia as grossas sobrancelhas —, eles deveriam trazer você para este esconderijo porque, conforme eu imaginava, o francês tinha informantes dentro na própria polícia — Galib confessa com a expressão sombria. — Ninguém poderia saber seu paradeiro. Jean Pierre não ia aceitar a derrota facilmente. Ele perdeu muito nessa jogada, muito mesmo. O crápula não ia sossegar enquanto estivesse solto. Ele iria te caçar até o fim de seus dias. E iria te matar. — Galib arfa. — Por isso tive que me manter afastado e não permiti que nenhum conhecido seu tivesse conhecimento deste lugar. Afinal, além de estar bem perto de colocar as mãos naquele salafrário, eu desconfiava de que estávamos sendo vigiados. — Galib respira fundo e então solta, satisfeito: — E, graças ao bom Deus, isso acabou! Jean Pierre está preso e é por isso que estou aqui, Rebeca.

— Obrigada — digo com a voz baixa e inexpressiva.

— Não está feliz com a notícia?

— C-claro que estou! — Tento colocar algum ânimo em minhas palavras, mas Galib é esperto e capta no ar a aflição que me consome.

— Hum... Mas não era exatamente sobre ele que queria notícias... — Ele me encara de um jeito estranho. — Quem é Karl? O filho do empresário bacana?

— Não. Esse é o Eric.

— A família Dragon deixou o país. — Galib vai direto ao ponto. — Parece que o pai do rapaz quis evitar qualquer associação entre o filho e você, entende? Qualquer escândalo que pudesse manchar o sobrenome da família.

Respiro, aliviada. Foi melhor assim.

— Karl é o lutador — digo, com a voz falhando e a garganta em brasas. Estou quase asfixiando de tanta ansiedade. — O que venceu a luta, mas que... que...

— Que não levou o prêmio. — Galib franze a testa, como sempre faz quando se refere a algo ilegal, e vira o rosto. — Hum... Seu namorado era aquele rapaz?

— Era...? E-ele morreu? — Agarro seus braços. Preciso que ele diga olhando dentro dos meus olhos. — Karl está morto?

— Eu não sabia que era ele e... — Ele respira fundo. — Sinto muito, filha. Posso tentar me informar sobre seu estado, se ele ainda está...

— Vivo — concluo a frase terrível.

Galib assente com pesar.

— Soube que o rapaz estava em estado grave quando o retiraram de lá. Ele teve uma parada cardíaca naquele galpão.

— Entendo. — A palavra despenca dos meus lábios, pesada e mórbida.

De certa forma, eu esperava por aquilo. Bem no fundo, meu silêncio tinha um porquê. Eu havia passado os últimos dois meses em luto.

Galib acaricia meu rosto e, sem perder tempo, continua suas explicações:

— Quando você foi para o hospital após o incêndio na cafeteria, acabou criando um plano excepcional, Rebeca. Foi um golpe de mestre termos removido seu brinco rastreador, deixando-o escondido lá na enfermaria. Durante todo o esquema Jean Pierre acreditou que você continuava hospitalizada, afinal o sistema de rastreamento dele confirmava isso. Ele jamais imaginaria que um dos meus homens de confiança a ajudaria fugir do hospital disfarçada na pele de uma executiva ruiva. — Galib sorri e tenta melhorar meu ânimo. — E tivemos muita sorte também. Apesar da senhorita quase ter arruinado tudo ao desligar o celular e cruzar a fronteira do estado, a luta clandestina ajudou nosso esquema. Ela teve proporções e lucros astronômicos e isso desviou a atenção do francês. Tudo correria conforme o planejado, e eu finalmente pegaria o cafajeste em flagrante delito, dando-lhe voz de prisão durante a luta.

— Mas eu voltei. E estraguei tudo — balbucio, arrasada, enquanto me recordo, instante após instante, do corpo sem vida de Karl retorcido no ringue.

— Quase. — Ele amplia o sorriso. — No final das contas, atiramos no que vimos e acertamos no que não vimos! Durante a batida, prendemos tubarões do crime, gente graúda, barra-pesada mesmo. — Vibra. — E tenho notícias ainda melhores. — Galib acrescenta tentando a todo custo me impregnar com seu entusiasmo. — Desmanchamos a rede do Jean Pierre. Isra não corre mais risco.

— Ah, Deus! Obrigada! — Eu me curvo e, chorando de emoção, beijo a mão dele. — Obrigada por tudo que fez por nós, Galib! Nunca terei como pagar.

Galib arregala os olhos e, após um instante em silêncio, levanta meu rosto com carinho.

— Você já começou. Ainda não percebeu?

Meneio a cabeça.

— Os genes "do bem" do seu pai estão ganhando a batalha. Você quis ser como a sua mãe, sem arrependimentos, mas não estava em sua essência. Nunca conseguiria, filha. Por mais que você dissesse o contrário e até lutasse contra, eu tinha certeza de que existiam intenções puras, as melhores possíveis, aí dentro. — Aponta para o meu peito. — Você se preocupa com aqueles que ama acima de si própria. É capaz de descartar uma vida de luxos, da sua própria liberdade, pelo bem daqueles que estima. Duas vezes eu vi isso acontecer. Nas duas vezes que teve a chance de escapar, você voltou. E sei que voltaria por mim, se eu precisasse. Que voltaria sempre. — Ele me abraça novamente. — Seu pai ficaria orgulhoso e feliz. Muito feliz.

— Meu pai jamais ficaria feliz em saber que a filha é uma prisioneira.

— Não por isso, claro. Mas pelo que acabou de dizer. — Ele segura minha mão. — É a primeira vez que escuto você agradecer a Deus. E captei fé em suas palavras. — A voz de Galib vacila, emocionada, e o sotaque russo ganha força. — Gostei de escutar e tenho certeza de que seu pai também adoraria. Quem quer que a tenha feito confessar que acredita na existência de um ser superior merece meu respeito. Foi uma façanha e tanto — diz ao acariciar meus cabelos. — Tenho um conselho de pai para filha para lhe dar e que gostaria que o analisasse com carinho: conclua sua faculdade, preste concurso para a polícia e venha trabalhar comigo. Use seu dom brilhante para o bem. Dê esse orgulho a alma do seu pai e... algum alento à da sua mãe.

— Mamãe...? — Um sorriso irônico me escapa. — Ela me odiará por isso.

— Está redondamente enganada. Isra não é tão durona quando o assunto é você. — Galib segura meu queixo com carinho. — Não pude lhe contar para que não ficasse arrasada e tentasse ir atrás dela, mas sua mãe está sofrendo muito com a separação. Envelheceu vinte anos em dois, e tenho certeza de que, bem lá dentro daquela cabeça turca irredutível, ela ficará orgulhosa de você, assim como tinha orgulho do marido. Gostaria que pensasse com carinho na ideia e...

— Eu aceito — respondo, sem hesitar. Nem tudo acabou mal, afinal. — Quando sair da daqui, farei exatamente o que me aconselha, afinal, você é o mais próximo que tenho de um pai.

— Que bom, filha! — Vejo satisfação e a expressão de dever cumprido nas rugas de seus olhos. — Então esteja pronta porque será em breve.

— Eu... Estou... Livre...?!? — Minha voz sai engasgada e falhando.

— Sim, Rebeca. Você conquistou sua liberdade quando nos ajudou a prender o Jean Pierre e a desmantelar sua rede criminosa. — Ele escancara seu sorriso russo vitorioso que aprendi a adorar.

Surpresa e alegria máximas transbordam pelos meus poros. Não sei o que fiz para merecer uma segunda chance, mas a agarrarei com todas as minhas forças. Instintivamente, jogo-me sobre ele, abraçando-o com vontade inexprimível, o peito explodindo de gratidão.

45

REBECA

—Está na hora de sair, garota — comunica a carcereira no seu habitual tom desanimado dois dias depois do aparecimento de Galib.

Meu pulso dispara de felicidade. *Foi mais rápido do que imaginei!*

A mulher me guia por um corredor comprido e silencioso que desemboca em uma área anexa. De lá subimos três andares de escada e atravessamos outros dois corredores até chegarmos a uma sala que mais parece um escritório de contabilidade. Estava desacordada quando fui trazida para este lugar e nunca havia saído da minha cela desde que chegara ali, mas agora, acompanhando seus passos, percebo claramente que não se trata de uma prisão especial, mas sim de um esconderijo, conforme Galib havia dito. A carcereira aperta um botão, e uma estante se divide ao meio, se abrindo em um novo corredor. Engulo em seco e tento parecer tranquila, fingir que não estou assustada com o que encontrarei do lado de fora, com a nova vida que me aguarda, mas não tenho sucesso. A mulher repuxa os lábios e me olha de canto de olho. Há um brilho estranho emanando de seu rosto.

— É a saída. — Ela aponta com um movimento de nariz para a sala situada no final do corredor e diz para eu ir na frente. Obedeço.

— Estou assombrada com você, garota. — O sussurro às minhas costas me pega de surpresa. Está isento do costumeiro deboche. — Qualquer um teria aberto um berreiro, se descabelado, praguejado, xingado, ordenado fazer as ligações que tem direito e blá-blá-blá, mas você está muda desde que chegou aqui. Até seu pranto foi silencioso. Sua resignação é assombrosamente perturbadora — confessa com perplexidade e uma pitada de... *entusiasmo?* — Viu? Um raio pode cair várias vezes no mesmo lugar, querida. Tantas vezes quantas forem necessárias se *Ele* achar que é necessário.

O chão é violentamente varrido dos meus pés.

É ela!

— Madame Nadeje! — Eu me viro num rompante, emocionada ao dar de cara com seu novo disfarce. A pessoa que me encara não é a velha senhora, a antiga cartomante, mas sim a mulher carrancuda de quadris largos. — Pensei que nunca mais a veria!

— E não verá mesmo! Gostei mais deste corpinho. — Pisca, achando graça.

— Você sempre esteve aqui? Então nunca...

— Abandonei você? — Ela semicerra os olhos. — Claro que não! Precisava ir até o fim, querida. Sentir se seu arrependimento era real ou apenas emoção do momento. No desespero as pessoas fazem coisas incríveis, é verdade. Mas é no dia a dia que as grandes ações são construídas e que separamos o joio do trigo. E você será um dos melhores grãos desta nova safra.

— Eu?!? Mas por quê? Tantas pessoas de fé e logo eu, uma ladra sem crença, a escolhida...? — Faço a pergunta que me consome há tempos.

— Não é mais! — Suas feições ganham brilho. — O Chefe sempre teve uma queda pelas ovelhas desgarradas, sabe? Costumam se transformar em grandes pastores, nos melhores pregadores da *Sua Palavra.*

— Mas...

— Não posso falar mais nada. — Ela recua, fazendo um gesto com as mãos. — É a nossa despedida. Definitiva. Agora sei que fará excelente uso do seu livre-arbítrio.

— Obrigada por... acreditar em mim — digo, com vontade, e a puxo para um abraço, uma tentativa de segurar a nova enxurrada de lágrimas a caminho. — Por ter sido tão boa comigo.

— N-não chore. — A voz dela falha. *Estaria emocionada também?* Em seguida ela coloca um envelope na minha mão. — Isto é para você recomeçar sua vida sem pensar no passado — diz, enigmaticamente, entre arfadas. — Só tem permissão de ver seu conteúdo após sair por esta porta, combinado? Não devo estar por perto — esclarece. — Acho que estou ficando uma guardiã fraca depois de tantos séculos. Não estou mais aguentando emoções fortes...

Estremeço da cabeça aos pés.

"Emoções fortes"? Na carta? Ah, não! Outra despedida! Alguém havia escrito algo para mim...

Seria de Karl?

Levo as mãos à boca e seguro na marra a tontura que ameaça me desmoronar de vez. Deveria estar feliz com as dádivas que acabo de receber, mas estou arrasada, completamente destroçada. Tudo que mais quero na vida é ter uma carta de Karl, qualquer mensagem que pudesse carregar até o fim dos meus dias... Mas sei que não suportarei, que cada palavra escrita por ele será como a ponta afiada e impiedosa de um punhal a cutucar a ferida ainda aberta em meu peito. Já estou sangrando por dentro.

— Vá com Deus, filha! E nunca mais duvide da sua fé, *Dele*.

— Nunca mais, meu anjo da guarda ou o que quer que você seja. Nunca mais — afirmo num misto de júbilo e pavor enquanto a vejo desaparecer bem diante dos meus olhos.

O sorriso dela aumenta e resplandece como nunca antes. O espectro cintila uma luz que toma meu fôlego. Presencio o milagre.

— Ah! — esclarece ela enquanto vai ficando transparente. — Para que não reste nenhuma dúvida em sua linda cabecinha... — Tenho a impressão de que ela abre um sorriso travesso. — As provações que foi obrigada a passar... Não foi porque você errou a ordem, querida.

Não?!?

— O Karl sempre foi o número treze — confessa ela.

Minha mente acaba de ser jogada dentro de um ciclone violento. Estou zonza, completamente desorientada com a afirmação.

Quero fazer um milhão de perguntas, entender os motivos, mas vejo seu corpo desaparecendo com rapidez bem diante dos meus olhos, e o pavor me usurpa a voz.

— Sabe o rapaz esquisitinho, o cheio de manias? Aquele do encontro marcado pela internet, antes de estar com o Karl?

— O que surtou porque havia transado antes do casamento? — indago, acelerada.

— Ele mesmo. — Ela ri. — Em uma confissão particular com o pároco da religião dele, o garoto inventou... algumas coisinhas... — Madame Nadeje é apenas um borrão à minha frente. — Pediu perdão por ter cometido o pecado da fornicação e disse que nunca mais tornaria a cometer tal erro com a *namorada* antes do matrimônio.

— Namorada? — Minha voz sai afônica, um chiado quase indistinguível.

— Isso mesmo! A palavra foi dita e vocês consumaram o ato. — Ela desaparece completamente. Sua voz também diminui de intensidade. — Karl era o predestinado a ser seu décimo terceiro namorado, Rebeca. Desde o início. Dei uma ajudinha, porque, como já disse antes, você teve uma criação muito peculiar... Mas o amor não podia cair de mão beijada no seu colo. Você tinha que descobrir por si própria.

— Por isso as charadas, as semelhanças que fez entre ele e o Eric... — balbucio ao compreender que as peças se encaixavam. Tudo fazia sentido agora.

Um ruído distante, como se houvesse estática no ar. *Uma risadinha?*

Forço a visão e a audição. Vasculho tudo, mas nada encontro. Ela se foi.

— Adeus, Madame Nadeje — murmuro enquanto espremo o envelope entre os dedos e olho apavorada para a porta à minha frente.

Giro a maçaneta com hesitação. Pavor. Deveria estar satisfeita, confiante, mas passa longe do que experimento dentro do peito. Estou morrendo de medo de me deparar com o meu novo mundo. *Ele espera mais de mim. Será que conseguirei? Será que...*

— Ah, Rebeca... — O cochicho do vento arde repentinamente em meus ouvidos e me arranca o chão. — Cuide bem dele. Seu tempo não...

Hã?

A voz desaparece e a frase inacabada paira no ar, absolutamente perdida, assim como o que restou da minha razão. Estou em total e irrevogável estado de choque.

Não é possível! Será que...?

Com o último resquício de coragem que pulsa em minhas veias, escancaro a porta de uma única vez. Instantaneamente minhas lágrimas pegam fogo, se incendiando em um rio de esperanças. E minha alma explode dentro de mim.

Ah, Deus!

46

KARL

Hoje é o dia do meu aniversário.

Faz dois meses que renasci. Há dois meses renasço todos os dias, a cada instante.

Sou um milagre ambulante, e esta é a única explicação.

Os médicos não têm resposta para a minha condição extraordinária: carregar um coágulo estourado em um local perigosíssimo no cérebro e ainda estar aqui, lúcido e de pé. *Ou quase isso.*

A fisioterapia intensiva está dando resultados e tenho fé de que em breve me livrarei da cadeira de rodas. Há uma certeza de dias melhores em meu espírito, um contentamento infinito dentro de mim desde a noite da minha redenção.

Fico embasbacado com as sinistras coincidências, maravilhado de ter conseguido compreender o grande enigma da vida: a forma de encarar os obstáculos do caminho. A perspectiva, o ângulo em que cada um enxerga a paisagem, é que faz toda a diferença.

Em um piscar de olhos vi meu mundo desabar e me transformei em um corpo sem vida, um homem sem sonhos, um morto-vivo. Com um golpe certeiro, tão surpreendente quanto doloroso, este mesmo mundo se reergueu, forte e resplandecente, e hoje, ainda que em condições mais delicadas do que antes, sinto-me uma pessoa completa, alguém agraciado por Deus com uma segunda chance, que recebeu o prêmio de voltar dos mundos dos mortos para corrigir seus erros.

E tentar fazer tudo melhor.

Estremeço, em júbilo, com o pensamento. Aliás, estou tremendo por inteiro e sei que não é por causa da condição debilitada da musculatura das minhas pernas.

É pela expectativa.

Por Rebeca.

Quando saí do coma três semanas após a luta, foi por ela que procurei desesperadamente. A pedido de Suzy (que, por sinal, acho que é algum tipo de anjo na vida de Rebeca!), o policial russo foi ao meu encontro para me acalmar. Adiantou-me sobre a delicada condição dela e que, se as coisas saíssem conforme ele esperava, em breve ela estaria livre de vez. Explicou, para meu horror, que Rebeca corria risco de vida se fosse descoberta, que estava em um esconderijo da polícia, que nenhum de nós, inclusive ele, deveria visitá-la por precaução, caso houvesse homens do Jean Pierre vigiando nossos passos. Assim a pobrezinha passou os últimos dois meses neste lugar, totalmente solitária. Se fosse eu nas mesmas condições, com certeza teria enlouquecido.

Minhas preces foram ouvidas. Na verdade, acho que foram as preces da minha fervorosa mãe. Dona Deise ainda luta, confiante, contra a doença, e não sei de onde tira tanta força. Passou bem pela cirurgia para novamente colocar-se de joelhos e pedir por mim e por Rebeca. Não deu outra: os anjos a escutaram e ontem recebi a notícia pela qual tanto ansiava: o francês maldito estava fora da jogada e Rebeca seria libertada! Para sempre. Para mim. Acho que Galib e Suzy compartilham desta ideia pois não quiseram vir. Afirmaram que tinha que ser eu a lhe fazer essa surpresa, que deveria ser um encontro apenas nosso...

E aqui estou eu.

Absurdamente feliz.

Ansioso ao extremo.

Apavorado.

Quando se trata do quesito coração, ainda tenho muito a aprender, preciso trabalhar a maldita cicatriz da insegurança que Beatriz talhou em minhas células. Eu me recuso a imaginar que Rebeca faça o mesmo, mas minha mente é inundada por mais e mais perguntas, vis aniquiladoras da minha frágil confiança.

Ela ainda vai me querer neste estado? Como vai me receber agora que está a par de tudo? Aceitará o futuro cheio de limitações que poderei lhe oferecer?

A tremedeira dentro de mim ganha proporções indesejáveis. Olho para as muletas estrategicamente posicionadas ao meu lado e estremeço. Elas não serão apenas para as minhas pernas, serão para a minha existência. Posso morrer após um simples piscar de olhos, um arfar mais forte, agora. *Calma, cara! Respira! Vai dar tudo certo*, repito como um mantra. Sorrio intimamente. *Mesmo que ela não me queira mais, mesmo que...* Nada será capaz de partir meu coração. Já sou o homem mais feliz do mundo pelo simples fato de estar vivo para poder vê-la, por saber que ela está definitivamente livre e bem.

Annie me obrigou a tomar um calmante antes de vir para cá, mas é de nenhuma serventia. Meu pulso quica e dá um salto triplo carpado quando vejo um movimento no portão de saída dos fundos. Estou aguardando Rebeca desde que o sol nasceu. Sabia que era cedo demais, mas, ansioso como sou, enlouqueceria se ficasse em casa.

Olho o relógio pela milésima vez.

Havia chegado a hora!

Fico tenso, o coração esmurrando minha caixa torácica. *Cristo! Vou ter um ataque cardíaco! Preciso sobreviver a isso, ao menos vê-la uma última vez...*

Então Deus me concede mais uma graça.

E eu a vejo.

Linda. Magnífica. Minha felicidade. Meu amor.

Não saio do lugar porque perco todas as forças.

Minhas pernas, até então rígidas como gelo, se derretem abaixo de mim.

De início Rebeca dá passos hesitantes, abre a boca e pisca muito, como se estivesse vendo uma assombração.

E eu consigo fazer alguma coisa, afinal.

Eu pego as muletas e, ainda que com dificuldade, fico de pé, me encostando na nova caminhonete adaptada para a minha atual condição.

E sorrio.

Sorrio muito. Um sorriso tão amplo que rasga meu rosto em dois.

No instante seguinte, Rebeca sorri de volta, balbucia alguma coisa e corre em minha direção, para dentro dos meus trêmulos braços abertos e quase me leva ao chão, fundindo seu corpo no meu. Fecho os olhos com força e minhas mãos a envelopam com vontade absurda. Acho que acabei de morrer e despertei no paraíso porque não consigo imaginar sensação melhor. Eu me sinto um átomo, quiçá a primeira partícula do universo. Estou trincando, fervendo, explodindo e me reconstruindo a cada respiração.

— Você está vivo! Vivo! Ah, Deus! — Escuto seu arfar de emoção, seus soluços abafados em meu peito e, pelo calor que arde em minha pele e espírito, agora tenho certeza: *ela ainda me quer!*

— Ah, Rebeca! — Libero um gemido e, segurando-a com tanta força como se ela pudesse desaparecer a qualquer instante, beijo seu rosto sem parar. Quero dizer tanta coisa, ensaiei esse momento centenas de vezes, decorei inúmeras frases de impacto e agora não consigo falar nada, simplesmente não sei o que dizer. Minha musculatura incha como mágica e meus braços se recusam a afrouxar um milímetro sequer. Preciso senti-la, tocá-la, amá-la.

— Karl, e-eu...

— Shhh — interrompo antes que perca a coragem ou meu coração saia pela boca. Vou direto ao X da questão, o ponto delicado da complicada equação. É chegado o momento de saber. Preciso ver sua reação. — Tudo que posso lhe oferecer é o agora.

— Então teremos que fazer uma vida inteira caber neste "agora". — Ela sorri, e uma lágrima escorre, fazendo um caminho sinuoso por seus lábios trêmulos.

A resposta arranca o meu ar.

É perfeita e irretocável.

Mas quero mais. Preciso de mais.

— Não vamos olhar para trás ou para a frente, combinado? Vamos focar no hoje. Tocar a vida de outra forma, por partes. — Escuto a rouquidão em meu tom de voz, toda a urgência do meu corpo e dos meus hormônios.

— Que parte sugere? — Ela alarga o sorriso e mordisca o lábio inferior.

Puta merda!

— Que tal a parte em que eu digo que pretendo fazê-la a pessoa mais feliz do mundo porque é exatamente isso o que você faz comigo? — Envolvo seu rosto entre minhas mãos. Seus olhos emitem faíscas, há um verde-esmeralda neles que nunca tive a oportunidade de presenciar. — Ou talvez a parte em que eu afirmo que você é a mulher da minha vida? — Rebeca para de piscar de tão paralisada. — Ou quando eu confesso que seria o homem mais feliz do mundo se você dividisse seu futuro comigo, mesmo que todo futuro que eu possa retribuir seja apenas... *isso* — digo, com a voz embargada. De repente, a estátua mais linda que já tive a oportunidade de ver na vida começa a emitir um brilho arrebatador e cintila por inteiro, para mim. Seguro-me como posso. O fogo que me consome tem vontade própria e a quer com desejo enlouquecedor. Não aguento mais. Vou morrer se não a beijar. — Ou então a parte em que digo que estou a ponto de explodir e que não vou aguentar chegar ao meu apartamento se você continuar a me olhar desta maneira?

Ela diminui a distância, deixando nossos rostos perigosamente pertos.

— Adorei a última parte. O banco de trás desta caminhonete é espaçoso? — sussurra Rebeca em meu ouvido.

Gargalho alto, nervoso e cheio de expectativas, tomado por um desejo avassalador. *Se ela quer me deixar louco de vez, conseguiu.*

— Se não formos presos por atentado ao pudor... — retruco, com os lábios encostados ao dela e nossas respirações quentes se misturando — é um lugar perfeitamente aceitável.

Rebeca arqueja forte e solta as palavras que são o fim e início de tudo, da nossa história e do nosso destino:

— Eu te amo, Karl Anderson Moura.

— Eu te amo mais ainda, Rebeca Gaziri Lima ou Bittencourt ou qualquer outro nome que queira acrescentar. Muito mais — confesso e repito suas últimas palavras, as que escutei ainda caído naquele octógono e que ficaram gravadas em meu espírito e se transformaram no milagre que a medicina não conseguiu explicar. — Como nunca imaginei que fosse possível. Como nunca amei ninguém na vida.

Então beijo seus lábios com ardor e, ao fazer isso, estou lhe oferecendo muito mais do que uma demonstração do meu desejo, mas a vida que ela me deu de volta.

REBECA

Espreguiço-me debaixo dos lençóis da cama de Karl. Seus braços musculosos me envolvem todo o tempo, como se ele quisesse ter certeza de que não vou fugir ou simplesmente desparecer. Ele mal imagina que serei eu a protegê-lo com todas as minhas forças. Sou um novelo de plenitude e felicidade e, se não fosse pela angústia que insiste em passear pelo meu espírito, a sensação é de que estou dentro de um sonho irretocável. Tenho um medo terrível, entretanto, de que o sonho acabe e que eu acorde atrás das grades, sozinha e infeliz. Mais do que isso. Há menos de vinte e quatro horas saí daquela solitária e tanta coisa maravilhosa aconteceu. Mal consigo acreditar nas dádivas alcançadas por uma pessoa que não merecia, uma ovelha antes sem fé, uma ladra...

Um sorriso me escapa ao recordar as palavras dela:

"O chefe sempre teve uma queda pelas ovelhas desgarradas."

Juro a mim mesma que farei bom uso da sua confiança. Com Karl ao meu lado, agora tenho certeza: serei uma pessoa melhor. Olho para ele dormindo, lindo e forte e, ao mesmo tempo, um cristal precioso e delicado, tão frágil que pode se desintegrar em minhas mãos a qualquer instante...

Não posso perdê-lo. Não vou suportar. *Deus! Eu o amo tanto que já estou sofrendo por antecipação.* A maldita angústia cresce em meu peito. Preciso respirar.

Afasto delicadamente seus braços e saio da cama.

O envelope! Como pude esquecer?

Vou até a sala, vasculho pela calça jeans entre nossas roupas largadas no chão e pesco o envelope dobrado no bolso. Eu o rasgo com as mãos trêmulas e o coração entra em um compasso desritmado. Abro-o e me deparo com um bilhete escrito à mão.

Querida Rebeca,

Sou alguém que teve a oportunidade de vivenciar, gerações após gerações, o maior feito do nosso Criador, o sentimento absolutamente irretocável e indescritível que recebeu o nome de amor. E, como romântica incurável (acho que vivo repetindo isso), sinto uma necessidade pungente em lhe dar este conselho: é natural ter medo. Principalmente o medo de perder alguém que amamos demais. Não se angustie, não lute contra ou pense demais, filha.

Apenas viva.

Quanto tempo Karl viverá? Sinceramente, não sei. O Pai não revelou. Quem lhe garante que você não morrerá antes dele? Entende aonde quero chegar? Por isso retorno ao conselho anterior: viva o milagre do amor a cada dia, hora e segundo. Não deixe para demonstrar seu carinho amanhã, faça-o hoje; se possível, agora. O futuro nem sempre chega, querida, e deixamos de saborear o que temos hoje em detrimento de algo que não sabemos se vivenciaremos amanhã.

Não se esqueça de que, se Karl é o seu milagre, você também é o dele.

OBS: Ah! Eu não devia ter feito isso... O Chefe vai me dar nova bronca e me colocar em outro caso complicado (No fundo acho que tenho uma quedinha por casos difíceis...), mas acabei me compadecendo com as perdas e limitações do Karl. Dentro do envelope está um presentinho para os dois, algo que vai ajudá-los a quitar as dívidas e a começar uma vida a dois com tranquilidade. Acho que seria o presente que sua mãe lhe daria, mas que acabou se perdendo quando, após ter sido mordida, ela foi de boca ao chão e o dente falso que servia de esconderijo voou pelos ares. Não me

julgue mal. Como é mesmo o ditado...?
Ladrão que rouba ladrão... Ops! Não! Era
outro... Hum... Ah! Lembrei! Achado não
é roubado! ;)

Que brincadeira de Madame Nadeje é essa agora?

Com o coração ribombando dentro do peito, sacudo o envelope e tomo um susto quando outro pequeno embrulho cai de dentro dele. Abro-o e quase enfarto de emoção quando seu conteúdo escorrega sobre a palma da minha mão.

Um diamante!

Tapo a boca e contenho o grito de grata surpresa. Minha mãe era mesmo um gênio do crime! Ela tinha ido ao dentista para isso então! Havia obtido um jeito de guardar um diamante para nós, um esconderijo para a pedra preciosa caso algo errado acontecesse. Aturdida demais, encontro outro recadinho:

O tempo é precioso? Claro que sim!
Mas o mais importante é como você o
utilizará, o que você fará com o milagre
de piscar e continuar a respirar. Ame
um dia de cada vez. Viva um dia de
cada vez. Alegre-se com o hoje, com o
agora, como se fosse o último instante
da sua vida. Experimente a felicidade,
aceite-a apaixonadamente e de braços

abertos sem saber o que será do amanhã. Viva o presente com alegria e esperança porque, como o próprio nome diz, ele é um presente de Deus. O grande prêmio de despertar a cada manhã, de amar e ser amado.

Desista de tentar ter controle sobre tudo, Rebeca.

A vida é mesmo um mistério.

Então, aproveite-a.

Um sorriso me escapa enquanto a lágrima de esperança escorre e pinga na folha.

— Eu vou, anjo de luz. Eu vou.

Agradecimentos

Tantos a agradecer...

O trem da minha curta viagem literária continua a apitar e abrir caminho, desbravando territórios desconhecidos enquanto mergulha em jornadas de tirar o fôlego. Novos passageiros tornaram o percurso ainda mais inesquecível, cada um contribuindo com seu ponto de vista, história e experiência, indiscutíveis provas de carinho que levarei pelo restante dos meus dias. Quero agradecer à toda equipe da Galera Record pela acolhida sem igual; à Rafaella Machado por sua alegria contagiante e, em especial, à Ana Lima, minha querida editora, por sua atenção, delicadeza e olhar afiadíssimo em todas as etapas.

À Luciana Villas-Boas, por suas dicas e conselhos imensuráveis e pelas conversas divertidas ao telefone. Muito mais que uma agente literária, uma feiticeira de mão cheia que agitou sua varinha e fez a mágica acontecer.

A você, Alexandre, minha estrela cadente, amante, revisor, beta-reader, saco de pancadas, porto-seguro, meu tudo. Nos momentos em que minha fé hesitava foi você quem nunca duvidou. A vitória é sua também. Eu te amo.

E, principalmente, quero agradecer a razão de tudo: vocês, queridos leitores (e amigos de blogs, Facebook, Instagram e Twitter!),

pelo entusiasmo arrebatador,

pelo carinho incondicional,

pelas incessantes palavras de incentivo,

pelas broncas e ameaças diárias (que, por sinal, não foram poucas! rsrs),

e, principalmente,

por existirem e, por consequência, permitirem que a criança com seu mundo fantástico que vive dentro de mim pudesse ganhar vida, alçar voo e acreditar que o milagre será sempre possível. Se alguns infinitos são maiores do que outros, como diria meu adorado John Green, podem apostar que os nossos são gigantescos. Afinal, como medir o tamanho dos sonhos?

A viagem não teria sido possível sem vocês.

Com carinho imenso,

FML Pepper

Este livro foi composto nas tipologias Aprille, Hapole Pencil, Helvetica Neue LT Std, Palatino Linotype, Professor e Trajan Pro, e impresso em papel off white, no Sistema Cameron da Divisão Gráfica da Distribuidora Record.